EVERIGHT BOOK 永正图书
ENJOY LIFE 书香生活
ENJOY READING 悦读人生

一草 作品

THAT GUY

ALL THE LONELY PEOPLE

All the lonely people Where do they all come from? All the lonely people Where do they all belong?

小人物

ALL THE LONELY PEOPLE

All the lonely people Where do they all come from? All the lonely people
Where do they all belong?

跑了一天，终于可以坐下来休息会儿了
这座城市真大啊
林立的高楼，热闹和喧嚣。
虽然看上去暂时和我无关，可是未来——
总会有一束光，照到我身上吧。

我是初入职场的新鲜人
但怀揣梦想，
不卑不亢
我是小人物
这里，有我的故事

第 18 次求职，第 18 次失败
感觉这座城市就快要容不下我了
北漂——好歹还有一个漂字
然而，我却连一块求生的泡沫都没抓到
就快要被淹没……

我是屡战屡败的求职者
但绝不气馁，
百折不饶
我是小人物
这里，有我的故事

我简直受够了这个饼干的味道
我发誓，明晚加班
一定要对自己更好
比如，买一盒红烧牛肉方便面

我是每天工作 16 小时的加班狗
但从不抱怨，苦中作乐
我是小人物
这里，有我的故事

这是不是我最后一次看北京的夕阳？
我要走了
再见，我打拼了整整十年的城市。
再见，我的梦

我是被现实打败的北漂女
但依然相信明天，
憧憬未来
我是小人物
这里，有我的故事

路过漂亮橱窗
就忍不住停下脚步多看两眼
漂亮的裙子和个性十足的背包
在橱窗里面五光十色惹人眼热
总有一天呐，我会自信地走进去

我是买不起漂亮衣服的女孩
但我不自卑，期待美好
我是小人物
这里，有我的故事

“妈，我很好，今天过节，你和爸爸吃点好的。”
“嗯，我也在吃呢，吃得特别好。”
“你们就别担心我了。我钱够用的，真的够用了。“
“哎呀，不说了，我菜上来了，
我要吃饭了。”

我撒谎，不想让爸妈操心
但我会努力，让他们过上更好的生活
我是小人物
这里，有我的故事

“放心吧，我一定会给你买个大房子。”
“有多大啊？”
“好大好大的，然后养两只狗，每天吃完晚饭我们就牵着他们出来散步，好不好？”
“嗯，我就喜欢看你吹牛的样子。”

我们是眼里只有彼此的恋人
坚信所有吹过的牛都会成真
我们是小人物
这里，有我们的故事

毕业了

我们

一无所有

2
双封面
任你选
FIGHT CLUB

THAT GUY

这是一个被数据炸裂的大时代
我们是大时代背景下最渺小的存在

这个时代英雄辈出
阿里、腾讯、百度、华为、小米……
每个名字后面都有一群才华惊艳的大人物
他们攻城略地，运筹帷幄
他们居高临下，翻手为云，覆手为雨

而我们……
我们远离故土、跋山涉水、颠沛流离、一路迁徙
以为脚下这个城市就是世界的入口
我们终于到达
但，却更悲伤

我们白天奔波在达不到城市平均收入值的上班路上
我们晚上蜷缩在不到十平米的高价蜗居里
我们买任何一件衣服都会先翻开标价牌
我们在每一个快餐店消耗自己的健康
世界每天风驰电掣地转动
我们只能弯腰低头把梦越做越小

我们是这个城市里住着的三个人——
留下来的
要离开它的
和纯粹路过的

我们是大时代下的小人物
这本书里有我们最真实的人生故事

目录 小人物

A Nobody

大时代，小人物

目录 | 小人物

A Nobody

大时代，小人物

Those hours that with gentle work did frame
The lovely gaze where every eye doth dwell,
Will play the tyrants to the very same,
And that unfair which fairly doth excel.
For never--resting time leads summer on
To hideous winter and confounds him there,
Sap check´d with frost and lusty leaves quite gone,
Beauty o´ersnow´d and bareness every where.
Then were not summer´s distillation left
A liquid prisoner pent in walls of glass,
Beauty´s effect with beauty were bereft,
Nor it nor no remembrance what it was.
But flowers distill´d though they with winter meet,
Leese but their show,their shubstance still lives sweet.

Foreword 幻梦

当我痛苦地站在你的面前
你不能说我一无所有
你不能说我两手空空

——海子《答复》

Those hours that with gentle work did frame
The lovely gaze where every eye doth dwell,
Will play the tyrants to the very same,
And that unfair which fairly doth excel.
For never--resting time leads summer on
To hideous winter and confounds him there,
Sap check´d with frost and lusty leaves quite gone,
Beauty o´ersnow´d and bareness every where.
Then were not summer´s distillation left
A liquid prisoner pent in walls of glass,
Beauty´s effect with beauty were bereft,
Nor it nor no remembrance what it was.
But flowers distill´d though they with winter meet,
Leese but their show,their shubstance still lives sweet.

你是否有过痛哭着从梦里醒来的经历？不是因为恐惧，而是悲伤。

十年后那个深夜，平静如水，唐悠悠突然被身边传来的痛哭声惊醒，她匆忙开灯，眼前的画面让她一生都无法忘怀：赤裸的苏扬正双臂抱胸，全身蜷缩，宛如婴儿。脸部肌肉紧绷，表情极度痛楚，喉结上下急剧颤抖着，张开的嘴角里正发出呜呜哭泣声，而眼泪更是从紧闭的双眼往外渗，脸上则早已经挂满泪痕。

是的，他在哭，哭得很伤心。哭声也越来越大，最后可以说是嚎啕大哭。

唐悠悠全身汗毛立即竖了起来，自从认识苏扬后她就从来没有看他哭过，甚至连一滴眼泪都没见过，她曾经天真地问过他是不是没有哭泣这个功能，苏扬也很认真回答：是的。

可现在他竟然哭了，而且哭得那么伤心，那么投入。

唐悠悠愣了一会儿，赶紧抱住苏扬，轻轻摇晃，嘴中不停安慰：“老公，快别哭了，醒过来就好了！”

苏扬很快从梦里醒来，看着唐悠悠，有点儿懵。

唐悠悠第一反应是笑："老公，你这是怎么啦？"

苏扬疲惫地闭上眼睛："没事，快睡吧。"

唐悠悠继续摇晃苏扬："不行，我害怕，你必须告诉我原因。"

苏扬不说话，悲伤依然侵袭在心头，只要轻轻用力，眼泪还会下流。

"那我猜好了，你梦见家人出事了？"

苏扬摇头。

"那肯定是梦见被狗撵了，你说过你小时候被狗咬过的。"

苏扬还是摇头。

唐悠悠继续猜："那肯定和我有关，对不对？"

这次苏扬没再摇头。

"哈，就知道和我有关。"唐悠悠突然来了兴致，"是不是梦见我揍你了？我拼命挠你，把你脸都挠坏啦？"

苏扬哀求："你别猜了，都醒了，什么事也没有。"

唐悠悠不依不饶："不行，我的性格你知道的，你不说我会一直睡不着。"

苏扬将脸转了过去："反正不想说。"

"那我就继续猜，嗯，我知道了。你肯定是梦见我离开你了，对不对？"唐悠悠很笃定地看着苏扬，"没有比这个更让你悲伤的事了。"

苏扬竟然还是摇头，他沉默了会儿开始缓缓述说，仿佛回应，更似自言自语——

"悠悠，都说梦是反的，所以醒来后我倒有点儿庆幸。我相信也期待那一天永远都不要到来，可如果梦里的事有一天真的发生了，到时候我一定会告诉你。"

唐悠悠胸口仿佛被重锤敲打了一下，生疼。她不再追问，而是将脑袋贴在苏扬胸口，双臂紧紧抱住他，嘴中喃喃：“那我宁愿永远都不知道答案。苏扬，我们能走到一起，走到今天真的太难太难了。苏扬，我爱你，你也爱我，没有什么事比这个更重要了。你不要害怕，也不要再流泪，我会一直陪在你身边，我们会永远在一起。”

苏扬轻轻点头，紧紧拥着唐悠悠，沉沉闭上双眼。回忆立即翻江倒海扑面而来，那些美好的，痛苦的，快乐的，忧愁的。而在他心中则反复回旋着一句话：到底是什么力量，让你变成了现在这副模样？

Those hours that with gentle work did frame
The lovely gaze where every eye doth dwell,
Will play the tyrants to the very same,
And that unfair which fairly doth excel.
For never--resting time leads summer on
To hideous winter and confounds him there,
Sap check´d with frost and lusty leaves quite gone,
Beauty o´ersnow´d and bareness every where.
Then were not summer´s distillation left
A liquid prisoner pent in walls of glass,
Beauty´s effect with beauty were bereft,
Nor it nor no remembrance what it was.
But flowers distill´d though they with winter meet,
Leese but their show,their shubstance still lives sweet.

Chapter 1　万象

毕竟，只有一个世界
为我们准备了成熟的夏天
我们却按成年人的规则
继续着孩子的游戏
不在乎倒在路旁的人
也不在乎搁浅的船

——北岛《爱情故事》

Those hours that with gentle work did frame
The lovely gaze where every eye doth dwell,
Will play the tyrants to the very same,
And that unfair which fairly doth excel.
For never--resting time leads summer on
To hideous winter and confounds him there,
Sap check´d with frost and lusty leaves quite gone,
Beauty o´ersnow´d and bareness every where.
Then were not summer´s distillation left
A liquid prisoner pent in walls of glass,
Beauty´s effect with beauty were bereft,
Nor it nor no remembrance what it was.
But flowers distill´d though they with winter meet,
Leese but their show,their shubstance still lives sweet.

到底是什么力量，让你变成了现在这副模样？

只因那时年少，爱把承诺说得太早；只因那时年少，才把未来想得太好。

时间往回倒退十年，不，二十年。当坚硬的胡碴变成了绒毛，当深沉的面容上浮现懵懂，当冰冷的眼神重新清澈，当复杂的眼眸绽放笑容，苏扬便回到了他的少年年代。

少年苏扬的性格几乎是现在的对立面——善良、天真、浪漫、柔弱、细腻、极爱幻想。任何一个用来形容女孩的词语用在他身上保准没错儿。对此苏扬曾经深深困扰过，甚至憎恶过自己的性格，觉得自己是异类，没人愿意和自己做朋友。是的，从小到大苏扬一直都有很强烈的孤独感，他很需要朋友，也一直努力结交朋友，可他的朋友始终很少，特别是同性，都不愿意和他交往。

除了性格太过细腻敏感外，苏扬还对自己的长相特别不满意，嫌弃自己长得太过秀气。他打小被问得最多的一个问题就是：“哟，这小孩可真漂亮，男孩还是女孩啊！”

一开始苏扬还特认真回答：“阿姨，我是男孩。”

然后就听到阿姨们很猥琐地问：“男孩呀！阿姨不相信，男孩都有小鸡鸡的，你把小鸡鸡给阿姨看！”

于是苏扬特听话地把小鸡鸡露了出来。

阿姨们心满意足摸一下后说：“哟，还真是个大小伙子。”

然后，第二天又有很多很多的阿姨来问他是男孩女孩。

很多年后苏扬回想起这一幕幕，恨恨地直咬牙，觉得自己肯定是被那帮傻老娘们给猥亵了。

而随着时间的推移，苏扬的秀气渐渐变成了英俊，那是上世纪九十年代初期，人们的偶像还是四大天王，苏扬被女生们称为小刘德华。对此苏扬并不满意，因为他的偶像是张学友，他觉得张学友才是个实力派。再过几年，吴彦祖横空出世，苏扬又被称为小吴彦祖了。

当然不会有人再分不清他的性别，不过还是会有阿姨看到他后感慨：“你的皮肤可真好，像女孩。”

每当听到类似的话语，苏扬都会恶毒地在心里想：“操，你不就是想摸我鸡鸡吗？”

那个时候苏扬已经进入了青春叛逆期，觉得自己身处的环境简直太无聊太压抑，身边的人太肤浅太丑陋，总之看什么都不顺眼，做什么都想反抗。可能是童年太乖憋屈了太久，少年苏扬一直渴望整点儿大的动静。苏扬心想我能做的最离经叛道的事是什么呢？打架斗殴离家出走虽然可行但效果不佳。杀人放火强奸幼女？虽然惊世骇俗但把自己给毁了老子才没那么傻。冥思苦想了好久好久都不得其解，直到有一天上课时苏扬在《全国中学生优秀作文选上》看到一些长短句后，瞬间石化，内心翻腾，从此迎来新生命。

你说只有乖小孩才有糖吃
我说没有什么力量可以让我背弃信仰
你说内心的倔强只是因为苍老
我说我有两个青春
一个即将告别，一个即将发生

苏扬感到这几句话说出了青春期的他的所有情绪，苦闷，愤怒，不满足，无力感……擦，这到底是什么？比记叙文短又不像是议论文，苏扬问身边的同学，同学翻着白眼说：“不知道，可能是屎吧。”苏扬问了一圈答案奇形怪状最后只能激动地捧着书问老师，老师看了一眼说：“白痴，这是诗。”

诗——天啦！原来这世界上还有如此自由且酣畅淋漓的表达方式，那一瞬间苏扬仿佛全身过电，在心中生生炸出一道出口，他愣在原地，浑身颤抖，就差吐白沫了。

老师吓坏了：“来人啊，他要死了，快给他家长打电话。”

回到家后，苏扬翻箱倒柜，找到所有能看的课外书，把上面所有的诗歌都精心剪了下来，贴到日记里，然后趴在床上一个字一个字地朗读，顶礼膜拜。

第二天，苏扬就向所有人宣告，自己其实是一名校园诗人，从此他将投身诗坛，开始写诗了。

于是，苏扬多了一个称号：屎人。

奇怪的是，对此苏扬并不介意，因为他觉得这个称号非常特别，在侮辱性的第一重意思下，其实蕴含着巨大的哲理，甚至包含着对生活的对抗，对现实的反讽，对存在主义的彻底决裂。

苏扬说："我们每个人都是人，是人都要拉屎，一天一次很正常，一天几次也不奇怪，所以屎一直与我们同在，我们孕育了它，然后又将它抛弃，当它从我们体内离开的瞬间，我们完成了人生的又一次蜕变，可以说我们就是在拉屎的过程中长大的。因此，我们不应该鄙夷屎，而应该热爱屎，感谢屎。所以，从理论上讲，我就是屎人，你也是屎人，我们都是屎人。"

苏扬大声将自己的"屎人"理论说给他人听，渴望找到同类，结果是原本就寥寥的朋友也都离他而去，他彻底变成孤家寡人。

无奈，他只能回家将这套理论讲给自己老爹苏家福听。结果老爷子很认真考虑要不要和这个白痴断绝父子关系。

不管如何，苏扬出名了，全校师生都很快知道有个长得很像刘德华，却自称"屎人"的神经病，人前人后指指点点、议论纷纷。

对此苏扬很满足，孤独的青春期终于找到了存在感，他的枕边始终放着好几本诗集，有事没事就拿出来读一读，寻找慰藉。青春期的苏扬很孤独，他一度很憎恶也很恐惧孤独，可诗歌让他明白孤独的意义，他用稚嫩的笔调写下——

孤独是一种病
孤独更是一种恩赐
如果说孤独是酒
我愿意因他烂醉如泥
如果孤独是女人
我愿意为她粉身碎骨
可孤独只是另外一个我

所以我要杀了自己

和他玉石俱焚

就这样，苏扬开始写诗了，每天都写，从一天一首到一天N 首，很快写满了一大本日记本。主题相当丰富，关于飞鸟走兽，关于青春、情感，关于时间、空间，关于存在、虚无，关于修罗、神仙，这些都是苏扬青春期最美好的回忆。

这种孤独而分裂的状态直到高三时才算告一段落。原因不是因为高考在即，学习紧张，而是他遇见了韩晓萌，并且两人很快惺惺相惜，谈起了恋爱。

能够和苏扬这样的神经病谈恋爱的姑娘显然绝非善类，韩晓萌首先长相就很特别，小矮个，大圆脸，胖，脸上还有青春痘，一颗两颗三四颗，好多好多。按照逻辑，这样的女孩能找到一个正常说话的对象都困难，然而韩晓萌有才华，而且是那种很正统的才华——八岁就在省日报上发表了散文《我想有个家》，讲述了父母双亡的自己需要爱渴望爱的故事。那家伙，要情感有情感，要细节有细节，很多好心人看了后都觉得这个孤儿太可怜，纷纷写信到报社表示要给她捐款甚至愿意领养将她照顾长大。报社将所有来信转给韩晓萌还请来电视台想记录下感人的瞬间，结果就看到带着牙套的韩晓萌不屑地将所有来信扔到垃圾桶然后鄙夷地说："有病啊！我编出来的故事大家也相信。"

十三岁那年韩晓萌出版了自己的第一本书《已经发育》，从此一举成名，被誉为文学新星。等她十六岁考上高中时已是当地远近闻名的才女，每次文艺汇演都要压轴上台朗诵的那种学校红人。红人自然得有红人的姿态，韩晓萌虽然长得不好看，但心高气傲，鼻孔朝天，谁也瞧不起，特别和自己同龄同级的人，仿佛和他们说话都是莫大的恩赐。

因此她和苏扬都是学校里最奇葩的风景。后来具体谁吸引谁或者谁勾引谁说不清了，总之高三时俩人迅速走到了一起。

韩晓萌除了有才华，最大的能力就是作，如果有媒体举办“中国谁最作”大赛，韩晓萌一定遇神杀神，见佛诛佛，直接拿冠军。No zuo no die那是对韩小姐作能力的轻薄。在她作的淫威面前，正常人都能被她作神经了，比如她父母，当年就因为没给她买芭比娃娃，结果她一声不吭直接写了篇“我想有个家”，把双亲活活给写死了，导致她父母上街遇见熟人，熟人还很纳闷问：“咦，你们怎么还在啊，你们不早死了嘛！”总之，在韩小姐面前一般人早崩溃了，但她男朋友苏扬却百毒不侵，不但没崩溃，反而挺享受，觉得自己终于被人需要了。

韩晓萌的作还有一个特点，那就是不分理由不分时候更不分场所，想作就作，要作得漂亮，来月经了要作，东西不好吃要作，看到同学穿漂亮衣服要作，模拟考试不理想要作，文章被退稿了要作……基本上是一天三小作，两天一大作，对此苏扬统统照单全收，苏扬认定爱一个人就得爱她的全部优点和缺点，否则那就是对真挚情感的亵渎。苏扬此前没有任何情感经验，所有的恋爱理论都是从诗歌中感悟的，诗歌里的爱情都非常浪漫、纯真、炽热、奋不顾身。苏扬心想自己的爱情一定要和诗歌里的一模一样。很多次韩晓萌作到自己都恶心了却发现苏扬依然可以含笑看着自己，眼里的柔情蜜意一点儿都没有变少。她忍无可忍问：“你个白痴，难道你连生气都不会吗？你还是不是男人啊，是男人就快揍我，搞得我一点儿成就感都没有。”苏扬听后轻轻摇头，无比温柔地说：“萌，我当然是男人，可我一点儿都不觉得累，在我眼中你完美无缺，在我心中，我们的爱冰清玉洁。”

就这样俩人偷偷摸摸、腻腻歪歪谈了不到一年的恋爱，高考来了。苏扬最终以全校前十、语文单科第一的身份考到北京，进入师大中文系。韩晓萌则毫无悬念地落榜，最后花了十万元到南京一所民办学校学英语。苏扬上大学前和韩晓萌约会，韩晓萌一口气哭了两个多小时，又对着苏扬的胳膊至少狠狠咬了十口，然后抬起大扁脸，泪眼婆娑地对苏扬说："都是你耽误了我，我的青春，我的未来，我对世界的所有期望，我不管，你要对我负责。"

因为太用力，韩晓萌脸上千万颗雀斑都变成了骷髅，个个咬牙切齿在控诉。

那一瞬间，苏扬真心觉得自己女朋友实在太丑了。可他依然很深沉地点头，很真挚地说："嗯，我会的。"

苏扬说到做到，大学第一学期，几乎每个月苏扬都会坐火车去南京看韩晓萌，给她买各种零食，请她吃各种美味，还用剩下的钱给她买衣服，最后自己穷的只能买绿皮火车的站票回去。在一起的时候苏扬也是说尽各种好话，百般呵护还嫌不够。而韩晓萌总是一副爱答不理的样子，人前训斥人后抱怨，说自己太可怜想要一个拥抱的温暖还得等上十几个小时。对她所有的指责苏扬都照单全收，并且转化为更深的温柔。韩晓萌的同学都纳闷这么做作且丑的一姑娘怎么会有如此忠犬且帅的男朋友，苏扬的同学更奇怪为什么别人谈恋爱花前月下他谈恋爱却千里奔波每次回来后都仿佛去了趟索马里，对此苏扬的解释是："我一点都不累，只要我们的爱永保纯洁，所有的付出都充满了熠熠光辉。"

彼时的苏扬确实非常纯洁，纯洁到变态，接吻都觉得是对爱的亵渎。无数次韩晓萌都暗示他自己晚上不想回宿舍了不想看到那几个让她厌恶的小婊砸，学校附近又开了家新宾馆第一次入住可以打对折，苏扬都不言语，到了晚上肯定会将她送回宿舍自己再去和韩晓萌的男同学拼床睡。后来有一次回去实在太晚了宿舍门关上了只能在外开房，韩晓萌心想这下老娘总能办了你了吧，结果苏扬愣是一夜没动静，任凭韩晓萌各种暗示挑逗都守身如玉，气得韩晓萌第二天早上痛哭流涕骂他心里根本没有自己。苏扬不停解释说："我爱你，我真的很爱很爱你。"韩晓萌问："那为什么你不要我？难道你是无能吗？"苏扬也哭了，苏扬边哭边说："不可以那样，我们的爱情像花儿一样，需要的是雨露的呵护，而不是其他力量的摧残。萌萌，对不起，因为我爱你，所以我不能要你。"

那一瞬间韩晓萌欲哭无泪，她终于明白苏扬真正爱的不是自己，而是爱情。

比韩晓萌更气愤的是苏扬的同学们，当他们知道苏扬做牛做马含辛茹苦呵护着这份在别人眼中无比奇怪的爱情然后连做爱都没有想法的时候，他们觉得这个人简直无可救药愚不可及。

对此苏扬也不解释，而是用诗歌表达了自己的观点：

活着，亦或失去，这是个问题
做爱，不做爱，这也是个问题
我只是黎明前奔跑的孩子
守护着那突如其来的光明
我只是一个热爱爱情的孩子
任何一个关于爱的音符
都可以将我打动落泪
在爱的面前我是个罪人
所以我只能小心翼翼，匍匐前进

用叩首和膜拜

偿还我欠下所有的债

可是，苏扬还不是他们学院最怪的人，因为有大左的存在。

大左名叫左忠堂，他姓名很左，性格却很右，看什么都不忿，对一切都不满，是个十足的愤青。大左最热衷的就是抨击时政，高二时的一节政治课上，年届花甲的老师正大讲共产主义的优越性，大左愤怒地站起来问老师敢不敢和他辩一辩自由和民主。老师说你这个同学忒无礼了有什么意见课后再说，大左冷笑一声说：“若批评不自由，则赞美无意义，别看你年龄不小了，但心胸是真不大。”结果是老头心脏病当场发作差点没昏过去，大左也被全校通报批评站在操场上当着两千多名学生忏悔，结果大左洋洋洒洒演讲了半个小时没有半点儿道歉的意思反而口若悬河差点儿引发学生运动，大左最后被校保安拖走的时候还大叫：“自古变法，无不从流血而成，有之，请自我开始。”

如果不是因为学习成绩好，大左早被开除一千次了。那会儿还是先报志愿后高考，按照他的模拟成绩，考北大清华都不在话下，可大左偏偏报了师大的新闻学院，谁劝都不听。最后校长急了，那哥们快退休了，当了一辈子人民教师愣是没培养出一个清华北大生，受尽了同行的挤兑，因此大左可谓他最后的光荣和梦想，因此校长最后亲自出马，希望能够成功游说大左改报志愿，结果同样遭到了大左的愤慨反抗。大左铁骨铮铮地说：“老师你知道吗？学挖掘到蓝翔，学新闻就得到师大新闻学院，因为他们的专业程度是全国NO.1，培养过无数知名媒体人。”大左继续说：“老师你知道吗？我的理想要么是成为战士，要么是当记者，如果不能用热血捍卫心中的自由，就要用手中的笔去抨击人间的不公。”

校长咬紧牙关强忍着心中的怒火心想：你个小兔崽子，你特么知道吗我是校长，不是老师，校长和老师是有区别的好不好？算了，冷静，我他妈是来沟通的不是来吵架的——奇怪，怎么这哥们说话这么密集到现在老子一句都还没说，不行，差点儿中了他计，看来我绝不能小瞧了他——校长咽了口吐沫屏气凝神死瞅着大左，脸上还浮现出仁慈的微笑。大左本来一口气能说上十分八分钟的，结果被校长的眼神和笑容给干扰了突然停了下来问：“老师，请你不要这样看着我，我会受不了的，我的性取向没问题。”

校长差点儿没晕过去，不过好不容易逮到机会决不能放弃，赶紧游说：“孩子啊！你还小，很多思想还很不成熟，生活是很残酷滴，你不要把未来想得那么美好，还是听学校意见报清华北大吧。”

校长说完突然心生悲凉，觉得自己好没口才啊！分明一点儿说服力都没有，自己都觉得无言以对。果然大左立即予以反驳：“NO，不要以为我不知道你们是怎么想的，你们根本就不是在关心我，你们在意的只是自己的面子和前程，我是绝对不会屈服的。老师你知道吗？上新闻学院只是我的第一步，等我毕业了我就会利用所有的能量去发动一场战争，最好是世界大战，到时候整个地球上将战火纷飞，而我将义不容辞奔赴战场，将死生至于身后，成为全球最受瞩目和尊重的战地记者，而且最后我一定能够死在战场上，这将是我人生最伟大的归宿。”

大左说完停顿下来，死死瞪着校长。校长不知道自己是该接不该接，如果接是继续游说还是和他讨论会儿战争，头脑里电光火石掠过最后还是决定赶紧说两句，结果刚开口大左又滔滔不绝讲开了：“老师，你知道吗？为什么现在世风日下人心不古，就是因为现在的人间太平，掩饰住了很多肮脏和虚伪。而回望人类历史，就是一部战争史，战争推动了文明的进步，社会的发展，我们不能没有战争，我们要积极拥抱战争，为什么现在世风日下，人心不古，是因为我们缺少了战争的洗礼，为什么现在世界如此无序，未来一片迷茫，是因为我们需要战争从新洗牌。来吧，让战争早日来到，来得更猛烈一点，让局部战争变成世界大战，我已经做好准备，我已经迫不及待，come on！”

校长彻底崩溃了，他遏制不住内心的羞辱和愤怒，朝大左脚下吐了口痰后愤然离去。校长心想：爱咋咋地吧，这孙子不管是上北大清华还是其他啥学校都一样，最后迟早得抓进去。

校长离开后，大左停止了演讲，长时间低头凝视着那口浓痰，仿佛看透了校长那卑微且挣扎的一生，大左充满感情地说：“老师，你知道吗？这是你在我面前做过的最优雅的姿态，因为你不再伪装，你终于做回了自己，和我一样。”

校长的忧心并不夸张，大左刚进大学没几个月就被拘留了，可原因不是因为他嘴中总嚷嚷的民主和自由，而是因为女人——丫差点把一女同学给毁容了。事情是这样的，大左上大学后积极参加所有社团，包括文学社，文学社里有不少文学女青年，她们浪漫且富有想象力，本身没啥才华却崇拜有才华的人。大左加入文学社第一天就将厚厚一叠诗歌刊物摔在一帮女社员面前，上面有几十篇他发表过的诗歌，其中一个黑妞立即被大左耀眼的才华给征服，表示愿意做他的女朋友。大左不假思索就答应了，并且觉得自己多年对诗歌不懈的追求终于能兑现了，心里美极了。大左和黑妞互为对方初恋，黑妞天真地以为一个人有才华那么人品也差不到哪儿去，对自己和大左的未来充满了憧憬，没想到大左不但人品不咋滴，而且还有很多怪癖，刚交往两天就要和自己上床，说灵魂和肉体必须双修才能达到幸福的彼岸。黑妞说不过大左只得就范，结果大左床上要求特多还很变态，每次做爱前先得朗诵诗歌，做爱的时候嘴中还念念有词，做爱后立即赤身裸体下床说要趁热写诗。几次床单滚下来黑妞觉得自己受到了侮辱，对方压根不是和自己谈恋爱而是在修炼某种邪功，再这样下去非得整分裂不可，一怒之下就提出了分手。

大左拿出追求自由和民主的精神对黑妞围追堵截，见到黑妞后就立即下跪，流泪，忏悔，说以后一定将做爱和写诗分开。黑妞很害怕，无奈下只能求助师兄老乡，把大左给胖揍了一顿。结果大左还不死心，依然不休不止对黑妞各种骚扰，黑妞就让师兄天天保护自己，结果保护着保护着就保护出了真爱。大左得知后更加伤心欲绝，暗中跟踪了十天十夜，终于趁奸夫淫妇放松警惕奸夫外出时赶紧出现在淫妇面前说自己不计前嫌只要你真心悔过我愿意再给你一个机会，黑妞差点儿没气昏过去破口大骂："你个臭不要脸的快滚开，有多远滚多远，我从来就没有喜欢过你，以前没有，现在没有，以后更不会有，你在我眼中就和一坨屎一样。"大左彻底懵了，他怎么也想不到那么文静那么内秀的姑娘可以说出如此粗鄙的话来，简直是信仰的倒塌，大左矗立在风中泪流满面说："不，你撒谎，你可以否定现在的我，但你不能否定我们幸福的过往。你可以侮辱我对你圣洁的爱，但你不能亵渎我们的欢愉。"大左说完就消失了。黑妞长叹口气心想终于将这个神经病心伤透估计以后能够清净了，没想到这个神经病直接到校门口的两元店买了瓶洗厕剂和一包安眠药，然后重新找到黑妞一言不发就将洗厕液往她身上泼，一边泼一边狞笑说："既然我不能继续爱你那我就毁了你，这样你永远都不会背叛我了。"黑妞没被泼死却被吓得半死，双腿一软瘫倒在地，大左倒干最后一点洗厕液后坐在地上，紧紧抱住黑妞，将她拥入在怀，然后掏出安眠药，一把全倒进自己嘴里，干嚼着咽了下去，然后紧紧抱住女生温柔地说："亲爱的，不要怕，从此以后我也不会背叛你，我会永远陪着你，我这辈子写过最满意的诗就是我对你圣洁的爱。"

幸运的是洗厕剂是假货，黑妞没毁容但被吓成了半个神经病，回家休养了三个月还没缓过神来。更幸运的是大左买的安眠药也是假货，大左在被送往医院洗胃的路中就自个儿下地活动了。最最幸运的是大左这恶劣行径够判无期了可最后莫名其妙只被拘留了十五天。对此大左的解释是自己的真情感动了上苍，并且对自己的行为没有丝毫悔意和反省而是口出狂言说如果还有同样经历还会同样为爱献身。

“只不过！”大左拼命嚼着嘴中的鸡骨头，用手背抹了下嘴角的油渍，然后对苏扬和傻强说：“只不过老子一定不能图便宜买假货，要玩命就得来真的，否则没劲，操！没劲！”

傻强是苏扬大学兄弟三人组的最后一个。他和大左是截然相反的两种人。大左感性，冲动，傻强理性，精明。如果不是因为苏扬，傻强打死也不会和大左这样的神经病走到一起。傻强对苏扬的感情很复杂，有爱也有恨。开始是恨，以及嫉妒，因为他一直坚信如果不是因为苏扬的存在，他傻强肯定是师大新闻学院第一男神，从外貌到才华都是如此。如果说才华还可能犹如女孩的胸部一样存疑，看上去明明是C，实际上可能只是A，遮遮掩掩真伪难辨，而外貌就要一览无遗的多，傻强虽然长得不赖，但最多只能用精神来形容，而苏扬却是如假包换的英俊帅气，这一点师大女生们雪亮且充满欲望的眼神都可以作证。傻强一直秉信一个道理，那就是人靠衣裳马靠鞍，他对穿着打扮无比在意，甚至到了小变态的地步，每次出门，哪怕倒个垃圾都得捯饬自己至少半小时，从头发怎么梳到鞋带怎么扎都有讲究，就怕一朝形象不雅被偷拍，他日功成名就后会成为污点。而在穿衣打扮上苏扬和他截然不同，苏扬穿着一直都很随意，从上到下从内到外都是地摊货，甚至有点儿不修边幅，但女生们就是爱点赞，说十块钱的T恤愣是被苏扬穿出了大牌的风范，简直可以去当淘宝模特了。傻强不甘心，好几次在女同学面前不无讥讽地说："真搞不懂你们怎么想的，你看他穿衣服，一点儿不注意的，邋里邋遢好差好差的。"女生听后会立即反驳："你有没有搞错？我们女人才负责貌美如花好不好，男人把自己捯饬得那么干净多没感觉啊！最讨厌像你这种比我们女生还在意形象的男生了，真受不了。"旁边更有女生附和："是啊，穿着好不好很重要，但人长得帅不帅就更重要，这就是一个刷脸的年代，其他都只是锦上添花，而不是雪里送炭。"傻强仔细一想也有点道理，第二天胡子没刮头发也没梳穿了一身颓废装就出门了，结果昨天那几个女生又说了："同学，你穿成这样挺吓人的，还能不能做朋友了。"傻强听了差点儿倒地吐血，从此他就明白了，一个人帅的话做什么都对，帅就是先进的生产力，帅就意味着做什么都能被理解接受和原谅。傻强从此更明白这个叫苏扬的哥们，算是和自己结下了梁子。

傻强很精明，也很聪明，他将苏扬设为一号假想敌，制定了各种打击报复方案，机关算尽却没想到剧情很快来了180度的翻转，那就是没过几天他们便成为了最好的朋友，然后一起胡吃海喝胡侃吹牛没心没肺度过了好几年的大学快乐时光，并且在以后更漫长的岁月里命运继续纠缠在一起。

他们能走到一起当然也是因为诗歌，然而和苏扬、大左热衷写诗不一样的是，傻强并不喜欢诗，也从来不写诗，诗在他眼中和其他事物一样都只是工具，工具最大的价值就是被利用。在利用这件事上傻强一直颇有心得，比如他觉得利用并非简单的交换，那太原始也机械，利用也不只是打情感牌，那样成本太高效果也难保，利用应该建立在崇拜和依赖的基础之上，比如你想利用一个人，你绝对不能只是通过交换情感和利益来实现，你应该将自己塑造成他内心需要、羡慕、崇拜的那种人，只有你先被需要了，你才能更好地去利用对方，而且不需要付出太多。

傻强明白这个道理是在他高二那年的夏天，从此他脱胎换骨变了一个人，不光学习成绩名列前茅，而且穿衣打扮，待人接物，为人处世都堪称楷模，在老师眼中他是最听话最优秀的好学生，所有的荣誉都主动给到他，在同学眼中他则是深受老师宠爱的优等生，所有赞美也都给到了他，只要他傻强想要的，全都唾手可得，让他狠狠感受到了什么叫命运宠儿什么叫天之骄子，这也极大增强了他的自信心，甚至有一天夜里他梦见自己成了国家的元首接受四海子民的朝拜，等醒来的时候他并不觉得只是南柯一梦而是“吧唧”着嘴觉得很有可能，也正是带着这样优越的心他来到师大，结果“吧唧”摔了下来——无论他如何精心打扮自己，师大总有比他更帅更吸引人的同学，而且还不少；无论他如何努力，哪怕头悬梁锥刺股不眠不休地学习可考试总有人轻松就超越他的成绩。傻强前所未有地感受到自己才华的贫瘠和人生的落寞，为此他曾歇斯底里地崩溃过，也曾偷偷号啕大哭过，眼泪擦干后傻强选择了不屈服和不放弃，他坚信自己的理论绝对不会有问题，现在自己还不够拉风只是因为没找对路径。哼！我傻强注定天命不凡，我不应该和他们肤浅比帅、愚蠢比成绩，我应该站在更高的层次去看问题——我要和他们比管理，这才能体现我非凡的智慧，对，就这么愉快决定了。傻强在自我催眠下获得了快感，心满意足地开始将目光投向学生会和各大社团，他的想法是只要自己成为某个学生组织的头领，那么必将能够展现卓越的管理能力，从而获得老师的青睐，同学的赞赏，就和他高中时期一样。

然而，他很快发现了一个悲哀的事实，那就是学生会的官僚作风比官场差不到哪儿去，大一加入最多只是一个干活的小干事，要小心翼翼各种表现最快到大三才能当上负责人，前提还得是和你竞争的人是白痴。社团相对竞争要小一些，不过存在同样的风险，等自己含辛茹苦继承权利就已经老了，傻强想起这个绝望的事实又有流眼泪的冲动，可这一次他没有再哭泣，而是恶从胆边生心想：操，老子为什么要继承你们，老子要揭竿而起，独创一番天地。傻强被自己这个大胆而创新的念头吓了一跳，冷静下来分析觉得可行性很大，学生会当然不能说办就办，那样差不多等于造反，但社团的空间还是有的，只要看看师大还有什么社团没有成立，自己去团委申请注册下就行了。想到就干傻强很快找来一本师大社团宣传册，对着目录掰着指头数，好家伙，一口气数了一百多个社团还不到总数的一半，傻强越看心越凉，而且自己想到的社团都早就成立了，自己想不到的也都有了，其中还有很多特别冷门的社团，诸如“呻吟社”“异服会”，人数还不少，傻强心想这下麻烦了，还他妈有什么社团没成立呢？

要不说傻强精明且运气不错呢，因为他将苏扬视为了假想敌，老暗中琢磨苏扬的弱点，很快成了苏扬研究专家，他知道苏扬视诗歌如生命，心想这孙子真够变态的，竟然会喜欢诗歌这种虚无缥缈的东西，这世界上难道还会有人喜欢诗歌吗？除了丫一个人估计再没第二个了吧，丫就是一奇葩。傻强自己咯吱自己乐，笑了半天突然愣住了，心想：擦，这不就是我要的吗？问世间还有什么比诗歌更冷门更不受待见的？回答：木有！

傻强赶紧翻开社团手册查找，欣喜若狂，师大洋洋洒洒三百多大大小小社团愣是没有诗社。傻强哈哈哈大笑三声，喊了一句：“仰天大笑出门去，我辈岂是蓬蒿人。”然后推门而出。留下一窝子的同学面面相觑说：“这孙子，又范进附体了。”

傻强屁颠颠跑到院团委那儿申请成立诗社，结果吃了一个闭门羹。负责学生社团管理工作的是一个四十多岁的单身女老师，这个老师有个特点，就是和同学说话只能控制自己前三句的情绪，了解她的学生往往在三句内解决问题，否则人生安全有问题。傻强又哪里知道这个状况，看到女老师后先毕恭毕敬喊了句：“老师。”女老师抬头和颜悦色看着傻强说：“嗯。”这等于先浪费了一句。结果第二句更浪费，傻强上前一步继续毕恭毕敬说：“你好啊！”女老师点头说：“你好。”傻强心想今儿运气可真好遇见好人了咱得赞美赞美好人啊可是赞美她什么呢？她长得那么丑，大扁脸，胸还没自己的大，腿有自己腰那么粗整体远超他的审丑极限，傻强眼珠子滋溜溜地在老师身上直转很快看到老师脑勺后扎了一朵大红花非常地奇葩，于是眼前一亮立即眉飞色舞地说：“哇塞，老师，你头顶上的那朵大花可漂亮了。”女老师已经快控制不住情绪了，但还是硬挤出笑容说：“谢谢！同学你有什么事吗？”傻强心想先不急说正事和老师套套近乎等关系处好了再说，于是傻强继续赞美：“哎呀，一般人戴不出这效果的，老师，这花哪儿买的啊！得有3块钱一朵吧？”好了，三句话已过，而且全是废话，女老师突然圆目怒瞪发飙斥责：“你有病啊说这么多废话干嘛你是不是以为我的时间很不值钱可以随便侵占？”

事发太突然，一点儿预兆和过渡都没有，任凭傻强反应再快那一瞬间也彻底懵了，他连退两步说：“我……没有！”

女老师不依不饶：“没事你来这里捣乱干吗，出门前忘吃药了吧，看你贼眉鼠眼的，一看就不是什么好东西。”

傻强又说：“老师，我……有事。”

老师怒不可遏：“我晕，到底有事还是没事，有事快说，没事快滚。”

傻强：“我……我想成立……诗社。”

老师嘴呈圆筒状：“what？”

傻强很认真拼读：“诗社，shi—she。”

老师摇头：“没听过，怎么写。”

傻强立即掏出纸笔，很认真写下“诗社”两个字。

老师边看边摇头："没戏。"

傻强激动倾诉："为什么啊？我对诗歌很忠诚的，锄禾日当午，汗滴禾下土……"

老师还是摇头："学校规定，单人不能成立社团，要想创建社团至少得有三四个发起成员。"

傻强："哦，那请问到底是三个还是四个呢？

老师瞪着傻强："这重要吗？"

傻强同样瞪着老师问："不重要吗？"

老师无奈："四个。"

傻强说："这没问题啊！你想现在就已经有我一个人了，再找三个人不是很容易的事吗？"

老师冷笑："要么说你看上去就像弱智呢！你知道我在这个学校工作多少年了吗？十八年了，我把我的青春都献给了这个学校，可是我得到什么了？分房升职、吃喝玩乐和我有半毛钱关系？你心中是疼是痛是委屈是愤怒有人关心吗？一个女人能有几个十八年？我到现在没有家庭，没有未来，什么都没有，只能和你这样的白痴去说话……"

傻强看着老师咬牙切齿流泪诉着，忍不住打断："老师，说重点。"

"哦！好的。"老师擦干眼泪："十八年来除了你，再没有第二个白痴找过我说要成立诗社，因此你觉得你还有戏吗？"

傻强咽了口吐沫问："当然有啊，是不是只要我再找到三个人，诗社就能成立了？"

老师决定不再和这个白痴浪费口舌，闭着眼睛挥手："去吧，由你自生自灭好了。"

傻强离开团委后觉得阳光很刺眼，空气中飘散着浓郁的绝望之味。他找了个墙角蹲了下来，抱着脑袋，头疼欲裂。傻强心想我他妈到哪里去找人呢，我他妈这辈子统共就认识一个喜欢诗歌的人。思及至此，大脑里电光火石冒出苏扬的形象——对啊，可以找他啊！这个时候个人矛盾不重要，共创大业最重要。傻强终于感觉活了过来，赶紧从墙角站起来，可能是蹲了太久缺氧了，加上气血攻心，突然一阵天晕地旋，几欲昏倒，如果不是被一个人及时抱住，很可能重重摔倒在地。

傻强记得那天的阳光真的很强烈很强烈，而且就在头顶。他的眼前先是一片漆黑，然后出现光，光环下面晃动着一张扭曲摇曳模糊的人脸，犹如水漾，越来越完整，越来越清晰，最后组合成一张很帅的面容，傻强只觉得这种面容很温暖很亲切，像仁慈的天父。

“同学，你没事吧，要不要送你去校医务室？”帅哥关切地询问着。

“苏扬！”傻强情不自禁喊了出来，他不知道为什么自己的声音会如此温柔，更想不通刚刚自己还想去找他，怎么瞬间就到了他怀里。

“你认识我？”帅哥一脸地单纯懵懂，“可是我不认识你啊！”

傻强已经完全恢复理智，他觉得自己躺在苏扬怀里的形象一定很风骚，如果被其他同学看到了，一定会被认为光天化日之下在搞基。于是他说：“赶紧把我放下，被别人看到了不好。”

苏扬没放手，而是安慰他：“放心吧，已经有很多人看到了。”

傻强艰难转动脑袋，想死的心都有了——不远处至少聚着一百个人在围观，每个人脸上都荡漾着邪恶的笑容。

傻强闭上眼睛：“fuck！”

苏扬问：“你先别fuck，你还没回答我的问题。”

傻强愤懑地说：“我不认识你。”

苏扬说："不是这个问题，是你好些没有？"

傻强内心一阵悸动，仿佛明白自己为什么总是比不过这个人了，其实和帅无关的。他瞬间决定从此刻开始自己也要做一个温暖且充满爱心的男人，简称：暖男。于是他慢慢睁开眼睛，对苏扬凝视且深情微笑，用最温柔的嗓音缓缓说："好多了，谢谢你！"

苏扬吓得手一松，傻强重重摔在地上。

苏扬说："哎呀妈啊，你吓死我了，看来你病得不轻。"

傻强气急败坏爬起来："你丫才有病呢。"然后环顾四周："看什么看，没看过好基友秀恩爱啊！"

苏扬也不生气，和傻强挥手再见，向团委走去。

傻强在他身后喊："站住！"

苏扬回头："同学，你还有事吗？"

傻强："哥们，咱一起成立个诗社怎么样？"

苏扬抚掌："好啊，我正有此意呢！"

傻强："我擦，一点都不犹豫，万一我是坏人呢？"

苏扬摇头，微笑："不会，喜欢诗歌的人坏不到哪儿去。"

傻强跺脚，胸中翻江倒海，连喊三声："我擦，我擦，我擦擦擦！"

苏扬突然上前，紧紧拉住傻强的手："好诗，简洁而有力，纯粹且真情，呼应着此刻灼热的阳光，还有我们炽热的青春，独具匠心，浑然天成，实属诗中上品。"

傻强愤懑不羁的心已经完全融化，他同样用力紧握苏扬双手，只喊了一句："同志！"

傻强带着苏扬重新来到团委。女老师刚准备提前下班，一看神经病又来了，还带回来一个，只得重新坐回电脑前，佯装处理公务。

傻强谄媚地说：“老师，我回来啦！现在我们已经有两个人了，只要再有两人我们的诗社就能成立了吆！”

老师心想你当凑齐七个葫芦娃召唤神龙啊，懒得和傻强说话，鼻孔深处发出声闷响，算是回答。

苏扬很认真地说：“我们已经向宇宙散发了信号，全师大热爱诗歌的孩子都能接收到，很快我们就能聚集在一起。”

老师听后一口气差点没接上，心想敢情来了个病情更严重的，于是开始认真打量苏扬，细一瞅发现竟然是个帅哥，而且越瞅越好看，很像当年自己大学时暗恋的那个师哥。

老师立即决定改变形象，和颜悦色对苏扬说：“喜欢诗歌的孩子都是内心美好的孩子，老师懂你们。其实偶尔闲暇无聊之极，老师也会读一点儿诗歌，比如‘锄禾日当午’，而且老师当年学的是考古专业，根据我的研究，锄禾应该是个男人，而当午显然是个女人，这首诗呢其实记录了我国劳动人民源远流长的民间风俗……”

苏扬很感动，想不到自己发向宇宙的信号这么快就有了回响，刚准备上前拥抱老师喊一声同志，却被傻强拉住，傻强知道老师说话跑偏的习惯很严重，赶紧打断：“老师，讲重点。”

老师说：“哦！你们先回去，如果有想成立诗社的同学来，我会通知你们的。”

傻强一想有道理，于是点头就准备走。苏扬却一屁股坐了下来：“我们不要回去等通知，我们就在这里等那个人的出现。”

傻强：“为什么？”

苏扬真诚地看着傻强：“精诚所至，金石为开。你不觉得我们在这里等待本身就是一首诗吗？”

傻强点点头，又摇摇头。

苏扬叹了口气：“怀着希望，却很可能是绝望，却依然不放弃那小小的梦想。”苏扬闭上眼，深呼吸了一口气，“好美！”

傻强还是不懂，但他也决定留下来。因为这里有可以直饮的矿泉水，有可口的小点心，有很舒服的沙发，还有洗手间，上厕所都不要排队。对了，还有空调，外面太阳那么猛烈可这里像春天一样舒服，留下来，享受美好。

看着两位的架势，老师彻底崩溃了，心说要不是我是老师你们是学生我真想拿刀把你俩给剁了，得，你们爱等不等反正到下班老娘就走人，反正又耽误我什么事。

就这样苏扬掏出一本《海德格尔精选集》，有滋有味看了起来，傻强坐了一会儿干脆倒头睡了起来。老师狠狠地直咬牙，强迫症犯了，死命地瞅着手表，就等五点下班时间一到，立即走人。

要不说邪乎呢，就在要下班前，苏扬、傻强，还有老师一起被一声声雄浑有力的朗诵给惊醒，三个人立即望向门口，就看到一个矮胖子嘴里边唠叨着边走了进来。

她们说我只爱她们的灵魂
她们愚不可及
我爱灵魂，但也爱肉体
爱不分彼此，更无高低
当我的血肉和炮火亲吻
我的灵魂便会永生

当我拥抱她们的灵魂

我便成了她们

矮胖子愣愣走了进来，大声问：“谁是这里的老师？”

苏扬和傻强一起指向拎着包刚准备离开的老师：“她！”

矮胖子立即对着老师鞠躬：“老师你好，我想请问，我们学校有诗社吗？”

老师摇头：“没有，没有！”

苏扬和傻强激动地上前一左一右拉住大左胳膊说：“有，有，我们就是，我们正在等你。”

矮胖子又很客气地对着苏扬和傻强鞠躬致意：“你们好，我叫大左，是个诗人。”

傻强特别激动，激动得快流泪了，他死死拽着大左，生怕他跑了，然后对一边目瞪口呆的团委老师说：还差一个，差一个就可以啦！

就这样，苏扬，大左，傻强这师大仅存的两个诗人和一个诗歌投机主义者意外相逢了，他们共同期待着第四人出现，这样就能创建师大有史以来的第一个诗社，为此他们花费了很长时间等待，都始终没有等到那个人。于是他们又开始游说身边的人，但屡屡失败，软的不行来硬的，大左提着洗厕剂到处威胁，说谁不加入我就泼谁，但同学们宁可被毁容也不愿意选择诗歌。

就在他们快失意绝望之际，他们终于等到了唐悠悠。

那已经是一学期后的事情了。在那一学期里，三个人以诗歌的名义走到了一起，开头几天还以诗论友，但很快就发生分歧，苏扬喜欢意境至上，朦胧为君，大左则崇尚写实，还自创了一种很粗鲁直接甚至色情的诗歌而且还美其名曰“下体”，说“下体”才是诗歌的终极灵魂。至于傻强，本来就对诗歌没什么想法，正好借题发挥，一天一个主意。总之三个人谁也不服谁，最后苏扬干脆说我们还是别写诗好了，大左说好主意，我们泡妞吧。傻强说泡妞多没劲我们还是打牌吧。我刚学会了一种牌技，特别有意思，来来来，我教你们，一把五块，上不封顶，小赌怡情，打牌也是人生，打牌也是写诗哈。

于是三个人开始玩牌，傻强传授的新玩法还真挺有意思，消磨时光不在话下输钱也输不到哪儿去。一开始苏扬和大左还总赢，大左很得意地感慨自己一直活错了方向自己真实的身份原来是赌王。慢慢地傻强就反败为胜，最后压根就没有苏扬和大左赢钱的份，等着两人反应过来时已经为时已晚，一学期的生活费已经都到了傻强口袋。傻强笑得嘴都咧到耳朵根了说不好意思明天我请客。苏扬说去你妈的，这学期你都得请，否则就把钱还回来。于是那一学期苏扬和大左吃喝拉撒都由傻强负责，到学期结束傻强一算，妈的，还倒贴进去一两千，这买卖亏大了。

第二学期开学第一天，三人又凑到一起吃饭。吃着吃着大左突然幽幽长叹：“我要死了。”

苏扬和傻强立即放下筷子。

苏扬说：“我靠，太好了。”

傻强：“以后吃饭就可以少付一人钱了。”

苏扬：“这孙子还特能吃。”

傻强：“可不是咋的，上学期光他一个人就吃了我小两千块。”

苏扬：“我勒个去，你算得那么清楚？那我吃了多少？”

傻强：“一千四百多吧。”

苏扬：“亏了。合计最后我输的钱都让这孙子给吃回去了。”

傻强：“才知道啊你？所以说你恨的人不应该是我，而是他。”

大左愤慨：“够了你们，还有没有人性。我真的要死了。”

苏扬：“好了，别傲娇了，快说你到底怎么了？”

大左：“我爱上了一只鸡。”

傻强：“禽兽啊，你连动物都不放过，还是禽类。”

苏扬拍桌：“能爱常人所不能爱，英雄，请让我先敬你一杯。”

大左：“你们少来，我是认真的，虽然她是鸡，但她有着圣母一样温暖的胸膛，还有天使一样的翅膀。”

傻强：“翅膀？嘿嘿，还是禽类。“

苏扬：“我去，我当什么惊天地泣鬼神的故事，原来是去嫖娼了……那地儿好不好？花了多少钱？”

大左：“四千。”

苏扬吓得将嘴里的排骨掉了出来：“我勒个去，你找了几个？那么贵！”

傻强：“真看不出来，你小子个儿不大，能耐不小。“

大左：“就一个人，而且就一次，和她做爱我体验了人生前所未有的快乐，仿佛明白了活着的意义。做完后我情难自禁，感觉已经深深爱上了她。”

苏扬：“讲然后！”

大左：“然后我就紧紧抱着她，用尽我所有的真心和热情，她显然感受到了我的温暖，在我怀里嘤嘤哭泣，她说自己从小父母双亡，自己遇人不淑，从千里之外的老家被骗到此地，最后沦落为娼，如果她有回家的路费，一定不会继续堕落，而是重新做人。”

苏扬：“所以你丫就……”

大左：“所以我就将开学的学费都给了她，我觉得这是我做过最浪漫的事。”

傻强：“确实够浪漫的，不过也够傻的。”

大左：“错，是牛，傻强你这种精明恶俗之人，永远不会懂，更不会做的。”

苏扬：“请问你真正想表达的是什么？”

大左：“苏扬，还是你懂我，我只想说，老子这学期都没有生活费了，以后只能吃你们的了。”

傻强：“你妹，要吃就吃苏扬的，老子这学期一分钱都不出。”

大左看着苏扬：“算了，还是你说句人话吧。”

苏扬：“咳，我内心倒是愿意，钱算什么呀，钱是王八蛋。不过我现在王八蛋也不多。二来我得给韩晓萌买件像样的生日礼物。”

提到韩晓萌，苏扬突然满脸幸福：“你们知道吗？韩晓萌很快就过生日啦，这是我们分开之后她的第一个生日，我得好好策划策划，一定要让她惊喜和幸福。”

大左：“见色忘友，苏扬，算我看错你了。”

傻强附和：“苏扬，我也看错你了。”

大左：“关你丫屁事，不对，你丫不还有钱吗？上学期赢了我们那么多钱，快拿出来。”

傻强哭丧着脸：“其实我也没钱了，我比你们还穷。”

苏扬和傻强一起问：“钱呢？”

傻强眼泪都出来了：“全部买彩票了，本以为能赚上千儿八百万的，没想到运气不好，全折进去了，耻辱啊。”

大左长叹口气：“也就是说，我们刚开学，就已经是三个穷逼咯。”

苏扬：“虽然听上去不怎么好听，但应该是事实。不过也无需绝望，因为我刨去给韩晓萌买礼物的钱，剩下的钱足够我们吃馒头吃两个月的。”

大左喜出望外：“真哒？饿不死就好”

傻强也拍着胸脯：“大左，别说我不讲义气，我可以出钱买榨菜和老干妈，我还知道有一个地方可以免费提供汤，里面还有蛋花哦。”

傻强边夹牛肉边说：“靠谱，能够认识二位重情重义仁兄，真是我大左前生修来的福分呐。来来来，今朝有酒今朝醉，莫使金樽空对月，趁着这顿还有酒有肉，可劲儿造啊！”

傻强眼疾手快一筷子将大左到嘴口的肉夺了下来：“尼玛别吃了，你丫都吃三块了，统共就七块。”

大左又去抢：“傻强，刚刚不还说要同患难吗？

傻强躲闪：“那是以后吃馒头的时候，现在有肉，谁他妈和你患难。”

大左：“难怪你丫刚才趁我说话的时候连续吃了两块，你丫太坏了。”

苏扬在一旁哈哈笑：“太棒了，太棒了。”

大左和傻强一起怒目而视：“笑毛啊！再笑把你的那份全吃了。”

苏扬还笑：“吃吧，吃吧，把能吃的统统吃光，吃掉旧山河，吃出个新气象，你们不觉得现在的一切很像诗吗？这就是我要的青春。”

青春是什么？

傻强说：“青春是投机的最佳时节，充满了无限可能，成本还低，只要你有一颗勇敢的心，无耻的灵魂，你将百战不殆。”

大左说：“只有偏执狂才能成功，只有疯子才能在这个肮脏的世界生存。至于什么是青春，我从不考虑，因为我根本没有青春，我是早熟的孩子。一半用来抵抗欲望，一半用来思考人生。”

苏扬说：“青春就是用来疯狂的，青春就是用来犯错的，但青春不是用来后悔的。趁自己还年轻的时候，一定要活得纯粹。我愿意在青春的时候变得脆弱、多疑。操心什么明天啊？你想不想、愿不愿意明天都会如约而至，青春只在朝夕，这些疯狂的执念也在朝夕。所以我想在醒来之前，彻底酣睡。”

苏扬想了想，补充说：“嗯，就是这样，虽然我们无法改变人生的逻辑，但可以晚点儿醒来。因为，你永远都无法叫醒一个装睡的人。”

理想是什么？

傻强说：“我的理想是可以叱咤人生五百年，青史留名，做人上人，为了这个目的，可以不择手段。”

大左说：“别他妈和我谈理想。老子只有大情怀、大格局，那就是世界和平，人人得以拥抱民主和自由，生活在一个鲜花盛开的地方。从此不再颠沛流离，人间流浪。”

苏扬说：“都快别放屁了，说人话。”

大左嘿嘿一乐：“实在要问我终极理想的话，就是找个如花似玉的姑娘，谈情说爱还不需要负责，满足你对爱情所有的向往，还不会受伤。”

苏扬说：“你们的理想要么太大，要么变态。我就希望将来自己能和心爱的人守护一辈子，给她幸福。在我心中，任何力量和真爱相比，都将自惭形秽。”

大左又笑：“那我们的人生注定是场悲剧。”

苏扬说：“悲剧就悲剧，悲剧是人间最美的诗。”

因为没钱，兄弟仨人一连吃了两个多月馒头，吃到最后每个人都神情恍惚，面目浮肿快成馒头了。他们也成了师大新闻学院最奇葩的一道风景，在所有人眼中他们都是如假包换的傻瓜白痴，把日子过得穷困潦倒，有今天没明天还一点儿不发愁不思进取。可是在苏扬眼中这种生活简直浪漫极了，不为稻粱谋，不受任何俗世力量的制约，有苦同吃，有难同当，这才叫真兄弟。

不过兄弟情深归兄弟情深，却总不能吃一辈子的馒头。

有一天，傻强建议去学校外面的熟食店看看。

大左一口否定："去那儿干什么？又吃不起。"

傻强："看看也好啊，看看又不要钱。"

苏扬赞同："从理论上讲，看和吃是一样的，都是通过人体器官和食物进行交换，形成身体反馈。"

大左说："你的意思，看看就当吃了？"

苏扬："我们得有这样的心态，否则世界将是满目疮痍。"

傻强："别说那些没用的，我就想说不定有好心人看我们太可怜，施舍一块大猪蹄也不一定。"

大左："靠谱，人间有真情，人间有真爱，我们长得这么惨，肯定没问题。"

在大猪蹄的诱惑下，三个人很快来到熟食店外，一字排开，流着哈喇子看着里面琳琅满目的各种美味

为了防止营业员多心，大左先坦白："我们可不买啊，我们就看看。你们看看不会也收费吧！"

本来说好看十分钟就走的，结果看了半个小时三个人没有半分动弹的意

思，而且各种意淫。

大左说他小时候家里面杀过猪，最不待见的就是猪蹄，自己曾经一口气吃过四只猪蹄，还没吃够。

傻强不屑说猪尾巴才好吃呢，而且一只猪有四只脚，只有一只尾巴。

然后两个人整整辩论了半个小时到底猪蹄好吃还是猪尾巴好吃。辩论到最后俩人让苏扬评理，苏扬咽着口水说：“我没工夫搭理你们，我只想多看一会儿。”

大左和傻强一起说：“这孙子太坏了。”

回学校路上，大左幽幽地说：“曾因酒醉鞭名马，生怕情多累美人！等老子将来有钱了，一定要买十个猪蹄，狠狠吃，吃到恶心为止！”

傻强说：“你丫别意淫了，我好想流眼泪，想我一世英明，现在却混得这么惨。我们这样苟且地活着，真的是对的吗？”

大左摇头：“不知道，我只想吃猪蹄。”

苏扬突然长叹口气：“都怪我。”

傻强瞅着他：“这话我爱听，说详细点。”

苏扬：“我有钱，可是不能拿出来。”

大左：“你不是说要给韩晓萌买生日礼物吗。”

苏扬点头：“嗯，说了很久了。”

大左：“可她到底要什么礼物啊，看你每天都神经兮兮的。”

苏扬的表情立即变得高大上：“铛铛铛，诺基亚刚发布的一款新手机，V8088。”

傻强瞬间激动：“我擦，V8088，我的至爱，她可真敢要。”

大左：“那你现在有多少钱了？”

苏扬："再多两百块就有三千了。"

大左："那还差老大不少呢，得了，和没说一样。"

苏扬："可是再这样下去我们会不会馋死？"

傻强："那也不错啊，问世间有笑死的，有冤死的，还没有听过馋死的，填补了一个空白，咱也算创造历史了。"

苏扬又叹口气："我还是想想办法吧。"

大左："得了，能想的都想了，你还能想什么办法？去卖淫啊？别说，你这么帅，一定能卖上好价格。"

苏扬沉思不语。

傻强激动了："我擦，你丫不会真动心了吧。"

苏扬还沉浸在自己思维中："要不我和韩晓萌说下，明年再给她买手机。"

大左和傻强吓得一起摇头。大左说："千万别，你那位可不是省油的灯，会弄死我俩的。

傻强附和："就是啊，见过作的人，没见过这么能作的。说实话，其他地方我不服你，但这方面，你要是认第二，没人敢认第一。"

傻强说的是真心话，虽然和苏扬走到了一起，成了好兄弟，但心中那种不忿还有，总是忍不住挤兑苏扬两句，然后自己就会爽两下。

傻强觉得自己快离不开苏扬了，否则人生会少了很多的幸福感。

苏扬又长叹了一口气："那就只有期待贵人出现，解救我们于水深火热了，可是，贵人会是谁，又会在何方呢？"

大左哀怨地看着苏扬："我不管，反正谁给我猪蹄吃，谁就是我的贵人，我想吃猪蹄。"

快走到教学楼的时候，天空突然下雨了。苏扬突然愣在了原地，向天空伸出了手。

苏扬认真地说："下雨了！"

大左："是啊，天要下雨娘要嫁人，值得感慨吗？"

苏扬没有回答，而是反问："你俩多久没洗澡了？"

傻强："三个星期了吧，问这个干吗？"

大左惊叹："你那么干净啊，我都快两个月没洗澡了。"

苏扬点头："我也差不多，学校洗一次澡要五块钱，真心洗不起。"

大左："就是，五块钱都能买半个猪蹄了，学校真丧心病狂——可他妈这和下雨有什么关系。"

苏扬："当然有关系了，难道你不觉得这场雨下得很恰逢其时吗？有了这场大雨我们还要去什么澡堂洗澡啊！这天就是淋浴头，这地就是大澡盆，我们可以在天地间自由洗澡，请问你们见过这么好的澡堂吗？"

大左和傻强一起摇头："你不会是要现在到雨里奔跑吧。"

苏扬点头："没错儿，哥几个，咱去洗澡吧。这漫天大雨定能除却我们满身污垢，迎来新气象。"

大左："好像有点儿感觉，天大地大老子最大，没人可以阻挡我们的自由。"

傻强："虽然直觉告诉我，你俩又在发神经，但和每次一样，我还是选择支持你们的行为。"

三个人相视一笑，突然开始奔跑，边跑边叫，手舞足蹈。

就这样，路上的同学为避雨都匆匆往教学楼里跑，他们三个人却正好相反，向一旁的操场奔去。迎面的同学纷纷躲闪，唯恐避让不及。苏扬速度最快，奔在最前面，很快就差点儿将一个身材娇小的女孩撞倒，幸好自己眼疾手快，一把拉住了女孩胳膊，然后对她吐了吐舌头，点头致歉，很诚恳地微笑着说："对不起，你没事儿吧？"

然后又继续向前奔跑。

那个女孩就是唐悠悠，一个苏扬深爱过、永远都忘不了的女人。而那一瞬间的擦肩而过，换来的却是延续一生的思念和疼痛。

原来这就叫命运，只是彼时他俩都不知道。

扫一扫　分享一草写作大课堂之确立目标

Those hours that with gentle work did frame
The lovely gaze where every eye doth dwell,
Will play the tyrants to the very same,
And that unfair which fairly doth excel.
For never--resting time leads summer on
To hideous winter and confounds him there,
Sap check'd with frost and lusty leaves quite gone,
Beauty o'ersnow'd and bareness every where.
Then were not summer's distillation left
A liquid prisoner pent in walls of glass,
Beauty's effect with beauty were bereft,
Nor it nor no remembrance what it was.
But flowers distill'd though they with winter meet,
Leese but their show,their shubstance still lives sweet.

Chapter 2 迷鸟

我必须是你近旁的一株木棉，
做为树的形象和你站在一起。
根，紧握在地下；
叶，相触在云里。

——舒婷《我如果爱你》

Those hours that with gentle work did frame
The lovely gaze where every eye doth dwell,
Will play the tyrants to the very same,
And that unfair which fairly doth excel.
For never--resting time leads summer on
To hideous winter and confounds him there,
Sap check'd with frost and lusty leaves quite gone,
Beauty o'ersnow'd and bareness every where.
Then were not summer's distillation left
A liquid prisoner pent in walls of glass,
Beauty's effect with beauty were bereft,
Nor it nor no remembrance what it was.
But flowers distill'd though they with winter meet,
Leese but their show,their shubstance still lives sweet.

唐悠悠本来是要到教学楼上“二十一世纪第三世界金融史”的。这不是她的必修课，而是她这学期十几门选修课中的一门，如果师大要评选最勤奋最好学的学霸，那绝对非唐悠悠莫属。唐悠悠坚定认为大学是投资自己的最好的时期，不但付出了大量时间精力在学业上，而且绝不错过任何一个可以将自己变得更强大更完美的机会，比如参加校内外各种培训讲座和展览，坚持健身瑜伽塑造形体，每周至少观摩一部艺术电影，学习品鉴红酒、学习插花、学习当代装置艺术，至于各种能力证书她已经拥有了不计其数……总之，对于自己她有清晰的认识，对于未来她也已有明确的规划。她无法接受平庸的自己，更不能接受平凡的人生。她深知要想成为最好的自己，拥有最精彩的未来，靠天靠地靠爹靠娘都不靠谱，只有靠自己，因此她活得比谁都目的明确且充实。

唐悠悠的人生其实异常简单，只分为两种：她想要的和她无视的。对于前者不管千山万水还是千难万险她都会想尽办法不顾一切拿下。对于后者，不管有什么诱惑或逼迫，她都绝对不会在上面浪费一丝一毫的精力。是的，这就是唐悠悠，一个极度理性且执行力超强的姑娘，一个遗世独立却悠然自得的姑娘，一个志存高远又脚踏实地的姑娘，一个让身边人羡慕、嫉妒、又爱又恨可她自己压根不在乎的姑娘。

唐悠悠的个性源起于她有一个更强势也更偏执的妈妈。她很小的时候父母就离了婚，从此和妈妈相依为命，妈妈属于那种心比天高命比纸薄的人，一辈子都在折腾，一辈子都在失败，二十岁前输给了大时代，一纸文书让她上山下乡当了十年农民，三十岁回城后则输给了人性，她只知道执拗地争取，却不懂适时退让和包容更是人生之道。单身妈妈有太多辛酸的故事，面对坚硬的现实她自己最后虽然低了头，却换了另外一种极端的方式去争取，那就是将所有希望都寄托在女儿身上，她要求唐悠悠必须完成她没有实现的辉煌人生。从小到大唐悠悠印象最深也是最害怕的场景就是看着妈妈在自己面前一哭就是几个小时然后泪眼婆娑咬牙切齿对自己说："悠悠，你可一定要争气啊，你将来如果不出人头地，妈妈就是死都会死不瞑目。"在很长一段时间内唐悠悠对所谓出人头地都没有具体概念，但不妨碍她很懂事的点头，并且信誓旦旦地承诺："妈，我一定不会让你失望。"

就这样，母亲殷切的期望犹如诅咒，唐悠悠从此没有了自己的人生。她严丝合缝地按照妈妈为自己缜密布置的规划去成长，没有挣扎，更没有抵抗，还觉得这就是理所当然的人生。很多人都说自己的童年不快乐，而唐悠悠则一直说自己根本就没有童年，她所有的时间都被分成了一小块一小块，每一小块的用途都被明确定义，主要成分是，功能用途是什么，没有一丝一毫的浪费。别的小朋友最多学习一两门才艺，她却要学七八种，别的小朋友最多一个星期补一天课，她则全年无休，永远在各种学习。艰辛的付出换来的是她的早熟和优秀，从小到大她都是最杰出的存在，幼儿园前就能背诵一百首古诗，数字能轻松数到一千。小学一年级开始就是班长和文艺委员，精通所有常规乐器，至少能跳七种舞蹈，获奖无数。四年级时击败八百名对手成为市少年宫著名的金色年华合唱团的独唱演员，六年级时作为仅有的两名学生代表接待外国政要来访，说着一口流利的英语，全省现场直播。

如果说唐悠悠的童年是在妈妈的控制下被动完成的，那么走过童年后的唐悠悠俨然已经变成了她妈妈，甚至执拗的个性有过之而无不及。她不能允许自己浪费半分半秒的时间，不能允许自己有任何失败。她给自己制定了各种规划，然后严苛去执行，她不能允许自己的生活出现任何意外，哪怕连来月经都是计划好的——唐悠悠上初一时，班上女孩陆续来月经了，大家反应不一，有害怕的，也有自豪的，唐悠悠却觉得这是一件很麻烦的事，是对自己规律生活的严重破坏，于是她对自己说："不许你来，否则绝不原谅你。"结果还真的相安无事，一直到初三时，唐悠悠觉得自己已经足够做好准备了才说："好了，你可以来了。"那天夜里唐悠悠做了很漫长的一个梦，早上醒来后，床单一片猩红，唐悠悠坐在床头，长久凝视着那片红，仿佛穿透了自己单薄且苍白的青春。

除了拥有极强的计划性外，青春期的唐悠悠还是一个特别固执甚至偏执的人，对于自己确定的目标，拥有不可思议的执行力。在她眼中只有她不想做的事，就没有做不到的事情。比如减肥，初三来月经后唐悠悠的身体突然发酵了一样变得很胖，因此她平生第一次感受到了不自信，虽然她考取了全省最好的高中，却无法接受发胖后的身体去面对新的同学，于是她决定暑假减肥，并且定下一个月至少瘦二十斤，两个月瘦回一百斤内的残酷目标。为此她研究了所有能找到的减肥方法，最后却选择了最直接也最残酷的方法——绝食。她是真的不吃，整整一个星期，她除了喝水和少量吃点儿蔬菜水果，一口主食都没吃，身体反应很强烈，最后发起高烧，虚弱到要死掉也坚持不吃，最后生生在开学前一天完成了目标，几乎是爬着到学校报到。而为了防止反弹，从此以后她就再没有吃晚饭的习惯，一直到大学都没有破例过一次。高中三年，她不但是全班成绩最好的同学，也是最漂亮最有气质的那个人。她从不解释找借口，也不在乎吃多少苦，流多少汗，更不在乎别人的非议或赞美，她唯一在意的只是自己是否变得更优秀，更完美。高三时她特别喜欢一句话：人生如同一场漫长的修炼，而时间是最好的刻刀。她期待有一天当自己离开学校走进社会时，可以变得足够优秀和强大，可以不悔过去，不畏未来。

很多时候，唐悠悠会觉得自己根本就是台机器人，不会浪费时间，没有多余情感，缜密地按照既定程序活着。她完全不能理解和接受那些每天庸庸碌碌活着的人们，一边抱怨时间太多太无聊一边埋怨生活太残酷未来一片虚无。唐悠悠觉得他们是最可怜的存在，她甚至不能理解为什么要在大学谈恋爱，会有结果吗？难道不是浪费生命和资源吗？每每看到一对对秀恩爱的恋人，她心中都会升腾出强烈的鄙夷：你们现在卿卿我我浪费时间，将来一事无成庸庸碌碌，愚蠢之极！

可是，她毕竟不是机器人，她毕竟只是一个不到二十岁的少女，她毕竟依然拥有人类最原始的七情六欲，那个初夏的傍晚，空中充满了栀子花的味道，仿佛一味多情散，在她冰封的心中掠过丝丝涟漪。她突然感受到了一种前所未有的孤独，这种孤独是无论她学多少技能，懂得多少道理，都无法将之驱散的，特别是她看到别人都三三两两，或恩爱，或亲密，或热闹，或嬉笑的时候，她情不自禁问自己：唐悠悠，那些你赖以生存的信仰真的毫无破绽吗？像你这样严谨独立地活着难道就真的正确吗？你真的比那些你眼中的可怜蛋更高明吗？你的未来真的就一定比他们更幸福吗？

疑惑太多，一时招架不住，唐悠悠决定立即停止感伤，上课时间快到了，她正打算屏气凝神往前走的时候，突然天空下起了雨，完全没有预兆的一场大雨，她加快了步伐，低着头，下意识地将双肩包顶到了头上。

突然，一股强大的力量撞了过来，她坚定的步伐瞬间失去了平衡，这种恐惧感前所未有，她情不自禁发出尖叫，然而在她惊魂未定之际又被人紧紧托住，倾斜的身体很快恢复平衡，可慌乱的心却一时半会儿无法平静。

她当然不是一个愿意吃亏的人，本能反应是和撞到自己的人理论几句，于是她抬头，映入眼帘的是一张很英俊的男生脸庞，长发，剑眉，大眼睛，双眼皮，鼻子很好看，嘴唇更好看，她是典型的外貌协会，自认为审美眼光相当不俗，可这张帅气的脸庞和她之前欣赏的都不一样，除了无可挑剔的五官，更多了一份不羁，对，就是不羁，他的眼神，他的笑容都强烈散发出这个信号，仿佛他还是一个孩子，胸无城府，他的世界只有简单和快乐，对了，他甚至还吐了吐舌头，然后对她点头致歉说对不起，他的声音也特别好听。天啦！到底什么情况，那一瞬间，唐悠悠完全懵了，仿佛置身客场，山呼海啸传来的是别人的名字，就连自己都快要为他加油叫好，更不要说去指责他了。唐悠悠惊魂未定，对方却很快擦肩而过，留下淡淡的香味，很好闻。唐悠悠情不自禁回头用目光追随他的声音，他好高，也很瘦，背影都显得很有特色。唐悠悠情不自禁闭上了眼睛，她之前一直好奇古人说的怦然心动究竟是什么意思，可那一瞬间，她仿佛全明白了。

他到底是谁？为什么会在雨中狂奔还那么惬意那么高兴？唐悠悠好疑惑，她思绪未平，又有两个人从身边快速奔跑而过，三个人很快跑到操场中间，在那儿跳跃，追逐打闹，挥舞着胳膊，恣意妄为，还发出阵阵欢笑，同时嘴中还念念有词，像个——神经病。

唐悠悠站在教学楼的走廊上，痴痴地看着操场上发神经的三个人，竟然忘了去教室上课。她好不容易回过神来，装作很不经意地向身边同学打听：“他们是谁啊，好奇怪的说。”

同学回答：“他们是诗人。”

唐悠悠点头："湿人？哦，下雨了，可不得湿吗？"

同学白了唐悠悠一眼："晕，还干人呢，是诗人，诗歌的诗。"

"啊！"唐悠悠突然明白了过来，在她十九年的生命中，她遇见过各种有才有艺的人，从来没有接触过诗人。她情不自禁感慨："天啦，原来我们学校还有诗人？"

"有啊，一共就三个人，look，就是这三个神经病。"

唐悠悠："哦！"

上课已经有一会儿了，可她始终没进去，而是一直远远凝视着操场，而且特别奇怪的是，不管苏扬跑得多快，她的眼神都能始终停留在他的身上，而且能够看清楚他的脸，他脸上无邪的笑，他单纯的双眼，他欢呼时的孩子气。

"诗人！"唐悠悠自己也情不自禁微笑了起来。

雨快停了，空中的花香味更浓郁了。

就在唐悠悠远远凝视着三个傻瓜在雨中奔跑不能自已时，三个傻瓜也发现了这个奇怪的姑娘。

雨中的大左抹了一把脸说："我发现那儿有个姑娘，很是与众不同。"

傻强立即停步，四顾茫然："哪呢？哪呢？"

苏扬："我也看到了，不过她怎么就与众不同了？

大左："就是别的姑娘看到我们都像看到蛇精病，但她看我们的眼神不但不嫌弃，反而充满了好奇，好奇的背后还有一丝幻想。"

苏扬："牛啊你，我们离那姑娘至少三百米，这漫天大雨，我他妈连她脸都看不清楚，你竟然看到她眼中的幻想了。"

傻强："会不会是你丫饿疯了，出现幻觉了。"

大左："绝对不可能，你可以侮辱我的身高，侮辱我的智商，但绝对不能侮辱我对女人的鉴赏。"

傻强："拉倒吧你，还鉴赏呢，你丫懂得鉴赏就不会把钱都给一只鸡，害得我们现在天天吃馒头，吃的我们都快成馒头了。"

大左不乐意了："瞧不起我是吧，怀疑我是吧，我懒得和你们辩解，我找那女的去，我让她告诉你们我是正确的，哼！"

说完大左直接奔唐悠悠过去了。

苏扬和傻强面面相觑。傻强问："怎么办？他会不会被人打啊。"

苏扬："走呗，一起去，挨打也一起，谁让我们是兄弟呢。"

于是苏扬和傻强也跟了过去。

大左走到唐悠悠面前："美女你好，请问你的眼睛里是不是写满了欲望？"

"啊！"唐悠悠瞪大眼睛，如果不是已经知道对方是个诗人，她一定会疯掉的，用脚踹对方裆部也说不定，她学过自由搏击，还拿到了黄带。

苏扬上前拉着大左，对唐悠悠笑："同学你别见怪啊，我兄弟淋雨着了凉神志不是很清楚。"

唐悠悠的心又是一阵荡漾，她微笑着说："不会，不会，你们怎么那么好玩啊！"唐悠悠不是传统意义的美女，不过她身材很好，穿着也很精致，气质更是超凡脱俗，笑起来别有一番风情。

大左洋洋得意："听到没，她承认了。"

傻强："我怎么没听到？"

大左："你太愚蠢了吧，女孩难道会直接说，是呀，我有欲望？她不拒绝我们，就是承认，对不对，美女？"

唐悠悠点头："虽然我听不懂你们说什么，但是我觉得你们真的很特别。”

苏扬：“我觉得我们在雨中说话有点儿傻，要不我们找个地方，边吃边聊？”

大左：“好啊，虽然我最近在减肥，但遇到这位同学我觉得是上天注定的缘分，我愿意破例。”

傻强：“没错，相请不如偶遇，面对你们如此智慧的提议，内心冷漠的我已然被感动了，我知道学校附近有一家刚开业的牛蛙火锅，就让我们去那里吧，映衬着火锅那熊熊的火焰，畅谈人生和理想，岂不快哉。”

唐悠悠看着三个人一说一答，完全搞不清楚状况。她只知道自己心动了，并且不由自主改变了方向，跟着三个人离开。

这是她严谨的人生成长中第一次计划外的行动，而她的人生，在那一秒钟，已然发生改变。

牛蛙火锅真好吃呀，三个人整整吃了五斤牛蛙，外加十瓶啤酒，还是纯生的。

说好的把酒言欢呢？说好的畅谈人生和理想呢？NO，完全没有，有的只是三个人疯狂地吃菜，疯狂地喝酒。

唐悠悠看着最后大左挥舞着筷子在锅里拼命捞菜，眼珠子都快掉进去了，心里暗叹了口气说：“老板，再加一斤牛蛙。”

大左边喝酒边说：“好好好，再来一斤，再来一斤我看就差不多了。”

很快又是一斤牛蛙下肚，大左打着饱嗝问：“同学，你叫什么名字？哪个系的啊？”

唐悠悠：“我叫唐悠悠，国际金融的，很高兴认识你们。”

苏扬说：“我叫苏扬，这个矮子叫左忠堂，我们都叫他大左，这个瘦子叫傻强。认识你很高兴。”

大左和傻强一起伸手：“是啊，认识你很高兴。”

唐悠悠看着热气腾腾的火锅上面齐刷刷伸出来的三只手，心想如果自己迟迟不答应，这三只手会不会被蒸熟了，然后这三个饿鬼会不会把自己的手吃掉。她突然“扑哧”一声为自己的无厘头想法而笑了出来。

大左说：“姑娘，你笑得可真好看，是我前所未见过的笑容。”

傻强说：“美女，你别害怕，这个禽兽如果对你图谋不轨，我和他决裂也会誓死保护你的。”

唐悠悠看着苏扬，心想看他会说出什么奇怪的话来。

苏扬很认真地说：“要不，你加入我们诗社吧。”

唐悠悠点头：“好啊，可是我不会写诗怎么办？”唐悠悠说完觉得自己答应得太快了些，感觉自己很奇怪，有点儿陌生，可又有点儿小兴奋。

大左：“没事，写诗这种苦活累活脏活，交给我们就成。”

唐悠悠：“那我做什么呀？”

傻强差点儿脱口而出：你就负责请我们吃饭好了。结果被苏扬拼命瞪眼睛制止住了，

苏扬打哈哈：“啊！是这样的。我们诗社不只是自娱自乐，还需要有相关的宣传推广。我看你学国际金融的，应该在这方面具有优势，而且你是女孩，心细。你知道我们诗人都比较神经粗犷，所以有你加入我相信我们诗社一定会如虎添翼。”

唐悠悠：“这样啊，那应该没问题。”

大左拍手：“太好了，我们这就去团委，妈的，终于凑齐四个人了，咱诗社明天就开张。来，老板买单了。对了，我先去走个肾，操，最近身体真不行了，以前我一口气喝十瓶啤酒都不要尿尿的。”

傻强赶紧追了上去："同去同去，以前我喝二十瓶都不要尿尿。"

苏扬赶紧站起来："以前我喝三十瓶……"

话还没说完，服务员就拿着账单过来了，而且直接递给了苏扬："你好，一共三百八。"

苏扬暗骂：你妹啊，算账算这么快。一边下意识地到处摸口袋，还好他那天衣服口袋比较多，从上掏到下至少两分钟。

两分钟后，大左和傻强还没回来，苏扬只好硬着头皮再掏一轮。

唐悠悠实在看不下去了，掏出卡："我来吧，刷卡。"

小妹接过卡："好的，请问有密码吗？"

苏扬突然血冲大脑，豪气万丈："什么你来？必须我买。"然后弯腰从袜子里掏出五百块钱扔到服务小妹面前。

小妹将卡还给唐悠悠，然后拿起钱刚要离开，唐悠悠叫住了她："你等会儿。"

那一瞬间，苏扬悲喜交集，他多么希望唐悠悠能够再谦让一下，那么他肯定会乘势而下，这样既节省了一大笔钱还不至于太没面子，没想到唐悠悠只是对服务员小妹说："我们不要开发票，但你得送我们一瓶大可乐。"

大左和傻强从洗手间回来的时候，服务员正好给苏扬找钱。大左和傻强立即明白了怎么回事笑得眼泪都快出来了。苏扬恶狠狠瞪着这俩人，趁唐悠悠不注意的时候小声说："今儿必须AA，回去你们自觉把份子钱还给我，否则明天开始白馒头都没得吃。"

大左嬉皮笑脸小声说："不怕，从明天开始就有人买单了，而且顿顿有酒有肉，噢耶。"

酒足饭饱后，四个人来到团委。那个中年女老师正在看岛国动作片，一

看大左来了，吓得噼里啪啦赶紧切换屏幕，不过声音没能及时关掉，因此耳机里还传来阵阵呻吟声，

大左对这声音特别敏感，上前一步问："老师，你是不是在看A片啊，听口音感觉是波多野结衣，她的戏挺棒了，老师你真有品位。"

老师差点儿一口血喷出来，只得故作镇静说："同学，请问你有什么事吗？"

大左不乐意了："我擦，老师你难道不认识我了吗？哎呀，瞅你年龄也不太大，记性咋这么不好呢，强烈建议你去医院看看啊。哎呀老师你别瞪我，我说这话没其他意思，我这人就是心直口快。对了我们这次找你还是为了诗社的事情，你去年说只要我们有四个人就可以成立诗社，这不我们终于凑齐四个人了，那，1、2、3、4；one、two、three、four。一个不多，一个不少，老师，你说我们诗社是不是可以正式成立啦！"

老师气得鼻子都歪了，大左语速太快思维缜密导致她好几次想插嘴打断都无功而返。老师心想尼玛记忆力真好啊上学期自己就随口一说这家伙竟然给记住了尼玛我现在要是手中有把刀的话自己肯定会冲动地将眼前这个长得很丑的神经病攮死。可是她没有刀，而且她为人师表，最关键的是耳机里传来的呻吟越来越大声也越来越诱惑，她全无心思对付这几个家伙只想快点儿看A片。于是她咽了口吐沫不耐烦地说："知道了知道了，同意你们成立诗社，快点儿走吧。"

四个人立即欢呼庆祝，却见大左突然屏气凝神，竖着耳朵说："不对，刚才我说错了，不是波多野结衣，应该是早乙女露依，她俩的口音很相似，但节奏不一样，嗯，的确是早乙女露依。"

为庆祝诗社成立，苏扬、大左、傻强、唐悠悠连续一起吃了三天的饭，

顿顿好酒，顿顿有肉。一开始三人还假模假样抢着买单，后来也熟了，脸皮也厚了，吃完后个个打着饱嗝看着唐悠悠。特别大左，已经完全克服了仅有的耻辱感。可以很理直气壮地对唐悠悠说：“唐悠悠你快掏钱吧，按照规定新加入诗社的人要义务请长老们吃一学期的大餐，但我们关系这么好，吃一个月就行，嗯，一个月，唐悠悠，你赚到了哦。”

唐悠悠心中很不爽，但喜怒不于言表，她不差这点钱，也不小气，只是从来不花冤枉钱，更不会受冤枉气。从第一顿饭开始她已经很清楚知道眼前这三个所谓的诗人和骗子没有太大区别，但这一切还没有超过她的底限，何况和他们走到一起她目的很明确，那就是有更多的机会和苏扬接触，有更多的时间留在他身边，她想，就当这是和他在一起的代价好了，等和他的关系更熟一些，就可以将另外两个吃白食的笨蛋踢开，这样成本会小很多。

唐悠悠对苏扬一见钟情，可是她没有丝毫表现出自己对苏扬的好感，一是理性的她对这份心动还存在疑惑，她曾无数次分析自己之所以有这样的反应或许只是因为太缺少情感方面的经历，而苏扬和自己是相反方向的两个人，自己只是对他新鲜而已。可是这点她又很快否定自己，因为大左这个神经病和自己是更相反的人啊，为什么对他不但没有好感反而觉得有点厌恶呢？唐悠悠又怀疑自己只是被苏扬的长相给诱惑了自己其实是个色女可是很快她也否定了这点，首先苏扬虽然长得好看，但师大比他帅的男生大有人在为什么她也从来没动过心？何况论长相傻强也不见得比苏扬差多少可是她连看他一眼的想法都没有。那又是为了什么？难道是为了他的才华，想到这点，唐悠悠控制不住竟然“扑哧”笑出声了，唐悠悠想我加入诗社快一个月了还没看到他们写过一首诗歌，这几个哥们每天就在琢磨到哪儿吃饭到哪儿喝酒，诗歌只是他们骗吃骗喝的借口，他们其实什么都没有，特别没有才华，哈哈，我明明意识到了这点，可是竟然还愿意和他们在一起，每天花钱请他们吃饭，听他们一句天上一句地下说着没用的东西，我这到底是怎么了？

等唐悠悠用极其缜密的心思将上述疑惑运行了几十遍之后，她终于确定自己是对苏扬动了心，而且没有解释，如果一定要给一个解释，那只能是极其俗气的缘分两字。唉，好吧，猴子的粑粑算被我遇到了，只能认了，唐悠悠想我到底是该将这份心动隐藏在只有自己一人知道的罅隙中孤芳自赏还是应该大胆面对将之变成两个人的事情。唐悠悠做过很多很牛的事情可是从来没有处理过感情，她感到很棘手，这个分寸火候把握不好，还不能向别人求助。唐悠悠第一次为一件事感到困惑，失眠了好几天。

可唐悠悠毕竟是唐悠悠，一个精于规划和计算的女生，一个经历过无数次挑战并且屡战屡胜的女生。失眠的第五天，她决定还是勇敢面对这份情感，拿下苏扬，就像她拿下无数个证书一样。有了这样明确的目标，后面的事情反而好办了，就像做一道数学题，总归是有方法有步骤的，只要战略得当，战术清晰，执行到位，那么结果不可能坏，想到这里，唐悠悠打了鸡血一样，凌晨四点从床上蹦起来，掏出纸笔，开始画起战术图。

按照唐悠悠掌握的信息，她至少要克服两个重大的挑战，方能摘取胜利果实和苏扬在一起。第一，要让苏扬和韩晓萌分手，第二，要让苏扬将情感转移到自己身上。唐悠悠心知肚明第一点要比第二点更难，甚至是不可能完成的任务。唐悠悠虽然没有谈过恋爱，但还是看过身边人谈恋爱，也看过影视剧里的人谈恋爱，她见过痴情的男人，却没见过像苏扬如此痴情的男人。痴情到什么地步呢？只要提到韩晓萌，苏扬满眼满脸都是幸福。好多次大左酒足饭饱后借着酒兴说要去泡妞，说泡妞其实也是写诗的一种方式，还让唐悠悠介绍自己的闺蜜。唐悠悠一边拒绝一边暗中观察苏扬。唐悠悠说自己从小到大什么都有就是没朋友否则也不会和你们三个人走到一起了，大左哈哈大笑说："了然，你现在肯定特别后悔但没有办法了，加入诗社头一年无论如何都不能退出否则自罚一万块。"唐悠悠发现每次讨论类似话题苏扬都漠不关心，唐悠悠知道不是苏扬不近女色只是因为他的心已经被韩晓萌填充得满满的，韩晓萌就是他情感的整个世界，别人再也进不去半分半寸。

每当想到这个事实，唐悠悠都会又嫉妒又安慰。她嫉妒韩晓萌可以遇见一个对自己如此痴情的男孩，安慰的是，唐悠悠想，我终于知道自己喜欢这个男生的原因了，不只是因为他的颜值，而是因为他的痴情，这是当下多么稀缺的品质啊，当我们被渣男环绕，当我们亲眼目睹一个个劈腿和背叛的故事，当那么多女孩被欺骗后流泪哭泣说自己再也不相信男人所有虚伪的诺言了，我竟然遇见一个将爱视为生命一样的男生，难道我不应该产生爱慕之心吗？是的，我依然是那个理性的人，这一次，我依然没有偏离我的人生。

这个世界上很多事都有很多解释，每个人都会选择有利于自己的那个角度，这就是孟婆汤，忘了不想记忆的，这就是罗生门，说出自己想成为的。

好几次，唐悠悠痴痴看着苏扬，心想我绝不能让情感乱了阵脚，我并不是完全处于劣势，我得发现自己的优势，我的优势是什么呢？漂亮？我漂亮吗？虽然没怎么听别人说过，但自己感觉还不错，嗯，我相信自己，好，我是漂亮的。还有什么？我聪明，这个没问题，十六岁那年我智商就到了一百四十，现在估计更高了，还有什么？我性格好，我性格好吗？这个可能有点问题，我太偏执也太极端，算了，这点不是优势，shit，有的时候我都讨厌自己是这性格，我经济条件好？嗯，比起大多数同学我应该是好一些的，何况我从小都懂得理财现在的积蓄快五位数了可是我是女生我比这个干什么？那我还有啥优势？

唐悠悠脑子里进行着复杂的演算，但脸上一点儿看不出风云，就那样不咸不淡坐在苏扬面前，听着大左吹牛自己的感情往事。她罗列了几十条自己的优势，然后又一条一条否定。不对，这些都不是最核心的优势，只会扰乱我的注意力，我现在最核心的竞争力是什么？到底是什么？唐悠悠感觉自己脑袋快爆炸了，一阵风吹过，苏扬下意识撩了撩额前的头发，哇，好帅。唐悠悠眼前一亮，突然明白了，其实自己最核心的优势就是她能在苏扬身边，而韩晓萌却远在千里之外。

是的，只要在他身边，就会有机会，我要多点渗透，慢慢推进，让我成为他生活的一部分，让他在不知不觉中依赖我，最后离不开我，哼哼，一定是这样的逻辑，妈的，老娘简直太聪明了，哇哈哈哈哈哈。

“唐悠悠，你傻笑什么？”大左嘴里咬着一根鸡腿，含糊不清地追问。

“我没有啊！”唐悠悠吓得一激灵。

“她是没笑啊，大左你没事吧。”苏扬帮衬唐悠悠。

“她脸上是没笑。可是她心里在笑。我从她眼神看到了她的心，还有她的五脏六腑，都在笑，而且笑得很淫荡，笑得很高潮。”大左斜眼看着唐悠悠说。

唐悠悠吓得连反驳的力气都没有了，这个大左，看上去神神叨叨的，有的时候说的话却又一针见血，非常邪乎。

还好大左没有继续调侃，而是催促：“好了唐悠悠，赶紧掏钱买单吧，告诉你一件好消息，你已经请了22天客了，再过一星期，你就解放啦！”

唐悠悠赶紧掏钱：“没事，没事，你们放心好了，只要有我在，你们饿不死的。”

傻强感动说：“唐悠悠，你是我见过最心地善良的姑娘。”

唐悠悠心中恨得直咬牙：善良你妹啊，你们全家都善良。

苏扬说：“滴水之恩定当永远相报，今天你对我们的好，将来我们定当加倍偿还。”

唐悠悠快听醉了，心想这句话说得多好啊，我喜欢的男孩就是不一样。

唐悠悠不由自主偷看苏扬一眼，两人四目相对，立即双双避开，各自留下涟漪万千。

苏扬当然知道唐悠悠对自己和其他人不一样，是不是好感不好说，但肯定不是什么坏事。但他不但不能响应，而且只能装糊涂。

只因他有了韩晓萌。

他爱韩晓萌，更怕韩晓萌。因为韩晓萌太能作了，有一句话叫：不作就不会死，这句话用在韩晓萌身上太适合了。折磨苏扬是韩晓萌表达爱最好的方式。高中两个人在一起的时候还好，分开了，韩晓萌并没有因为苏扬远在千里之外放松了对苏扬的折磨，反而变本加厉。

比如，每天不能少于一百个短信，嘘寒问暖。每天不能少于一个小时的电话，通报自己的生活和思想。每个月必须过去一次，所有节日植树节劳动节都不能忘记都必须给她送礼物。还有很多很多，韩晓萌高兴的时候苏扬必须陪她一起高兴，韩晓萌不高兴的时候苏扬不管在上课还是干吗，必须立即停下所有事情给她安慰，苏扬心想，身为男朋友，在自己女朋友需要的时候安慰本无可厚非，可是韩晓萌不开心的频次也太多了，而且越来越多——来大姨妈会不开心，看到室友染的指甲比自己好看不开心，买不起好看的衣服不开心，天气不好了不开心，食堂大师傅少给他打了一勺菜不开心，看到别人约会了不开心。总之，不开心成了韩晓萌小姐生活的主旋律。

“苏扬，我不开心，我就要死了。”这是韩晓萌挂在嘴上的口头禅。每次苏扬听到了都会头皮发麻。

“可是，你还不在我身边，你说你是不是很薄情寡义？我要的并不多，我只想你在我身边，陪陪我。”

“是是是。”电话那头苏扬只能点头认错，苏扬发现自己和韩晓萌的通话越来越模式化，那就是韩晓萌在不停抱怨，自己在不停道歉。

“苏扬，你到底在不在听？你是不是觉得我无理取闹？你是不是觉得我很可笑？你是不是根本就不爱我了？在你眼中我只是一个累赘？天啦！你怎么可以这样？苏扬，我真是看错你了。”

吧唧！电话挂断了。

苏扬愣在原地，举着手机，四顾茫然，心中暗骂：韩晓萌，你太过分了。你怎么可以作成这样！

可是他能做的只是一遍又一遍拨打韩晓萌已经关机的电话，一条又一条地发短信道歉。是的，道歉成了他对韩晓萌说过最多的话，远远多过了说我爱你。

苏扬是爱韩晓萌的，可是他也会觉得。自己对韩晓萌的爱其实已经不是爱了，而是一种，惯性。

我从来没有爱过其他人，我也不知道如何去爱，虽然很累，但这就是我的爱。

当风中传来第一声蝉鸣时，唐悠悠加入师大诗社已经整整一个月了。这一个月唐悠悠请三个人吃饭的钱花了至少四千块，唐悠悠想就当投资失败，股票跌停，总算熬到头了。没想到这三个混蛋做出了更加变本加厉的事。

仨人找到唐悠悠，说要开个诗社委员会，讨论下诗社未来的发展大略。唐悠悠虽然对所谓诗社已经毫无兴趣但还是乐于和苏扬一起。结果仨人只说了最多五分钟关于诗社的话题，然后就扭扭捏捏看着唐悠悠不说话，特别是苏扬，脸红得和糖葫芦一个色，通过这一个月的观察，唐悠悠对苏扬的个性已经了然于胸，知道他心中肯定揣着件和自己个性特对立的事儿。

唐悠悠意识到他们葫芦里没好药也装糊涂说：“会开好啦，那我先走了，下午还有课。”

大左着急了说：“唐悠悠，我们想和你商量件事儿——你借点钱给我们吧。”

什么情况？唐悠悠感觉自己全身汗毛都炸开了：“借钱给你们？一个还是三个？”

“三个！”大左就是有这种能力，任何厚颜无耻的事情到了他嘴中都会显得那么理所当然，唐悠悠心想如果不是为了苏扬，自己这辈子都不会和这种人有半点来往。

唐悠悠不说话，她想直接拒绝，可是说不出口，她想扭头就走，可是迈不开脚，她不是一个吝啬说不，不懂拒绝的女人，可是现在她带着一种自虐的心态，想看看后面的发展。

“是这样的，相信通过这段时间的了解，你已经知道我们诗人最大的特点不是疯狂，而是穷。很好，这表示你和诗歌的关系精进了一层，也就是说，如果你想在诗歌上有所造诣，你必须放弃你的财富，让自己变成一个穷人，这样你才会痛苦，你痛苦了就会思考人生，精神就会神话，你的天眼就会洞开，写诗，不在话下，所以，表面上是我们在向你请求，实际上在帮你，对，苏扬，你说是不是？。”

苏扬正憋着不乐呢，听到大左问自己，终于控制不住，哈哈大笑起来。苏扬可能从来没那样笑过，气儿都快没了。傻强一开始还特认真表情时刻配合大左的言语，看到苏扬笑成这样，也跟着乐了起来。

大左：“笑什么笑？严肃点。”

苏扬：“严肃你妹，大左，你特么也太能扯了，借钱就借钱，整那些没用的干啥，还天眼洞开，明天你能到街头支个摊算卦了。”

大左不高兴了：“操，你们还讽刺我，我这样说不也是为了大家好吗？你们牛，你们牛自己问唐悠悠借钱好了。”

苏扬也不乐意了：“你还别跟我急，本来借钱这馊主意就是你出的。我还真开不了这口。”

大左翻着白眼：“什么意思你？我明白了，苏扬，你特么是不是特别瞧不起我，觉得我贱是不是？你特么一定是这样想的。”

苏扬也翻白眼：“是又怎样？”

两人立即你一句我一句突然就吵起架来，傻强往后蹦了两步，津津有味地看了起来，心想要是有包瓜子就更带劲了。

唐悠悠本来还以为他们是故意演苦情戏给自己看以博取同情，看着两人面红耳赤的样子感觉是来真的了，赶紧叫停：“好啦！你们别吵了。谁开口借钱那不重要，重要是你们借钱要干什么？如果只是为了吃喝玩乐，对不起，我不借。”

大左瞬间从委屈愤怒变成谄媚状：“怎么会？我们借钱都有天大的用处呢，我是要交学费，学校通知我如果学费再不交，我就只能回家养猪 and 种田了。苏扬是要给她的女人买生日礼物，如果他没钱买礼物，韩晓萌就会很伤心难过，苏扬活着也就没啥意思了。傻强借钱是因为……因为……操，我也不知道傻强为什么要借钱，可能是习惯吧，这小子，有便宜总是要沾的，你可以不借给他，over。”

一直看戏的傻强终于忍不住了：“我去，爱占便宜的是你好不好，实不相瞒，我……我……我一直有病在身，对，心脏病，左心室变大，二尖瓣严重关闭不全，全身供血不全，时时刻刻头晕脑花，so，我需要钱看病，相信我。”傻强痛苦捂住自己胸口，连声音都变得颤抖。

唐悠悠本来已经决定借钱给他们，哪怕她明明知道这是毫无价值和意义的行为，她看不了苏扬急，可是当她听到韩晓萌这个名字的时候，心中的同情完全被嫉妒替代。

于是她只是冷冷地说了两个字："不借。"然后转身走了。

苏扬，大左，傻强，面面相觑。

大左捶胸顿足："没道理啊，今天所有的对话，动作，表情，气氛都严格按照之前的设计执行，天衣无缝啊！"

傻强："对啊，我都明显感觉到她已经相信了我们，怎么会突然变卦？"

大左："傻强，你借钱的理由也太扯了，我听了都崩溃了。算了，这也不怪你，你太卑微渺小，之前把你给疏忽了。"

傻强："肯定不能怪我，要怪只能怪苏扬，今天借不到钱，都赖苏扬。因为唐悠悠她……"

大左："唐悠悠她怎么了？"

傻强："唐悠悠喜欢上了苏扬呗，所以她肯定不可能把钱借给苏扬买生日礼物送给另外一个女人啦，苏扬，你说对不对？"

苏扬一直没吭声，只是长叹了一口气，然后说："算了，我再想想办法吧。"

苏扬确实着急了，眼瞅再过几天就是韩晓萌生日了，他还差一千块钱，那段时间他天天去学校附近的手机城，眼巴巴看着那款诺基亚手机，看到最后卖手机的小妹都害怕了，颤抖着声音对苏扬说："你再来，我就报警了。"

苏扬激动恳求："我真想买，可是真没钱，你们能打借条吗？我肯定给你们还上，真的，请你相信我。”

小妹拿起电话：“喂，是110吗，你们快来吧，我这儿有个神经病啊……”

家电城门口，苏扬，大左，傻强三个人垂头丧气，面面相觑。

大左：“可恶，竟然怀疑你抢劫，要不我们一不做二不休，真的过去抢过来算了。”

苏扬：“别扯淡了，那小妹至少两百斤，我们仨一块上都不是对手。”

傻强：“我还有一个主意，美男计，让我去色诱她得了。”

苏扬：“我看行，好兄弟，辛苦你了。”

傻强尖叫：“我去，你还当真啊，我还是处男呢！”

大左拍拍苏扬肩膀：“唉，再过两天就是韩晓萌生日了，我现在比你都紧张，你这个女朋友太能作了，你不把这手机送给她，真不知道她会用什么方法折磨死你。擦，女人我大左见得多了，像韩晓萌这样级别的作女，还真是没见识过第二个，极品！奇葩！非人类！”

傻强：“不是怕，是爱，对吧，苏扬。”

苏扬：“是命。实在不行，我只能去卖肾了。”

大左：“卖肾多亏啊，要不去卖身吧。苏扬，你长得那么帅，肯定特别多富婆喜欢，说不定还能发家致富呢。”

苏扬：“发你妹啊，要卖也是你去卖。”

大左：“嗨，你别说，我还真想过，我最近对人类潜在欲望学有所研究，我感觉到我们每个人骨子里都是一个bitch，只是有人掩饰得好你看不出，但本质上大家一样，都一颗淫荡的心，都是bitch。”

傻强突然深呼吸一口气，颤抖着说：“苏扬，你到底还差多少钱？”

苏扬：“一千块，怎么了？”

傻强："我先借你吧，度过眼前这关再说。"

大左："你不是都买彩票亏了吗？怎么还有钱？好虚伪啊！"

傻强："虚伪你个头啊，这钱是我存了多年的私房钱，一直用来以防万一的。我可没你俩那么洒脱，能过一天绝对不想第二天。"

苏扬激动地搂住傻强："真够兄弟的，你放心，日后我一定会加倍还给你。"

傻强："拉倒吧，我要是图回报就不借给你了。我这是看你实在太可怜了。不过我多一次嘴啊，对女朋友好这没错，但凡事都有个度，别为了所谓的爱让自己太委屈了，不值得。好了，话我不多说了，反正你幸福，我们做兄弟的就高兴，大左，对吧。"

大左："对头，不过，傻强，怎么今天你说话酸酸的，你怎么了。"

傻强："废话，当然是心疼了呗，好了，走吧，跟我一起去银行取钱，妈的，老子今天破财了。"

苏扬又叫住傻强："不管你怎么想，这次你帮了我大忙，我欠你一个人情，将来一定会回报给你。"

傻强耸肩摇头："不，我不会给你机会的，我就要你一直欠着我，这种感觉很爽。"

苏扬凑齐了钱后立即赶回手机城，边跑手边往口袋里掏，因为太过激动，表情显得很狰狞。

小妹一看苏扬来势汹汹赶紧掏出电话准备报警。说迟时那时快，苏扬一个箭步冲到小妹面前憋红了脸，然后掏出一沓钱扔到小妹面前，结结巴巴地说："买，我要买手机，诺基亚的，V8088。"

小妹眼眶一热，突然意识到自己一直冤枉了眼前这个花样美少年，默默从一堆翻新二手机里掏出正品行货，还给苏扬打了一个不错的折。

人间有真情，人间有真爱，苏扬简直不相信还有这等好事，接过手机的那一刻，真心赞美了一句："你好美。"

两百斤的小妹红晕着脸，害羞低下了头。

大左一直跟在苏扬身边，不合时宜地说："女胖子，别花痴了，人家名草有主了，你要是春心萌动，可以考虑考虑我哦，我也很温柔的。"

小妹拿起电话："喂，是110吗？你们快来呀，我这里有个变态……"

走出手机城，苏扬说要去车站买火车票，大左说困了，得先回宿舍睡觉。两人便在门口分了手。去火车站的公车上，苏扬紧紧搂着诺基亚手机，一路想象韩晓萌看到时肯定特别高兴，嘴角也情不自禁流露出幸福的笑容。他的手机一直在响，但因为太沉浸在幸福的想象中了，以致响了好多遍后他才突然意识到，赶紧取出手机一看，是唐悠悠。

唐悠悠迟疑地说："苏扬，你明天就得过去看女朋友了吧。"

苏扬："是啊，正要去买票呢。"

唐悠悠轻轻叹了口气："你还缺钱吗？我可以借给你。"

苏扬："谢了您呐，我已经搞定了。"

唐悠悠："哦，那我晚上请你吃饭吧，算为你践行。"

苏扬："好啊，叫上傻强和大左吧。"

唐悠悠："算了，还是别叫了。"

苏扬："不太好吧！"

唐悠悠："那听你的吧，我都可以。"

苏扬挂了电话，继续沉浸在美好想象之中，到了火车站买了张第二天中午十一点的硬座票，然后给傻强和大左分别打了个电话，说晚上唐悠悠请客吃饭。大左说："没事献殷勤，小心有诈。"傻强说："那我得多吃点，最好把借给你的钱都吃回来。"苏扬说："你们都别废话了，晚上见。"

挂完电话，苏扬觉得云淡风轻，哪哪儿都特别顺心，这个世界简直太美好了。苏扬看着手机，犹豫着要不要给韩晓萌立即打个电话，告诉她自己的行程，让她后天早上到火车站接自己。苏扬心想她可还从来没接过自己呢，以前都心疼她累着，可现在有了送她的诺基亚手机，仿佛底气都足了一点。他刚准备拨号，韩晓萌的电话就进来了。

苏扬赶紧接通，声音里都透露出幸福："萌萌啊，咱俩太心有灵犀了，我正想你呢，你电话就打过来了，么么哒。"

韩晓萌的声音零下一度："你到了吗？"

苏扬没反应过来："我给你准备了一件生日礼物哦，你肯定会特别特别喜欢哦。"

韩晓萌的声音迅速降到零下十度："你肯定还没到。"

苏扬急了，开始结巴："不是，晓萌，你先别急。这不后天才是你生日，我明天中午就出发，后天一大早就能到，票已经买好了。"

韩晓萌："可是我明明希望你今天就要到的。"

苏扬："啊！那你怎么不说？"

韩晓萌冷笑："很多话，难道一定要说出来吗？你不觉得那很廉价吗？"

苏扬彻底颓了，赶紧不停道歉："晓萌，对不起，我错了，再也不敢了。"

"呵！你又错了，为什么你一直在犯错呢？"韩晓萌自怨自艾，"算了，只怪我太天真，其实你心里根本没有我。"

苏扬："晓萌，你说什么呢，快别作了。"

韩晓萌："是啊，我又作了，在你心中，我只是一个会作的女孩，可是我这么作为了什么？只是为了多看你一眼，多听到一句你的声音，多感受到你对我的温存。我好贱。我累了，我不想什么事情都是作来的。”

苏扬：“乖，晓萌，都是我不好，等我后天到了我会好好向你解释的。”

韩晓萌：“不用了。苏扬，如果你不能在我明天醒来前出现在我眼前，你就永远不要出现了，就这样，拜拜。”

电话里传来忙音，苏扬举着手机愣在原地，他真不知道为什么韩晓萌突然来唱这么一出戏。过了好一会儿他才缓过神，立即给韩晓萌打电话，被挂断，发短信，不回，再打，关机。

这算什么？赌气？威胁？还是分手的前兆？苏扬呆若木鸡，傻站在街头，充分体味到了什么叫冰火两重天。回想这段时间为了给她买生日礼物劳心劳力，却换来这样的结果，突然有一种强烈的委屈感，很想哭。可是在大街上流泪是件很丢人的事吧，他努力控制住自己的情绪，失魂落魄走回火车站，试图看看有没有立即出发前往韩晓萌城市的火车，哪怕是站票也行，路过或者倒车能够到达，只要能在明天太阳升起前赶到就行，这样她对自己的爱就不会失望了吧，他对爱的信仰就不会破灭了吧，可是都没有。彼时的苏扬根本没想过坐飞机，何况他也根本买不起。总之，韩晓萌给他出了一个无解的题，眼睁睁等着他赴汤蹈火，自取灭亡。

一瞬天堂，一瞬地狱。苏扬不知道自己怎么回到宿舍的，麻木地躺在床上，左手抱着给韩晓萌买的手机，右手死死捏着火车票，昏昏沉沉睡了过去。他很快梦见自己在赶火车，赶不上，然后自己的双臂变成了翅膀，在空中飞翔，很快飞到了韩晓萌的上空，他想降落可是翅膀根本不听使唤，他大声呼喊韩晓萌的名字，可是根本发不出声音，他急得浑身是汗，左右挣扎，最后用牙齿狠狠咬自己舌头，一阵剧痛传来，他叫了一声，醒了。

天已经完全黑了，宿舍里就他一个人，他躺在床上，感觉整个世界都很悲伤，一种前所未有的孤独感袭遍全身。他掏出手机，渴望出现韩晓萌的消息，可是依然没有，她为什么会如此狠心，难道她不知道自己很难受吗？还是说她也在痛苦着，想到这里，苏扬又心软了，立即给韩晓萌打过去电话，这次通了，苏扬好紧张，可一直没人接，苏扬不停打，突然又关机了。

如果说之前的失落还存在几分猜测，那么此刻就是赤裸裸的宣判。苏扬感受到前所未有的痛苦，脑袋突然变得很重，身体则发虚，仿佛病了一样。

手机突然传来短信提示声，苏扬赶紧打开看，是唐悠悠的。唐悠悠说我菜都点好了，大左和傻强也都到了，就差你了，快来吧。

苏扬回：我不想去了，不饿。

唐悠悠一看急了，赶紧电话打过来："苏扬你什么意思啊，我菜都点好了，你不来，我让他们都走。"

苏扬从来没见唐悠悠这样急过，吓得赶紧说："好好好，我这就去。"

挂了电话，苏扬突然觉得自己真的很差劲，不管是韩晓萌，还是唐悠悠，他都搞不定。

苏扬赶到饭店的包间时，大左已经急不可耐，挥舞着筷子，端着酒瓶嚷嚷："你丫总算来了，我快饿死了，唐悠悠，可以吃了吧？"

苏扬没有回应，直接抢过大左手中的酒瓶，仰头一口气喝了下去。

傻强疑惑地问："你这么是怎么了？高兴呢？还是伤悲？"

苏扬说："不高兴也不悲伤，就是想喝酒。"说完又一口气干掉一瓶。

酒精真是好东西啊，两瓶酒下肚悲伤就没那么强烈了。

唐悠悠则在一边冷冷凝视着苏扬，她面色沉重，却一言不发。

那顿饭吃得很压抑，苏扬不停喝酒，根本不吃菜，完全就是奔着喝醉去的，大左一开始还调侃两句，后来也开始劝说苏扬少喝两杯。

苏扬当然不听，他停不下来，一停下来心中就会很难受很难受，韩晓萌那些话犹如刺刀，刀刀见血。

大左最后威胁："你丫再这样，我可走了啊！"

傻强也说："算了，算了，今天就这样，我送你先回去。"

苏扬一挥手："爱谁谁，你们不喝我自个儿喝，要走你们自己走。"

唐悠悠突然端起酒瓶："我陪你。"说完也一口气干掉一整瓶。

大左眼睛都快掉下来了："够可以的啊，唐悠悠，真没发现你竟然这么能喝酒。"

唐悠悠面不改色："你没发现的多了。"然后又倒满一杯酒，对苏扬说："来，我干杯，你随意。"

苏扬拍手叫好："唐悠悠，还是你最爽快，今儿个我们一醉方休。"

唐悠悠说："好，奉陪到底！"

苏扬从来不知道唐悠悠竟然那么能喝。他甚至很少见过唐悠悠吃东西，这两个月来，虽然唐悠悠一直出现在他们身边，可是她太冷静，也太理性，苏扬一直对唐悠悠都保持着距离，因为觉得她和自己根本不是一路人，可是今天她竟然为了自己完全成为了另外一个人，这究竟为了什么！

苏扬不想往深处想，现在他只想借酒消愁。

两个人你来我往，一口气喝了好几瓶。苏扬感到自己神智已经完全恍惚，这种感觉好极了，他举杯向唐悠悠敬酒，大着舌头问："你为什么要请我吃饭？"

唐悠悠回敬："因为我想祝你幸福。"

苏扬继续敬酒："可那和你有什么关系？"

唐悠悠举着酒杯自言自语："是啊，和我有什么关系？嗯，我们是好朋友。苏扬，你说，我是不是你的好朋友？"

苏扬一仰脖：“必须的，我们都是好朋友，生死相交的换命朋友，来，是朋友今天就喝高兴了。”

大左和傻强也举杯。大左说：“苏扬，明天你就去找你女朋友了，我们也祝你性福，记住了，是性福哦！”

苏扬大吼：“必须的，从灵魂到肉体，我们都要幸福。”

气氛开始热闹起来，四个人也不知道喝了多少，最后苏扬发现自己再也喝不下去了，酒从嗓子眼里进去，立即从鼻孔里冒出来。苏扬不服气，使劲儿灌自己，还是不行，他突然把酒瓶狠狠往地上一砸，眼泪立即流了出来。

“天啦，你竟然哭了。”大左惊呼，“喝酒喝到流泪，请让我叫你一声大哥哥。”

傻强一声叹息：“你终于喝高了。”

苏扬明明在流泪，可嘴角又在笑：“大左，傻强，唐悠悠，我亲爱的朋友们啊，你们都祝我幸福，我谢谢你们，幸福，多美好的词汇啊，可我他妈根本不幸福，我好累！”

大左叹气：“果然喝高了，苏扬，不是我说你，为了一个女人流泪，太没出息了。”

苏扬悲从中来，眼泪怎么都止不住：“我知道，我也讨厌自己这样，可是我真的很难受。”

大左骂：“难受个屁啊，你明天不就去了嘛，到时候软的不行来硬的，据我了解，女人只要床上蹂躏一顿就会high，说不定只是她表达欲望的一种方式，文学女青年嘛。”

苏扬听不进去，他只知道自己越来越悲伤，最后干脆“嘭”地一声屁股坐到地上，号啕大哭起来，边哭边说：“我真的很累，我不知道究竟如何做她才会满意，我不知道。”

大左和傻强上前要搀扶苏扬，被唐悠悠喝止住，唐悠悠冷冷地说：“别动，让他哭。”

大左心想凭什么老子要听你的，可他还是听话地回到了座位。至于傻强，则摇摇头：“也对，你们仨的事，我们不合适插手。”

苏扬一边哭一边絮叨：“你让我明天早上必须赶过去，可我根本买不到车票，我就是飞也飞不过去啊，你为什么不考虑我的感受？你为什么不接我电话听我解释？我究竟做错了什么？我一直小心翼翼守护着我们的爱，为什么你还要这样对我？”

唐悠悠始终眯着眼冷冷看着流泪的苏扬，外表冷静，内心复杂，有心疼，有嫉妒，也有庆幸。她心疼苏扬，嫉妒韩晓萌，庆幸他们之间出了裂痕，她知道自己出手的时机就快到了，这一次她必须把握机会。

唐悠悠再次举杯：“苏扬，你可真够痴情的，这杯酒为了你痴情，你能不能喝了？”

傻强拍案而起：“唐悠悠，我来陪你喝。”

唐悠悠怒斥：“不行！”

苏扬摇摇晃晃站起来，一把抢过酒杯：“好，我一定要喝，我必须喝。”他努力将酒往嘴里倒，可突然眼前一黑，瘫倒在地。

那天晚上后面的事情苏扬彻底断片了，他只记得那一夜很漫长，自己乱七八糟做了很多很多梦，梦见了童年，也梦见老去，其中印象最深刻的梦竟然是他抛弃了韩晓萌，投入了唐悠悠的怀抱。韩晓萌一直哭，骂他背信弃义，禽兽不如。苏扬也跟着韩晓萌哭，说我也不想这样，可是唐悠悠的魅力无法阻挡。韩晓萌就继续骂，骂着骂着苏扬就醒过来了。

醒来后苏扬发现自己正四仰八叉地躺在宿舍床上。头疼欲裂，昨晚喝得实在太多了，好像自己还哭了，天，自己竟然在最好的兄弟和唐悠悠面前哭了，糗大了，可是这些不重要，重要的是什么呢？重要的是今天得坐火车去看韩晓萌啊，几点了呢？苏扬掏出手机，刚看了一眼就吓得魂飞魄散，离火车发车不到一个小时了。他几乎是从床上蹦起来的，顾不上怎么收拾就往外冲了出去，如果说今天早上没赶到韩晓萌身边还尚存一线生机，可要是明天韩晓萌生日还赶不到，那这段感情就真的要玩完了。苏扬虽然昨天很受伤，但一觉醒来又觉得充满了希望，他再次坚信自己一定会和韩晓萌从一而终，那些不开心顶多只是他们恩爱之路上的小插曲罢了。

出租车抵达火车站后苏扬开始了他人生最疯狂的奔跑，他完全不顾忌四周疑惑的眼光，他修长的身材在烈日下显得很潇洒，向前，向前，再向前，他要和时间赛跑，更要和韩晓萌的爱赛跑，他相信自己一定能赢得这场赛跑，如果他那个时候知道结局，他一定不会再那样疯狂。

谢天谢地，苏扬终于在火车启动前一秒钟蹦了上去，然后穿过用狭长、拥挤的车厢，找到自己的位置。硬座车厢里人很多，过道都塞得满满的，空气更是极度糟糕，PM2.5得好几千，苏扬却觉得很幸福，再过不到二十个小时，他就能来到她的身边，他坚信只要她见到自己，一切矛盾都会烟消云散。他掏出手机想给韩晓萌打个电话，告诉她自己已经在前往她身边的路上了，可是他尝试了好几次都没有勇气，最后还是放弃了。

就这样，苏扬整个人在昏昏沉沉的状态下熬了小二十个小时，下火车时感觉整个人快散架了，膝盖特疼，小腿都浮肿了，出站的那一瞬间他多么期望能看到韩晓萌啊，那样他所有的辛劳和委屈都会荡然无存，可他也知道那绝对没可能。他强打精神坐上了去韩晓萌学校的公交车，又晃晃悠悠颠了一个小时终于来到韩晓萌的学校，苏扬站在学校门口给韩晓萌打了电话，这次电话很快接通了，他尽量让自己声音显得不那么憔悴，无限温柔地对韩晓萌说："晓萌，我来了。"

韩晓萌对他的到来没有太吃惊也没有太喜悦，她没有拒绝和他对话也没有立即就见他，而是说自己白天有课，让他自己先找个地方待会儿，等中午时她会在女生宿舍楼门口等他。苏扬虽然一万个不情愿，但还是答应了她，并且让她不要为自己操心，然后情不自禁直接走到韩晓萌宿舍楼下，这里的一草一木他都很熟悉，他曾若干次在这里等到韩晓萌出来又送进去，他们在这里拥抱过，接吻过，含情脉脉许下诺言过，可现在的他是那么孤独，宛如一个找不到家的小孩。他不停深呼吸，希望自己的情绪能够平稳些，情况或许没那么糟，至少我还有希望不是吗？他安慰自己，紧紧抱着诺基亚手机，等待着韩晓萌的出现，他甚至幻想着所有的这些都只是韩晓萌对自己的考验，她其实就隐藏在某个角落，对自己的一举一动严密观察，念及此，苏扬情不自禁站直了腰，抖了抖肩膀，强作精神状。

好不容易捱到了中午，韩晓萌始终没有出现，苏扬特别饿，可是根本不敢离开，实在忍不住了又打了电话过去，却被告知中午她有事过不来，要见只能晚上了，如果他等不及可以先回去。苏扬微笑着说："没事，你先忙，我等你。"

下午苏扬已经累到极致，感觉整个人都没法站立，他好想找个凳子躺会儿，可是他不敢，等待如同赌博，付出了就无法轻易放弃，总想有翻盘的机会，于是他咬着舌头死挺着，就这样生生站了七八个钟头，站到暮色四合，站到四周有人开始指指点点，站到校园里充满了欢声笑语，校广播正播放着一首关于爱的歌谣，恋人们三三两两甜蜜而过，苏扬终于等到了韩晓萌。

韩晓萌不紧不慢地走了过来，在离苏扬还有十多米的地方停了下来，也不说话，就低着头。

苏扬看到韩晓萌，所有的疲劳瞬间消失，他赶紧上前："晓萌，我来了。”

韩晓萌却说：“你先别过来！”

苏扬听话地停止脚步说：“晓萌，对不起，我来晚了，我发誓今后永远都不会再这样了。”

韩晓萌愤怒指责：“你来晚了你就不要来了嘛。你为什么还要过来，为什么？”

苏扬看不得韩晓萌着急，他好想上前拥抱韩晓萌，告诉她：我很爱你，告诉她：我不怪你。可是韩晓萌生生往后退了两步：“你还是先走吧，等我想好怎么面对你的时候，我会找你的！”

苏扬叩问：“到底发生什么了？你是不是有什么难言之隐要对我说？”

韩晓萌深呼吸了一口气，正眼看着苏扬：“既然你这么想知道，我就告诉你，我已经不爱你了，我们分手吧。”

苏扬笑了：“晓萌，你开什么玩笑呢？如果你气还没消，这两天我好好陪你，你要什么我都给你，我保证不让你不开心，相信我。”

韩晓萌更急了：“苏扬，你怎么就不明白呢？我早就对你死心了——好吧，是你逼我说的，我已经有新男朋友了，他比你更适合我。”

苏扬愣住了，他瞪眼瞅着韩晓萌，试图从她脸上找到一丝破绽，可是他失败了，他确信韩晓萌不是开玩笑，只能傻傻地问：“你们……已经……在一起了？”

韩晓萌点头。

苏扬问：“你们……在一起……多久了？”

韩晓萌:“这重要吗？”

苏扬话开始颤抖了：“不重要，可是……”

韩晓萌打断苏扬：“没有可是了。我和你实话实说吧，我其实早就不爱你了，我不想找一个离开我几千里地的男朋友，我不想找一个我需要关心只能通过电话和网络的男朋友，我不需要一个连拥抱都遥不可及的男朋友。苏扬，我想要的你都给不了我，我们根本就不合适——你死心了吧？”

苏扬摇头：“可是我礼物还没给你呢，今天是你的生日啊！”苏扬从包里掏出诺基亚手机：“寒假时你说你很想有一部诺基亚V8088，我就想着你生日的时候买了送给你，这些天我一直都很努力。晓萌，生日快乐。”

韩晓萌迟疑地接过手机：“可是我们已经分手了！”

苏扬笑：“就当分手礼物吧。”

韩晓萌：“可是我没什么礼物给你。”

苏扬：“没关系，分手就是最好的礼物，我先走了。”

苏扬强忍着悲伤情绪，转身离开，刚走两步，他又停下来，“对了，我想问你……”

“爱过！”韩晓萌抢着回答。

苏扬：“谢谢，我只是想问你，能不能让我见见他呢？”

韩晓萌立即警惕地问：“你想干吗？”

苏扬很认真地说：“我想告诉他，你不能吃海鲜的，会过敏。还有你最讨厌和白羊座的人打交道，千万不能在你面前提白羊座三个字。你最喜欢的电影导演是吕克贝松，你最喜欢的咖啡是拿铁，你最向往的地方是呼伦贝尔大草原，我曾经答应自驾带你去的，看来只能说句对不起了。我想见他没什么意思，只是想告诉他从今以后我不能再好好照顾你了，请他一定要给你幸福，一定要。”

韩晓萌眼泪汹涌而出：“不要说了，求求你，他不会见你的，以后我也不会，我们就此相忘。”

苏扬点头：“相濡以沫，不如相忘于江湖。嗯，不说了，我先走了，你多保重。拜拜！”

苏扬真的走了，虽然那一刻他心如刀绞，可是他拼命控制着对自己说：不要回头，千万不要回头，从此她的生活与你无关，你只要祝福她即可；不要回头，千万不要回头，从此你的生活与她也无关，你不要害怕一个人，因为你会一个人很长时间。苏扬不回头，一步步往前走，他的每一步都无比艰难，连空中荡漾的爱情旋律也成了悲伤挽歌。

麻木地走出学校大门，苏扬没有方向，也无所谓方向，这个城市他不想逗留片刻，他紧绷的神经开始崩塌，心中又千山万水地开始悲伤。巨大的疲惫和痛苦将他彻底击溃，他的双腿已经无法承受失恋的重量。苏扬蹲了下来，抱着头，对着路灯下的影子说：“苏扬，韩晓萌摧毁的不只是你的爱情，而是你对爱所有美好的憧憬。不知道要过多久才能重建信心，你真的不要再假装坚强，你那么可怜，完全是个倒霉蛋，你应该哭，在这个陌生的城市，放声大哭。”

苏扬很想发泄，可是他根本哭不出来，就那样奇怪地蹲在地上，也不知道蹲了多久，一双脚突然出现在他面前，是女生的脚，苏扬立即抬头，期待激动的眼神瞬间黯然。

竟然是唐悠悠。

她风尘仆仆而来，眼中写满了关切。

苏扬傻傻地说：“为什么是你！”

唐悠悠反问：“为什么不能是我。”

苏扬问：“你什么时候来的？”

唐悠悠说：“我一直跟着你，只是你不知道。”

苏扬说：“你为什么要这么做？”

唐悠悠说：“我也一直在问自己。”

苏扬：“我是个笨蛋，你也是。”

唐悠悠微笑：“你怎么说都行。”

苏扬突然抱着唐悠悠，号啕大哭起来：“她不要我啦，我失恋了。”

唐悠悠心疼地拍着他的肩膀说：“不要哭，还有我。”

苏扬哭得越来越伤心：“感觉不会再爱了。”

唐悠悠继续温情安慰：“不要这样说，让我们一起来努力，好不好？”

苏扬不哭了，他认真凝视着唐悠悠，坚定地摇摇头，然后用力推开了她。

扫一扫　分享一草写作大课堂之创作初衷

Those hours that with gentle work did frame
The lovely gaze where every eye doth dwell,
Will play the tyrants to the very same,
And that unfair which fairly doth excel.
For never--resting time leads summer on
To hideous winter and confounds him there,
Sap check'd with frost and lusty leaves quite gone,
Beauty o'ersnow'd and bareness every where.
Then were not summer's distillation left
A liquid prisoner pent in walls of glass,
Beauty's effect with beauty were bereft,
Nor it nor no remembrance what it was.
But flowers distill'd though they with winter meet,
Leese but their show,their shubstance still lives sweet.

Chapter 3 未至

太阳是我的纤夫
它拉着我
用强光的绳索
一步步
走完十二小时的路途

——顾城《生命幻想曲》

Those hours that with gentle work did frame
The lovely gaze where every eye doth dwell,
Will play the tyrants to the very same,
And that unfair which fairly doth excel.
For never--resting time leads summer on
To hideous winter and confounds him there,
Sap check'd with frost and lusty leaves quite gone,
Beauty o'ersnow'd and bareness every where.
Then were not summer's distillation left
A liquid prisoner pent in walls of glass,
Beauty's effect with beauty were bereft,
Nor it nor no remembrance what it was.
But flowers distill'd though they with winter meet,
Leese but their show,their shubstance still lives sweet.

失恋后，苏扬一直走不出来，完全变了个人。每天都郁郁寡欢，长吁短叹，看什么都没兴趣，做什么都没精神，甚至连诗都不写了。他人本来就瘦，一伤心还直掉肉，基本上就没形了。就这样生生熬了两个月，好不容易精神了一点，脸上也终于能见点儿笑了，结果放暑假回到老家，巨悲哀地发现韩晓萌竟然将新男友带回了家，而且每天招摇过市，于是很快全县城的人都知道他苏扬被甩了。这苏扬老家的人都比较奇葩，按理说这事和自己没什么关系，也不是什么光彩的事，装不知道就行，可苏扬的老乡们可不这么想，一个个无比关注且倍儿好奇地问："吆，小苏啊，你失恋啦！快说说怎么回事，我看你挺好的人啊，怎么就被甩了呢？你是不是做了啥见不得人的事啊！"于是苏扬的心更加雪上加霜，仿佛被凌迟，苦闷无处发泄，又不能让父母知道，每天夜里都失眠，先是睡两个小时就会醒过来，后来干脆整宿整宿睡不着，白天萎靡无力，风一刮自己都感觉要飘起来，充分体验了一把什么叫伤心欲绝。

苏扬最后实在受不了了，干脆提前回了校，宿舍里只有他一个人，孤独是最忠诚的伴侣，他每天都会很早很早起床，然后沿着操场奋力奔跑，如果没人的时候还会大叫，流泪，把自己折腾的筋疲力尽才能好受些。可只要一安静下来，悲伤就会重新灌满整个身体。他甚至能清晰测量出每天悲伤的数值，精确到小数点后两位，苏扬心想自己一定是伤心坏了，神经了。

自打他失恋后，大左，傻强就一直陪着他，想尽办法逗他开心，不过基本上没效果。苏扬这种痴情的男人轻易不失恋，失恋起来轻易也好不了。特别是大二开学后，大左和傻强本以为经过一个暑假的修复苏扬情绪能好些，结果一看更糟了，于是加强了陪伴，吃喝拉撒都在一起。苏扬嘴上虽然没说什么，但心里还是很温暖，很感动，觉得危难见真情，不是说陪伴是最长情的告白吗，总之能结交到这两个哥们算没白活，可他就是没法像从前一样和他们嬉笑怒骂，挥霍着荒唐却浪漫的青春。

唐悠悠也很想陪伴在苏扬身边，她其实比谁都更心急，可不知道为什么自打那天回来后苏扬就和她有了隔膜，不但不会像以前那样和她每天都联系，甚至连见面时话都不多，也不管唐悠悠多么主动，他的眼神里都写满了逃避，态度更是冷淡，唐悠悠接连吃了好几次闭门羹，慢慢也就知趣了。两人从一星期见几次变成一个月见不到几次。

苏扬知道自己和唐悠悠已渐行渐远，这是他希望的结果，可自己为什么要这样？他也说不上来，他就有一种强烈的想法那就是他和唐悠悠根本不是一个世界的人，不会有任何结果和可能。那就不要走得太近，以免浪费感情。没办法，韩晓萌对苏扬的打击实在太大了，让他觉得自己根本就不懂女人，也觉得自己根本不需要女人，他要屏蔽所有女人。

秋意就在苏扬的郁郁寡欢中变得越来越浓了，中秋前的一个星期，苏扬突然说要去呼伦贝尔，而且要自驾。

大左问：“呼伦贝尔，好奇怪的名字哦，好像在哪里听过的，请问是在中国吗？”

傻强说：“你个loser，呼伦贝尔是我们大中国最辽阔的海湾，在遥远的南方。”

苏扬说：“是草原，最美的大草原，在中国的最北边。”

大左边乐边骂：“傻强你丫才是loser好不好。可是为什么要去草原呢？而且那么远，如果你喜欢看草，我们可以去公园啊，咱校门口就有一个社区公园，里面也有草坪，虽然面积不大，但意思是一样的，如果你嫌边际太近，你可以将你的眼睛贴向大地，这样你的眼前就变成一望无垠了。”

傻强说：“这是我认识你以来，你说过最像人话的话。”

苏扬：“算了，我自己去好了。”

大左：“不是这个意思，上刀山下火海咱兄弟都不离不弃，可我们现在是学生好不好，我们要上课的好不好，我们就算逃课也不能逃那么多天好不好，而且那鬼地方那么遥远，在哪儿都不知道，你还想自驾，我勒个去。难度不是一般的大好不好！”

傻强：“没错，就算我们有时间而且知道路，可是车在哪里，就算能找到车，可是谁会开车，大左你会吗？我反正不会。”

大左：“我认为我会，但我不想开，我喜欢双脚触摸大地，这样我的灵魂才能呼吸。”

苏扬：“拜拜。”

大左：“好啦，苏扬，我发现你也挺能作的，不就是失恋了吗，至于吗？为什么这点你不和你身边英明的我好好学习呢，我都失恋多少次了，也没像你这样寻死觅活的啊，最多不过往人脸上泼了一次洗厕液，现在不一样活得很健康，活得很快乐，活得很朝气蓬勃吗？我……喂，苏扬，你别走啊！”

大左和傻强追上已经走出门外的苏扬：“你到底要干吗？”

苏扬说："去租车公司看看再说。"

大左："fuck，你又赢了，我知道一个人会开车，而且她肯定也愿意去。"

傻强："who？"

大左："唐悠悠啊，她别说开车了，你就算给她一架飞机，丫保证上去就能飞。"

傻强："那么厉害啊，那要是给她搞一艘火箭，她能不能开啊！"

大左："我看问题不大，这世界上就没有她搞不定的东西。不，也有，苏扬她就搞不定，哈哈，苏扬比飞机还难搞，笑死我了！"

苏扬："那还是算了。"

大左："苏扬，我就不明白了，人唐悠悠到底怎么得罪你了，让你避之不及，好像你失恋是因为她一样，咦！我这么英明神武怎么从来没想到这点？难道真的因为她——我靠，最毒不过妇人心，真相原来如此。"

苏扬："别他妈扯那没用的。"

傻强："苏扬，大左说的没错，唐悠悠只是喜欢你，喜欢你不是她的错，你这样做对她不合适，而且说实话，唐悠悠喜欢你基本上是你祖上八代积德修来的福分，全校的男生都流着哈喇子红着眼睛羡慕呢，你不接受就算了，你还不理人家，我都快不能忍了。"

大左："而且你想想，如果唐悠悠能开车载着我们三个男人到大草原，那是不是特别荒谬的一件事？女人照顾男人，而且她是那么高冷且美的女人，我们又是如此矮挫还穷的男人，我擦，这画面也是醉了。我们一路向北，心花路放，见山翻山，遇水涉水，就像凯鲁亚克的在路上，没有什么可以阻挡我们的青春飞扬，对，就这么愉快地决定了，真是想想都有点儿小激动呢。"

傻强："大左你别和他磨叽了，他不去咱俩去，你看是你去找唐悠悠还是我去找。”

大左摇头：“我不去，我轻易不求人的，特别是求女人，我只贡献智慧。再说了，又不是我要自驾的，我要是想去我就徒步过去，那才叫牛x。”

傻强点头：“有道理，我要是想去我就爬过去，那更牛x。”

大左也点头：“那我就磕长头过去，那最牛x。”

“好啦，你俩别意淫了。”苏扬无语，“算了，确实也没有更合适的人了，那我去问问她吧。”

大左和傻强笑：“苏扬，大丈夫能屈能伸，这才叫真男人。”

苏扬一声长叹：“那是因为你们都还太嫩，还不懂女人。”

苏扬想来想去还是决定先给唐悠悠发条短信：唐悠悠你现在方便吗？我想找你聊件事儿。

教室里，唐悠悠正坐在第一排专心致志地上国际金融课，接到苏扬短信时整个人魂飞魄散以为自己看错了，确认无误后立即回复：好啊，我方便的，哪儿见？

因为太过激动，唐悠悠不由自主露出了最甜美的笑容，让正偷偷打量她的男生们看傻了，在他们的记忆中已经很久没有看到自己的女神笑靥如花了。

苏扬回：要不就到二教门口的操场见吧。

唐悠悠紧握着手机，等看到短信时轻叹了口气，想了想回复：操场不行，我们到校外的咖啡馆如何？而且你得等我会儿。

回完短信后唐悠悠立即举手示意然后站起来对教授说：“老师，我有点儿事，先走了。”

话音刚落，四座哗然，所有人都第一次看到学霸唐悠悠课上到一半离席，老师更是来不及反应，就目瞪口呆看唐悠悠快速收拾好课本，然后背着包，一蹦一跳离开了。

从背影都能看得出来，她是多么高兴。

唐悠悠小跑回到宿舍，用最快的时间给自己化了一个精致的淡妆，然后换上了自己最喜欢的衣服，喷上最钟爱的香水，并且对着镜子反复练习笑容。她已经好久没见到苏扬了，一定要给他留下最好的印象。而心中更是犹如小鹿乱撞，紧张、激动、还有点儿害羞。唐悠悠心里责怪自己：亲，你这是怎么了，人家只是主动约你而已，聊什么还不知道呢。然后另外一个霸道声音立即回答自己：反正最差也不会比现在再差了，只要他给我机会，我就一定能改善我们的关系。

半小时后，唐悠悠赶到了学校对面的咖啡馆，这是师大方圆十里最小资浪漫的约会场所，唐悠悠曾无数次幻想和苏扬去那儿约会，也一度认为这永远都只能是个幻想，却没想到这么快就成了现实。她走过漫咖啡门口的玻璃墙，远远就看到苏扬坐在最角落最幽暗的地方，身材消瘦，扬着头，头发微微遮住了眼角，眼神正忧郁看着前方，手中夹着烟，却忘了抽，烟雾缭绕的背后是爬满胡碴的脸庞，整个人虽然颓废，却依然散发着无法阻挡的帅气。

这帅气对唐悠悠简直是致命的，以致她站在门口竟忘了进去，就痴痴看着他，时间仿佛停止，她贪婪地多看一眼，再多看一眼，仿佛要把这么多天的错过都补回来。

苏扬也真是配合，愣是保持着最让唐悠悠痴迷的造型，十分钟都没动弹。

唐悠悠心中突然一惊，心想他该不是出什么问题了吧，他不会已经死了吧。天啦！她赶紧走进去，跑到苏扬对面，还没开口，就听到苏扬幽幽地说：“我刚才看到一片落叶，飘在你的脚边，你看这秋天多美好！”

唐悠悠都快醉了，心想我爱的男孩真的好有才华啊。可是她不能流露出太过激动，她压抑着内心温柔地说：“苏扬，我来了。你找我有什么事吗？”

苏扬用力咽了口吐沫，他突然发现自己和唐悠悠说话很紧张，不知道为什么，他有点儿害怕这个女人，刚才那句开场白，也是他一动不动酝酿了半个多小时才生生憋出来的。

唐悠悠看着苏扬眼神恍惚，等了半天都没说话，有点儿急了：“快说啊，你叫我过来到底有什么事呀？”

苏扬吓得一激灵，眼神躲避，声音都小了八度：“你……我……也没什么，你要是有事，就先去忙吧。”

唐悠悠轻轻叹了口气坐下，她知道要是让他主动就没法正常对话，于是问：“好，你没事，我有事，我问你，我到底哪里让你不爽了，要这样对我？”

苏扬脸都憋红了：“没有啊，我不知道你在说什么。”

唐悠悠：“别装了，我问你那天为什么要推开我？为什么你把我一个人扔在陌生城市的街头转身就走？为什么这段时间你对我如此冷淡？我们不是好朋友吗？你就是这样对待你的好朋友的吗？”

苏扬理亏：“是好朋友，我只是觉得……只是……你是个女孩子。”

唐悠悠真急了：“女孩子怎么了？你被人甩了是不是打算迁怒所有女孩子？你失恋了是不是以后就打算和所有女孩子都不来往了？”

苏扬不说话了，他确实产生过这样的想法，没想到唐悠悠一眼就看穿，她为什么这么懂自己？

唐悠悠冷笑：“苏扬啊苏扬，我一直觉得你幼稚，没想到你能幼稚成这样，我真是看错人了。”

这句话韩晓萌和他分手时也说过，成了他最无法接受的伤口，苏扬突然怒从中来，瞪着眼睛看着唐悠悠：“唐悠悠，请你不要这样咄咄逼人。”

没想到唐悠悠更是盛气凌人：“我就咄咄逼你怎么了？你都快气死

我了。”

结果苏扬又蔫了，他发现自己是真的怕唐悠悠，在她面前完全没有状态，只得灰溜溜说：“算了，我先走了。”

“你给我站住，不许走。”唐悠悠发出不容置疑的命令，声音很大，完全不顾四周传来的惊愕眼神，“算什么算？是你约我的，话没说明白不许走。”

“哦！”苏扬乖乖坐下，“那你知道呼伦贝尔吗？”

“知道啊，大草原，怎么了？”

“过两天我们要去那儿，就是问你要不要一起去。”

“好啊，还有谁？”

“大左，傻强，我们想自驾去的。”

“自驾？太不现实了吧，好几千里呢，路况也很不好，还是坐飞机吧，两个小时就能到。”

“不行。”

“没有钱是吗？我可以借给你。”

“不是，我答应过她自驾的。”

“答应谁？哦，你不要说，我知道了。”唐悠悠强忍着心中翻江倒海的醋意，“那你们已经找到车了？”

“没有，不过车可以租。”

“那你们谁会开车？”

“都不会。”

“那自驾个毛啊——我明白了，难怪你会突然约我。”唐悠悠心中的醋意里又掺杂进几份恨意。

“嗯，你去不去？”

“你觉得我会答应你吗？“

“不会，其实我根本就不应该来问你。”

“哎！苏扬，你怎么是这种人啊！”

“哪种人？”

“算了，当我没说。”

“可你已经说了。”

“我发现，你挺能作的。”

苏扬笑了，他觉得唐悠悠说的很对，他也发现了，看来韩晓萌还是在他身体里留下了点什么，想到韩晓萌，苏扬又开始悲伤了。

苏扬弱弱地问：“你到底去不去？”

“去啊，你都找到我了，我必须去！”

“可是我们没车，也没人会开车。”

“晕，这算事儿吗？都包在我身上了。”

“谢谢，可是，你不是有很多课吗？让你逃课那么久会不会太过分了一点？”

“是很过分，可是我没得选择，没有什么比陪你更重要了。”说完这句话，唐悠悠和苏扬都惊了，唐悠悠无论如何都想不到自己会说出这么肉麻的话，而苏扬突然觉得好感动，情不自禁喊：“唐悠悠。”

“怎么了？”

“谢谢你，可是你真的不要再考虑下吗？你刚才也说了，前往呼伦贝尔的路真的很远，而且路况很不好，你不觉得这样很冒险吗？”

“哈哈哈哈！”唐悠悠突然大笑了起来，仿佛听到了一个世界上最好笑的笑话，唐悠悠心中想：冒险？老娘认识你就特么是我今生最大的冒险。不过她嘴上还是温柔地说：“你不是说青春就是用来疯狂和冒险的吗？我的青春没有太多了，所以不能再错过，何况还有你们一起陪我，多好。”

“可是……”

“没可是了，决定了就不后悔，什么时候出发？”

“我想中秋节的时候能够赶到，我答应过她的。”

唐悠悠心中又是一阵恨意，心想你就这么无所顾忌地让我不爽，总有一天我会全部还回来的，只是现在还不是时候，我忍先。唐悠悠咬牙切齿说：“好吧，开过去至少要三天，也就是说，我们后天就得出发了。”

“来得及吗？”

“放心，只要我想去做，就没有做不到的事情。好了，我们别浪费时间了，今晚就去采购相关用品吧。”

“采购？”苏扬一脸愕然，“为什么还要采购？”

唐悠悠叹气：“你总得买身冲锋衣吧，买双登山鞋吧，还有路上总要吃东西吧，说不定没有住的地方还得买帐篷和睡袋吧，你们男人啊，真是没头脑。算了，这些事都交给我吧，从现在开始，你就不要离开我，我会把所有东西都准备好的。听见没？”

苏扬认真地点头：“听见了。”

苏扬果然很听话，整个下午都老老实实地跟在唐悠悠身后，寸步不离。而唐悠悠虽然很累，但心中特别高兴，除了能和自己喜欢的男孩在一起外，让她更高兴的是已经发现了和他的相处模式，如果说恋爱就是一场SM的体验，那么苏扬绝对是那个M，而她就是S，她对他就不能太客气，和他玩什么冷战赌气绝对是自讨苦吃。唐悠悠心想我怎么以前就没发现这点呢，如果早发现我们早就一起了，不过现在也不算晚，等过几天到草原之时，就是我们定情之日。

唐悠悠确实是个自信且聪明的女孩，只是当时的她还不知道，如果爱情真的是一场漫长的SM，那么没有人会是S，我们每个人都只能是M。

总之，那天苏扬一直很听话地陪着她去逛街，一起购物，一起吃饭。买什么不买什么都是她做主，吃什么不吃什么也是她做主。唐悠悠很好地体现了自己的品位，苏扬这才发现原来这个城市有那么多浪漫和好吃的地方，不禁有点儿心旷神怡了，甚至又有点儿冲动想写诗了，也慢慢忘记自己曾立誓不要和女人太多接触了，情绪自然也高涨起来。唐悠悠就更高兴了，给苏扬和自己买了很贵很好看的全套装备，然后觉得有点儿不好意思，又给傻强和大左各买了一套，几个小时就花光了自己大半年的积蓄，可她觉得超值，哪怕自己的所作所为只是为了祭奠他逝去的恋情，圆下他对另外一个女人许下的诺言。

第二天，唐悠悠又带着苏扬到租车公司租了一辆桑塔纳2000，唐悠悠载着苏扬往回走的时候苏扬感慨："没想到你不但会开车，而且开得还挺好。"

唐悠悠高兴："你没想到的事多了，你只要能将精力多放在我身上一点点，保证给你更多惊喜。"

苏扬"哦"了一声，将头转向窗外，这个陌生的大都市在他眼中正变得越来越熟悉，他曾经一度深信不疑只要一毕业就会立即回到家乡小县城，然后和韩晓萌结婚生子，过上平淡却幸福的生活，可是现在一切都回不去了。后来苏扬又偷偷打量身边正专心开车的唐悠悠，她那么漂亮，能干，和自己完全不是一个世界的人，可是她此刻又是如此亲切，触手可及。苏扬心想如果所有的悲哀和喜悦都是命运的安排，自己究竟是应该坦然接受还是反抗拒绝，还是说，无论如何自己作何反应，一切都早已注定。

第三天一大早，苏扬将装备给傻强和大左，两人不但不感谢，反而埋怨："贱人，你有钱为什么不请我们喝酒，买这些没用的干什么？"

苏扬："不是我买的，是唐悠悠。"

傻强："你俩好上啦！"

苏扬摇头："别瞎说！我不会再恋爱了。"

大左："那她没事献殷勤干吗？我知道了，肯定是希望我们在你面前说她好话——唐悠悠最好了，你一定要珍惜她，否则你猪狗不如就是王八蛋——好了，我现在可以心安理得收下了。"

苏扬："真服了你，我们出发吧。"

大左吓得眼睛都掉出来了："出发——去哪里？"

苏扬："呼伦贝尔啊，唐悠悠正在校门口等我们呢，车开不进来。"

大左："你是说现在就走吗？可是我什么都没准备呢，我以为最快也要明天才走。"

傻强："我也是，我还没做好心理准备，我总觉得此趟太过凶险，很可能有去无回，至少得先买份保险，这样就算死了也能赚一把。"

苏扬："别想那么多啦，一切路上再说。"

大左："报告，我……我想先拉屎，喂，你不会那么没人性，屎都不让拉吧。"

苏扬："行行行，你们快点儿，别让唐悠悠等急了，这一路上都靠她呢。"

傻强："我去，你丫还说没和她好上，现在就帮她说话了。"

苏扬："你们别废话了，该拉屎的快拉屎，该买保险的快买保险，我从现在倒数一百下，然后准时出发。"

……

两个多小时后，大左和傻强终于收拾妥当，来到学校门口和等候多时的唐悠悠会合。刚上车，大左突然说还少一样东西。

大左："光我们四个人还不行，还差一条狗，否则我们的旅途就不完整了。”

苏扬叫：“大左你丫还有完没完，事儿妈啊你！”

大左：“no，no，no，我不是事多，只是我是完美主义者，实在无法想象没有狗的旅途是多么寂寥，而且最好是一条金毛——我擦，快看，它来了。”

众人闻声看去，街角有一只特别丑特别瘦的流浪狗正在吃屎。

苏扬：“这只是一条癞皮哈巴狗，一看就有病。”

傻强吓到了，颤抖着问：“你不会要捎上它吧？”

大左却激动地蹦下车：“没错，哈巴狗也是狗，都什么时候了还挑肥拣瘦？而且我有一种强烈的感觉它和我们是一个世界的，简直太亲切了。”大左跑到流浪狗身边，一把抱了起来，奇怪的是那狗也不挣扎，反而乐滋滋赖在大左怀里美得不行，还不停用刚吃过屎的舌头舔大左的脸。

大左上车后一边抚摸野狗一边得意地说：“瞧见没，这就叫看对眼了，就像我们当初认识一样。”

傻强说：“滚，是你和狗一样，和我们不一样。”

大左笑：“愚蠢，你以为你比狗聪明或高贵，焉知在它眼中，我们都是跳梁小丑，而它才是大地的精灵。”

唐悠悠也乐了：“又开始抒情了，真受不了。”然后一脚猛踩油门，只听大左尖叫一声，他们的旅途算是正式开始了。

他们说南方的对立不是北方，而是你
他们说左边第二个抽屉里有我给你的情书
他们说大雁是女孩的眼睛
他们说流浪只是不妥协的另一种证明

他们毕竟还不太懂我

其实，除了爱你的心

我的身体只剩下一片荒芜

虽然做好了心理准备，但前往呼伦贝尔的路还是让他们吃尽了苦头，特别是过了赤峰，基本上就没有什么成形的好路了，开车和开拖拉机差别不大。其实头一天上午大伙还都挺高兴的，一路有说有笑，有唱有闹，大左甚至高兴嗨了然后提议干脆退学然后自驾环球算了，苏扬和傻强一激动都表示可以考虑，只有唐悠悠恨得直咬牙，心想你们坐车不嫌累，老娘可不给你们当司机。唐悠悠从一开始就瞧不上大左，现在越来越瞧不上了，如果不是因为苏扬，她一辈子都不会和大左这样的神经病说一句废话的。

唐悠悠对大左的态度够冷淡了，明眼人都看得出来，可大左偏偏不知趣，一路上还尽调侃唐悠悠和苏扬："唐悠悠我知道你喜欢苏扬，可是你知道为啥苏扬不喜欢你吗？因为你对我不够好，你要是想追到苏扬，得先讨好我，我高兴了，你绝对有戏。"说完还问苏扬，"是吧？"

苏扬懒得理他，唐悠悠一开始还硬着头皮敷衍两句，最后干脆装作听不见专心开车，大左也不在乎，反正嘴里唠叨个不停，没人和他说话他就和狗说话，也聊得挺好。傻强一路上倒挺老实，主要是因为他晕车很严重，一开始还能打开窗户往外吐，后面干脆往自己身上吐，大家伙起初还心疼他，假模假样照顾两下，后面吐呀吐也就习惯了，基本上忘记这个可怜的人存在了。

等过了兴奋期后车内的气氛逐渐变得压抑低沉，最后只剩下无穷无尽的煎熬，大左不说话了，傻强也不吐了，连狗都不叫了，时间变得厚重，眼前永远都是单调且不见尽头的路。桑塔纳2000是很皮实，但减震效果不算好，坐车的人辛苦，开车的人更辛苦。唐悠悠之前哪里开过长途，这种大体力的差事远远超过她的极限，加上路况实在太差，好几次她几乎无法掌控汽车，甚至差点儿就冲到路边的野沟里，大左嚷嚷着要下车，傻强更是求之不得。可唐悠悠始终咬着牙，目光坚毅，一声不吭继续开着，她的脸色越来越差，变得憔悴不堪，眼睛充血，嘴上长泡，苏扬于心不忍，劝她可以开慢点，多休息休息，唐悠悠却不答应说路况这么糟糕，不抓紧开就没法在中秋夜赶到草原了。苏扬说实在赶不到就算了他能接受，唐悠悠斩钉截铁说不行，我不能接受，我答应你的必须做到。苏扬不再说话，心中又是一阵狂感动，又不知道如何报答，憋了半天问唐悠悠喜欢听什么歌，他可以给她唱歌解解乏。唐悠悠莞尔一笑说只要是你唱的我都爱听。苏扬想了想，很认真地唱了一首陈奕迅的《好久不见》：

我来到你的城市
走过你来时的路
想象着没我的日子
你是怎样的孤独

拿着你给的照片
熟悉的那一条街
只是没了你的画面
我们回不到那天

你会不会忽然的出现
在街角的咖啡店

我会带着笑脸 挥手寒暄
和你 坐着聊聊天

我多么想和你见一面
看看你最近改变
不再去说从前 只是寒暄
对你说一句 只是说一句
好久不见

苏扬开始还是小声哼哼，后来完全动了情，幻想着多年后和韩晓萌再见面的场景，几乎是声嘶力竭了。

唐悠悠边开车边叹息："是不是失恋了，真的要这样伤心欲绝？否则都对不起失恋一样？"

苏扬说："我不知道别人，我只知道自己很难受，曾经坚信不疑的信仰崩塌了。我以为，我可以一辈子只爱一个人的，我真的深信不疑，没想到，没想到，我还是太天真了。"

唐悠悠沉默了会儿说："我也给你唱首歌吧"，然后不等苏扬回答径直哼唱了起来。

第一次见面看你不太顺眼
谁知道后来关系那么密切
我们一个像夏天一个像秋天
却总能把冬天变成了春天

你拖我离开一场爱的风雪
我背你逃出一次梦的断裂
遇见一个人然后生命全改变
原来不是恋爱才有的情节

如果不是你 我不会相信
朋友比情人还死心塌地
就算我忙恋爱 把你冷冻结冰
你也不会恨我 只是骂我几句

如果不是你 我不会确定
朋友比情人更懂得倾听
我的弦外之音 我的有口无心
我离不开Darling更离不开你

唐悠悠唱的时候苏扬就特别后悔，因为和唐悠悠的嗓音比起来就是天上地下的区别，这首歌苏扬虽然从来没听过，但唐悠悠唱得特别好，苏扬情不自禁闭着眼睛，也是醉了。

唐悠悠：“你在听吗？”

苏扬：“好听，从来没听过这么好的歌。

唐悠悠：“歌好，还是唱得好。”

苏扬：“都好，相得益彰。”

唐悠悠：“这首歌是唱给暗恋者的。”

苏扬：“我听出来了。”

唐悠悠问："你……暗恋过别人吗？"

苏扬说："没有，我只爱过一个人。"

唐悠悠："那你以后还会爱上别人吗？"

苏扬说："不知道，或许会，或许永远都不会了吧，未来的事，谁知道呢。"

唐悠悠："上次，你说过，你做不到的。"

苏扬："嗯，我确是说过。"

唐悠悠："如果从来一次，你还会那样说，那样推开我吗？"

苏扬没说话，他又闭上了眼睛。苏扬第一次觉得自己如果没有爱上过韩晓萌，那该多好，他就可以肆无忌惮接受这份充满诱惑的爱，哪怕他觉得自己配不上她，哪怕知道和她不是一个世界的，也会毫无顾忌去爱，爱了再说。可是人生没有彩排，更没有假设，那些曾经发生过的快乐和伤痛，都回不去了。

唐悠悠苦笑着摇了摇头，没有再说话，只是脚下暗暗用力，于是车的速度越来越快了。

谢天谢地，中秋当天，他们终于赶到了呼伦贝尔的首府海拉尔，天空越来越低，白云越来越大，而眼前地势则越来越开阔，终于在翻过一个陡坡后，眼前出现了一望无垠的大草原，草原中间还有一条弯弯曲曲绵延向远方的河流。

大左突然尖叫起来："看，草原，还有大河，肯定是额尔古纳河，停车，快停车。"

唐悠悠赶紧刹车，大左连滚带爬冲了下去，然后双手合拢在嘴边，对着河流大声喊叫。

傻强愣了一下，也下车然后跟着喊了起来。他们喊得很大声，也很动情。

苏扬问："你们喊什么？"

大左说："我也不知道，可电视上这个时候不都得喊吗？"

苏扬摇头："这样喊太傻了。"

大左问："那应该怎么样？"

苏扬突然又蹦又跳对着远方大喊："喂，草原，我们来啦！"

大左和傻强立即也跟着喊了起来。

唐悠悠一开始觉得他们这样好傻，可想起这两天的辛苦，就有很多复杂情绪想表达，最后也跟着大喊起来。

连那条流浪狗也对着远方狂吠。

在海拉尔简单修整后，他们出发驶向草原腹地。傍晚时分来到一个叫临江屯的边境村寨，那就是苏扬的目的地，那儿不但有着整个呼伦贝尔最美的草原，还有最美的日出和日落，额尔古纳河静静地从村庄中间穿过，河对面就是俄罗斯，一面是无限的草原，一面是连绵的青山，成群的牛群，羊群，马群在草原上缓缓而过，善良的村民用一种亘古不变的目光注视着这美好山河。

村庄里自然没有酒店，只有最朴素的民宿，是那种特粗的原木做的房子，叫木刻楞。办好入住后，四个人骑马上了趟西山看日落，回来后傻强和大左说什么都不愿意再动了，死狗一样倒头便睡。苏扬想去草原上看月亮，唐悠悠说："我陪你去。"苏扬说："算了，你连开了两天车，还是早点休息吧。"唐悠悠坚决地说："不，我一定要陪你去。"

两人一言不发地走了一个多小时，爬上草原中间的一个土坡，坐在坡顶，月亮很大也很低，仿佛就在他俩的头上。

唐悠悠问：“这里的一切和你想象中一样吗？”

苏扬感慨：“比我想象中还要美。我第一次知道这里是高三时，我看到一本作文选的封面拍的就是中秋夜下的草原，下面写着几个字，摄于，呼伦贝尔，临江。我特别激动，就对韩晓萌说总有一天会带她来这里，韩晓萌也很激动，说不想坐火车，更不想坐飞机，想自驾来，就我们两个人，一路漂泊，一路流浪，如果回不去了就四海为家。现在我终于来了，可她也不在了。”

唐悠悠：“可是你并不孤单，至少还有我们几个人陪着你。”

苏扬：“是啊，我已经很幸运了，人不能太贪心的。”

唐悠悠：“对了，你觉得大左和傻强是真睡还是假睡。”

苏扬：“假的吧。”

唐悠悠：“我也觉得，他们是想让我们俩有单独沟通的机会。”

苏扬：“他们想多了。”

唐悠悠：“那我呢？如果我也想多了怎么办？”

苏扬：“我不知道。”

唐悠悠：“这样，难得这里天大地大就我们两个人，我给你讲讲我的成长故事吧，我以为这辈子都不会告诉别人，可现在特别想告诉你，你想不想听呢？”

苏扬：“好啊，你那么优秀，你的故事一定很励志。”

“励志？哈，或许吧，只不过励志的人往往都没那么好命。”唐悠悠笑，是苦笑，她沉思了片刻，慢慢说：“我爸爸妈妈在我八岁那年就离婚了。从他们离婚的那一天开始，我的童年就彻底结束了。”

苏扬惊了，他完全没想到故事的开头竟是这样。

唐悠悠的情绪很平静，平静如同头顶的圆月，她用一种悠长的口吻缓缓讲述着自己的成长。

“离婚对我们全家来说都是解脱，因为他们的结合根本就是一个错误。我爸爸是妈妈在东北插队时认识的，妈妈很漂亮也很能干，特别要强，可是因为政策的问题，身为家里老大的她只能背井离乡前往天寒地冻的北方。我爸爸是当地人，祖祖辈辈都是农民，爸爸读到了高中，这在当地已经算是小有学问的人了，在村小学当老师，妈妈到了农村后引起了不小的轰动，因为她漂亮，有气质，干活儿还要强，虽然以前从来没做过农活，可是很快她就不比那些务农几十年的人干活差了，她什么都要争第一，连续好几年被评为先进分子。随着年龄的增长，很多同去的知青都陆续在当地娶妻嫁人了，但妈妈始终一个人，很多人都张罗给妈妈介绍对象，妈妈一开始坚决不同意，因为她坚信自己还能回城，还能有一番大作为。可当时接连颁发了好几个政策都显示她根本没有可能回去，这辈子都只能在死冷寒天的大东北，这根本不是一个人的力量可以改变的，妈妈一直熬到三十岁，在当时已经算很大龄了，最后她实在熬不过了，就选择了爸爸，虽然她也看不上爸爸，但和其他人相比爸爸算有点儿学问，人也老实，而且长得很英俊，嫁给他不算丢人。只是没想到刚结婚没两年，知青返城的政策就突然落实了，妈妈毫不犹豫要回来，但爸爸不想离开家乡，于是两个人开始各种争吵，妈妈当时也想学其他返城知青那样和妻子丈夫离婚，可发现已经怀上了我，只能作罢，后来等我生下来后她又想回城，爸爸还是不同意，于是俩人就无休无止地争吵。真的，从我记事起见得最多的就是他俩永远在吵架，其实主要是妈妈在发飙，砸家里东西，还打爸爸，说他太没出息一个大男人一天到晚就知道守着老婆孩子过日子，说自己的前程就毁在他手里了。爸爸说生活不就是过日子吗？现在回省城什么都没有就算我们能吃苦可是我们的女儿怎么办？爸爸说他们不能那么自私没有什么比宝贝女儿平平安安长大最重要。爸爸这样说妈妈就更生气了因为妈妈觉得当时的生活根本没法给我一个良好的成长环境和条件，只要人还有一口气就要拼出个未来。爸爸说不过妈妈于是就低头叹息，不停抽烟，实在急了就离家出走，一走三四天，等妈妈情绪平复了再回来。然后再吵架，再砸东西，再出走，如此循环了好几年，后来我都麻痹了，他们吵架吵得再凶，我也不会哭，不会怕，该做作业做作业，该睡觉睡觉，我甚至认为夫妻本来就应该吵架的，如果哪天不吵架了，我反而觉得不正常了。这样的生活直到我六岁那年发生了变化，因为爸爸终于妥协了，带着我随妈妈一起回到省城，起初的一两年确实特别困难，没有房子只好寄宿在亲戚家，受尽了白眼，后来租房，再后来买了一间三十几平米的老公房。妈妈的好强和勤奋让她迅速适应了城市的节奏，而且从一名银行临时工变成了正式员工，仿佛迎来了新生命，她每天都将自己打扮得容光焕发，每天都能接触到很多让她感兴趣的事情，而爸爸却越来越颓废，因为无法适应城市的生活，更因为在这里找不到自己的位置，他本来就内向，回城后就更沉默了，他一直没找到工作，只能一直干着各种短工，也挣不了几个钱。他俩关系越来越差，吵架程度也越来越激烈，妈妈会直接辱骂他没出息，无能，不是男人，拖累了整个家。爸爸从不反驳，每次就默默承受，后来开始慢慢酗酒，喝醉了就打妈妈，打完之后又会道歉，甚至自虐，非常恐怖的自虐。天！没有人知道那几年我们家有多黑暗，根本无法想象，妈妈每次吵架都提出离婚，可爸爸从来都不答应，所有人都以为他不答应是害怕回到农村，只有我知道爸爸不离婚只是因为他始终深爱着妈妈，他对妈妈的感情甚至超过了自己的生命。事实上，他能够背井离乡来到陌生的城市，能够忍气吞声生存下来，完全只是因为他的痴情。他天真地以为自己的痴情可以换回妈妈的耐心，可是没有，妈妈很快就有了新的恋情，并且公然带回了家，她这样做就是为了激怒爸爸，可爸爸依然选择了忍耐，再后来妈妈就带着我住到了他男朋友家，这次爸爸终于被激怒了，他失去了自己最爱的女人不能再失去我。他发了疯一样到处找我，可是妈妈对我管制特别严格，根本不让我去见爸爸，而且妈妈每天都会和我说很多爸爸的坏话，我还小很容易相信妈妈说的都是真的，于是从心底也开始讨厌爸爸，觉得他真的像妈妈说的那样不堪和无能，我记得特别清楚有一次爸爸到学校找我他张开双臂特别想抱抱我可是我看到他除了厌恶就是逃避，到最后也没和他说一句话，更别说让他抱我了。现在想想我的所作所为真的太混蛋了他该多伤心啊。就这样又拖了两年，爸爸终于妥协了，答应了离婚，他们离婚那天我再次见到了爸爸，他老了好多好多，头发全白了，脸色很黄很黄，我被判给了妈妈，因为法庭认定爸爸没有能力抚养我。他失望极了，说想最后一次抱抱我，但妈妈还是不让，我眼睁睁看着他在我面前突然号啕大哭，哭得特别特别伤心，仿佛要将自己多年的委屈和愤怒全部化为泪水哭出来一样，我完全吓傻了，也情不自禁流泪，妈妈却依然冷笑着对我说：看看这个懦弱的男人，除了哭，他再也没有别的能耐，从今天开始，你就没有这个爸爸了。爸爸声嘶力竭痛苦万分地质问妈妈他到底做错了什么，为什么他受了这么多年的罪还不能偿还，为什么要承受着妻离子散的痛楚，为什么他都答应离婚了她还要这样恶语相加，为什么要将她对自己的恨传给他们的女儿也就是我。妈妈突然也发疯了一样对他吼：你错就错在娶了我，我错就错在嫁了你，我们错就错在生下了悠悠。你是和我离婚了，可是我的青春呢？我的前途呢？我什么都没有了。如果当年我没有和你结婚，我第二年就能返城，我的人生绝对不会像现在这样失败。爸爸听完后无言以对，流着泪转身离去，那个憔悴颤抖的背影，我一辈子都无法忘记。后来妈妈就和那个男人同居了，而爸爸也回到了老家，我们再也没有联系，我也再没见到过爸爸……再也没有！”

唐悠悠之前的叙事虽然情绪有波动，但整体还算平静，只是说到这里的时候她突然哽咽了，浑身急剧颤抖，再也说不出话来。

苏扬小心翼翼地问："为什么呢？你没回老家去看过他吗？"

唐悠悠脸上早已挂满了泪痕，拼命摇头："回去过，可看不到了，再也看不到了，爸爸回到老家的第二年，就跳河自杀了。"

苏扬完全惊呆了，张着嘴不知道说什么。

唐悠悠真的是一个自控力很强的人，只用了几分钟她就让自己的情绪再次恢复平静，继续缓缓讲述："爸爸是在当年他和妈妈恋爱时的那条河里自杀的。爸爸走时在岸边留下了一个包裹，里面是他和妈妈一起十年的各种纪念品，包括早先他给妈妈写的情书，还有他和妈妈的照片，每一张爸爸都精心保留着，每一张都因为看的太久而变得面目模糊。最后还有爸爸写给妈妈的一封遗书，上面说得最多的就是他不恨妈妈，他对妈妈只有爱，他说和妈妈在一起的时光都是他最美的记忆。他让家人不要去找妈妈麻烦，只希望能将他的遗愿带过去，那就是他很爱她，也很爱我，希望我能够幸福地成长，希望我不要再经历他这代人的悲剧。妈妈得知爸爸的死讯后虽然表面上没有多说什么，但遭受的打击还是很大，特别是看了爸爸的遗书后，整个人不吃不喝了好几天。后来她虽然强挺着没事人一样继续工作生活，但还是很快就和那个男的分开了，并且再也没有找新的男朋友，就一直单身抚养我。她虽然提起爸爸依然没有什么好话，但不会再侮辱他，也开始愿意和我一起回忆她年轻时的往事。妈妈本来对我要求就很严格，爸爸走后就更加苛刻了。妈妈对我教导的最多的道理就是一定要做最优秀的自己，不能像她那样将自己命运交给他人。妈妈要求我无论学什么都要做到最好，不能输给任何人。从小到大我的学习成绩永远都是第一名，而且我没有任何属于自己的时间，妈妈宁可借钱也要给我报各种培训班，像强迫症一样要求我学所有能学的特长。说实话最初我挺恨她的，觉得她极端，偏执，歇斯底里，没人性，可是我怕她更舍不得她，我怕她伤心，我已经失去了爸爸不能再失去妈妈，那样我就太可怜了。所以我再委屈再累也不吭声。后来我自己的心态也变化了，那就是我似乎爱上了这种忙碌没有自我的生活，因为我可以清晰看到自己一天比一天变得强大，一天比一天变得完美，我爱上了被人羡慕的感觉，我爱上了各种能证明我进步的奖状，证书，掌声。我甚至变得比她还偏执还极端，我终于知道什么叫命运，那就是不管我如何挣扎，多么不想成为另一个她，可是我还是继承了她所有的美好和丑陋，每当想起这个我都会不寒而栗，仿佛她一生的悲剧正在我身上慢慢上演。不过让我安慰的是，我也继承了爸爸身上的很多特点。比如对情感的态度，那就是一定要痴情，一定要专一，一定要从一而终，至死不渝。这是我对情感最基本也是最明确的态度，要么不爱，爱了就要永远。就像书上写的那样：遇一人白首，择一城终老。一生只够爱一人。”

苏扬始终没有说话，这信息量太大太大，他压根措手不及，更别说消化了。他知道唐悠悠的话还没有结束，她说了这么多，或许只是为了后面的话题做铺垫。苏扬突然发现自己其实挺了解唐悠悠的，而且越来越了解她了。这一次，他猜对了。

唐悠悠转身，深情看着苏扬，月光下，她泪眼婆娑，声音温柔。她很认真地对苏扬说：“苏扬，我喜欢你，从第一眼看到你，就喜欢上了你。因为你很像我的爸爸，最初是觉得外表像，你们都很帅，眉宇间都有淡淡的忧伤。后来我发现你们都有才华，再后来我发现你们的性格也很相似，都有点儿脆弱甚至懦弱，可是灵魂都是那么简单和善良。最后我发现你们是一样的痴情。虽然你的初恋不是我，让你痴情的那个人现在也不是我，但那不重要，重要是我遇见了你，喜欢上了你，你和我想要寻找的那个人什么地方都一样，一样到让我觉得不可思议。我告诉自己一定不能错过你，一定不可以，无论遇见怎样的挑战，怎样的麻烦，我都会克服，就像这么多年来我克服一次次的挑战那样。可是和以前每次挑战不一样的是，这一次我完全没了信心，有的时候我觉得你很近，近在咫尺，触手可及，可有的时候你明明就在我身边，我又觉得你远在天涯，遥不可及。我彷徨过，难受过，可从来没想到过放弃，我一次又一次告诉我，只要我再坚持一点，付出一点，我就可以拥有你。苏扬，你不知道我是多么喜欢你，喜欢你笑，喜欢你洁白的牙齿，喜欢你皱眉头的样子，喜欢你身上的烟味，喜欢你没心没肺的时候像个疯子，喜欢你撒娇的时候像个孩子，喜欢你不顾一切的样子，喜欢你流泪的痛苦的样子，我喜欢你的全部，没有任何标准也没有任何立场，喜欢到让我自己都感动，喜欢到让我没有安全感，喜欢到让我不再是我自己，喜欢到我愿意为了你改变自己的生活。苏扬，这些都是我对你的表白，我知道这些话对你而言或许是不可承受之重，或许又像这草原上的草儿那样轻浮，可是我一定要说出来，我不想再猜测，不想再犹豫，不想再遮遮掩掩，不想再欲盖弥彰，那不是我的个性，现在我说出来了，至于结果，那很重要却也不重要，我希望一切能如我所愿，但就算你不接受我对你的感情，我也能承受，我想我的生命已经不缺少悲剧，虽然我会很痛会遗憾，但我一定会面对的。苏扬，我想要说的都说完了，谢谢你耐心听完，谢谢。”

苏扬感到喉咙很干，他当然知道唐悠悠喜欢自己，却没想到她会这样炽热表白，并且在这遥远的大草原，有着人间最皎洁的月光，他也恍惚了，竟忘了如何去说，如果去面对。

唐悠悠痴情凝视着苏扬，看到他喉结滚动，嘴唇微张，突然紧张地说：“先不要说，什么都不要说，我想跳支舞给你看，我怕你说出后我再也没机会跳了。可以吗？”

苏扬点点头，眼泪快溢出来了，这个优秀且倔强的女孩，此刻突然变得如此不安，如此脆弱，是爱让她变得卑微，还是爱本身就应该卑微，就像他对韩晓萌那样？想到韩晓萌，心就又疼了一下。

唐悠悠慢慢起身，扬着头，张开双臂，在草原上，月光下，开始翩翩起舞。她的舞蹈动作很简单，却说不出的轻盈和优美，宛如精灵，微风掠过，衣襟飘飘，她轻轻闭上了眼睛，泪水划过眼角，她将身体和灵魂都交给了时空大地。她微笑着，仿佛出征前的战士，扑火前的飞蛾，充满了一种无法言说的凄美。

很快一曲跳完，苏扬也站起来，对唐悠悠说："你跳的真的很美。"

唐悠悠说："这是我爸爸教会我的第一支舞蹈，一直都特别喜欢，只可惜，他再也看不到了。"

苏扬说："不，我相信他已经看到了，他一定很安慰，你比他想要的还优秀。"

唐悠悠："谢谢，现在你可以说了。"

苏扬又感到喉咙发疼，他想逃避，可是他还是鬼使神差地说："唐悠悠，我真的很感动，我没有想到……没有想到你身上竟然有这样沉重的故事。可是……可是……感动应该不是爱吧，我还没有忘了韩晓萌，没有忘记那一段感情，虽然它已经不存在了，可是我真的还没有忘记。如果我接受你，这对你对她对我都不公平吧，唐悠悠，对不起，我们还是做朋友吧，做最好最好的朋友，好吗？"

扫一扫　分享一草写作大课堂之人物塑造

Those hours that with gentle work did frame
The lovely gaze where every eye doth dwell,
Will play the tyrants to the very same,
And that unfair which fairly doth excel.
For never--resting time leads summer on
To hideous winter and confounds him there,
Sap check´d with frost and lusty leaves quite gone,
Beauty o´ersnow´d and bareness every where.
Then were not summer´s distillation left
A liquid prisoner pent in walls of glass,
Beauty´s effect with beauty were bereft,
Nor it nor no remembrance what it was.
But flowers distill´d though they with winter meet,
Leese but their show,their shubstance still lives sweet.

Chapter 4 荒潮

天是灰色的
路是灰色的
楼是灰色的
雨是灰色的
在一片死灰中
走过两个孩子
一个鲜红
一个淡绿

——顾城《感觉》

Those hours that with gentle work did frame
The lovely gaze where every eye doth dwell,
Will play the tyrants to the very same,
And that unfair which fairly doth excel.
For never--resting time leads summer on
To hideous winter and confounds him there,
Sap check´d with frost and lusty leaves quite gone,
Beauty o´ersnow´d and bareness every where.
Then were not summer´s distillation left
A liquid prisoner pent in walls of glass,
Beauty´s effect with beauty were bereft,
Nor it nor no remembrance what it was.
But flowers distill´d though they with winter meet,
Leese but their show,their shubstance still lives sweet.

一个十三岁的女孩，爱上了隔壁的作家，哪怕分开多年，也魂牵梦萦无法忘记，为了再见面，她毅然回去找他，他当然完全不认识他，哪怕短暂的欢愉也只是逢场作戏罢了，两人分开时女孩怀了孕，思念变得更加稠密，又过很多很多年，她再次见到他，他依然不认识她。直到她死前她都深爱着他，而直到她死了，他都还不认识她。

这是唐悠悠很小的时候就看过的一部电影《一个陌生女人的来信》，唐悠悠当时觉得这女孩太可怜，她的爱太卑微。又觉得这个女孩真能作，简直自作孽，不可活。

究竟怎样的爱才能让一个女人如此欲罢不能，一辈子生活在痛苦和幻想之中呢？这世间大概根本不存在这样的爱吧，只是人们想出来的畸形情感罢了。

多年前的唐悠悠想不通，多年后的唐悠悠更想不通。只不过这次她想不通的是自己怎么就也成了一个特能作的女人，自己的爱怎么也卑微了起来，自己曾经鄙夷的那些毛病怎么统统出现在了自己身上。

或许正是应了那句话：纸上得来终觉浅。关于人生路，任何想象皆是虚妄，只有走下去才能有发言权。彼时唐悠悠虽然已经隐约觉得自己的人生不会循规蹈矩，却怎么也想不到会有那么多的风雨和悲欢。

草原表白被拒后的第二天，唐悠悠就坚决要回来，苏扬拗不过他，加上心中有愧，于是决定和唐悠悠一起返程。傻强想到还得吐一路说什么也不愿意再自驾回去了，于是买了当天晚上回北京的火车票。只有大左心态好得很，他说："既来之则安之，你们这些无情无义的人都走了最好，让我开始一个人的草原流浪吧。哦，不，还有一条狗，你们还不如这条狗讲义气呢！"苏扬本来心中就不安，听了大左的话连连点头赔礼，说下次一定要陪他好好流浪一次，但现在得先陪唐悠悠回去，因为两相比较，他更愧疚唐悠悠。苏扬叮嘱大左路上千万多加小心，早去早回。结果大左很自信地说完全没有这个必要，如果他不回来只能表示他过得很幸福，从这里往西走，跨过额尔古纳河就是俄罗斯，大左说他考虑游过去，出国玩上一段时间，说不定还能带回来一个俄罗斯大妞，从此人生大不同。说到这里，大左仰天长笑三声，然后牵着狗儿离开了。苏扬和傻强面面相觑，互相道别之后分了手。唐悠悠一直坐在车上，始终一言不发，表情冷漠。苏扬柔声说："悠悠，我们先走吧。"唐悠悠也不接话，启动引擎，猛踩油门，汽车发出轰鸣，掉头离开。

唐悠悠开过来时着急，回去就更着急了，无论苏扬如何劝说都不肯休息，除了加油吃饭上洗手间，其他时间都一言不发地开车，而且车速特快，遇见一般的坑根本不避让，硬是把小汽车开出了拉力赛的效果，完全是要和苏扬同归于尽的节奏。苏扬又害怕又心疼，他当然知道唐悠悠为啥生闷气，他好想劝劝唐悠悠做人不要这么刚硬，特别是女人，否则会吃亏的，可是他不敢说话，何况他说了唐悠悠也不会搭理他。唐悠悠仿佛入了魔怔一样，眼里只有疯狂开车，眼珠子瞪得恨不得渗出血来。苏扬在心中长叹一口气，心想从韩晓萌到唐悠悠，没一个好惹的，自己怎么尽遇见这样极端的女人呢！得亏自己没有接受她，否则自己的生活将会像屁股下的这辆可怜的小车，被这个女人疯狂操控，随时有解体的可能。想到这里苏扬心生庆幸，觉得自己太英明了。可是很快心中又升腾出另外一种情绪，那就是唐悠悠和韩晓萌还不一样，韩晓萌是天生能作，可唐悠悠这样完全是他给惹的，她一定是被自己伤透了心，因为自己既然拒绝了她却还渴望和她继续做朋友，这显然太不道德了，换谁都得崩溃，因此至贱的那个人其实正是自己，就算真出什么事罪魁祸首也是自己。

就这样苏扬一边演着内心戏，一边硬着头皮陪着唐悠悠上演着生死时速，两人只用了一天半就回到了北京。唐悠悠在学校门口放下了苏扬然后独自去还车，苏扬问什么时候能再见她，唐悠悠喉咙疼得说不出话来，就摇摇头意思不知道，结果苏扬理解成了不见了，于是表情特别凝重地说：“我知道了，我不会再打扰你的，祝你幸福。”然后背着行囊落寞走开。

等苏扬消失不见后，唐悠悠的眼泪一下子涌了出来，她憋了三十多个小时，浑身早已虚弱透支，靠的是不服输的个性硬撑下来的，可现在只剩下一个人了，她不需要再伪装，她趴在方向盘上，眼泪一滴一滴往下掉，从呜咽到号啕大哭，唐悠悠从来没这样哭过，从来没有，为了这个叫苏扬的男人，她筋疲力尽却无能为力，最要命的是，她发现自己根本放不下更离不开，苏扬刚走不过几分钟，心中的恨意就慢慢被思念取代，为了再见他一眼，似乎付出所有她都愿意，这究竟是多么卑微的爱啊！她瞧不起这样的爱，也瞧不起这样的自己，可是她一点办法都没有，只能接受，与自己和解。

此去经年，此去经年啊！

往后的日子继续波澜不惊，生活似乎每天都在重复，未来也似乎依旧遥远。苏扬依然每天和大左、傻强混成一块，写诗，喝酒，逃课，把生活过得荒诞不羁，把青春挥霍得体无完肤，别人看不懂他们，他们更加不在乎，觉得快活就好，其他根本不重要，就这样晃晃悠悠又过了一年多。

唐悠悠和他们保持着若即若离的关系，没有变得更亲近，也不至于更疏远，反正每周差不多能够见上一两面，有空就一起吃顿饭没时间就闲扯几句话。苏扬最初还是会愧疚，慢慢也就释然了，甚至可以开玩笑说帮唐悠悠介绍男朋友，唐悠悠不拒绝也不迎合，总笑笑说自己不急，等考完雅思和托福再说。大三时唐悠悠已经明确了毕业后出国留学的目标，这对她几乎没有任何难度，无非是选择哪所重点大学而已，而且不管哪所学校，她都希望自己能够拿全奖，唯有如此，才算有点儿小挑战。

说到目标，整个新闻学院除了大左和苏扬，其他人都在琢磨毕业后是直接工作还是先考研，其中以傻强最积极，大三刚开学没几天，他就制作各种版本的简历各种投放，后来看效果不佳，干脆直接上门拜访，好几次被当做传销人员给轰了出来。傻强最理想的工作是到电视台上班，彼时“大裤衩”刚开建，傻强没事就乘公交车到大裤衩所在的呼家楼，找个空地儿坐下来边抽烟边对着大裤衩的工地乐，有路人好奇问他乐啥呢，傻强指着大裤衩说：“看，那就是我未来的家乡，那儿鲜花怒放，歌舞升平，白天清风拂面，夜晚火光冲天。”路人吓了一跳，以为自己遇见神经病了。就这样傻强眼睁睁看着“大裤衩”从无到有，就在他满怀期待憧憬之际，一把大火将“大裤衩”的裙楼烧掉了大半，那一夜傻强哭得比电视台台长还伤心，他第一时间赶到现场，对着满目疮痍的“大裤衩”痛哭流涕，哽咽着说：“我的梦想，我的家乡，全都付之一炬了。”旁边的大左吐了口吐沫说：“别哭啦，都赖你，一天到晚说啥火光冲天，现在真火光冲天了，全是你给咒的。”傻强抹干眼泪，说：“我是不会放弃的，我会等着它重建，我属于这里，死也要死在这里。”大左仰天长叹：“可怜之人必有可悲之处!”

在大左眼中，除了苏扬，其他人都是“可怜的人”，苏扬也不过是“半可怜的人”，而他才是“最自由、最幸福的人”，彼时大左的精神胜利法已经巅峰造极，他的口头禅是“每天我都过得这么幸福，一点儿烦恼都没有该如何是好哇？”大左完全不会考虑工作还是考研，这在他眼中简直是一个最傻不过的纠结，大左不纠结除了个性使然外，还有一个重要原因就是他留级了，又重上了一遍大二，留级是因为补考太多加上一次长时间旷课。大二一共才十二门必修课丫就关了十一门，打破了师大新闻学院的历史记录。至于旷课，更是史无前例，整整消失了两个月——在呼伦贝尔大草原大左和苏扬、傻强分别后就彻底失联了，学校领导问苏扬大左去哪儿了，苏扬说去流浪了，带着一条狗，看领导不相信，苏扬还眨着纯真的大眼睛说：“真的，不骗你。”领导气得恨不得一棍子抡死苏扬。彼时正值媒体疯炒女大学生失联的新闻，学校压力很大，吓得赶紧报了警，警察找了好长时间都一无所获，就在所有人都以为大左死了的时候大左颠颠儿回来了，披头散发，衣服褴褛，脸黝黑黝黑，和野人基本上没任何区别。晚上苏扬等人给大左接风洗尘听大左吹牛，大左说自己一路向南翻过阿尔山，来到阿拉善，向西一直走，穿越罗布泊，翻过天山山脉后再往西南，一直扎到藏地阿里的深处后再往西，最后来到圣城加德满都，那里鲜花盛开，人间祥和，充满了爱和自由，是他心中的人间天堂。一群屌丝听后直拍手说真牛，苏扬双眼发光问：“你丫不是说要往西走游过额尔古纳河去找俄罗斯大妞的么？”大左嘴里叼根鸡腿说：“我去了啊，结果还没靠近河边就差点被击毙了，吓死你爹我了，原来解放军叔叔都搁草丛里隐藏着呢，那家伙，还不少人呢，一个个端着AK47。”众人又敬酒说牛，傻强又问：“不对啊，怎么你一个人回来了呢？那狗呢？”大左纳闷：“什么狗？好熟悉的名字啊！”唐悠悠说：

“就是陪你一起流浪的狗啊！”大左“啪”地拍了下大腿：“流浪狗？哦！想起来了，哎呀妈啊，那狗肉相当好吃了。”众人惊呼：”什么，你把它吃啦？”大左翻白眼：“有什么好奇怪的吗？我抱着它在藏地无人区走了三天三夜看不到边际，我不吃它难道让它吃我啊，你们别大惊小怪，这是它能为我做过最好的事。”众人面面相觑，傻强带头说：“来来来，算你牛，喝酒喝酒。”

大左的行为轰动了整个新闻学院，学校本来想开除这个神经病，但迫于舆论压力，最后结合他的学习情况给了个留级的处分。对此大左毫不介意，多上一年少上一年对他来说差别不大，反正他也不学习，每天就活在自己理解的世界里，每天都过得很开心。

苏扬和大左一样，也根本不考虑毕业后的事，只要一天不毕业，他就拒绝去思考。他说青春是一场梦，是梦就不要轻易醒来，因为醒来后就再也回不到梦境里，而且因为醒太久，会忘了梦的美好。为了让自己的梦变得更加美好难忘，苏扬决定在大学里做一件特牛的事，最好能够轰动并且具有纪念意义。大左说这个还不简单：“你只要现在拿把刀去捅两个人，或者去猥亵幼女，保证你丫遗臭千年。”傻强说：“你也可以发表一些耸人听闻的宣言，比如让同性恋去死或者师大的领导都有罪，对，就攻击丫们，我看靠谱。”苏扬摇摇头：“你们对梦的理解都太肤浅，我想举办一次北京高校诗歌朗诵会，聚集起北京高校所有的诗人，一起唱歌，一起喝酒，一起朗诵我们的诗歌。以诗之名，我们每个人都是自由的，那一天你可以大笑也可以哭泣，你可以站着，也可以坐着趴着躺着，没有人嘲笑你，更没有人干涉你。就像……乌托邦，对，我要做的就是诗歌乌托邦。这个世界有很多像我们一样热爱诗歌却没有机会去表达的人们，我要给他们创造条件，哪怕只是一次尽情尽兴的朗诵，也总比永远默默无声要好。我知道总有一天我不再年轻，不再激情，总有一天我和诗歌的关系会发生改变，在我还未老朽前，得把这事做了，否则我会遗憾会后悔的。”

苏扬一口气说了好多，然后兴奋地看着自己的两个小伙伴，渴望从他们的眼神中收获激动，可是他只看到大左标志性的白眼珠和傻强的无动于衷。

大左说：“拉倒吧你，真当自己救世主啊？你觉得别人可怜，说不定他们还觉得我们可笑呢。你这个想法太幼稚，不，太弱智，我不支持。”

傻强从不关心诗歌，他则只关心投入产出比：“我也不支持，主要因为这笔交易实在太不合算了，不但要投入很多很多钱和精力，关键看不到任何回报，只有白痴才会去做，请问你是白痴么？”

苏扬懵了，第一次产生想咬人的冲动：“我这样做难道是为了自己吗？还能不能愉快地在一起了。”

大左：“我知道你不是为了自己，是为了诗歌，可是你拯救不了诗歌的，再说了，诗歌也不需要你拯救。”

傻强：“大左这句话闪烁着智慧的光芒，这个世界我们谁也拯救不了谁，我们只能够拯救自己。苏扬，你听我劝一句，这事儿不合适咱做，如果有价值，早有一千人一万人做了，根本轮不到你的。”

苏扬无语：“难道我们就一定要做那些看上去很理性很有意义的事情吗？就是因为难做，看不到结果，这件事才美啊！”

傻强：“完全不能理解好不好？”

大左：“你个文盲当然不能理解了，我能理解，可我觉得那是愚蠢的行为，像我这样聪明且幸福的人，是绝对不会干那么愚蠢的事的。”

苏扬沮丧却不愿放弃，反而越想越觉得自己这个念头简直屌爆了，他俩不干就自己上，这样更具一种孤胆的美。说干就干，他想由学校相关部门出面牵头组织，于是去找老师，结果说了半天老师只淡淡回了一句：“你说的这事我们听明白了，我们考虑考虑。”苏扬明白考虑考虑就意味着彻底没戏，于是又想找什么高校社团联盟，结果悲哀发现北京这么多高校却压根没什么社团协会。苏扬越挫越勇，四处活动，奔走相告，可没有任何进展，喜欢诗歌的人本来少之又少，对花钱举办这种活动更是觉得莫名其妙，几乎所有听过他想法的人都摇头说：“太不切实际，你还是放弃吧，不是所有梦想都要被实现的。”

就在全世界都反对他的时候，就在苏扬自己都要放弃的时候，有一个人却愿意相信且鼎力支持，告诉他既然是梦，就一定要做下去——这个人当然是唐悠悠了。苏扬之前不是没想过找唐悠悠帮忙，却觉得连大左和傻强都拒绝了唐悠悠那么理性就更没可能支持了，何况他亏欠唐悠悠太多，不好意思再麻烦她。唐悠悠也知道这事，每次见面都会问一句：“怎么样了？”苏扬要面子，硬着头皮说：“进展实在太顺利了，真没想到这个世界有那么多人热爱诗歌，简直一呼百应呢，呵呵呵。”唐悠悠说：“哦，那就等你好消息咯。”就这样等了一个多学期，苏扬虽然嘴还硬，但眉头紧锁，看那样子简直快活不下去了。

唐悠悠不舍，主动问：“需要我帮忙吗？”

苏扬摇头：“不需要了吧，进展这么顺利，一呼百应，想想就令人欣慰。”

唐悠悠叹口气，无奈看着苏扬：“我真是服了你，你这样做根本不行的。”

苏扬苦笑：“不行也要做啊，不做我的大学就是不完整的，甚至，失败的。”

唐悠悠知道他误解了自己话的意思，赶紧解释：“不是说这件事不能做，而是凡事都要讲究最正确的方法，你现在想通过某个组织至上而下来召集显然不现实，诗歌本来就是小众人的爱好，他们分散在各个角落里，你应该单点沟通，联合每个微小的力量，从下而上发动，这样或许还有机会。”

苏扬陷入了沉思，突然眼前一亮：“我明白了，就像农村包围城市，起义革命一样。”

唐悠悠笑：“你要这么理解，我也没办法，反正我觉得只有这样，你这个梦想才有实现的可能。”

苏扬兴奋：“对，就是革命，我喜欢这个词。我要做的事情在所有人眼中都是不可能，等我做成了，就像革命成功了一样振聋发聩且意义深远。”

不等唐悠悠说话，苏扬继续说：“革命都需要同志的，这次大左和傻强都不支持我，你来和我一起做，好不好？”

唐悠悠点头：“嗯，我会全力帮你的。”

苏扬：“有你这句话我就放心了，感觉我的梦想已经成功一大半了。”

唐悠悠：“怎么说？”

苏扬：“就是对你有信心啊，感觉这个世界上没有你做不到的。”

唐悠悠苦笑：“可以当成夸我吗？”

苏扬：“当然啦，你听不出来吗？”

唐悠悠：“能听出来，就是不愿相信。”

苏扬：“为什么呢，在我心中你就是最厉害的啊！”

唐悠悠不再说话，心想我做不到的事情太多了，如果我可以，真的不想再见你，再听你说话，更不要说再帮你了。苏扬，你就是我今生最大的无能为力。

有了唐悠悠的协助进展就顺利多了。唐悠悠明确了大方向后用数学统计模型做了一个方案，按照路程的远近和地址的方便程度将所有高校进行了重新划分，规定每个星期至少拜访四所学校，每个学校至多沟通一个小时，先由唐悠悠主讲整体思路，再由苏扬补充细节，而且拜访之前一定要先搜索相关具体信息，比如这个学校究竟有没有诗社，或者相关社团组织，然后再电话确认，以免做无用功。就这样两个多月后，在唐悠悠巧舌如簧和苏扬的激情演讲下，终于说服了二十几所高校的百余名诗人加入。

唐悠悠又成功从一家名叫“永正文化”的传媒公司那里拉到十万元赞助，老板一草曾经也是一名校园诗人，看到苏扬后仿佛看到了当年的自己，简单聊了几句后更是相见恨晚，觉得对方简直就是世上另一个我，最后二话没说就答应了提供赞助。

有了钱事情就更好办了，唐悠悠很快就和学校谈好了场地和现场灯光音响等器具。苏扬激动地说：“现在钱有了人有了场地也有了这事就算成了吧？”唐悠悠却说：“还远远不够，最重要的是宣传，明天开始你就和我去各大网站还有平媒，绝对不要放过任何一个能够扩大我们活动影响力的机会。”苏扬连连点头：“好好好，你说什么我就做什么。”于是唐悠悠带着苏扬一家接着一家地拜访媒体，无论是传统媒体还是自媒体都不放过。为了介绍好项目，唐悠悠熬了几个通宵做了一个特别专业和精致的PPT，苏扬每次都觉得太好了足够了唐悠悠却说还不行，再调调。我要让对方一看到这个ppt就被征服，一点儿问题都提不出来。苏扬说：“感觉他们也不是很在乎，差不多就行了吧。”唐悠悠摇头：“千万不能这么想，别人不认真我们才有机会，任何一次沟通都要像打仗，只要出击就必须赢，哪怕只有我们两个人，也要仿佛身后千军万马，明白了吗？”苏扬摇摇头：“我虽然不是很明白，但我真的很敬佩你。”

就这样靠着一股韧劲儿，原本属于半地下性质的师大诗歌朗诵会被赋予了更多高大上的色彩，甚至有媒体将之誉为北京大学生诗歌节的雏形。唐悠悠在推活动的同时还不忘推苏扬，每次都让苏扬向媒体阐述自己的策划理念，苏扬一开始特难为情，说其实就是想做点儿觉得有意思的事。唐悠悠说这可不行，你得往高里说，往大里讲。苏扬心领神会，开始高谈阔论，每次对着媒体都能喷上一个小时意义和理想，说到动情处，双目更是噙满泪水，这些被摄影师捕捉下来后很快在网上传播，苏扬也被誉为“大学生金斯堡”，由他领导的大学生诗歌朗诵会将有望推动当代大学文化的进程。

有了媒体的推波助澜，诗歌朗诵会的受关注度越来越大，事态到最后发展到苏扬自己都不敢相信的地步。他永远忘不了那个有点儿炎热的初夏晚上，从六点到午夜，整整八个小时，在学校的主操场上，聚集了来自北京三十八所高校的两百多名诗人，还有四千多名大学生，现场群情激昂，空中充满了音乐和欢呼声，每个年轻的灵魂都在渴望一次自由且奔放的呐喊。操场的一侧搭起了硕大的舞台，唐悠悠一直挽着袖口拿着对讲机在舞台上来回穿梭，张罗着所有事务，她是如此干练，以致偌大的场面在她的掌控下始终有条不紊，身上衣服早已湿透，汗水更是顺着额头滑下，苏扬想帮忙唐悠悠却不让，让他好好准备，等会儿他要第一个上场朗读。于是苏扬就静静站在舞台一侧，看着天色一点点变暗，灯光一盏盏亮起，看着现场的人越来越多，唐悠悠越来越忙碌，心中更是百感交集，她很少这么投入去做一件和自己并没有直接关系的事，却觉得比之前任何一次都更有意义。唐悠悠想这一定就是爱的力量，可是，他能感受到我的爱吗？

八点整，现场所有灯光一起关闭，嘈杂声瞬间全无，舞台上亮起追光灯，每个人都翘首以盼。在后台，唐悠悠走到苏扬面前，将话筒递到他手中，用无限温柔的目光看着他说：“我能为你做到的就这些了，现在这个舞台交给你，你可以说出所有你的心里话，今夜属于你，加油！”

苏扬小声说：“谢谢，没有你，就没有这一切。”

唐悠悠："快上去吧，大家都在等着你呢。"

苏扬点头，深呼吸了一口，然后走上前台，走到追光灯下。

现场很快一片寂静，苏扬仿佛置身浩瀚宇宙。他轻轻闭上双眼，面含微笑，在现场吉他的伴奏下，深情朗读了自己最满意的一首诗作《小人物》：

我认识一个小人物，他有五张面孔
一张为了父亲，一张为了母亲
一张为了苍天，一张为了大地
还有最后一张，为了爱情

17岁那年他终于遇见自己的爱
那天阳光如雪，那天春花灿烂
那天他是世上最幸福的男孩
……

苏扬深情朗诵完后对着远方柔声说："送给你，my queen。这是我为你写的诗，却再也没有机会读给你听。你说让我们相忘于江湖，这首诗就是我们相忘的证词。"

台下大左说："我去，原来苏扬这样做，竟然还是为了韩晓萌，丫真够情深的。"

傻强说："唉！完全不能理解他的世界，我要是唐悠悠，我就去死，太没尊严了，这不打我脸吗？"

舞台一侧的唐悠悠则痛苦地闭上了眼睛，那一瞬间的心情，她一生都不会忘记。

现场沉默了一会儿，很快爆发出掌声，尖叫声，现场音乐越来越激烈，苏扬又以重金属的方式朗诵了另外一首诗作：《死亡的黎明》。

滚滚滚滚滚
天雷滚滚
让黎明吞噬黑暗
让黑暗吞噬大地
让大地吞噬你我
革命的火种就在此时
滚滚滚滚滚
天雷滚滚
让我们一起革了青春的命

苏扬的激情已经将现场完全点燃，那天的诗歌朗诵会非常非常成功，有读着读着就号啕大哭的，也有一言不发默默流泪的，有突然因过度激动抽过去的，还有边朗诵边脱衣服最后裸奔的……台下的观众更疯狂，每个人都在跳、在动，在呐喊。苏扬简直看醉了。这就是他要的诗歌朗诵会吗？不，比他渴望的要好一百倍，一万倍。他一直认定每个人的灵魂深处都有写诗的欲望，现在他更加坚定了这个观点。

凌晨两点，活动终于结束了，人群渐渐散去。唐悠悠又挽着袖口各种指挥，将舞台拆除，将垃圾收走……当最后做完所有活儿时已经快清晨四点了，东方既白，唐悠悠和最后一拨工人挥手说再见，偌大的操场上就只有唐悠悠和苏扬两个人。唐悠悠看上去憔悴得不行，她缓缓背起包，对苏扬微笑了一下，挥了挥手，转身离开。

苏扬冲了过去，拦在了唐悠悠面前。

苏扬：“悠悠，真的特别谢谢你，一切比我想象中还要好很多。”

“嗯，你满意就好。”唐悠悠拼命瞪大眼睛，努力让自己看上去不要显得悲伤：“我今天才知道，原来你要做这个诗歌朗诵会，还是为了你对她的诺言。”

苏扬着急：“我……不是的……这个和她无关的。”

唐悠悠：“这没什么不好的啊，重情重义一直是你身上最大的闪光点。”

苏扬：“不管如何，真的谢谢你。”

唐悠悠：“说真的，我挺羡慕她的。她放弃你，是她的遗憾。”

苏扬：“对不起。”

唐悠悠：“不怪你，是我还不够好。”

苏扬：“怪我，是我的问题。”

唐悠悠很认真地看着苏扬，一字一顿地说：“好吧，要怪就怪你没有先遇见我吧。”

苏扬突然不知道如何应答，唐悠悠说的没错，如果他先遇见了她，爱上了她，那么现在的他们应该很幸福吧。

唐悠悠凄然一笑，小声说：“我累了，先回去休息了，拜拜。”

大学生诗歌朗诵会后，苏扬一下子成了名人，好几家媒体对他进行了专访，还有十几所大学的诗歌社团请他过去演讲，学校领导也找他聊天，说要授予他优秀大学生的称号。他本来就帅，有了名之后就有更多的女孩喜欢他了，有递情书的，也有当众表白的，对此傻强表示相当后悔，没想到这个稳赔不赚的交易竟然性价比这么高，早知道他就合伙一起干了，可见他虽然聪明绝顶，但终究人算不如天算。而大左对此则表示不理解也不接受，在他的理解中苏扬的行为虽然挺屌但和自己徒步流浪的行为比起来还是弱爆了，可是他不但没有获得赞美嘉奖反而被留级处分，简直没有天理。

一天晚上，大左说想喝酒吃肉了，让苏扬请客。

苏扬说："要命有一条，要钱一分都没有。"

大左说："别自卑了，现在你这张脸就是人民币，走吧，喝了再说。"于是叫上傻强来到校外的餐厅。大左一口气点了十几道菜和最贵的啤酒。苏扬说："够了，就三个人吃的了那么多吗？"大左说："那不行，你现在大小也是个名人了，不能将就，服务员，有龙虾吗？来只两斤以上的。"

服务员小妹乐了："帅哥，我们是湘菜馆，没海鲜的。"

大左："海鲜都没有还开什么饭店？知不知道我们现在是名人了？关门算了。"

小妹瞪了一眼苏扬，气鼓鼓地走了。

酒过三巡，大左又开始感叹自己命运多舛而苏扬祖祖辈辈做牛做马于是祖坟冒青烟好处都让苏扬给得了，人生简直太不公平了。

这些日子苏扬和傻强听够了他的牢骚，也不争辩，你要争辩一句，今夜就别想睡觉了。

结果大左想了想，突然对苏扬说："不对，不是你家祖坟冒青烟，我算想明白了，你小子之所以能得势只是因为你有唐悠悠，而我只有一条狗，还被我吃了。"

提到唐悠悠，苏扬心里就不得劲，瞬间失魂落魄，淡淡地说："哦！"

结果大左不乐意了："你瞅你啥态度？冷漠，高傲，自私，我说你不过是当上了优秀大学生就如此没有人情味，至于吗？说好的同患难共富贵呢？"

苏扬：“你说的对，如果没有唐悠悠就没有现在的我，可是她不会再理我了。”

傻强：“为什么，这个时候不理你多傻啊！”

大左：“不理你丫就对了，说到这个我必须为唐悠悠说句公道话，全校男人都垂涎三尺的女神为你做牛做马，你还无动于衷，不知道你是假聪明还是真愚蠢。”

苏扬：“确实是我对不起她。”

大左：“不过你也不要太愧疚，女人再好也是身外物，还是兄弟更靠谱，是不是啊傻强？”

傻强点头：“没错，就让我们来分享你的荣耀吧，我们不会客气的。”

苏扬：“你们说，我要不要去找她？”

大左：“当然不去，找她干什么，道歉还是示爱？你不是牛嘛，那就牛到底，就让丫唐悠悠一直追着你，哄着你。”

苏扬不说话，皱眉头，叹气。

傻强：“苏扬你该不会喜欢上唐悠悠了吧。”

苏扬：“我也不知道，就是觉得特对不起她。”

大左：“那就不是喜欢，我曾遇见无数幼稚的人把感动当成爱，结果输得很惨，包括当年的我也这样，竟然会将学费给一个妓女，shit，我为我的年少无知感到羞耻，苏扬，你可不能重蹈覆辙哦！”

苏扬：“嗯，感动不是爱，确实，放心吧，我知道怎么做。”

那天晚上三个人各怀心思，大左是报复性暴饮暴食，苏扬是百感交集化郁闷为食量，傻强是看到菜实在太好了不吃就亏了，于是一不小心创下了三人吃饭最贵的记录。十一点半左右服务员小妹过来说：“不好意思，我们要关门了，你们把单买了吧，八百八。”

大左嘴里的牛肉直接给吓得掉了出来："多……多少？"

小妹："八百八啊，多吉利的数字，请问哪位买单呢？"

大左和傻强一起看着苏扬。

苏扬说："别看我，我都说了我没钱的。"

小妹本来就看不惯他们，一听没钱顿时紧张了，心想敢情你们吹了一晚上牛到最后没钱想逃账啊，赶紧招呼门口的保安先把门关上。

大左拍案而起："干吗啊这是，瞧不起我们买不起单吗？你也不看看我们是谁，大学生诗歌节的苏主席在这儿，会欠你们饭钱吗？真是搞笑。"

小妹也不是省油的灯，嘿嘿冷笑说："不好意思，苏主席我还真不认识，我只认识铁狮子坟的阿彪，那是我们老板小舅子，信不信我一个电话把彪哥叫过来，你们就只能爬着出去？"

苏扬和傻强已经吓得不行，掏遍口袋只凑了不到两百块。刚想说两句好话结果大左还来劲了："彪哥是吧，呵呵，我说你们能不能有点儿文化底蕴，怎么说也开在我们师大门口，能不能别叫这么彪的名字啊，彪哥，还龙哥呢，吓我啊！"

小妹也不啰唆了，直接拿起电话："喂，彪哥，你快来啊，店里来了几个吃白食的人。"

傻强赶紧打圆场："大姐，你别和他一般见识，我们给钱，必须给钱，这就叫同学送钱来。"

大左嘴里还喋喋不休："彪哥，吓我啊，你怎么不叫二龙湖浩哥呢！哎呀，头好晕，不行，我醉了。"说完"哐啷"一头扎在桌子上，睡着了。

苏扬和傻强面面相觑。傻强说："别看我啊，你快给唐悠悠打电话吧。"

苏扬长叹一口气："不要。"

傻强：“那怎么办？万一那个彪哥是嗜血狂魔呢？再说了，我们理亏，报警都没用。”

苏扬：“那我也不想找唐悠悠。我不能总是麻烦她，不能亏欠她太多。”苏扬腾地站起来，对小妹无比真诚地说：“你好，我是师大的学生，今天实在不好意思忘记带钱了，不过请你相信我一定不会赖账的。我可以把我身份证压在这里，如果你们觉得不够，我还可以将我手机压在你们这里，如果你们觉得还不行，也可以把我扣在这里，先让我同学回去。总之，我取到钱就会立即给你们的。”

傻强也站起来：“或者你可以将这个装醉的家伙抵押在这里，我们回去筹钱，我们什么时候还钱你什么时候把他放了。”

小妹：“你们肯定觉得我是白痴。”

苏扬和傻强一起摇头。

小妹暴怒：“那他妈跟我说这没用的干什么？快给钱。”

门突然被推开，苏扬和傻强吓了一跳，心想完了，彪哥来了。

结果进来的是唐悠悠。

唐悠悠铁青着脸，到柜台交了钱，然后将三个人带走了。

一路上谁也不说话，特别苏扬，低着头，像做错事的孩子。最后还是大左没憋住，对苏扬和傻强说：“我说你们怎么不感谢我呢？要不是我临危不乱，假装醉酒，然后趁机给唐悠悠发短信求救，估计现在我们已经缺胳膊少腿躺医院了，是吧，唐悠悠？”

唐悠悠不说话，加快速度往前走。

苏扬追了上去：“唐悠悠，你别走，我有话对你说。”

唐悠悠：“你们酒喝多了，快回去睡觉吧。”

苏扬：“不行，我必须和你说。大左，傻强，你们先回去。”

大左耸耸肩：“苏扬，挺住，记住我说的，女人如衣服，别把感动当成爱。”

傻强拖着大左离开：“行了，你少替苏扬操心，这儿没我们什么事，快走吧。”

傻强和大左走后，唐悠悠冷冷看着苏扬：“好了，你要说什么？”

苏扬：“唐悠悠，你别听大左胡说八道。”

唐悠悠冷笑：“你没话说，我回去了。”

苏扬：“我有，我有，唐悠悠，上次在草原，你给我讲了你的成长，你有兴趣听听我的故事吗？”

唐悠悠立即走不动道了，她对苏扬的成长实在太有兴趣了，她特想知道到底苏扬是怎么长大的，怎么就变成现在这种性格脾气。

苏扬笑：“走吧，反正也不冷，我们就边走边说，我的故事没你那么长，我也没细琢磨过，就想到哪儿讲到哪儿吧。”

唐悠悠说：“好吧，那就从你的出生说起吧，我要从头听。”

苏扬很正经回答：“嗯，实不相瞒，其实我是从石头里蹦出来的。”

唐悠悠“扑哧”笑出来：“讨厌，一点儿都不搞笑，说正经的。”

苏扬看到唐悠悠笑了心情这才放松些，他点燃一根烟：“我的出生就是最普通最平常的那种，老家是那种四五线的小县城，父母都是双职工，同一个单位，从小青梅竹马，在该结婚的年龄结婚，该生孩子的年龄有了我，一辈子也没红过几次脸。”

唐悠悠：“多好啊，这样平淡的生活未尝不是一种幸福。”

苏扬：“不过我们家还是有一些地方和别人家不太一样，那就是虽然家境一般，但我父母都特别好客，特别是我爸爸，非常仗义，家里只要有点好吃的，必须分给左邻右舍，有的时候自己舍不得吃，但朋友来了一定要先给朋友吃。不管亲戚朋友谁有困难了，他们也会二话不说绝对提供帮助，能帮多少就帮多少，从不保留。所以爸爸妈妈人缘特别好，朋友特别多，简直是我们县城朋友最多的人，我们家每天都有人来做客，要是到过年了，更是车水马龙，朋友不断。”

唐悠悠：“难怪你那么重情重义，原来是遗传。”

苏扬：“是啊，我很小的时候爸爸就对我说，人活一世，最多不过百年。没有什么比情义最重要，一个人如果连交朋友都不讲究，那么肯定是做不成事的。我受他们影响很深，从小就爱交朋友，而且不管三教九流，什么人都可以成为朋友，也不管别人怎么对我，我都真心对他们。”

唐悠悠：“看出来了，你对大左和傻强真够好的，好得我都觉得有点儿奇怪了。”

苏扬：“怎么奇怪了。”

唐悠悠有点儿不好意思：“不说。”

苏扬：“不行，必须说。”

唐悠悠：“嗯，就是好的有点儿，有点儿像你们在搞基，反正特不正常。”

苏扬哈哈大笑：“唐悠悠，没想到你也挺那个的啊。”

唐悠悠：“不能怪我，谁让你们总黏在一起的。说实话，我虽然挺讨厌大左和傻强的，不过有的时候又很羡慕他俩，可以每天都见到你，每天都能和你在一起，不管做什么事，你都不会生气。”

苏扬：“你也可以的啊，我们都是一样的好朋友。”

唐悠悠又不高兴了：“可是我和他们毕竟不一样，我要的你给不了的。”

苏扬不说话了，没想到话题又转到这上面了，他很想说自己已经告别过去了，可以从新开始了，可是他怎么也说不出口，他还不确定自己对唐悠悠到底是发自内心的喜欢，还是只是感动。感情上他已经失败过一次，现在他必须对自己的一言一行负责，他绝对不能再失败一次。

唐悠悠：“好了，继续说你的成长吧。”

苏扬：“嗯，其实我的成长真的很平淡，我想想啊，对了，爸爸妈妈除了为人很热情仗义外就是感情特别好，刚才其实我已经说了，他们都是彼此的初恋，一辈子就只爱过对方一个人，所以我从小就认为一个人一生只能动一次感情，动了感情就要负责一辈子。否则就是不完美，只可惜，现在的我已经没有资格说这话了。”

唐悠悠：“你说的其实没错，其实我们每个人都在追寻自己内心去爱去生活，本没有谁对谁错之说。只是每个人的命运都是不一样的，每一代人的际遇也不尽相同，我们可以坚持，但更重要的是要适时做出改变，不能墨守成规，更不能一成不变，否则那就是悲哀了。”

苏扬点头：“嗯。你说的话总是那么有道理。”

唐悠悠：“那当然了，也不看看我是谁，这些日子我没少思考，想得头都疼了。”唐悠悠故作轻松状：“人总不能太为难自己的，没有人对你好，自己就应该更爱自己对不对。”

苏扬又点头：“对！”

唐悠悠：“好啦，不早了，我们回去吧，再不走，宿舍就关门咯！”

苏扬：“唐悠悠，我们……以后还是好朋友吗？”

唐悠悠：“当然是啦，过去是，现在是，以后也是。”

苏扬欣慰：“嗯，那就好！我也会永远珍惜你的。”

两人走进学校，然后在路口分手，苏扬感觉浑身轻松了不少，他决定等自己有钱了，将这些年欠唐悠悠的所有钱加倍还上，至于欠唐悠悠的情，他也会想办法弥补，不管他对唐悠悠是感动还是爱，他都不愿意欠她的。

时光飞逝，很快苏扬就是一名大四毕业生了，回首往事，感觉发生了很多故事，可似乎又不尽兴，总觉得还少了点什么。到底少了什么呢？苏扬冥思苦想，却始终不得其所。苏扬的习惯就是想不明白就不想，找点儿有意思的事情去做，比如喝酒。说到喝酒，苏扬突然意识到自己已经好久没喝醉了，这简直太过分了，苏扬立即给大左打电话："大左，晚上喝酒，我请客。"

大左想也没想就拒绝了："没时间，我得陪我女朋友。"

苏扬惊呼："什么时候的事？上个星期不还没有吗？"

大左："昨天刚认识的，我们感情可好了，我决定和她结婚了，再见。"

苏扬好半天才回过神来，又给傻强打电话："傻强，哪儿呢？晚上喝酒吧，我请客。"

傻强说："不行啊，我这不刚到电视台实习嘛，没空陪你啦。"

苏扬想了想，只能给唐悠悠打电话，结果唐悠悠同样拒绝："不行不行，我下周就要考托福了，睡觉都没时间，你自个儿喝吧。"

苏扬郁闷地躺在床上，心想怎么全世界的人都很忙碌就自己觉得还特闲呢，得了，反正喝酒一个人也能完成，自己把自己灌醉也不错。念及此，苏扬懒洋洋爬起来，刚出宿舍门，就接到一个陌生电话，对方自报家门是一家图书出版公司，从报纸上看到苏扬的事迹，想给他出本诗集。

苏扬第一反应是骗钱的吧，就支支吾吾和对方打哈哈，结果对方言之凿凿，还给了苏扬实体地址，说请他去考察。苏扬心想反正今天也没事，要不过去看看，对方说欢迎欢迎，热烈欢迎，你快来吧，我们全体员工期待你莅临考察。

那家公司离师大不算远，苏扬倒了两趟公车很快到了，公司位于居民楼里，面积虽然不大，但看上去还算正规，接待的是个胖子，是那家公司的老板兼前台，事实上那家公司员工加起来也不过五个人，苏扬东张西望觉得很好奇，这还是第一次接触出版公司呢，新华书店里的书都是出自于他们之手吗？简直太神奇了，不是说做出版的人都特有水平么？为什么他们看上去一个个都像白痴呢？还是他们深藏不露，其实个个都是博士文凭，苏扬觉得简直有意思极了。

老板特别热情，又是握手又是拥抱的，搞得苏扬也很激动，以为遇见知音了。后来老板在狭小的会客厅对着苏扬吹了半天牛，说自己是中国民营出版前十强，每年造货码洋过亿，读者逾千万，自己也连续数年被评为中国十大杰出出版人，再过两年计划登陆纳斯达克，总之你苏扬面前的我绝对是人中龙凤，前途不可限量。苏扬连连点头称赞，过了好半天才弱弱地问能不能说说出书的事。老板拍着胸脯吐液飞溅说："简单，看你才高八斗学富五车，写的诗歌简直惊天地泣鬼神，只要你愿意，今天把稿子给我，两个月后你的书就能上市，到时候一定会倾国倾城，洛阳纸贵。"

苏扬兴奋不已，连连点头："我愿意的，我写的诗加起来得有几十万字了，会不会太多了？"

老板摇头："no，no，no，一点儿都不多，一本出不了就分两本，多多益善。那小兄弟，今天你我如此投缘，我就给你打个折扣，原价一本书收你五万块，现在我给你两本一共收八万元，再给你打个八八折，抹去零头，一口价七万元，绝对超值，绝对全国最低价，怎么样，你是不是心动了，别激动，这还不是全部，看我们这么投缘，等书出后，我每本再多给你一百本，你可以送父母送亲朋，也可以留给自己儿子孙子甚至重孙，是不是很不可思议？别激动，我们这么投缘，我可以再送你……小伙子，我还没说完呢，别走啊！”

苏扬说：“不好意思，我下午还有课，回聊。”

老板追在后面喊：“走过路过千万不要错过，看我们这么投缘，过几天就是我们公司成立五周年庆，到时候还有折扣，千万记得要回来啊！”

苏扬逃出居民楼，心想回你妹啊，原来是自费出书，老子有七万元早去浪迹天涯了，根本没你什么事情。本来还以为遇到什么好事，没想到这么晦气，操！回到学校附近，苏扬自个儿喝闷酒，喝着喝着突然眼前一亮：自费出书不可取，可是不自费出书不挺好的嘛，那孙子说了那么多废话，可也还是有几句话是可取的，那就是我的确应该将我的诗歌出成书以作纪念。对了，还有他说我才华横溢，基本上也是事实，肯定会有出版社愿意给我出书的，而且还能有稿费。念及此，苏扬心情大好，又多要了两瓶啤酒，喝到微醺，然后摇摇晃晃回到宿舍，上网查询相关信息了。

网上关于出书的信息并不少，苏扬越查越有信心，越查越激动。连夜将自己上千首诗精选出两百多首，然后按照时间顺序排好，给几十家出版机构发了过去，每一封邮件还附一封万言书，里面将自己的创作轨迹，诗歌特点，文学理念详细阐述，苏扬越写越激动，最后恨不得呕一口血喷到电脑上发给对方，以此表明心迹，邮件发出去后苏扬满怀期待地等待，结果等了半个多月，一个出版社的电话都没有。苏扬痛定思痛，决定上门拜访，自己好歹也是个校园文化名人，上过报的，对，上次忘记把自己的报道发过去了，难怪没回音呢，苏扬这个懊悔啊，等不及了，等见到出版机构的人直接说得了，这样印象能更深刻些。主意拿定，苏扬收集了几十家出版机构的地址，第二天一大早就出门，搞得宿友一个个特讶异，纷纷问：“你丫不是说绝不在毕业前面试的吗，怎么现在变得这么积极了？”苏扬懒得解释，丢下一句："我这事要成了，一辈子都不要工作。"然后潇洒离开。

结果是又过了一个多月，虽然见了不少出版方的人，可没人对他和和他的诗感兴趣，当然不是不能出版，但答案都一样，那就是得自费，价格则从一万到十万不等，反正得掏钱，不掏钱绝对没戏。

苏扬彻底绝望了。

一天大左请客吃饭，理由是他和女朋友已经恩爱了百天，值得庆祝，他们请大家伙吃饭，但前提是大家必须准备红包。苏扬本不想参加，但实在碍不过面子只能过去，只能硬着头皮去看大左秀恩爱。说起来她这还是第一次见到大左女朋友呢，之前大左一直藏着掖着，问长相如何，大左就说惊为天人，远看像Angelababy，近看像林志玲。弄得苏扬还特好奇，结果这一看，吓得心惊肉跳，哎呀妈啊，简直太惊为天人了，这也太丑了吧，远看像男人，近看男人都不如，小个儿不大点，最多也就一米五，还满脸青春痘，这种人间极品还真不好找啊，真不知道大左从哪儿发现的，不过你还别说，长成这样一般人看都没法看，但大左还倍儿稀罕，一口一个媳妇叫的那叫亲切，而且看他媳妇的眼神肉麻到不行，嘴笑得咧到耳朵根。那女孩也能撒娇，基本上一直骑在大左身上不下来，声音那叫一个嗲，和大左堪称绝配。

傻强也来了，西装笔挺，皮鞋铮亮，完全一副精英的模样。大家礼貌性地问他在电视台混得如何，结果傻强立即一脸正经、以一副成功人士的腔调说："你们知道我们电视台多少员工吗？一万人，你们知道这一万人里谁进步最快吗？就是你们面前的我。虽然现在我还只是财经频道的实习记者，但用不了几天，我就能转正，用不了几年，我就会成为财经频道的首席记者，然后是制片人、频道总监，最后当上台长也不是没可能的事，总之你们现在最好趁早巴结我，否则过了这个村就没这个店，别到时候说强哥不给面子哦。”

唐悠悠也来了，神采奕奕，楚楚动人。苏扬有段时间没见她了，忙问她留学的事情如何了。唐悠悠云淡风轻地说：“算差不多了吧，已经收到了四所美国常青藤大学的offer。”

苏扬说：“恭喜恭喜，你可真牛。”心中却很不是滋味，苏扬心想这才多久没见，怎么一个个都活得那么成功，那么蒸蒸日上，自己却依然停步不前，就想出本破书却始终没门呢，简直太失败了。

大家问苏扬你最近天天忙啥呢，早出晚归的，简直比上班还忙。苏扬也特淡定地说：“也没忙啥，就是要出书了，得和出版社开策划会。”

大左惊呼：“什么，你真的要出书啦，我还以为你小子异想天开吹牛呢。”

苏扬：“嘘，小声点，多大的事啊！这不好几家出版社都要出，盛情难却。”

唐悠悠说：“哇，厉害的。”

傻强：“没道理啊，现在谁还看书啊，再说了，你写的诗大学里看看还行，出成书有人买吗？”

苏扬：“这个我就不知道了，我也不关心，反正他们说出我的诗集不是为了赚钱。”

傻强：“不是为了赚钱那是为了什么，为了纪念啊！”

苏扬：“或许吧，他们说如果我的诗不出版，是诗坛的损失，嗨！他们的话也不能全信。”

大左突然狂笑：“哈哈哈，太假了，我告诉你，他们肯定忽悠你呢，还诗坛的损失，他们肯定是希望你自费，想赚你钱呢。”

苏扬脸上有点儿挂不住了：“不能够吧，他们从来没向我提过钱的事，还说要给我稿费呢。”

大左：“那就更不可能了。听我一句劝，赶紧悬崖勒马，别整那些不靠谱的事了。”

苏扬不说话了，心中这个郁闷，饭都没吃好。完事后大左说要请大家去唱歌，苏扬说自己肚子疼先走了，大左也没多留，拉着傻强还有几个人走了。

苏扬刚走没几步，唐悠悠就跟了出来，在苏扬身后轻声呼唤：“苏扬，等会儿我。”

苏扬停步：“你怎么也不去了？”

唐悠悠：“不想去，晚上还有点儿事要处理。”

苏扬“哦”了声，脑子里全是出书的事，大左和傻强其实说的没错，他现在确实很傻也尴尬，可是又骑虎难下，这事只能硬着头皮去做了，实在不行，自费就自费吧。

唐悠悠关切地问：“你怎么了？有心事吗？”

苏扬：“没有，吃多撑着了，得消消食。”

唐悠悠：“苏扬，你有什么心事就告诉我，你根本藏不住事的。”

苏扬停了下来，看着唐悠悠，他突然不想再伪装下去，苦笑地说：“其实刚才我骗你们了，压根就没有地方愿意给我出书，是我上杆子想出。”

唐悠悠：“这没什么不好啊，你写了那么多诗，做个纪念很有意义的。”

苏扬：“我也是这么想的，可是所有出版机构都对我的诗没兴趣，除非我答应自费，否则没戏。”

唐悠悠想了想问：“你谈了多少家出版机构了？”

苏扬：“没有二十家也得有十七八家了吧。”

唐悠悠：“都让你自费。”

苏扬摇头："答应自费的那还叫好的，大多数是听了之后直接拒绝，给多少钱都不出。"

唐悠悠："是不是你必须要出版你的诗集？"

苏扬点头："其实开始也没想那么多，可是现在我觉得必须得出，不只是面子的事，更多是我确实希望能做一个纪念，因为我知道等我毕业后，我很可能就不会再写诗了。"

唐悠悠："好，我知道了，你回去就把你的诗歌都发给我。"

苏扬："你要干什么？"

唐悠悠："我来想想办法，你还记得上次给我们诗歌朗诵会赞助的一草吗？他也是做出版的，说不定他能帮忙的。"

苏扬："悠悠，谢谢你，可是我不能总是麻烦你，这几年你帮了我实在太多了。"

唐悠悠："那也不多这一次，何况，这或许是最后一次了。我……可能节后就得去美国了。"

苏扬心中一震："是嘛，那好事啊，到时候记得通知我，我给你践行。"

唐悠悠："嗯，就这么定了。你回去后先把稿子发给我，我去找一草，他那儿不行我再去想其他办法，总之，一定要帮你实现这个理想。"

回到宿舍后，苏扬打开电脑，想了想，将稿子发给了唐悠悠，然后给唐悠悠发了条短信，很快收到唐悠悠的回信：已收到，等我消息。

苏扬又感动又紧张地握着手机，心中暗想：嗯，我一定会等的。

结果，这一等就是好久。

寒假前夕毕业生们都到了最忙碌的季节，考研的人正进行着最后的冲刺，恨不得睡在教室里，找工作的人也发了疯的各种投递简历和面试，就只有苏扬一天比一天闲，仿佛整个世界都和他无关。傻强似乎混得很不错，已经出差了好几次，虽然都是哪里脏乱差派到哪儿，而且因为报道各种黑幕，还被打了几次，但至少工作稳定住了问题不大。大左本来恋爱谈得风生水起可突然间就分了手，大家都以为大左终于忍受不了因为那女孩实在太丑了，结果大左说又是女孩主动抛弃了他，在爱中他从来都是受害者。苏扬调侃说拉倒吧再丑也是女人你小子怎么着也爽过了就别得了便宜还卖乖。大左反驳："爽个屁啊，我在她身上花了一两万元钱连胸都没摸过我们是纯洁的男女关系。"苏扬惊呼："那么多钱，都干什么了？就她那身材，买衣服都不好买，你不会给她整容了吧，也没看有啥改善啊，估计是难度太大了！"大左哭丧着脸说："她就说她爹死得早，妈妈又跟人家跑了，家里还有一个老奶奶以及三个弟弟要养活，我一冲动，就向家里骗了点钱说要创业，这下好了，全折进去了。"苏扬总结："得了，你这辈子都会死在女人手里，鉴定完毕。"苏扬虽然嘴里一直在损他可心中倍儿高兴，因为至少又有人可以陪他了，哪怕从此以后大左吃喝拉撒都得归他管，也总比一个人无聊要强。

这段时间苏扬还见了唐悠悠几次，不过她没主动提出书的事，他也没好意思问。就有的没的聊了点其他的。最后一次见面时唐悠悠说签证已经下来了，慢的话一个月，快的话十天八天就得走了。苏扬有点儿伤感说："周末是我生日，我请大家伙吃饭，就当给你送行了吧。"唐悠悠说："没问题，我一定准时参加。"

苏扬将生日宴订在了一家高档自助餐厅，人均最低消费两百八，加上包间服务费，一顿饭没两千块下不来。

大左感叹："我操，你丫发财啦，过个生日要去那么土豪的地方，有酒喝不就行了？"

苏扬说："我过生日当然无所谓了，但唐悠悠要去美国了，大家同学一场，怎么着也得好好为她践行。”

大左问：“你说老实话，是不是很舍不得她走？”

苏扬点头：“一开始也没发现，这事到临头了，确实舍不得，毕竟这四年她对我一直挺好的。”

大左：“岂止挺好啊，简直太好了有没有？苏扬，说起来这方面你和我差距就不是一般的大了，你看那么丑的女人我都可以爱得那么纯粹，唐悠悠可是女神好不好，你一直熟视无睹，简直暴殄天物，人神共愤。”

苏扬：“你不是告诉我，千万别把感动当成爱的吗？。”

大左：“对啊，不要把感动当成爱，那你现在对唐悠悠到底是感动，还是有感情呢？”

苏扬摇头：“我自己都迷惑了，只是想到有一天她不在我身边了，会很不适应，很难受。”

大左：“哦了，那就是感情了，既然是感情而不是感动，你就得好好面对。我敢保证只要你开口，唐悠悠一定会为了你留下来。”

苏扬加剧了摇头：“那绝对不可以，我这样做就太自私了，我不能耽误她的未来。”

大左鄙夷：“肤浅，简直太肤浅了，你以为你谁啊？你凭什么耽误人家未来？我一直以为你挺懂女人的，没想到愚蠢到这个地步，这些年白和我这个情圣待一起了，我问你对女人来说未来图的是什么？未来图的不就是幸福吗？那什么才叫幸福，不就是和自己喜欢的人在一起吗？唐悠悠喜欢什么？不就是你这个白痴吗？因此你要是真的不想耽误她，就应该向她表白，用真情留住她， are you understand？”

苏扬：“算了，这个问题不讨论了，回头再说吧。”

当天晚上苏扬失眠了，想了很久，最后决定还是保持现状，既然已经错过了在一起最好的时机，就不要再勉强，或许相忘于江湖也是他和唐悠悠最好的结局，但和韩晓萌不一样的是，他会一直给她最真诚的祝福的。

终于捱到了周末，苏扬那天专门穿上了一身新衣服，剪去了留了多年的长发，还剃了胡须，整个人不但年轻了好多，而且变得小清新起来。这几天苏扬一直在琢磨他和唐悠悠的事，绝后决定过了今天就不再和她相见，因此得将最好的一面留给她，因为很可能这辈子他们都不会再见了。除了大左和傻强，苏扬还叫了几个关系不错的朋友。大家很快陆陆续续都到齐了，就差唐悠悠还没来。大左嚷嚷着可以边吃边等，否则限量供应的大龙虾就被人吃了，苏扬坚决不同意，必须等到唐悠悠来才开席。所有人都没看到过苏扬那么正经过，仿佛紧绷的弦，傻强劝他放松点，过生日又不是结婚，搞得那么紧张干吗，苏扬没解释，心中一直想着以后就再也见不到唐悠悠了就难受，悲伤无法阻挡。

十二点半，唐悠悠终于出现了，她也穿上了新衣服，而且还化了妆，整个人特别漂亮，连包间都随着她进来而变得亮堂起来。唐悠悠先是道歉来迟了，然后突然从包里掏出一本书，递到苏扬面前，无限温柔地说："苏扬，送给你，你的诗集。生日快乐！"

那一瞬间，苏扬脑海里"嗡"地一声，然后是一片空白。他拼命咬着舌头才回到现实，浑身微微颤抖地看着唐悠悠手中的书，书很漂亮也很精致，书名叫《小人物》，作者署名：苏扬。这是我的书吗？他不敢相信，这实在太太太意外了，太太太惊喜了。

唐悠悠莞尔一笑，明眸善睐："怎么傻啦？快拿过去啊，我刚从印刷厂取回来的，本来以为赶不上你生日，还好没耽误。"

苏扬木木地接过书，语无伦次地说："谢谢，悠悠，真是太感谢你了，我……出书了……我真的好激动。”

可能是觉得语言无法表达自己的激动，他突然张开双手，将唐悠悠紧紧拥进了怀里。

唐悠悠吓了一跳，却怎么也避不开，只能任由苏扬将自己尽情拥抱。

现场顿时爆发出一阵掌声，大左更是带头欢呼：“在一起，在一起！”

那一瞬间，苏扬改变了所有的想法，他能清晰感受到怀里这个女孩的柔软，这柔软是真的，他能清晰感受到唐悠悠鼻息打在自己脖子上的温度，这温度也是真的，他甚至能够清晰感受到唐悠悠剧烈的心跳，这心跳更是真的，他不想失去她，不想再也看不到她，不想让此刻所有的美好都化为乌有。他想抓住这一切，哪怕自私，哪怕冒险，哪怕不理性，他都顾不上那么多了，他爱唐悠悠，是真的爱，他不能失去这个女孩，绝对不能。

苏扬突然单膝跪地：“唐悠悠，我爱你，做我的女朋友吧。”

唐悠悠怎么也没想到苏扬会有这样的动作，先是本能地去搀扶，然后眼泪一下子夺眶而出。

现场所有人也都没想到苏扬会这样做。大左说：“我们都被他骗了，本来以为是告别的晚宴，结果成求爱典礼了。”

苏扬也没想到自己会这样做，而做了就收不回来了，他不肯起来，紧紧拉着唐悠悠的手：“答应我好吗？不要走了，我一定会给你幸福的，我发誓。”

唐悠悠眼泪怎么也止不住，她不停摇头：“怎么可以这样，怎么可以这样啊，我一切都安排好了，我没有遗憾了，你不可以这样的。”

苏扬说：“我知道，我也不想这样做，我也知道这样做对你不公平，可是我控制不住我自己，我怕我现在不说以后一辈子都没有勇气再说，悠悠，我确定不是感动，也不是冲动，而是真的爱你，就在刚才我等到你出现的那一刹那，我仿佛度过了三生三世，历经了生死轮回。我突然明白你其实早已经融入到了我的血液中，成了我灵魂不可或缺的一部分。是的。唐悠悠，我确定我已经爱上了你。你在我心中那么完美，我不会再遇见像你这么好，对我也这么好的女孩了。现在，我以诗歌之名，将我的爱馈予你。愿爱和诗歌永远陪伴你我。不管你答不答应我，我都想大声说出来。唐悠悠，留下来，做我的女朋友，我们一起去努力，一起营造属于我们的小小幸福，可以吗？”

扫一扫　分享一草写作大课堂之情节构造

Those hours that with gentle work did frame
The lovely gaze where every eye doth dwell,
Will play the tyrants to the very same,
And that unfair which fairly doth excel.
For never--resting time leads summer on
To hideous winter and confounds him there,
Sap check´d with frost and lusty leaves quite gone,
Beauty o´ersnow´d and bareness every where.
Then were not summer´s distillation left
A liquid prisoner pent in walls of glass,
Beauty´s effect with beauty were bereft,
Nor it nor no remembrance what it was.
But flowers distill´d though they with winter meet,
Leese but their show,their shubstance still lives sweet.

Chapter 5 留白

"话忘了一句。"
"嗯，肯定忘了一句。"
我们始终没有想出
太阳却已悄悄安息

——顾城《在夕光里》

Those hours that with gentle work did frame
The lovely gaze where every eye doth dwell,
Will play the tyrants to the very same,
And that unfair which fairly doth excel.
For never--resting time leads summer on
To hideous winter and confounds him there,
Sap check´d with frost and lusty leaves quite gone,
Beauty o´ersnow´d and bareness every where.
Then were not summer´s distillation left
A liquid prisoner pent in walls of glass,
Beauty´s effect with beauty were bereft,
Nor it nor no remembrance what it was.
But flowers distill´d though they with winter meet,
Leese but their show,their shubstance still lives sweet.

唐悠悠当然不可能在现场就点头答应，更不可能将自己谋划了好几年的出国计划说放就放。那样的结局太戏剧也太狗血。生活的真相是有些事情你期盼了太久一旦拥有反而会恍惚犹疑，更何况是爱情这样神圣的事，唐悠悠需要时间消化和面对。幸运的是苏扬真的不是一时兴起，从那天中午开始他像年少时坚持写诗一样每天不停对唐悠悠表白，苏扬就是这样的人，决定示爱之前婆婆妈妈拖泥带水要多窝囊就有多窝囊，可一旦示爱之后就停不下来，不管多肉麻的话脱口就能说，不管什么誓言张嘴就能许诺。因为他内心激情澎湃相信自己所做所言都是真的。而对唐悠悠而言，苏扬之前始终不接受自己是她不能承受之轻，现在疯狂追求自己同样让她不适应，这几乎可以算作她二十一年人生中最艰难的抉择，要知道她连去美国的行李都收拾好了，基本上属于拎包就能走的状态啊，现在却要让她一百八十度掉头而行，这对谁都不是一件可以轻松决定的事儿，唐悠悠试探着问能不能两者兼顾她继续出国但同时和苏扬相爱。这样过不上几年她就能回来，而且她保证每年至少回来一次何况现在交流方式太便捷了大不了每天都视频，结果唐悠悠还没说完发现苏扬脸色不对。“嗷”地发出一声惨叫就快抽过去了，苏扬咬牙切齿说："我他妈这辈子都不再相信异地恋了。唐悠悠你可以拒绝我的爱我不会怪你因为是我愚蠢在先，但你绝对不能接受了我却不在我身边，那样比凌迟还让我绝望和疼痛，人生最大的悲哀就是两次跨进同样的河流，我虽然渺小卑微，但也不希望拥有悲哀且不堪的人生啊！"唐悠悠吓了一跳赶紧打住说："好了，你快别说了，我再考虑考虑吧。"

就这样又拖了几天，苏扬心想大不了像电影里演的那样直接到机场求婚，不成功便成仁，反正在飞机舱门关上那一刻前我绝对不放弃。为此他还精心演练了各种台词，准备最后一搏，结果唐悠悠没给他这个机会，在一个平淡得不能再平淡的黄昏，唐悠悠找到苏扬，漫不经心地说："好了，问题都解决了。"

苏扬愣是没反应过来问："你怎么了？"

唐悠悠说："就是出国读书的事啊，你不是一直纠结这个吗，以后再也不要担心了。"

苏扬惊喜万分："也就是说，你不需要离开我啦！"

唐悠悠幸福点头："嗯哪！"

苏扬继续问："也就是说，我们不要分开也能相爱啦！"

唐悠悠又点头："嗯哪！"

苏扬继续说："也就是说，你答应我的求爱，答应做我女朋友啦！"

唐悠悠忍俊不禁："嗯哪，快别说了，好傻啊你！"

苏扬人来疯了，声音反而更大了："那从此刻开始，让我们相亲相爱，永远都不要再分开，好不好！"

唐悠悠笑着笑着突然就想哭，这一刻实在太幸福了，这么多年的付出和等待和这一刻的幸福相比很值得，她深情看着苏扬，认真点头说："不分开了，再也不分开了。"

大左说："从物理意义上而言，不分开是不可能的，难道拉屎的时候你们也在一起吗？难道我请你一起去浴室泡澡，你会说：不行啊，我得叫上我的悠悠吗？显然不会。所以说，孩子，在情感体验上你们都还小，喜欢说一些美好但幼稚的话，这个呢我能理解的，但我不能坐视不理啊，我得说——咦，老板，怎么今天的辣子鸡丁里面鸡丁这么少，都是辣子噻？"

苏扬和唐悠悠好上后最兴奋莫过大左了，他逢人便说师大新闻学院公认的女神和才子走到一起完全因为他的撮合，如果不是他的英明神武现在这对令人艳羡的恋人中的女方早已在万里之外边打工边求学说不定还经常被黑人性骚扰，而男方则落魄地留在国内成天相思却无能为力弄不好就得自寻短见，人世间从此少了一段佳话而多了一对苦命鸳鸯。因此哪位不幸的单身男女要想脱单最有效的办法就是找神奇的他指点一二代价不过请他吃一顿饭，当然餐标不能太低，人均至少八十以上，一次性请十顿则可以降到五十块，包月还有优惠。或许是渴望爱的人太多，而相爱又太难，因此大左的伙食一直挺好，基本上就没再为吃饭掏过一次钱。他本来就胖，等到大三快结束时体重已经超过两百斤，宽度就快接近身高了。对此大左毫不在意，因为这样非常人的体型让他的话变得更有说服力，为此他还专门留起了山羊胡，衣服也总穿对襟马褂，加上满口命理玄学，猛一看跟个大仙似的，特神叨。大左很认真考虑过等毕业后要是找不到好工作，就在街头摆摊算命，他觉得这个想法非常靠谱且睿智，目前全球范围内还没有一家风水公司上市，大左相信自己一定可以做成第一家，并且出任总经理，当上CEO，赢取白富美，从此走向人生的巅峰。

大左的大三快结束了就意味着苏扬的大学生涯快结束了。恋爱的功能之一就是让时间流逝变得更快，这不苏扬感觉自己刚拥抱唐悠悠的时候还春寒料峭，结果唐悠悠从怀里离开的时候就已经是炎炎盛夏，时间都去哪儿了？哦，时间都被我们的爱封存了起来，酿成了蜜。

说起来这其实是苏扬第一次正经八百的恋爱，起初的几天他非常不适应，以前想见一次自己的女朋友得千山万水舟马劳顿而现在是想见就见，想抱就抱，幸福得也忒不真实了。至于唐悠悠就更是没有任何经验了，也不知道谈恋爱得给对方留多少空间，又得自我保留几分。所幸恋爱本无范本标准，皆因双方性格而定，加上这俩人都不笨，特别是唐悠悠，智商和情商都胜人一筹，很快她就琢磨明白和苏扬恋爱你不能顾忌太多，爱情对他来说重于全部，压根就不要考虑什么空间不空间的事，考虑多了只能伤害了他敏感的小心脏。唐悠悠像以往的每一次那样，再次抓住了事物的本质和规律，并且很快确定了俩人的恋爱模式，那就是“男主内，女主外”，大事小事基本上都是唐悠悠做主，苏扬对此毫不介意，反而乐享其成。觉得凡事听媳妇的简直太英明了。

大左对此相当不忿，他用力扯着山羊胡，青筋毕露：“简直丧权辱国啊，怎么可以让一个女人当家呢？男人尊严何在？早知道就不撮合你俩了。”

苏扬美滋滋地抽烟：“你这就不懂了，听媳妇的话多好啊，我就抓紧这最后的大学时光，吟诗作对，吃喝玩乐，加上美人在侧，风流我有，人生如此，岂不快哉！

“我去，我不懂？这世间还有我不懂的事？”大左直翻白眼，“胆敢对大师不敬，你麻烦了你知不知道？你先别得瑟我告诉你，你俩麻烦事在后面呢，我都看到了。”

苏扬早就习惯了大左满口胡言，也不在意：“你都看到啥了？说说！”

大左继续翻白眼：“看到了很多很多，那空中飘着雪啊，那空中刮着风，那孤独的孩子提着易碎的灯笼，东方流离失所，西方无动于衷，总之不要太可怜哦。不过我现在只能告诉你这么多，否则泄露天机，我将不得好死。”

苏扬听后直瞪大左。

大左得意：“怕了吧，求我啊！”

苏扬：“神仙，你就收了神通吧。我现在要去和我的悠悠约会了，没时间陪你在这儿吹牛了，您自个儿好好修炼，千万别走火入魔啊！”

苏扬倍儿幸福地扬长而去。

大左看着苏扬背影，一声叹息。

恋爱后，苏扬上到穿衣住行，下到吃喝拉撒，什么都听唐悠悠的，除了找工作。

唐悠悠看满世界的毕业生要么考研，要么就职，都忙疯了，就苏扬一个人还优哉游哉，就劝他也可以找起来，结果遭到苏扬的坚决反对。

唐悠悠说：“这事儿你怎么能逃避呢，迟早都要面对的啊！”

苏扬：“我可不是逃避，只是现在还太早，等该面对的时候自然会面对。”

唐悠悠：“我的天，这还早啊，你可真心大，等你毕业了再找，花儿都谢了。”

苏扬：“花会开花就会谢，人间常态嘛，再说谢了的花儿也有另外一种残缺美，不是吗？”

唐悠悠哭笑不得，知道不能和他掉书袋，劝了几次后发现没啥效果就也放弃了，反正只要自己心爱的男人幸福，哪怕将来自己养着他也没关系。唐悠悠心想我也得抓紧了，既然放弃留学那就得找工作，还不能将就，怎么着也得是世界五百强吧，而且锁定金融领域。拿定主意后唐悠悠先是将在北京的知名金融机构做了一个缜密的分析对比，找准了各家特色和需求，然后针对性撰写简历进行投递。或许是她方法得当，又或许是她自身条件实在太好了，没几天就陆续收到了这些机构的面试offer，并且很顺利就过了前几轮的面试。让那些苦苦求职却屡屡不爽的同学看的大跌眼镜。

一天晚上唐悠悠乐滋滋地到苏扬宿舍找他，她想告诉他好消息那就是她终于搞定工作了，是一家非常老牌的国际风投公司，掌管着超过千亿美金的财富，这家公司每年在华最多招聘五名应届大学生，唐悠悠就是其中一名，所有人都明白进了这家公司等于人生进入了快车道，前途更是不可限量。唐悠悠想告诉苏扬有我一份薪水就足够咱俩花了，从此以后你爱干吗就干吗，反正我负责赚钱养家，你负责貌美如花，想想心中就好激动。

唐悠悠刚进宿舍门就发现苏扬正趴在电脑前，从背影都能感受到他的专注。唐悠悠轻轻唤了几声，苏扬竟然没听见。唐悠悠心想：哼，肯定不是在看什么好东西。结果走近一看，苏扬正在浏览一家图书销售网站，边看还边记录。唐悠悠就站在苏扬身后深情凝视着他，她发现认真起来的苏扬特别迷人，唐悠悠想我怎么就这么爱他呢，不管什么时候都觉得他是最帅的。

苏扬忙活了半天才缓过神，叼根烟，美美吸了两口，这才发现唐悠悠过来了，立即眉飞色舞地说要告诉唐悠悠一件好事。

唐悠悠说：“这么巧，我也有好事要告诉你呢，你先说吧。”

苏扬：“no，no，no，你先说，我的想法还不成熟。”

唐悠悠：“嗯，我被录取啦，世界五百强哦，而且是我最喜欢的金融行业。”

苏扬：“完了。你的好事和我的好事冲突了怎么办？”

唐悠悠：“啊！那你到底要说什么？”

苏扬用力吸了口烟：“创业，我想创业，而且和你一起创业。”

唐悠悠用手摸摸苏扬的头：“乖，肯定昨夜你睡觉不乖踢被子了，咦！这也不发烧啊！”

苏扬：“悠悠，没跟你开玩笑，我是认真的，你不天天催我找工作吗？我觉得给别人打工还不如给自己打工呢，没道理朝九晚五把自己的青春给别人的，再说了，现在创业环境这么好，机会也很多，不创业可惜了。”

唐悠悠：“你说的没错，可是创业不是冲动，创业是很理性的行为，请问你想做什么，你又能做什么，你是发现什么好的商机了还是在某个领域有资源，都没有。”

苏扬：“不，我有！你看看这是什么？”苏扬将唐悠悠拉到电脑前，指着网页说。

唐悠悠：“这不是你诗集的销售页面吗，怎么了？”

苏扬：“没错，在这里可以买到我的书。我去，我本来以为我的书一本都不可能卖掉，可是你看下面的读者评论，不但数量还不少，而且口碑也相当不错，我统计了下，五星好评率高达88%，这说明什么？”

唐悠悠：“还能说明啥？说明有人喜欢你的诗呗！”

苏扬：“错，表面上来看是这样，但你仔细想想这只能说明现在的图书出版市场太好了，连我这样的书能有人买。说实话，挺不可思议的。”

唐悠悠：“不会吧，你怎么对自己那么没信心啊，你的诗挺好的。”

苏扬：“不是对自己没信心，是我足够清醒。那，如果这个还不能说明问题，我们再看看其他书。”苏扬随便点开一本小说的销售页面，“你看看，这本《青是受伤，春是成长》我们完全没听过有没有？可是竟然有一万多个读者评价，好评率更是高达95%，还有这本《曾经的我们，最好的时光》，三万个评价，如果一个ID只能发表一个评价，那也意味着光在这一家网站就卖出了三万本，这还不包括买了书没写评论的人，而全国那么大，怎么着也有上百家渠道，你想想，这市场机会得多大！”

唐悠悠：“奇怪了。怎么平时看你一直对做生意没兴趣，怎么现在说起来头头是道，还挺有道理的。”

“这就叫近朱者赤，做你的男朋友，脑子不灵光怎么行。”苏扬很认真地说，“我已经研究了好几天了，感觉靠谱，而且挺适合我的，我这些年其他没做，书看的可不少，这方面我还是有点儿判断力的。”

唐悠悠：“嗯，那你到底是想做图书出版还是做图书销售呢？”

苏扬：“出版，我只对内容感兴趣，怎么样，有兴趣和我一起创业吧，前途无量啊。”

唐悠悠：“不要那么冲动吧，我觉得虽然你的想法挺好，但肯定还是有很多信息不知道，说不定这行水也很深呢，要不我还是去外企上班，你可以先做起来，这样万一有什么差池，咱至少还有路可以退。”

苏扬：“no，no，no，这个想法貌似靠谱，实则不妥，如果你不和我一起创业，我就不干了，因为我太感性也太散漫了，如果自己写作或者干点和文化艺术相关的事儿挺好，但如果想开公司做生意，那绝对是不行的，你那么聪明又理性，我们俩天生互补，最佳组合，而且……这样我就可以每时每刻都能和你在一起了，这对我来说，是最重要的事。”

唐悠悠承认被苏扬这最后一句话给深深打动了，虽然她那么渴望投身金融行业，对出版没有一点儿兴趣，虽然她看苏扬说得头头是道但依然觉得问题很多，虽然她的理性和直觉告诉她这样做真的非常不合适，可是有一个理由让她义无反顾答应他，哪怕冲动，哪怕冒险，那就是她爱他，很爱很爱，她的人生轨迹因为他发生了太多改变，再多一次也无妨。

当时的他们都还太年轻，不知道有的改变一辈子都回不了头了。

决定创业且明确方向后，苏扬便开始了一些前期的调研，从他的反馈来看，做出版简直太简单了，现在万事俱备就等毕业了，唐悠悠一直抱有怀疑的态度，但她并不想过问太多，她害怕自己一琢磨发现太多问题反而会泼了苏扬的冷水，实际上这件事让她对苏扬的看法已经产生了很大的转变，她突然意识到苏扬此前关于工作的那套说辞并不是真的借口，而是他确实就是那么想的，这个男人足够浪漫也足够认真，一旦决定了一件事，比谁都自觉和有激情。这种感觉让唐悠悠觉得自己很幸运也很幸福，她对自己和苏扬的未来充满了憧憬和信心。

一个月后，苏扬和唐悠悠终于毕业了。唐悠悠以全校优秀毕业生的身份在毕业典礼上发言，短短的五分钟脱稿演讲，唐悠悠的表现堪称完美。唐悠悠最后动情地说能够在师大接受教育是她一辈子都珍惜的缘分，因为在这里她收获了知识，成长，还有爱情。她将和所有毕业生那样，带着这些知识去拼搏闯荡，一起守护着这份来之不易的爱情。

唐悠悠的话引发台下掌声雷动，苏扬尤其高兴，他看着唐悠悠拼命鼓掌，激情澎湃，心想：这是我的女人么，那么完美，那么有魅力，我一定要好好守护她，除非我死，否则绝不放弃。

毕业典礼后是散伙饭，大左也来了，那天他们至少喝了两百多瓶啤酒，所有人都喝倒，谁不喝醉和谁玩命，大左说：“虽然今天的活动和我关系不大，但我也绝对不含糊，你们也别劝我喝，我自己先把自己解决了。”说完一口气喝下五瓶，喝到最后酒从鼻孔里往外冒。

傻强喝大了就哭，说：“不管将来谁牛x谁傻x，我们都还是好兄弟，谁他妈有困难必须得帮。”

苏扬说：“将来最牛x的肯定是你了，电视台啊，多大的官僚机构啊，你小子好好混，等将来我公司做大了，到你那儿做广告。”

傻强拍着胸脯说绝对没问题，到时候我给你最低折扣，谁他妈反对我就灭了谁。”

那晚连唐悠悠也喝多了，她倒在苏扬怀里不停说：“老公，我们相爱一辈子好不好？我们一辈子不分开好不好？”

苏扬说：“好，可是我现在就想吻你怎么办？”

酒精是最好的催情剂，唐悠悠闭上眼睛说：“吻吧，我喜欢你吻我。”

苏扬一把将唐悠悠抱了起来，然后疯狂地吻了过去，就这样当着所有人的面两个人热吻起来，他们旁若无人，他们用情至深，四周的人纷纷拍桌叫好，有恋人的都纷纷开始接吻。

大左看着傻强，撅起了嘴，说：“要不咱俩凑合凑合吧。”

傻强说：“滚，我他妈还是初吻呢，可不能给你。”

那天苏扬和唐悠悠接吻接了好久，比现场任何一对恋人都要长，傻强最后看得都感动了说：“如果他俩将来都不能成，我就再也不相信爱情了。”

大左说：“这个可不好说，秀恩爱，死得快，祝福他们可以战胜命运吧，虽然，这几乎是不可能的事。”

命运是个骗子
说每个人都有糖吃
可是有多有少
有的有，有的没有

毕业后苏扬和唐悠悠立即投身热火朝天的创业当中，很快注册了一家名叫“听风”的文化公司。虽然唐悠悠一直以为苏扬将出版的事情想得太简单了，结果做起来后怎么也没想到竟会比他以为的还要简单，他俩几乎没有费什么周折就迅速积累了第一桶金。

现在回头看，那几年真是中国实体图书出版的一个黄金时代啊！也是如今大衰败前最后一次长达十年的回光返照。虽然彼时早已大众图书出版市场化，每年的新书品种都能接近二十万册，然后在读者旺盛的阅读需求面前，依然供不应求。加上这个行业门槛低又没有垄断企业，游戏规则更是简单，市场绝对属于百花齐放百舸争流，什么悬疑惊悚的，穿越宫斗的，青春言情的，养生保健的，各种类型的畅销图书层出不穷，各领风骚一两年，百万册畅销书叫正常，千万册的畅销书每年都有一两部，至于十万册，只要你选题不偏，包装不错，渠道不差，就是手到擒来的事。每年在国展举办的图书交易会人山人海，和农贸市场没什么区别，夸张到有人提着百万现款当场采购书。你要是拥有了某个畅销书作家的版权，那你就是皇上就是天，无数渠道商会对你围逼堵截，好话说尽就是为了你能给他发书。做一本书赚一辆车太容易了，做一年出版买一幢楼也不难。苏扬入行时虽然没赶上实体书最繁荣的那两年，但还算赶上了好时光。正所谓站在风口上，猪都能飞。苏扬虽然年轻，也没什么资源，但凭借着他对文学作品的敏感以及唐悠悠高人一等的经营手段，他们的“听风传媒”很快就从当时千万家小作坊式的出版机构里脱颖而出，成为令人瞩目的出版新生力量。

当然，那已是两年后的事情了。两年来苏扬和唐悠悠从无到有一步步将公司做了起来，一开始没有编辑，苏扬就自己上，没有发行，唐悠悠就现学现卖，没有渠道，两个人就一家家去谈，没有启动资金，就各种赊账，好在当时图书出版产业链还很原生态，占据一本书成本大头的纸张费和印刷费都至少有六个月的账期，另外一部分的作者稿费也可以晚六个月到一年支付，有的书甚至都没有作者，就是靠剪刀加浆湖生拼硬凑出来的。还有不少是公版书，重新取个书名就能当新书去卖。因此前期投入并不大，无非是一些办公成本。而这一块也被唐悠悠运营得很好，他们没钱在写字楼办公，就租在小区里，一开始是一室户，慢慢变成两室一厅、三室两厅，办公桌椅也都是到潘家园旧货市场买的，连电脑都是到中关村淘的二手货。好多次苏扬都抱怨为啥要这么节俭啊？咱虽然没钱但买台新电脑的钱还是有的，唐悠悠说："这不是买得起买不起的问题，而是一种态度的问题，既然是创业就得有创业的样子，现在如果大手大脚惯了，将来就算赚再多钱也留不住的。"苏扬还想争辩，唐悠悠堵住他的嘴："亲爱的，不是说好的吗，内容你负责，运营我负责，听我的就是。"苏扬"吧唧"在唐悠悠脸上响亮亲了一口："遵命，老婆大人。"

关于出版内容和方向，苏扬一开始也和大多数民营出版商一样什么书都做，什么书畅销就赶紧跟风，后来发现这样太累而且利润也太薄，慢慢就开始专注出版青春文学，因为他是"八零后"，最熟悉"八零后"的生活和价值观，对"八零后"作家和作品整体状况也比较了解。而且当时全国大小媒体都热衷讨论"八零后"这一概念，很快"八零后"便成为了社会性的热点话题，也出现了韩寒和郭敬明这样扛大旗的"八零后"作家，而整个青春图书市场的潜力巨大且日趋爆发。苏扬动作很快，眼光更准，一口气签了很多还未出名但绝对有潜力的"八零后"作家，然后精心包装，先是请知名文学评论家各种推荐赞誉，然后又花钱到作协举行作品研讨会，并盛邀全国媒体参加，虽然花费不少，但一举推出了诸如"八零后十才子""新思维"等知名青春文学品牌。这批书都获得了非常好的市场表现，平均每本书都过了十万册，凭借这批畅销书苏扬很快便成为他们那批毕业生里先富起来的人。公司也从居民楼搬到了安贞桥附近的商务楼。他和唐悠悠分别拥有了一间宽敞明亮的办公室。从此苏扬也再不用和唐悠悠挤在一间房里办公头一抬就是唐悠悠那张只要工作起来就苦大仇深的脸，想偷懒玩会儿游戏都不行。唐悠悠给苏扬从上到下重新购买几套相当昂贵的行头，苏扬不理解说："衣服干吗要那么好，舒服就行了，再说了这些衣服也太贵了吧，你不是说我们刚创业得节俭吗。"

唐悠悠一边给苏扬捋顺衣服上的皱褶一边说："这你就不懂了，现在公司刚上了一个台阶，得注意门面了，你是老板，代表着公司的形象，不能让客户给看轻了，在你身上投资是性价比最高的。"

苏扬虽然心中不接受但嘴上还是习惯性说好话："老婆，你怎么什么都懂啊？好像你从头到尾已经经历过了一次。"

唐悠悠摆出一副傲娇的姿态："拜托，我可是商学院的全优生好不好，预习过至少一千个经典商业案例，我当然清楚啦！"

苏扬说："是是是，我老婆最牛了，那请问我们的听风将来会怎样呢？"

唐悠悠说："我早想清楚了，我们先用三到五年扩大规模，等我们的码洋过亿的时候，就可以去和VC（风险投资方）谈融资了，而且按照最少十倍的PE（市盈率）来计算，这样我们至少能套现五千万，还能有绝对的控股权，为后面的二轮三轮融资做好准备，未来如果国家金融市场在文化这块能放宽，我们就自己去IPO，如果还是没机会入市，我们就寻求上市公司以现金加股权置换的方式收购，这样等于也拥有了上市公司的优质股票，还能减少若干麻烦，到那个时候我们的现金储备肯定是过亿了，我们就可以扩大商业模式，以图书出版为原点，进一步做大内容，特别是原创内容，然后向动漫，影视等表现形式发展，打通各个载体的产业链，最后做成一个综合的文化集团。等做到这一步后我们还可以成立一个文化基金，去投资别人有潜力的文化项目，包括文化地产，我预计未来的十年将是影视行业和文化地产大发展的十年，我们绝对不能错过这个千载难逢的机会。而等到那一天除了要在文化范畴拥有绝对的话语权，更需要有人精通资本运作，这就回到了我的专业层面，我相信我能够做得很好。总之最后做成一个文化孵化平台是我们最后的商业目标，一旦做成，那么将前途不可限量，甚至做成百年老店都不是没这个可能的。”

苏扬惊呆了：“我勒个去，我连下本书出什么都没想，你竟然已经想到了百年后，我可以跪舔你吗？”

唐悠悠：“不行。”

苏扬：“那回家可以吗？”

唐悠悠：“讨厌，上班呢。”

苏扬：“唐悠悠，我是越来越崇拜你了，想我一介书生，怎么就能找到你这样天资过人，聪颖智慧，识大体，有大格局的女神呢？”

唐悠悠：“我也是大体的规划而已，做起来很难的，而且充满了变数，至于最后结果是否会如我所愿，我不敢保证的。”

苏扬：“谁也都不敢保证，但结果其实根本不重要，重要的是这个过程我们一直在一起，一起奋斗，一起拥有吃苦的幸福，一起见证成功的喜悦，我们可以看着对方变得越来越美好，这个对我来说，才是最重要的。”

唐悠悠：“嗯，你说的很对，但最好是过程难忘，结果又能如意，毕竟我们现在身处商业社会，最后还是要以成败论英雄的。何况这个时代机会实在太多了，只要把握住一两个，就一定能够取得很大的成就，我们不可以辜负自己的努力，更不能辜负这个时代的。”

苏扬鼓掌：“说得好，来，呱唧呱唧，我们又一次就重大战略问题取得了圆满的统一。好了，老婆晚上我不回家吃饭，得先走了。”

唐悠悠：“又不回家吃饭？你要干什么？”

苏扬立即谄媚讨好：“呵呵，去请大左吃饭，大左说我现在忙工作就忘了他，发牢骚呢，我得去安慰安慰他。”

唐悠悠不乐意了：“上个星期不是刚请过吗？他怎么还挑理呢？“

苏扬：“也不是挑理，就是抱怨两句，他性格不就这样嘛！好老婆，咱现在条件挺好的，大左又是我们最好的兄弟，多照顾照顾他也是应该的。”

“没什么应该不应该的。他又不是自己生活不能自理。”唐悠悠越想越来气：“对他好没问题，但凡事都应该有个度，现在他还没毕业，等毕业了怎么办？还天天吃你的喝你的？你要养他啊！”

苏扬嬉皮笑脸：“我有想过哦！”

“我不同意。”唐悠悠急了，“这个人越来越贪得无厌了。”

苏扬：“奇怪了你怎么对大左意见那么大呢？难道我们不应该感激他才对吗？当时如果不是他支持，我们或许还要过很久才能在一起，或许就错过了也说不定。”

唐悠悠：“又来了，又来了，这事说多少回了，说的都快和真的一样了。我们相爱和他有毛关系啊，如果非得有关系，那我觉得如果没有他，咱俩早就好上了。”

“行了，别说了。”苏扬也有点儿不开心了，口气加重：“老婆，我什么都听你的，但交朋友方面你别管我，我心中有数。”

唐悠悠立即不说话了，委屈地背过了身子。他俩恋爱后从来没红过脸，更没有吵过架，苏扬这样说就是最不高兴的表现了，唐悠悠一直告诫自己一定不能让苏扬没有面子，不管在家里还是外面，所以看到他不开心了就一定要忍，不管自己有没有理，受不受委屈。

苏扬从身后温柔抱住唐悠悠：“乖啊，大老婆，我知道你是为我好，但你要相信我会处理好这方面的事的，我又不傻。”

唐悠悠将头靠在苏扬颈脖处：“我当然相信你了，你是这个世界上我最信任的人啊！好了，你去吧，早去早回，晚上我等你回家睡觉。”

苏扬：“别了，我回来可能很晚的，你先睡吧。”

唐悠悠：“不行，你不在我身边，我睡不着的。”

苏扬刚出门就接到傻强电话，火急火燎地约他晚上见个面。苏扬说：“正好晚上我要和大左吃饭，一起吧，咱三兄弟好久没聚了。”傻强迟疑了会儿说：“也成，但我能不能先和你单独聊十分钟？”苏扬也没在意就答应了，然后将吃饭地点发了过去。

傻强好像越来越忙了，毕业后前半年还能隔三岔五见上一次，后面基本上约他他都说没空。问他忙啥，他就说最近频道里的正副总监斗得厉害，正总监快退休了，想扶持新的接班人，但遭到了副总监的强烈抵抗，白痴都知道在频道里除了当上一把手才可以享受实权利益外，其他的都是炮灰，副总监在频道里已经混了二十多年论经验论资历论逻辑都应该轮到他了，这到手的鸭子绝对不能飞了。矛盾从地下很快燃烧为公开，本来副总监局面并不占优，甚至有式微之象，后来他得高人指点，结识了电视台主管机构的大领导，狠下重金，几番运作后终于将局面挽回，并且从此气势如虹，基本上已经锁定战局，只待一纸文书便能扶正，那些花出去的公关费也很快会数倍回到自己腰包。

本来这种神仙打架的事和傻强这种菜鸟没有太大关系，反正谁上谁下都得有人干活，再有什么好事也轮不到傻强这种级别的员工，何况在结果出来之前什么事情都可能发生，这在中国的公职机构屡见不鲜，水实在太深了，你乱站队瞎表态有可能会惹祸上身，这个基本道理谁都明白但傻强就不明白，其实也不是他不明白，但对于他这样的机会主义者如果看到机会不去利用那就不是他的个性了，大学四年已经压抑了他太多的个性，现在到了社会眼瞅各种姹紫嫣红早就心猿意马，你让他苦干十几年然后一步步升职加薪熬到快退休了说不定才能当上老大这种人生他拒绝接受。他会信誓旦旦告诉你：到处都是机会，遍地都是金钱，就看你敢不敢利用，敢不敢去捡。这个世界永远都属于胆大者，活着就是一场冒险。如果机会到了面前都不懂得珍惜，那就是最大的愚昧。傻强言之凿凿，不容任何质疑。如果你进一步想探讨他的内心世界，他会又嫉妒又羡慕地说：就比如我的同学苏扬，挺普通的一个人，但就因为冒险找了一个和自己完全不是一个世界，并且自己也根本无法驾驭的优秀女朋友，什么也没做，就莫名其妙成了百万富翁。而我更多的同学个个墨守成规，循规蹈矩，半年换了五份工作，越换越没有出息，最后只能睡在地下室。操，这就是生活，这就是人生，这就是他妈我们冒险的结果，不成功便成仁。

苏扬是他最大的一块心病，这病刚上大学的时候就落下了，后来因为成了苏扬的兄弟，以为不治而愈了，没想到毕业了刚分开没几天，又复燃了，而且病情加重了，他拒绝和苏扬经常见面，却想尽办法从各种渠道打听苏扬的近况，他眼瞅着苏扬一天天富了起来，自己却始终原地不动，依然是个小记者，依然是哪儿最苦最危险就被派到哪儿去，跟个抹布一样，他着急，再这样下去别说让别人对他有信心，自己都快崩溃了，因此看到正副总监斗得不可开交且局势渐渐明朗之际，他知道机会快来了。对于如何把握机会，他冥思苦想，各种折腾，最后还是只能找到苏扬，因为这个时候同学里只有苏扬能够帮上他。

对于苏扬提议晚上和大左一起吃饭，傻强其实是非常抗拒的。傻强其实一直看不上大左，觉得他没出息也没前途，完全就是浪费地球资源，是个彻头彻尾的负能量。上学的时候没事混在一起还好，反正也没什么利益冲突，但毕业了后傻强就坚信一个道理：只能和比自己强的人交往，因为那样意味着自己可以从对方身上学到姿态方法，获得资源机会，坚决不要和比自己差的人做朋友，那样只会拖自己后腿，于自己成长毫无益处。至于像大左这样的负能量，更是不能浪费一分钟时间在他身上。傻强深知自己耽误不起，所以基本上同学聚会都不再参加，但他想了想还是答应了，他怕苏扬不高兴会拒绝他的请求，这样就更得不偿失了。

晚上聚餐约在学校附近的海鲜坊，苏扬毕业后还是喜欢到学校附近吃饭，觉得踏实有食欲，当然不会经常再吃很便宜的小馆子，苏扬知道大左喜欢吃海鲜，因此只要请大左吃饭，基本上都是在这家海鲜坊，龙虾鲍鱼随便点，撑死了也就三四千元一顿，大左吃的越多苏扬就越高兴，有的时候还让大左多叫几个他的新同学，这样大左也有面子。有几次大左带来的女生半真半假奉承苏扬说："师哥你太有魅力了，长得帅又有钱我都快喜欢上你了怎么办？"苏扬就笑笑不作语，大左会立即用油乎乎的手指指着姑娘的脸说："别发骚啊，人家是有女朋友的，而且山无棱天地合，他都不会背叛他老婆的，你就死了这条淫荡之心吧。"女生脸上挂不住了，恨恨地说："说什么呢？谁不知道他和师姐神仙眷侣，这不开玩笑的嘛！"大左也嬉皮笑脸："你开没开玩笑你心里知道，不过我可以给你一个建议，就是苏扬的主意你别打了，那绝对没戏，但我的主意你还是可以打打的，我现在单身，还是处男，还是有钱人最好的兄弟，你要是对我有兴趣，我一定不会拒绝的。"大左说完，用充满欲望的眼神看着早已经满脸鄙夷的女孩，然后"吧唧"伸出舌头舔了下嘴唇，淫荡地说："Come on baby。"女生嗷一声发出怪叫，拂袖而去，临走前还对苏扬说："师哥，你挺正常的一个人，怎么和这种神经病做朋友啊，你也不怕丢了你的脸。"

大左经常借着酒意问苏扬："你说实话，你是不是怕我丢了你的脸？"

苏扬开玩笑："不怕啊，因为我的脸早就被你丢尽了，我已经无脸可丢。”

大左翻白眼：“真话吗？！”

苏扬无奈：“你怎么越来越跟个娘们一样了？大左你给我听清楚了，你是我的好兄弟，这辈子都是我的好兄弟，我的就是你的，你现在就消停点别瞎折腾，安安稳稳把大学毕业证书拿到手，至于工作你别担心。”

大左：“你的就是我的？这句话太美了，是我听过你说过最美的诗句。但是，我不相信。”

苏扬：“爱信不信。”

大左：“那唐悠悠呢，唐悠悠是你的女朋友，难不成我也可以和她做爱？”

苏扬生气了：“你他妈疯了吧，我只是打个比方，用来形容我对你的态度，你这样说真没劲。”

大左看到苏扬生气了反而高兴了：“所以说我不相信嘛，不过我相信除了唐悠悠，其他你都能和我共享是不是？”

苏扬没吭声。

大左用牙齿咬开酒盖，举着瓶子说：“来，好兄弟，我又自作多情了，当我啥也没说啊，弟弟先干了这瓶。”然后一口气喝完一整瓶，然后闭着眼睛自言自语：“什么他妈好基友兄弟，都是狗屁，今朝有酒今朝醉，明天算球。”

苏扬也不争辩，他早就习惯了大左这种酒后疯言。他要不这么耍就不是他了。苏扬不太明白为什么现在生活渐好大左抱怨也更多了，他不想去了解大左的内心。他选择大左做兄弟和其他无关，只因在自己最美好的年华里，他出现在了他的世界里，这就足够了。

那天晚上苏扬约了大左七点到海鲜坊，自己六点半就到了，等了没几分钟，傻强就来了。

苏扬见到傻强很高兴，又要握手又要拥抱，恨不得贴个脸表示自己喜悦的心情了。苏扬拍着傻强的肩说："你现在不要太忙啊，想见你一面都难，今天晚上我们好好聚聚，不醉不归。"

傻强推诿："今晚真不行，前阵子赶拍了一个杰出企业家的专题片，是我第一次当制片，我吃两口就得回台里加班盯后期，得熬通宵呢。"

苏扬："不会吧你，这天天加班还不得把人累死啊！"

傻强："累死人也不奇怪啊，我们台里有指标，只要每年累死的人数不超过十个人就谢天谢地了。"

苏扬目瞪口呆："真的假的，这到底是电视台还是集中营啊！"

傻强："我看都差不多。得了，别说这些没用的，我得和你说说正事儿——苏扬，你能不能借我二十万。"

苏扬心里暗暗一沉，虽然他是赚了点钱，但更多是账面上的，二十万不是小数目，何况一下子拿出这么多现金，有点儿难度。

傻强见苏扬沉默，又认真说了一遍："二十万，救急用，只有你能帮我了。"

苏扬关心："救急？到底怎么了？"

傻强："我能不告诉你吗？只要你相信我真的是没其他办法了。"

苏扬："好，你什么时候要？"

傻强："最好明天，最晚不能后天。"

苏扬又不说话了，家里的钱全部投在公司账上，公司的钱又都归唐悠悠管，平时零花的小钱他自己做主，这么多钱不让唐悠悠知道是不可能的，但要是让她知道，那就成了一件很麻烦的事，何况他连傻强借钱干什么都不知道，唐悠悠那么理性，肯定没法接受。

傻强盯着苏扬的脸看，想从苏扬眼神里读出什么信息，他当然能感受到他的为难，对此他的解读是他不想借，这也正常，虽然是同学，虽然是兄弟，但也不见得能和真金白银的分量相当。可是这次他真的没办法，他必须立即拿到这笔钱。

傻强慢慢说：“苏扬，你还记得大二时你要给韩晓萌买手机，还差一点钱，是我借给你的。”

苏扬点头：“当然记得。”

傻强：“你还记得你当时对我说过什么吗？”

苏扬：“记得，我说一定要报答你的。”

傻强：“嗯，现在到你报答我的时候了。苏扬，你不要怪我旧事重提，我要是有办法肯定不会这么矫情，请你理解我，等我度过了这个窘迫的阶段，我有钱了我立即还给你，你要利息也没问题，我给你一分利。”

“你丫说什么呢？我是那种人吗？”苏扬被傻强说得豪气万丈：“行，这事你别操心了，明天下午我把钱送给你，现在你什么都别担心，等会儿安安心心喝两杯酒去加班。”

傻强真感动了，主动拉着苏扬的手：“好兄弟！”

苏扬：“这就对了，兄弟大过天，我们是好兄弟，永远都是！”

两人正感动的时候，大左来了。

大左：“妈蛋，老子不在，你俩偷情是不是？”

傻强心情好，看到大左也不觉得膈应了，甚至主动上前抱了下大左：“好久不见了啊，想死你了。”

大左：“谁信啊，想我这么久不来看我？如果不是有苏扬，我他妈早饿死啦！”

傻强竟然有点不好意思了："我这不是忙吗，谁能和苏扬比啊，他自个儿就是老板，我们这种小混混上面七八个领导，个个都得伺候好，可个个都不好伺候，难啊！"

大左："借口，都是些苍白无力的借口啊，傻强你丫都混成国家喉舌了，还这么鸡贼。"

傻强也不生气："得，下次我一定请你吃饭。"

大左："我要吃海鲜，还这家，他家龙虾可好了。"

傻强："必须的，还得是大龙虾，少于两斤咱不屑吃。"

两人越想越激动，干脆又抱到了一起。

旁边的服务员看傻了。这是什么情况，集体搞基吗？

苏扬最高兴了，他好久没有和自己大学最好的两个兄弟聚了，而且好久没看到三个人如此其乐融融了。苏扬心想，钱真是个好东西，有了钱，兄弟们能吃好吃的，有了钱，兄弟有难自己能出手搞定，就为了这种美好，也得多挣钱。

那顿饭吃得挺热闹，傻强不但没吃两口就走，而且还喝了不少酒，大左和每次一样不喝醉绝对不罢休，苏扬最高兴了，高兴到几乎忘记二十万的事了。吃完饭大左提议去唱歌，苏扬有点儿惦记唐悠悠就说下次再唱，结果大左不依，说难得今天人齐兴致也好，非唱不可，苏扬拗不过只能答应，于是找了附近一家量贩KTV，结果大左又说不好，光三个男人唱歌多没劲啊，他知道一个地方有小妹陪唱，价格也不贵，然后不由分说将苏扬拉了过去。此前苏扬知道有这种唱歌的地方不过从来没去过，那天算是第一次，面对着妈妈桑领来的一群姑娘，大左很老练地找了一个女孩，傻强说他等会儿就走就别浪费这个钱了，苏扬本来也想说不要结果话还没说出口大左就自作主张帮他找了一个并且拍着胸脯说肯定符合他的胃口，大左一边搂着自己的小妹一边对苏扬挤眉弄眼说："放开点儿我的好兄弟，男人嘛，就应该家里红旗不倒，外面彩旗飘飘，放心，唐悠悠不会知道的。"

苏扬来不及拒绝，那姑娘已经坐了过来，还直往苏扬怀里钻，苏扬吓得各种躲让，大左笑得眼泪都出来了，他对自己的小妹说："看到没，我的兄弟还是个雏儿呢，你们可得把他招待好啊，告诉你，他可是金主，你们伺候好了保证消费翻番，是吧苏扬。"

苏扬只好尴尬地点点头。那一晚上他如坐针毡，怎么也不习惯和一个陌生的女孩打情骂俏，他又不爱唱歌，基本上就不说话待在一边，那个小妹眼看自讨没趣干脆自个儿玩起了手机，傻强早走了，就剩下大左一个人各种耍，别人唱歌要钱，他唱歌要命，五音不全已经无法形容他唱歌的杀伤力，她怀里的小妹都快听吐出来了，结果大左还满面红光恬不知耻问我唱得好不好啊，掌声在哪里？然后唱着唱着又把苏扬身边那个小妹拉到自己怀里说："他对你没兴趣你就来陪我，反正不能浪费，来，你先亲我一下好不啦！"

那天一直玩到午夜两点，酒水外加消费花了苏扬四千多，最后大左还要带女孩出去开房，又拿了苏扬一千块现金。这些他都不在乎，钱赚来本来就是用来花的，花在兄弟身上比花在自己身上更有意义，他只在乎被唐悠悠知道了会不高兴，毕竟钱是两个人一起赚的，而且照他这样花钱的速度也太大手大脚了，因此苏扬决定无论如何都不能让唐悠悠知道。

等回到家已经快三点了，苏扬踮着脚尖推开房门，台灯还亮着，唐悠悠果然没睡，正看书呢，不过眼皮都快睁不开了，不停打盹。

唐悠悠看到苏扬进来了，迷迷糊糊问："老公，你回来了！"

苏扬心疼上前："你怎么还不睡啊，明天还上班呢。"

唐悠悠："我说了你不回家我睡不着，好了，现在我能安心睡觉啦！"

"嗯，快睡吧！"苏扬在唐悠悠额头上吻了一下，然后自己脱衣上床，却不睡觉，坐着看书。

眼睛却一个字都看不下去，他脑海里想的全是要借给傻强的二十万。到底该怎么对唐悠悠说呢？

唐悠悠虽然极困，但不搂着苏扬睡不着，她翻来覆去等苏扬躺下可始终等不到，眯着眼睛一看哥们正看书呢，这也太不是他风格了，肯定有情况。

唐悠悠微微倾身，搂住苏扬腰：“老公，快睡觉吧。”

苏扬：“我睡不着，先看会儿书，你快睡吧。”

唐悠悠：“老公，你是不是有心事啊！”

苏扬差点儿脱口而出：你怎么知道的？他好想告诉唐悠悠自己在烦心什么，以往有任何烦心的事情他都会第一时间告诉唐悠悠的，可现在就是不知道如何开口。然而不开口又不行，他答应明天就把钱给傻强送过去的，现在不说明天还是要说，也差不了几个小时。

唐悠悠看苏扬憋红了脸就知道他心中纠结不轻，于是也坐了起来，很认真地问：“有什么事你快告诉我，我们一起面对承担好不好。”

苏扬心头一热，心想：对啊，我怎么老想着对不起她呢，这钱又不是我欠傻强的，再说借给他又不是不要了，这事就应该我们一起面对，说不定她比我还仗义呢，哎呀！有这样知书达理善解人意的老婆真是好啊！

苏扬搂住唐悠悠：“老婆，跟你说个事啊，小事，就是傻强，我最好的兄弟呢，他遇到了点小麻烦，需要问咱借点儿钱，也不多，救完急就还的。”

唐悠悠听说借钱一下子精神了：“借钱？多少？”

苏扬：“呵呵，不多的，呵呵，二十万。”

“你疯啦，二十万还不多，多少是多啊？”唐悠悠一下子就从被子里蹦了起来，“你答应了？”

苏扬点点头："我没法不答应，救急嘛。"

唐悠悠："你怎么这么冲动呢，他要救急问我们借钱，可我们到哪儿拿二十万给他，你不知道咱家现金加起来两万块都没有吗？"

苏扬："公司账上不还有钱吗？"

唐悠悠："那是公司的钱，公司的钱是用来做生意的，怎么可以说动就动？再说了，你知道咱公司上的现金还有多少吗？"

苏扬摇摇头，他确实不知道。

唐悠悠："公司所有的现金加起来也不到五十万了，你一点儿都不关心。"

苏扬："天，还有那么多啊，太好了，那先拿出二十万借给傻强，他有钱就会还咱的。"

唐悠悠："不行，那五十万里有一大半要支付印刷费和纸款，已经到了账期，这个月无论如何就要给的，否则人家会和咱打官司，要支付利息的。"

苏扬傻了："那怎么办，我这个忙一定要帮傻强的。"

唐悠悠急了："我不管你要不要帮，反正我们拿不出这么多钱。你要不问他两万行不行，要是借两万，明天就可以拿给他。"

苏扬也急了："不行，必须二十万，我答应他的，就算把公司卖了都要借。"

唐悠悠眼圈一下子红了："什么？你竟然为了借钱给别人要卖公司，你忘了这是我们的梦想我们全部的心血吗？我们为了这个公司付出了多少，现在好不容易稳定下来你怎么说放就能放，你太让我失望了。"

苏扬没想到唐悠悠变得这么脆弱，他赶紧柔声安慰："哎呀，老婆，我只是打比方嘛，又不是真的要这么做，就像我说老婆你太完美了我配不上你，这也是打比方，并不是说我真的不想和你在一起，只是想表示你太好了……老婆，我错了，你别哭了好不好，我不拿公司的钱，我再想想其他办法。”

或许是午夜的唐悠悠比较脆弱，或许是她正好月经在身变得心情烦躁，或许她只是真的心疼这笔钱，总之她眼泪流下就收不住，想起这段时间自己的付出和妥协，强烈的委屈感袭上心头，她抽泣着说：“你从来就不关心公司的经营，你光看着公司好像赚钱很容易，都不知道这背后得付出多少，你知道现在外面还欠我们多少书款吗？超过一百万，可都没到账期，根本要不回来，而且搞不好就会产生死帐呆帐烂帐。别人家都是一帮中学毕业的人在做销售，可是我舍不得花这点人工费，只能自己做。我每天上班第一件事就是给经销商打电话，一个个求爷爷告奶奶请他们回款的时候先考虑我们家，我会一次又一次向他们保证虽然现在我们规模还小，但只要渠道对我们有信心我们很快就能做大，到时候一定不会忘记帮助我们的人，就这样一分钱一分钱的要，真的太不容易了。苏扬，我说这些不是和你翻小肠，不是向你抱怨，我很满足了，只要不让你烦，让你做你喜欢做的事，我多苦多累都无所谓，可是我希望你别不珍惜，好像这一切都天经地义一样。”

苏扬被唐悠悠说得也快哭了，早知道这样打死他也不会现在提借钱的事了，白天的时候人至少清醒些，现在搞得骑虎难下很尴尬，他只能不停安慰：“我都知道，你辛苦了，其实借钱不光是给傻强救急，还因为他曾经在我最需要帮助的时候帮助过我，我现在也算是报恩，悠悠你说过的，咱不要欠别人的，我这么多年来就欠傻强一个人情，这次还了以后就坦荡荡了。”

唐悠悠哽咽着问：“你欠他什么人情？我怎么不知道。”

苏扬刚说就后悔了，支支吾吾：“嗯……就是欠了一个人情……反正你相信我就是了。”

唐悠悠："你不说出来我就不相信你，我不能允许你还有我不知道的事。"

苏扬心一横："哎呀就是当年我没钱买手机，谁都不肯借给我，包括你也不肯的啊，最后还是人家傻强帮忙的。"

唐悠悠疑惑："不会啊，我怎么从来不记得你问我借钱买过手机？我的记忆是不会出问题的。"唐悠悠冥思苦想，突然眼前一亮，"我知道，你买手机不是为了自己，是给韩晓萌买了当生日礼物，对吧。"

苏扬赔笑："嗯哪，老婆，你记性可真好啊，我都快忘了这事了。"

"哼，我可忘不了。"唐悠悠不乐意了，"既然傻强当年帮你的是这事，那我就更不能借钱给他了。"

苏扬："哎呀，你不是挺识大体的嘛？怎么这事就这么纠结呢，当年我女朋友还不是你嘛，他帮我又没想过会得罪你。"

"我还就不识大体了。"唐悠悠负气地转过身去，"没有女人在这事上能大度，除非她根本不在乎。"

苏扬看着唐悠悠的背影，悲从中来："老婆，你真的决定不借了？"

唐悠悠不回答，身体一动也不动。

苏扬："行了，我知道了，睡觉吧。"

唐悠悠还是没说话，她生气，还委屈，眼前浮现的全是当年自己苦苦追求苏扬的情景，她痴痴地暗恋着他，可他却深爱着另外一个女孩，他给她买手机，送到千里之外她的城市，她不放心也赶了过去，在街头等了好久终于等到了失魂落魄的他，她想好好安慰他，用自己的怀抱温暖他的心，可是他想也没想就把她推开，推得那么坚决，还说了那么绝情的话，完全不在意她的情绪。这些都是她内心深处的灰色记忆，她不想记得那么清，可是她的记忆力那么好，想忘都没法忘记。唐悠悠当然也知道自己现在这样挺作的，和她平时的风格大相径庭，可是这个深夜她不想做自己，她就要做一次自己最不喜欢的人，而且怎么不爽怎么来。比如，她明明知道苏扬很生气了，可她也不想象往常那样安慰他，哄他。甚至连转身面对他都不愿意，两个人都僵硬着身体，睁大着眼睛到天明。

第二天一大早苏扬就起床走了，以往都是两个人一起拉着手上班的，上班的地点离他们租的房子并不远，走路二十分钟就能到。唐悠悠不放心，洗漱后简单化了妆就打车去了公司，却发现苏扬没过来公司，她给苏扬打电话，电话也没人接。唐悠悠慌了，坐在办公室里冥思苦想，此刻的她早就恢复了理性，她虽然对昨夜的表现不后悔，但现在最重要的事是抚平他们之间的裂痕，哪怕这个痕迹很微小也绝对不能允许长时间存在。她决定回一趟学校，并且在去学校的路上，她从公司账户里提取了二十万的现金，装进了背包里。

她几乎没费什么力气就在师大找到了苏扬，就在他们恋爱之后最经常去的湖边。

唐悠悠远远看到苏扬雕塑一样坐在湖边石头上，充满忧伤地看着前方，那表情是她曾经无比熟悉的，就是对一切都保持怀疑，像个孤单的孩子，后来他俩好了之后，苏扬的这种眼神就越来越少了，变得清澈起来。

唐悠悠不忍心，走到苏扬面前，轻轻呼唤："老公！"

苏扬转身，紧紧拥抱住唐悠悠，他眼圈瞬间就红了，哽咽着不停说："对不起，对不起。"

唐悠悠疑惑："老公，你怎么了？"

苏扬还在不停说："我无数次告诉过自己，和你在一起真的很不容易，你为我付出那么多，我一定要好好珍惜你，可是我还是让你生气了，对不起，我以后再也不会了。”

唐悠悠虽然努力克制着自己情感，但听到苏扬这句话后还是动容了，她怎么也没想到苏扬不但没责怪自己，反而向自己道歉，相比之下，自己其实更自私。

钱很重要，可是和他们的爱相比，那又算得了什么？不要说区区二十万，就算倾家荡产也决不能伤害他们爱的一毫一分啊！

唐悠悠说：“钱我已经……”

苏扬打断了她：“老婆，我想通了，我不能将我和傻强的私人关系带到我们家里，更不能带到公司里，那确实不合适，放心吧，我会和他好好解释的，等将来我们实力更强了，再还他人情也不迟。”

“老公，有你这句话就足够了。”唐悠悠欣慰地笑，将背包递到苏扬手中，“还是不要等到将来再还了，否则人情债的利息会越来越高的，那，钱我已经取出来了，你先借给他吧，和他说清楚什么时候还就是了。”

苏扬迟疑：“可是你不是说我们这个月要付纸钱和印刷费的么？”

唐悠悠：“我这两天先问几个关系不错的经销商要点儿书的回款吧，大不了给他们多返几个点的回扣，应该问题不大。”

苏扬：“可是……”

唐悠悠：“没可是了，这事儿就翻篇了。我们不要再在上面花费精力，一起向前看吧。”

苏扬：“嗯，不管如何，老婆，真的很感谢你，我会更加努力工作的，争取让你少吃点儿苦，将来当个全职主妇。”

唐悠悠摇头：“no、no、no，那绝对不行，工作再累我都不怕的，但要是哪一天让我不工作了，我会疯掉的。”

苏扬：“那干脆将来我当全职妇男好了，我还打算继续写作呢。”

“你好奇怪啊，为什么我们不能一起工作，非得歇一个人呢？”唐悠悠亲昵地捏捏苏扬的脸，“不过，你要真的不想工作了，我没意见，我养你。”

苏扬突然激动地说：“悠悠，我们结婚吧。”

唐悠悠：“啊！你说什么？”

苏扬：“结婚啊，我们在一起也不算短了，每天都很幸福很快乐，我们结婚吧。”

唐悠悠：“这算求婚吗？”

苏扬：“我……我……”他低头到处寻找，想学电视里那样找根草先做个戒指。

唐悠悠很快明白了他的想法，赶紧制止：“千万别啊，我可不想你的求婚这么草率，我要这个世界上最浪漫的求婚，因此，你好好准备吧，一定要让我感到惊喜，记住，不光有惊，更有喜，明白没？”

苏扬狂点头：“明白，明白，我一定准备到最好，然后向你求婚，相信我，一定可以让你铭记终生。”

唐悠悠也点头，然后幸福地拉着苏扬的手离开了。

苏扬没有回公司，而直接是打车到了电视台，傻强说工作太忙没时间离开台里太长时间，就约苏扬在台附近的咖啡馆简叙。

苏扬将钱递给傻强：“这里是二十万现金，刚从银行里取出来，你要不要点下？”

傻强拉开拉链，看了眼钱，想了想说：“行，我还是点下吧。”然后将手伸进包里，小心翼翼点了起来，一直点了十多分钟，才确认无误：“没错，一分钱不多，一分钱不少。哥们，谢谢了！”

苏扬：“嗨，多大的事啊！”

傻强将钱放到自己的包里，然后拍了拍包：“苏扬，看来你真的是赚到钱了，而且是赚大钱了。”

苏扬有苦难言：“以后有问题尽管开口，大家是好兄弟，有事一起面对。”

傻强：“没问题，对了，要不要打个借条给你啊！”

苏扬：“算了吧，记得就行，不要那么形式化。”

傻强：“苏扬，你有没有想过，如果将来我还不起这笔钱，或者我不想还你了怎么办？”

苏扬一愣，很快恢复平静：“那能怎么办？认了呗！”

傻强笑：“放心吧，我有钱不会不还你的，退一万步讲，我一定会让你将来赚到比这多得多的钱，这个我可以保证，你等着吧。”

苏扬：“行，希望以后大家都更好，你先忙，我走了。”

苏扬走后，傻强没有立即离开，他长时间凝视着苏扬的背影，心情复杂。等苏扬完全消失在眼前，他才拎着包离开，他要将这些钱送给副总监，以此换取自己的前程，傻强知道这样做属于行贿，但人生就是冒险的，他等不及，只能兵行险着，而且他深信自己一定能成功，他只需要二十万，就能让自己至少少奋斗十年，这笔生意非常合算。

狄兰•托马斯说——

不要温和地走进那个良夜
白昼将尽，暮年仍应燃烧咆哮
怒斥吧，怒斥光的消逝
虽然在白昼尽头，智者自知该踏上夜途

因为言语未曾迸发出电光

不要温和地走进那个良夜
好人，当最后一浪过去,高呼着他们脆弱的善行
本来也许可以在绿湾上快意地舞蹈
所以，他们怒斥，怒斥光的消逝
狂人抓住稍纵即逝的阳光，为之歌唱
并意识到，太迟了，他们过去总为时光伤逝

是的，不要温和地走进那个良夜，虽然苏扬和大左、傻强他们都努力地维系着自己的前行方向，然而在那一瞬间，他们的人生之路，早已分道扬镳。

当策划碰上营销　扫一扫逗趣好玩的编辑部故事等着你噢

Those hours that with gentle work did frame
The lovely gaze where every eye doth dwell,
Will play the tyrants to the very same,
And that unfair which fairly doth excel.
For never--resting time leads summer on
To hideous winter and confounds him there,
Sap check´d with frost and lusty leaves quite gone,
Beauty o´ersnow´d and bareness every where.
Then were not summer´s distillation left
A liquid prisoner pent in walls of glass,
Beauty´s effect with beauty were bereft,
Nor it nor no remembrance what it was.
But flowers distill´d though they with winter meet,
Leese but their show,their shubstance still lives sweet.

Chapter 6　春泥

挂在鹿角上的钟停了
生活是一次机会
仅仅一次
谁校对时间
谁就会突然老去

——北岛《无题》

Those hours that with gentle work did frame
The lovely gaze where every eye doth dwell,
Will play the tyrants to the very same,
And that unfair which fairly doth excel.
For never--resting time leads summer on
To hideous winter and confounds him there,
Sap check´d with frost and lusty leaves quite gone,
Beauty o´ersnow´d and bareness every where.
Then were not summer´s distillation left
A liquid prisoner pent in walls of glass,
Beauty´s effect with beauty were bereft,
Nor it nor no remembrance what it was.
But flowers distill´d though they with winter meet,
Leese but their show,their shubstance still lives sweet.

这个世界，除了时间永远一成不变往前走，再没什么是一成不变的了。

很快，空中又充满了知了的鸣叫声，当知了开始鸣叫时，大左也就毕业了，正如所有人预料的那样，大左在大四时又留了一年级，成功将自己变成全校一万余名本科生中年龄最大的那一个。记得第一次留级时大左逢人便说自己是“五”年高手，现在他换成了“六”年好汉。大左就有这本事，甭管发生啥闹心事，哪怕是别人都活不下去的事，到他这里都成了好事，不但是好事，而且天注定，大左能神神叨叨和你讲上个把钟头，告诉你这是上天最好的安排。让你更加坚信此人是个如假包换的神经病。同样正如所有人预料的那样，大左毕业后压根没找工作，他说朝九晚五的工作对他而言是最大的亵渎，他好不容易才脱离体制的限定，从此要义无反顾奔向自由。

苏扬本来已经想好要拉大左到自己公司上班，为此他没少做唐悠悠工作，唐悠悠虽然一千万个不愿意，但和以前每一次一样最后还是妥协了。结果没想到大左还斩钉截铁拒绝了，大左说他打算浪迹天涯，步行环华，到田间地头体验生活。说完大左给了苏扬一个账号然后说：“我不要你给的职位，那太虚了，万一你公司经营不善发不出工资怎么办？我这么宅心仁厚万一你发不出工资你说我是工作呢还是不工作呢？所以说你虽然走上社会两年了可还是欠考虑啊！年轻人，你要是真的对我那么好的话就每个月给我固定的生活费，我也不多要，一个月五千行不行？”

苏扬说：“没问题啊，你要是不够了，就告诉我，我会全力以赴支持你的。”

大左：“你放心，我不会白拿你钱的，实不相瞒，我徒步环华只是手段，真正的目的是我要用双脚丈量大地，然后化为文字，简单来说，就是我要创作啦！我要写一部关于当今中国国计民生的书，我相信它的分量一定是沉甸甸的，充满了现场的温度，一定能够引起社会的关注和轰动，到时候我把这书给你出版，你要坚信我的书你不但会赚到很多很多钱，而且会获得极大的名声，这名声，毫无疑问是无价的，因为凭借我的书你会成为一个对社会有责任有贡献的出版人，除了我，这世上再没有人可以赋予你这点荣誉。”

苏扬也兴奋了：“太好了，我看好你，更看好你的作品，等你写好了我会好好做出版，动用我全部的力量和资源，咱兄弟荣辱与共。”

大左很自信地说：“错，只有荣耀，没有耻辱，记住了。”

苏扬点头：“记住了！”

大左吃完苏扬最后一顿饭就离开了。蓬山此去无多路，青鸟殷勤为探看。大左走的时候苏扬突然有点儿小伤感。他跑着追上前去，和大左紧紧拥抱，然后用力挥手再见，好像告别的不是某一个人，而是，自己的青春。

大左走后苏扬的生活一下子冷清了很多，彼时他和傻强已经很少联系，只知道傻强被台里破格提拔成了制片人，从此再也不要各地出差成天奔波，前途更是一片大好。傻强一直没提还钱的事，苏扬当然不会去要，他借出去的那一天就没打算再要回来。唐悠悠也没提，她怕苏扬会敏感，虽然很不舍，但也做好了有借无还的准备。唐悠悠甚至只有赚更多钱才能忘记钱带来的伤害。因此她埋头将更多精力投入到了工作中，每天至少工作十四个小时，而且全年无休。在唐悠悠高强度的管理运营下，“听风文化”展现出了强劲的生命力，业务发展一片大好，很快账上就有了几百万现金。

苏扬对钱一直没有太多概念，账上有多少钱也从不关心，除了出版选题他亲手在抓外其他所有事务都交给唐悠悠负责。有一天在家里唐悠悠很高兴地开了瓶红酒要和他庆祝，苏扬好奇问：“今天啥日子？是不是你生日啊？”

唐悠悠很生气地说：“讨厌，你为什么到现在我的生日都记不住呢？”

苏扬乐：“我的生日我也记不住，我妈的我也记不住，这不能说明什么问题。”

唐悠悠懒得和他辩论就问：“那你知道咱公司账上现在有多少钱了吗？”

苏扬说：“那我就更不知道了，不过肯定有一百万了吧。”

唐悠悠笑：“你真是个笨蛋，截至昨天我们账上现金一共有六百三十八万，外面应收款也有小一千万呢！”

苏扬说：“哇，这么多啦，那我们干点啥吧。”

唐悠悠：“好啊，做点什么呢？”

苏扬：“我想想，嗯……我们可以不工作了，每天就吃喝玩乐，这些钱养活我们十年八年没问题了。”

唐悠悠冷笑：“那十年后呢？”

苏扬：“嗨，十年后的事情当然十年后再说了，反正你这么聪明能干，到时候随便做什么都能赚钱的。”

唐悠悠：“好吧，我根本不应该给你机会说这些的，怪我不好，现在可以说点儿正经的了，你到底打算怎么用这些钱？”

苏扬：“先给你买一个大钻戒，至少两克拉。”

唐悠悠：“这个可以有，还有呢？”

苏扬：“再给你买辆车，你不是最喜欢奔驰E260吗？买！”

唐悠悠想了想：“这个也可以有，还有吗？”

苏扬摇头：“想不出来了，我又不喜欢车。”

唐悠悠用指头点了下苏扬的头：“笨蛋，买房啊。房最保值了，有钱就应该买房。”

苏扬：“保值是保值，可是买了房就有一种被固定住的感觉，不像租房，特别方便也特别自由。想走就走，想留就留。”

唐悠悠：“可是你为什么不想有了房就有了家的感觉了呢？难道家对你不重要吗？不是每个人都喜欢居无定所的，特别是女人，还是希望能稳定一些，女人都缺乏安全感的。”

苏扬：“这倒也是，那就买。”

唐悠悠：“嗯，我已经看好了一个楼盘，在望京，是那种联排的别墅，地上三层，地下一层，格局很好，还有一个小院子，房价也不算贵，什么时候你也去看看，如果没意见我们就买下吧。”

苏扬：“你喜欢的我肯定没意见，不过望京会不会太偏僻了？”

唐悠悠：“现在看是有点儿偏，但我估计过不了几年那地方就会成为一个新的城市中心，那地方韩国人特别多，整个社区风格也有点儿日韩气质，我挺看好的。”

苏扬：“得了，就这么愉快地决定了，什么时候去买？”

唐悠悠：“你真的不要去看一眼？好几百万呢。”

苏扬：“不看，没那闲工夫，这些事你决定就行，反正你买好了我去住就是了。”

唐悠悠：“嗯，还有就是因为我们现在没结婚，所以房产证上不能写两个人的名字，怎么办？”

苏扬：“这还不好办？就写你的名字呗。”

唐悠悠：“可是这样对你会不会不公平啊，毕竟是我们两个人一起赚的钱，要不，我们买下套房的时候写你名字如何？”

苏扬：“嗨，你不嫌累啊，别说下套房了，咱这辈子所有房都写你名字，所有财产也都归你，你不是说没安全感吗？必须这样弄。”

唐悠悠：“老公，你别这样无所谓好不好，我一直主张夫妻双方婚前财产公证，资产共同持有的。”

苏扬：“哈哈，你要是和别人结婚怎么着我都管不着，不过我可没那工夫去公证。再说了，连我的人都是你的，还计较个屁啊！”

唐悠悠：“不是计较，只是人生有很多意外，这样做或许对大家更公平。”

苏扬：“意外？能有啥意外？是你不要我了还是我不要你了？如果真有那一天就更不能公证了，否则对你们女孩子也太残忍了，你们大好青春年华给了男生，男生还斤斤计较那还算人吗？”

唐悠悠又感动又满足，她情不自禁拉起苏扬的手：“老公，你对我可真好。”

苏扬：“必须的，老公就应该对老婆好，我更应该对你好，如果不是你，我估计还睡大马路呢，哈哈，睡马路或许也不错，风餐露宿却无比自由，有机会去体验下。”

唐悠悠：“你又来了。好了，老公，我还有件事想和你商量。就是我想给我妈也买套房，她现在一个人生活在单位当年给的老房子里，条件也不算好。我很舍不得她的，你看行不行？”

苏扬：“太行了啊，这事怎么还要和我商量呢？你早就应该买了。不，你应该把阿姨接过来，咱一起生活，我们好好服侍她。”

唐悠悠摇头：“她一个人在老家生活惯了，估计不会来，就算她答应我也觉得不合适，她来了我就得分不少心，耽误事。”

苏扬：“老婆，这个我得说说你了，咱不能把什么事都想的那么清楚，否则就太没劲了。”

唐悠悠：“老公，你对我好，对我妈好，我都知道。这样，过两天我回去一趟问问她的想法，如果她没意见，我就把她接过来好不好？”

苏扬兴奋了：“嗯，如果你妈来了我就换一个大房子，到时候我把我爸我妈也接过来。那就太热闹了，他们可以一起健身，一起看电视，一起打麻将，不但不孤独还能有事儿折腾，我也能一起孝敬三位老人，简直完美。”

唐悠悠暗自叹了口气，心想如果真那样还不得打起来啊，想想就够烦的了。不过她也不想说服苏扬，因为她知道自己也说不服，苏扬心地善良，虽然幼稚，但怎么着也是对自己好，这就足够了。

第二天唐悠悠就从银行提出了两百万，买下了望京那套三百多平的联排别墅。这在当时看或许还不便宜，但和现在的房价比起来堪称白菜价，苏扬果然从头到尾都没参与，全部交给唐悠悠操办，最后房产证上唐悠悠并没有写自己的名字，她当然没有告诉苏扬，连她自己都不知道为什么要这样做，或许女人真的缺乏安全感吧，不管生活多么安稳却总想着一些不好的事情，唐悠悠心想如果真的发生什么意外，苏扬比自己更需要这套房。在她心中对苏扬的感情已经发生了微妙的变化，除了爱外更多了一份亲情，而且是妈妈对孩子的那种不舍和心疼。很多时候唐悠悠看着苏扬都仿佛看着自己的儿子，总觉得他还未成年，需要自己的呵护和关怀。

买好房后就是装修，以唐悠悠追求完美的个性来说装修简直就是一场劫难，从设计风格到具体施工，也不知道花费了她多少心血，整整半年时间才算搞定，唐悠悠为此简直脱了三层皮，最后她带着苏扬来到他们的新家，苏扬看着全新的一切不停啧啧惊叹说“嚯嚯，不错哦，悠悠你肯定费了不少心吧”时，唐悠悠真想立即晕倒。

搞定好这一切后唐悠悠回了趟老家，果然和她预料的那样，她妈妈坚决不肯来北京，老太太说自己折腾了大半辈子折腾不动了哪儿都不想去就想在老家安心过余生。唐悠悠也没多劝，在当地给她妈妈买了套三室一厅。临走前她和妈妈促膝长谈，唐悠悠简单介绍了下自己的情况，包括事业和爱情，妈妈听着听着就已经泪流满面，唐悠悠印象中这还是第一次看到妈妈哭，她大惊失色问：“妈，你怎么了，是不是什么地方不舒服？”妈妈说：“悠悠，这些年妈对你太严厉了，你能有今天我很开心，特别是你找了一个善良厚道的男朋友，以前妈不喜欢这种男人，觉得没出息，可这么多年来我最后悔的就是当年对你爸要求太高，如果不是我太过分闹得太凶，他也不会想不开，妈也不会一个人孤零零地活到现在，妈真的很后悔！”老太太说到最后几乎号啕大哭，仿佛要释放她多年的阴郁和压抑，唐悠悠也哭了，这么多年来亡父一直是她和妈妈的禁忌话题，她一度以为妈妈的内心足够坚硬，坚硬到已经将爸爸忘记，直到那一刻她才明白原来母亲一直生活在忏悔中，她过得比谁都痛苦。妈妈的泪水让唐悠悠更加坚定了要好好对苏扬的决心，无论他们面前的路有多难走也不能回头，父辈的悲剧绝不能在他们身上重演。

只是，命运的残酷就在于无法逆转，很多结局早已注定，我们无法改变，只能静默等候审判的来临。

回到北京后，唐悠悠投入了更大的精力在工作上，她带领销售团队攻城拔寨，很快就率先打通了新华图书销售渠道，为公司的进一步发展奠定了绝佳的条件。

毫无疑问，新华书店的供货渠道对“听风文化”这样的民营小型图书公司而言尤其难得且重要，因为新华系统隶属于国家，不光牢牢控制着各自省的图书批发市场，而且还有大的终端书城和小的新华书店，批发零售合二为一，对上游内容供应方而言可谓一举两得，不像民营图书批发渠道，你除了能给他们发书，但你根本不知道书都流向了哪里，更别说进行终端维护了。当然这些还只是表象，最重要的是新华系统诚信相对民营批发系统不知道要好多少，虽然账期长，沟通成本也高，但只要书发了过去基本上不要担心什么风险，要么是书变成了钱回来，要么书还是书被退了回来，远不像民营图书批发商，可能今天还和你一起喝酒吃饭畅谈未来合作明天就大门紧闭卷款跑路了，至于拖账赖账调货冲货现象就更屡见不鲜。因此民营图书批发就是把双刃剑，对于同属民营的出版机构而言，早期一定要依赖民营图书批发商，因为合作简单便捷见效快，但中后期一定要严格控制民营图书批发商在自家生意的比例，否则会酿成大错，甚至血本无归。这些道理没人告诉唐悠悠和苏扬，也是在实践中一点点摸索积累起来的经验。

不过，当唐悠悠看清楚这个道理并决定大举开发新华书店供货渠道时她又发现和国有企业做生意太难了，因为对方会排资论辈，会看你出生和血统，民营图书出版机构在新华书店系统那儿根本就名不正言不顺，别说好好合作了，连开个户做生意都难上加难，其实这也不能埋怨新华系统的傲慢和呆板，主要是民营图书出版本身就是一个见不得光的“二奶”，人人都知道她的存在，但就是拿不上台面，因为国家没有一个法律条文已经允许民营资本去做内容出版，只是允许民营资本去做图书发行，按照国家的明文要求，内容这块只能由国家出版社来负责，这是几十年来未曾改变甚至动摇的基本理念，然而随着时间的推进，民营图书发行慢慢染指内容出版范畴，并且带来了多样化和差异化，大大繁荣了我国图书市场，给读者提供了更多喜闻乐见的优质出版物，所以对于民营图书出版的客观存在相关部门并没有深究只是加以管控，比如必须和出版社合作，成为民营出版协会等等。而对数十万民营出版从业者而言，虽然从法律意义上而言暂时的生存空间还有保障，但头顶上始终高悬达摩斯之剑，你根本说不准它什么时候会掉下，你只知道一旦掉下那就是要命的事，终究不是长久生存之策。因此先拼命努力求生存，谋发展，等盘子大了后再找个国有出版集团收购了，这样不但能够部分套现而且还能换个身份，可以说是民营出版的最佳出路。

唐悠悠当然也看到了这点，只是她和苏扬的公司还太小，国有出版对这种吨位的民营公司没兴趣，就算卖也卖不出好价钱，所以现阶段的发展策略就是要排除万难扩大自身规模，哪怕牺牲一定的利润也要确保规模的有效增长。唐悠悠深知企业最初是做产品，你的敌人是消费者，然后是做规模，你的竞争对手是同业公司，最后是做资本，你的敌人是整个资本市场。唐悠悠认为“听风文化”经过两年多的快速发展已经基本完成第一阶段的使命，开始了第二阶段的征途，这个阶段是无比残酷的，对于千军万马而言，出路只有一条。要么熬死竞争对手，要么被对方熬死。就看谁能更快发展更全面布局。而对于这个阶段，唐悠悠的规划是最少三年，最多不过五年，因此时不我待，分秒必争。

这些企业发展的道理唐悠悠偶尔和苏扬提过，苏扬不是很听得懂，也不是很关心，对他而言只要牢牢把握住内容端，其他什么事情都不要操心。毫无疑问唐悠悠是他见过能力最强的人，也是这个行业不可多得的综合性人才，事实上“听风文化”这两年的异军突起除了市场红利外，更多是唐悠悠的运营居功至伟，这点已经得到了出版圈的公认。彼时的听风虽然整体市场份额依然不大，但发展速度堪称行业第一，早引起了很多同行的关注，虽然国有出版方还没有产生太多兴趣，但不少大的民营公司已经开始谋划收购“听风文化”以扩展自身规模以及健全产品线，只是他们在和唐悠悠打过几次交道后都铩羽而归，这个女当家的表现出的技战术让所有人都刮目相看且匪夷所思，他们知道自己绝对满足不了她的胃口，成为不了她的金主。她的野心很大，超过了这个行业之前所有的逻辑和思路。

当然，在苏扬眼中唐悠悠也不是没有一点问题，最起码她对待员工的态度苏扬就持有保留意见，苏扬觉得唐悠悠在和员工交流时太过严肃，甚至，呆板，不愿意变通。比如员工哪儿偷工减料或者虚与委蛇被她发现了，不管你是谁，什么时候什么场合，说翻脸就翻脸，而且不让你心服口服决不罢休，这也导致公司上下员工都很害怕这个女老板。唐悠悠对人如此，对事就更苛刻了，她最在意的就是规章制度，在制度面前她表现出了相当的教条，比如按时打卡上下班那是必须的，请事假至少得提前一天，如果病假还必须出示医生开具的病假单，否则就得扣钱，上班时间更是严禁做工作以外的事。一经发现又是扣钱等等等等。此外唐悠悠还特别看重流程，光各项业务流程和岗位职责加起来就好几万字，所有的这些流程和职责都是唐悠悠亲自撰写和修订的，每一个字都得到了她的确认。无论你是编辑还是发行还是市场宣传，只要你进来第一天，一大堆流程资料都会摆到你面前，白纸黑字规范了你在这家公司所有的言行举止的要求，你是谁？你要干什么？你能怎么做？你的目标是什么？你的绩效是什么？做到了你能得到什么？做不到你会失去什么？怎样你才能升职加薪？怎样你就会失去这份工作甚至会有法律风险……甚至连公司做保洁的阿姨都得遵守十来项工作规范动作。结果两个月换了四个阿姨最后都没人敢来了可就这样唐悠悠还是不肯让步，唐悠悠说这个糟糕的局面并不是流程错了而是人们懒散惯了，只要我们坚持原则就一定可以找到思想统一目标一致的人，这样前面或许费事但后期就会省时省力高效率。后来苏扬实在看不下去了说保洁阿姨大都来自基层本来就没什么水平人就是靠体力换点生活资本你整那么复杂干啥你这样斤斤计较不是和自己过不去你不觉得累吗？唐悠悠想了想，脑袋一扬很认真地说："我不累，我坚信我的逻辑是不会错的，这几天没人打扫卫生我自己来，你也不能闲着。"苏扬哭笑不得："拜托，我们现在统共才十几个人你搞得像几万人的大公司有那个必要吗？"唐悠悠说当然有了，正是因为现在人少事少才应该加强基础文化和价值观的建设，正所谓根正苗红，等公司将来几千人了如果没有一个核心的企业文化那就太可怕了，而且到时候再想建设也根本来不及了。为了让苏扬心服口服，唐悠悠再三强调公司的治理是严谨的，科学的，遵循逻辑的。做企业犹如逆水行舟，不进则退，任何侥幸心理都不能有，更不能想当然了。何况如果我们现在不认真不教条的话，公司根本做不大的，就算有短暂的繁华，那也只会是镜中水月，明日黄花。苏扬听后还想辩解，唐悠悠终于受不了了觉得这实在太特么浪费生命了于是拿出一票否定权正色说："苏扬同学，千万别忘记我们当初说好的，你只需管内容，公司的经营管理是我的职责，我们明确分工，互不干涉。还有，请你一定要明白，我要是会轻易妥协的话我就不是我了。"唐悠悠一口气说完发现还不过瘾又加了一句："再说啦，你连自己都管不好就别操心公司的事了，该干吗干吗吧。"每次听到这样的话苏扬都心想：妈蛋，还好你是我老婆，如果你只是我的合伙人，老子早不干了。

苏扬承认在自我管理上确实存在一定的问题，但他绝对不承认自己对公司的治理没想法，不但有想法，而且他认为自己的想法是一种大境界大智慧，比如他坚持认为管理应该是无为而治，最好的管理就是没有管理，人性化是管理的前提，公司千万不要和员工计较那么多，如果每个员工都那么能耐，个个不都成老板了？管理的功能不应该是约束，而应该是服务和引导，最重要的使命是唤起员工对待工作的热情，特别对于文化创意产业更是如此，任何教条和繁文缛节都是创意的敌人，能不要就都不要。比如上下班根本就不需要打卡，这不明显是对员工的不信任吗，还有一周五天工作制最好也取消，只要员工在规定的时间完成规定的目标即可。另外上班时间可以随便吃零食可以想睡就睡可以大声喧哗，而且公司得买各种好吃的零食水果然后专门开辟一个空间放好床。对于请假不管真假都答应而且绝对不扣钱，如果是请假去相亲或者回老家看父母还得发双薪。总之所有的努力都是要营造一个自由温暖的工作环境，当一个人内心自由了没有禁忌了人自然会舒服这样你根本不需要强求他自己也会主动过来的，什么叫以公司为家？如果前提不是先把公司变成家一样温馨的地方而是让员工生硬地立即对待公司应该像对待家一样热爱那不扯吗？至于担心工作太舒服了结果员工在公司光玩不干活更是无稽之谈。苏扬推崇人性本善，坚定认为没有人上班是愿意偷懒磨洋工的，因为相比可量化的薪资而言，员工付出的是自己的青春，这是无法量化且无法再生的。苏扬不止一次对唐悠悠说："人家都把青春放到我们这里了，我们就应该对他们足够信任，不要去管制那么多，更不能要求那么多，有缘修得同船渡，能够一起并肩奋斗已经是最大的福分。"更何况，能够留下来稳定工作的员工没有真正的白痴，不会天真到以为上班偷懒是占公司便宜了而不是在浪费自己人生这样的事实。这个世界小到公司大到种族之所以有那么多纷争甚至战争根源就是不信任，每个人都在怀疑对方，都将时间和精力用来约束对方来按照自己的意愿行事，结果却往往差强人意，最后只能悲哀地发现谁也同化不了谁，反而怨声载道，危机四伏。

苏扬的这些观点当然没敢全对唐悠悠提及，他怕自己都说出来后唐悠悠会把自己当场给正法了。而且他多聪明啊，他才不和唐悠悠争辩呢，反正他就按照自己那套来做就是了，于是在“听风文化”形成了一个很奇怪也很独特的现象，那就是如果唐悠悠外出不在公司而苏扬恰好在，那么整个公司就好像过节了一样，气氛好到不行，女员工可以肆无忌惮搭着苏扬的肩膀撒娇说：“老板，我饿了，我想吃好吃的。”男员工更能嚣张到拿着羽毛球拍对苏扬说：“哥，咱别上班了，去打会儿球吧。”苏扬则一律都是：“好好好，呵呵呵。”而一旦唐悠悠回来了，热闹的公司保准一秒内立即鸦雀无声，每个人都一副苦大仇深努力奋斗的表情。其实不光员工变得快，唐悠悠自己也会变，明明在外面还谈笑风生的她一进公司会立即不由自主拉下脸，和谁说话也不会太有情绪，更别说聊什么私人话题了，看谁眼神都透着冷漠，让对方心中发毛，好像自己做错了什么。唐悠悠很喜欢这样的工作氛围，更喜欢这样的管理风格，她喜欢大家都忌惮她，这样更便于她管理，唐悠悠不觉得自己有什么不对之处，她是老板，她费心尽力承担风险发工资给大家，大家就得听话。公司是什么？公司就是工作谋生的地方，每个人都应该有自己明确的职责和目标，你有精力和情绪等下班后随便怎么折腾就怎么折腾，但只要踏进公司半步，不好意思，你就不代表你自己了。你的使命就是完成任务，创造利润。

唐悠悠不但这样要求别人，对自己也一视同仁，上班的时候她不近人情，即使对苏扬也好不到哪儿去，急起来甚至会当面指责，好几次弄得苏扬下不来台。但只要下班回到家，她立马换了一个人，变得知书达理，变得万种风情，对苏扬更是百般呵护，甚至百依百顺。该小鸟依人的时候小鸟依人，该疯狂淫荡的时候疯狂淫荡。关上房门后恨不得粘在苏扬身上不下来，苏扬不回家吃饭，她就没心情吃饭，苏扬不回家睡觉，她就睡不着。她也不喜欢自己这样依赖别人，可她接受了这点，因为在公司大家的神经都太紧绷，需要有柔软的力量滋润他们之间的情感，家庭就是最好的港湾。而对于唐悠悠表现出的分裂，连苏扬都觉得匪夷所思，这个他深爱的女人，他一直觉得自己最了解她的，可自从创业后他发现她展现出来的太多面是他完全陌生甚至厌恶的。可是他对她的爱并没有变，而且正如她所说，她做的一切都是为了他们的未来好，他也没有任何理由去反对和改变。或许这就是生活吧，你总是希望它按照你的想法去发展，但永远不可能如愿以偿。于是你能做的只是去理解和妥协。

就这样，很快又过去了两年时光。“听风文化”也从一个家庭作坊式的出版工作室变成了中等规模的出版公司，年生产码洋接近五千万，算是走上了正轨。在唐悠悠的悉心培养下，公司的中层也渐渐成熟了起来，他们步伐一致，思想统一，协助着唐悠悠共同管理着公司，唐悠悠也因此得以有一点时间去做自己真正喜欢的事，比如阅读金融投资方面的书，参加一些金融圈的讲座和聚会，很多时候穿行在衣冠鲜亮的金融人士中间，她会感叹生活的奇妙，如果不是因为苏扬，她或许已经在华尔街工作，成为一名业绩优秀的分析师或者投资人，那是她向往多年的职业和身份，她自信会做得很成功。而现在只能守着自己深爱的男人和自己不爱的事业慢慢变老。唐悠悠心想或许这辈子也就这样了，其实也挺好的，感情稳定，事业有成，生活资本日趋优渥，财务已经自由，对于女人而言接下去要考虑的无非是结婚生子，然后相夫教子……这个世界绝大多数人不就是这么度过一生的么？想到这里，唐悠悠突然觉得哪儿不对劲，她仔细想了想突然意识到苏扬还没向他求婚呢，他答应过一定要给自己最浪漫最惊喜的求婚的，可都过去两年了，怎么他还迟迟没动静呢？他该不会忘了吧。唐悠悠不是个沉不住气的女人，可现在她真的希望那一天快点儿到来，她年龄不算小了，和苏扬在一起也很多年了，她暗示过苏扬好几次，但每次苏扬都没有正面响应，似乎真的忘了这件事，为此唐悠悠没少生闷气。

苏扬当然不可能忘了，他只是始终没想好以什么样的方式去求婚，因为对象是唐悠悠，一个要求极高凡事都渴求完美的女人，他压力实在太大了。那些电影里的求婚方式表面浪漫实则太俗，他知道唐悠悠压根看不上。他想原创一个求婚仪式可绞尽脑汁好不容易想出一个创意结果没两天自己就推翻了，因为他悲哀发现凡是自己能想到的别人早就做过了。可随着时间的流逝这事儿迫在眉睫总拖着也不是办法。特别是每次看到唐悠悠眼睛放光地暗示自己却只能装傻心里更不是滋味，到底怎么办呢？苏扬觉得这是他做过最难的一个策划，直到一天中午他到书城巡视自己公司的图书产品，在经过一大片旅游类图书的时候，才突然眼前一亮，然后兴奋地吹着口哨立即打道回府。

苏扬兴高采烈地回到公司，可刚进门就感觉气氛不对，所有员工看到他都神色紧张，招呼都顾不上打。和他关系最好的编辑小李则慌慌张张朝唐悠悠办公室看了一眼，然后对苏扬吐了吐舌头就赶紧埋头工作。苏扬觉得好奇怪，什么情况啊这是？边琢磨边推门走进唐悠悠办公室，看到唐悠悠正端坐在沙发上，胸脯起伏很大，表情肃杀，显然在生大气。

苏扬眉飞色舞地说：“老婆啊，我找你说件事哦。私事，等不及回家了，现在就说好不好呀！”

“不好。”唐悠悠瞪了他一眼，“我找你也有事。”

苏扬不在意地点根烟，坐到了唐悠悠办工桌上：“哦，那你先说。”

唐悠悠站起来走到苏扬面前没好气地将他嘴里的烟掐断扔掉：“说了多少次了，公司里不许抽烟，特别是在我办公室。”

“哦，我一时太高兴，忘啦！”苏扬有点儿傲娇地说，“不抽就不抽，那么凶干吗？。”

“我都快气死了，你还太高兴？”唐悠悠从桌上拿起一个文件袋，用力摔在苏扬面前。

“什么啊这是？”苏扬拿起文件，发现里面全是发票。

唐悠悠：“是啊，我还要问你，这些是什么？”

“不就是些发票么，怎么了？”苏扬随意瞅了两眼，“好像是我报销的票。”

唐悠悠：“你知道这里些票面有多少钱吗？”

苏扬摇头：“不知道，我从来不看多少钱的。每次都是一把抓给财务小王让她算。”

“一把抓给财务小王，你可真够潇洒的！”唐悠悠恨恨地咬牙切齿：“光这个月你的报销的票就小十万块，今年到现在你一共报销了五十多万，而且都是些吃喝玩乐的票据，太过分了。”

苏扬乐了：“嗨，我当什么大事呢，原来是为了这个啊，老婆请息怒。我呢，确实花得多了点，不过也都是为了工作嘛！你也知道的，最近来往的朋友比较多，费用上去了正常。”

唐悠悠听到这话就更生气了：“你还好意思说为了工作？你成天朋友长朋友短的可你看看你交往的都是些什么人？有几个有用的？如果你把钱花在对的人身上，不要说十万，一百万一千万我也愿意，可你那些朋友一看都是来骗吃骗喝的，压根就没几个正经人，所有人都看得明白，就你傻呵呵天天换吃管住，走了还得送礼物。”

唐悠悠的话是真刺耳，苏扬有点儿不乐意了：“哎！悠悠，你这话我可不爱听啊，什么叫对的人？什么叫骗吃骗喝？咱做人不能那么现交现卖吧。是，他们现在大多数还都没有成名，但将来肯定会出来，现在招待好了处成朋友到时候人家自然会和我们合作，退一万步讲，就算这些人将来都不成，或者人牛了不和我们合作，也没关系，朋友一场，本来好聚好散不要图这图那，钱算什么？钱是王八蛋，钱没了还可以挣回来，朋友没了，这日子也没啥意思了。”

唐悠悠最受不了他的这套朋友经，“是是是，你总是一套歪理邪说。我懒得和你辩解，反正以后你每个月的招待费不能超过两万元，否则一律不能报销。”

“咦！”苏扬倒吸了一口凉气，“凭什么啊！”

唐悠悠头一昂：“凭公司的财政大权我说了算！”

苏扬也针锋相对：“那我还是你老公呢！”

唐悠悠：“现在在公司，在公司就得听我的。”

苏扬：“那我就回家后拿钱招待，反正家里保险柜的密码我知道。”

唐悠悠：“你敢。”

苏扬突然嬉皮笑脸：“老婆，我不敢，好了。你别生气了，我以后注意就是。”

唐悠悠发泄完了情绪也缓和了不少，冷静下来她也觉得自己有点儿冲动了，这事如果搁两年前她也会生气但绝对不会这样赤裸裸对苏扬发飙的，那时候苏扬的尊严对她而言大过天，可两年来她改变了太多，她和苏扬之间的交流模式也在不知不觉中发生了改变。唐悠悠虽然觉得这样发火不妥，但情绪上来就控制不住。

可是她依然是那么深爱着苏扬，依然看不得他有任何委屈和受伤。情绪稳定后唐悠悠关上门，换了一种温和的语气对苏扬说：“你也别怪我对你太苛刻，你只要明白我这样只是为了我们的未来好就够了。”

“放心吧大老婆，我都明白的。对我而言，钱和朋友都不是最重要的，最重要的是你。没有你就没有我的现在，你怎么管我我都不会在意的。”苏扬温柔地搂住唐悠悠说，“乖，你要是不生气了，我就说我的事啦！”

“讨厌，你就是嘴甜！”唐悠悠也笑了，对她而言，没有什么话比这句话更受用了。她轻轻回搂住苏扬，心中涟漪万千，轻轻说：“嗯，你说吧。”

苏扬深情凝视着唐悠悠，很认真地说：“悠悠，我们放个长假吧，用半年的时光好好旅行一次如何？”

唐悠悠刚平复的心一下子又激动起来：“放假？旅游？半年？你疯了吧！”

苏扬：“拜托，你反应不要这么大好不好？我和你说真的呢，咱都工作好几年没度假了，现在公司也赚钱了，业务也稳定了，是时候休息休息了。”

唐悠悠飞速摇头，斩钉截铁地说：“绝对不行，现在还不到休息的时候。更不可能半年不工作去旅游。”

苏扬反问：“那什么时候能休息？还是说一辈子都要这么高强度工作？”

唐悠悠：“反正现在不行，过两年再说吧。”

苏扬：“又要过两年，这都过了几个两年了？亲爱的，人生苦短啊有没有？应该及时行乐有没有？我们已经非常克制了有没有？再这样下去老天都看不惯了有没有？”

“没有！”唐悠悠正色说：“正因为我们足够克制，我们足够努力，我们才有今天不错的开局，可如果我们不持之以恒，前面的优势很快会荡然无存，所有的心血都会付诸东流，这绝对不可以。”

苏扬真急了：“唉，你翻来覆去就这套理论，我觉得你都有点儿邪乎了。是，工作是很重要，赚钱是很重要，可是这个世界上有很多比工作赚钱更有意义的事啊！我们工作赚钱不就是为了享受人生的吗？世界那么大，我们现在的积蓄足够支撑我们想去哪儿就去哪儿了，没有必要对自己那么苛刻的，何况……”苏扬本来想说何况我去旅行不光是为了玩，还要向你求婚呢。苏扬的求婚创意就是和唐悠悠去一百个世界知名风景名胜，每到一个地方都认真求一次婚，这样最后就能有一百次求婚。最后回到北京后再举行一场盛大隆重的婚礼，等于是一百零一次求婚，这个过程一定会非常浪漫非常刻骨铭心。

“没什么何况，你不要说了，反正我不会答应你的。”苏扬话还没说完就被唐悠悠冷面打断了，“总之，现在还不是玩的时候，将来有的是机会旅游，但将来不一定再有机会赚钱。”

苏扬说：“可万一等到我们赚了足够多的钱，我们也老了，玩儿不动了呢？”

唐悠悠说：“那不会，我说了再过几年我就陪你出去玩，而且还会带着我们的孩子，我们一家子出去玩才叫有意义呢。”

提到孩子，苏扬立即激动万分地抱住唐悠悠：“你说什么？你答应要孩子了？”

“小声点，在公司呢！”唐悠悠娇嗔，“都让你注意点了，这么大惊小怪干吗？”

“擦，我没法不激动啊，我他妈太激动了！”苏扬紧紧抱住唐悠悠：“你之前不是一直说你不喜欢小孩的嘛？你不是觉得生小孩会耽误女人的事业要做丁克的吗？什么时候改变主意的？”

房间外，所有员工都竖着耳朵听里面的动静呢，对他们而言，苦闷工作里最快乐的时光就是看苏扬唐悠悠两口子打架，特别是苏扬每次都挨欺负的样子非常搞笑，而这一次他似乎被欺负得特别严重，说不定已经被家暴了，大家窃窃私语：等会儿苏总出来的时候肯定鼻青眼肿，唐总越来越霸道了。

房间内，霸道女总裁唐悠悠正在心爱的男人怀里幸福地微笑着，她没有回答苏扬的疑问，因为她自己也不知道什么时候改变的，她曾经是个不婚主义者，可是遇见苏扬后她很快改变了，她变得渴望婚姻，渴望家庭，几年的同居生活也给了她前所未有的温暖和幸福。她曾经还坚定不移认为自己肯定不会要小孩，她不喜欢小孩，也看了太多女人有了小孩后就放弃了自己追求的方向，走向了另外一条人生轨道，这对她而言是绝对无法接受的，可是这个观点也已经慢慢改变了，虽然她依然不喜欢小孩，但只要她深爱的人喜欢，那么她就愿意为他生一个。唐悠悠想最早三十岁，最晚三十五岁前就得完成这个计划，那时候她一定已经事业有成，而且还是生孩子最好的年龄，两不耽误。

唐悠悠明白自己所有的改变都是因为这份爱，她为自己深爱的这个男人改变了太多太多，有的时候连她自己都觉得自己变得越来越陌生，她害怕回不了头，所以现在她要加倍努力，她所有的努力都是为了不回头。

苏扬在唐悠悠脑门上“吧唧”亲了一口：“行了，你说服我了，我们就一起再奋斗两年，等你觉得ok了我们就停下来，然后我们先生一个女儿，再生一个儿子，然后我们一家四口去环游世界，好不好？”

唐悠悠眼睛里闪烁着泪花儿，幸福地点头。

苏扬实在太爱孩子了，他无法抑制地开始幻想：“哇，你说我们的女儿会像谁呢，最好眼睛像你，鼻子像我，嘴也像我，脸庞就千万不要像我，我脸太大了不好看。还有性格千万不要像你，你这样的性格太刚硬，像我就对了……”

那天苏扬一着急，恨不得立即在办公室里要孩子，唐悠悠费了九牛二虎之力才控制住这个欲火焚身的“强奸犯”，不过他到底也没拗过苏扬的死缠烂打，第一次决定提前下班回家。唐悠悠破例的原因还在于她今天对苏扬发了太大的火，自己也很后悔，得回去用身体好好弥补弥补。苏扬小声在她耳边说一定要用最变态的手法“报复”，想到苏扬在床上疯狂的表现唐悠悠就情不自禁心跳加速面红耳赤，因此小两口从办公室出来的时候所有人都傻了，苏扬不但没破相反而趾高气扬，唐悠悠也完全没有之前的怒发冲冠状，反而有点儿像小女生，害羞且单纯。这种表情从他们进入公司以来就从未看过。男生们感慨：“哇！原来唐总也会害羞啊！”女生们感慨：“哇，原来唐总害羞起来好仙啊！”财务王姐谈过十次恋爱情感经历最丰富，她最后总结说：“那是因为爱啊，我们的唐总太爱我们的苏总了。”编辑小李接话：“王姐，那你说是唐总厉害还是苏总更厉害？”王姐含情脉脉看着小李：“你个笨蛋，女人再厉害，在自己爱的男人面前都会很娇弱的，从最开始唐总就被苏总吃定了，苏总绝对是大智若愚的人，他搞定了一个人等于搞定了我们所有人，城府太深了，简直深不可测啊！”

回家的路上苏扬将车开到一百迈，唐悠悠心疼说慢点慢点儿这得扣多少分罚多少钱啊。苏扬不但不减速反而说这点钱算屁啊，赶紧到家好办事。到家后两人干柴烈火大战三百回合，印象中已经好几年没这么疯狂了，甚至最后苏扬坚持不避孕唐悠悠在恍惚之中竟然也答应了，事后又特别后悔埋怨苏扬怎么这么冲动万一怀上了肿么办。苏扬惬意地点根烟说：“怎么办？当然是生下来啊，咱不刚说有了孩子就一起去旅游么。”唐悠悠：“那也不是现在啊，我们现在还没结婚，万一怀孕了那还不丢死人？再说了，现在的工作也不允许怀孕，算了，安全第一，我还是吃药吧。”苏扬搂住唐悠悠：“别吃了，人在做，天会看，要是没怀上就算了，要是怀上了，我们就立即结婚，然后把孩子生下来。相信这些都是上苍安排好的。”

唐悠悠没接话，痴痴看着苏扬，突然问：“你有没有想过，如果我死了，你怎么办？”

苏扬：“当然没想过啊，没事想这个干吗？”

唐悠悠：“那你现在想，我想知道。”

苏扬：“嗯，如果你死了，我就不活了。”

唐悠悠：“太假了！”

苏扬点头：“确实，我如果也不活了，那就太对不起你了。如果你死了，我就浪迹天涯，从此了无牵挂，四海为家。”

唐悠悠：“还会再找个吗？”

苏扬摇头，斩钉截铁：“肯定不会，如果你死了，我的爱也死了，我不会再和任何人在一起，更不会爱上任何人，我的爱会和你一起被埋葬。”

唐悠悠笑，笑得好悲伤，她慢慢说：“如果你死了，我依然不会离开你，我不会告诉任何人，我会把你的尸体放在家里，然后就像平常一样，和你说话，给你做饭，一起看电视，一起睡觉。就好像你从来没有离开我那样。”

苏扬心中难受极了，他强作欢颜：“你真烦，没事说这个干吗？”

唐悠悠摇头：“我也不知道，不晓得为什么我总是想着将来如果我们不在一起了会怎样，可是我真的想不出我们会因为什么不在一起，除了死亡会将我们分开，还会有什么力量让我们分开，我想不出来。”

唐悠悠说完就哭了。苏扬发现这似乎是他第一次看到唐悠悠哭的如此伤心。

唐悠悠边哭边说：“如果我死了，你一定要再找个对你特别好的，至少也要像我一样对你好，但你不要找个像我一样强势的人，我怕她欺负你，你那么善良，别人欺负你你都不知道反抗，我想起来就会很难受。”

苏扬眼泪也出来了：“老婆，你今天怎么了？为什么说这些？”

唐悠悠又摇头："我也不知道，我觉得自己好脆弱，从来没这么脆弱过。"

苏扬紧紧搂住唐悠悠："别傻了，我不会死，你更不会，我们会一直在一起，好好的，每天都像今天这么快乐这么幸福，就算死亡也分不开我们的。"

或许是因为睡前的这番对话，或许是生活中的点点暗示，总之那天夜里苏扬号啕大哭着从梦中惊醒，而且任凭唐悠悠如何劝说都不肯说出哭泣的真相，他只是说如果有一天梦境成真，他一定会亲口讲出谜底。唐悠悠也没有太在意，继续安慰了后两人又沉沉睡去，直至第二天上午被电话吵醒。

电话是唐悠悠的，她迷迷糊糊看了眼屏幕立即精神了，然后赤脚走到阳台前，用非常职业的声音说："喂，你好。"

差不多讲述了十分钟的电话，唐悠悠回到苏扬身边，在他额头上亲了一口说："老公，快起床啦！"

苏扬似乎还沉浸在昨夜的悲伤中，他伸了个懒腰说："今天不想上班了。"

唐悠悠说："嗯，今天我们都不去上班，但得见一个人。"

苏扬色迷迷地看着唐悠悠："我哪儿都不想去，谁都不想见，就想躺床上，老婆你陪我好不好？今天我还想要！"

"不行！"唐悠悠一把掀开苏扬身上的被子："要是其他人就算了，但这个人不但要见，我们还得好好准备下。"

苏扬疑惑："谁啊，这么大牌？"

唐悠悠："杜长城。"

苏扬："杜长城？华文中国的老板？"

唐悠悠点点头："华文中国是国内目前数一数二的民营出版公司，至少是我们的十倍规模，听闻他们一直想并购一些民营出版公司，以谋求更大的市场占有率，从而在资本那里有更大的话语权。刚才给我打电话的是杜的副手伍洲彤，说中午杜长城在昆仑饭店请我们吃饭，我答应了。"

苏扬："之前不也有公司说要谈并购，你都不感兴趣，怎么这次这么积极啊！"

唐悠悠："谁说我不感兴趣了？就算不感兴趣也是我装出来了，因为那些公司根本引不起我的兴趣，可这次不同，这次是华文中国，你要明白华文中国不但规模雄厚，实力绝对可以和第一流的国有出版集团抗衡，背景也相当有渊源，杜长城的爷爷是新中国成立后的第一代知名出版人，他爸爸也曾在出版社官至高位，可以说是出版世家，在出版圈拥有极深的人脉资源，正所谓背靠大树好乘凉，如果要谈并购，华文中国绝对是非常好的选择。"

苏扬突然长叹了口气说："要是能不卖，最好还是别卖了，咱现在自己不也做得很好吗，再说了我们又不差钱，要是卖掉了虽然有很多钱但乐趣也没了。"

唐悠悠说："你这就是妇人之见了。现在是做的挺好的可不代表将来也会很好，你没看到整个出版市场正在快速整合么，这是大势所趋，我们应该顺势而为，绝不能逆势行驶。否则结果一定会一败涂地。"

苏扬吐舌头："拜托，没那么夸张吧。"

唐悠悠正色说："一点儿都不夸张，你以为这个世界是谁掌握的？是你们这些自持甚高的艺术家们吗？不，是资本家，是资本催促了世界的发展和繁荣，所有的文化科技到最后都得臣服资本的力量。这就是我一定要向资本倾轧的根本原因。"

苏扬说："好吧，资本万岁。可我记得你说过考虑自己IPO的啊，那也不挺好的吗，为什么现在这么着急去和别人谈呢？”

唐悠悠冷笑：“首先我没着急，只是在做一些准备和积累，其次图书出版机构想IPO已经被证明了根本没戏，且不说国家现在已经暂时关闭了IPO之门，就算我们各项数据符合指标，那也得排队，前面至少有一千家，请问排到猴年马月。何况我们目前的生产规模、销售额和利润离IPO的要求还相差甚远，几乎没有可能完成。退一万步讲，就算我们真的IPO了那日子也不会好过，因为资本对规模增长是有明确要求的，你没有任何借口都必须要做到，否则资本就成了吞噬你的魔鬼，将你吃得骨头都剩不下。对互联网而言，实现流量和规模的增长并不难，然而图书这种太原始太传统的行业而言想保持一个保底增速发展几乎是不可能的事，所以IPO成功之时就是失败的开始，因此在高位时转让公司股份甚至被收购其实是最佳也是唯一的选择。”

苏扬说：“你分析的都对，因为你是从投资的角度，对你而言出版就是一门生意，但对我不是，这是爱好，更是理想，我们现在发展得很好，也不差钱，没有道理急着被人家收购的，你想想收购后我的作用在哪里？我们现在的这帮弟兄们又该何去何从？”

唐悠悠：“这有什么矛盾的呢？你依然可以带着大家做书啊！”

苏扬：“可是得听别人的要求去做了，我觉得那样做很不开心。”

唐悠悠：“人生哪有那么多开心不开心的？再说了，这本来就是生意。如果你要当艺术家，完全没有必要开公司，你做企业就必须按照市场的逻辑去做，否则就是不作为，就是倒行逆施。”

苏扬还想说什么，被唐悠悠打断：“好了，我们现在只是去吃顿饭而已，真到那一步还早着呢，说不定人家还看不上我们，我们只是自作多情呢。”

苏扬：“那样最好了。”

唐悠悠感觉到苏扬的不开心，她搂着苏扬的脖子问：“要不要我再陪你躺会儿呀？”

“好啊！“苏扬紧紧抱住唐悠悠，然后将头扎进唐悠悠的怀里。

唐悠悠抚摸着苏扬的头，感慨：“为什么我越来越觉得你像一个孩子了呢？”

苏扬呢喃：“因为你身上的母性越来越浓烈了。”

唐悠悠：“可是孩子总要长大的啊！”

苏扬：“现在已经到青春叛逆期了，没发现我总顶嘴吗？”

唐悠悠：“晕，还真把我当妈妈啦！“

苏扬没再说话，他拼命呼吸着唐悠悠身上散发的体味，那种味道让他沉醉，他拼命感受着唐悠悠身体的柔软，那种柔软让他痴迷，他也奇怪为什么自己突然更加迷恋她的一切，并且想当然认为是更加爱的原因，却不知道，那只是离别前的不舍，身体比灵魂更早感受命运的际遇。

当天上午唐悠悠先和苏扬统一了相关数据和说辞，然后准点来到昆仑饭店顶楼的旋转餐厅。华文中国的老板杜长城和常务副总伍洲彤已经在那里等候。

此前唐悠悠曾在一次出版工作会议上见过伍洲彤，双方交换过名片，因此算作旧识，双方先是简单寒暄，然后介绍彼此。苏扬第一次见到杜长城，意识到他比想象中要年轻很多。此前他听过不少关于杜的故事，有人将之形容成民营出版人的脊梁，扛大旗者，也有人对他非议，说他不过是沾了父辈的光，利用关系和政策起了家，最后名利都赚到了。对于这些传闻苏扬并不关心，事实上他连谁是杜长城也不关心，他来赴约完全是因为唐悠悠，他只需要按照唐悠悠的要求说该说的话，做该做的事就足够了。

因此他只是很客气也很简单的和杜长城打了招呼，目光始终纯净。至于伍洲彤，他甚至连招呼都没打，只是点了点头。

杜长城始终很随和，倒是伍洲彤，眼神中明显流露出不悦，心想这个晚辈太年少轻狂，不知天高地厚。

幸好唐悠悠非常热情，也很懂礼，一番言辞将杜长城好好吹捧了一番，同时也没有冷落伍洲彤，说的人很真诚，听的人也很舒服。

杜长城回赞："唐总太谦虚了，我再怎么说也是老人家啦，要说厉害，还是得看你们这些八零后，特别是你和苏总，可以说是我们行业年青一代最杰出的代表，这两年做出来的成绩可圈可点，可喜可贺，前途无量。"

伍洲彤绝不会错过任何拍老板马屁的机会："我们杜董对您二位相当欣赏，好多次在内部会议上都提倡要向你们'听风文化'学习，说你们代表着先进的生产力呐！"

唐悠悠客套："谢谢杜董和伍总的肯定，我们都还年轻，除了还算勤奋之外并没有太多过人之处，虽然取得了一些小成绩，但我们深知这样的结果更多是因为我们赶上了好时机，享受了市场的红利。我们更加明白以我们目前的规模还不具备很强的抗风险性，而目前的图书市场依然存在很大的不确定性，包括国有出版集团的觉醒和互联网阅读的崛起都对我们是很大的威胁，甚至可以说我们现在是危机四伏。因此我们始终心怀敬畏，敬畏市场，也敬畏像华文中国这样的行业先行者和领导者，我们更加希望将来可以多接受杜董这样的资深前辈的指点，这样我们才能更好前行发展，不至于因为年少轻狂而冲昏头脑犯错误。"

唐悠悠说话的时候苏扬始终就在一边点头，这是唐悠悠要求的，他听话照做了而已，他心中对这席话其实是有意见的，苏扬心想为啥要示弱呢，华文中国虽然做得好但他们也做的早，那时候的市场机会更多也更容易成功，我们现在虽然有压力但也没那么夸张，读者的阅读需求是不会消亡的，就算将来实体图书不好做还可以做电子图书啊，反正内容一定会永存的，为什么要将自己狭隘定义呢？

那顿饭没有发生唐悠悠以为的那些情景，杜长城没有提及半点意图收购听风文化的意思，甚至都没有谈论起资本市场，而是具体聊了自己对一些图书产品的理解和看法，包括畅销书和一些失败的案例，从选题策划到产品包装到后期营销推广，这些都是苏扬感兴趣的地方，慢慢苏扬话多了起来，言语中也没有太多忌讳，说了很多自己的心得感悟。苏扬怎么也没想到杜长城这样的大老板居然对图书出版的具体方法过程有那么深的经验，很多细节让他有豁然开朗的感觉。杜长城更是对苏扬在产品上表现出的专业性大为褒扬，聊到最后颇有英雄惜英雄之势，反而唐悠悠和伍洲彤插不上话了。

唐悠悠恭维杜长城："真想不到杜董还亲自抓选题，而且还抓得这么细。"

伍洲彤立即接话："我们杜董是运筹帷幄，心细如发，大到几个亿的资本运作不在话下，小到一本书的文案都能亲自撰写，而且写出来就让人拍手叫绝，经过我们杜董的打磨，一本平庸的书立马熠熠生辉，前景大好，每年我们杜董亲自抓的选题至少有五本能够达到百万册的销量呢！"

杜长城适时挥手打断伍洲彤说："你这话只说对了一半，若论孰大孰小，选题是大，资本是小。我们做出版的再怎么长袖善舞，都逃不离匠人两字，和木匠，泥瓦匠没有本质区别，我一直说别看现在资本市场热闹，做出版一定要把手中的活儿做好，这是我们安身立命之本。你要是连开本都不清楚，连用纸都搞不明白，连印刷都不懂，连工艺都糊涂，那你根本做不好书的，做不好书光知道资本运作那根本没戏。资本是逐利的，资本是要增长的，图书出版归根结底还是创意产业，不是可量化可复制的加工制造业，专业的人才最重要，像苏总这样对产品有兴趣也有研究的年轻人，才是我们这个行业真正的希望所在，来，苏总，我敬你一杯，喝完这杯酒，以后我们就是朋友了。”

苏扬大悦：“谢谢杜董，对我苏扬而言，这世界上最重要的就是朋友，来我先干为敬。”说完头一扬，一杯酒进肚。

苏扬酒量虽然不小，但远远不是杜长城的对手，加上还有伍洲彤不停劝酒，苏扬又来者不拒，很快就多了，唐悠悠只得搀扶着他和杜、伍道别，并相约有机会再详聊。

回去的车内，杜长城对伍洲彤说：“这个苏扬是个做出版好苗子，还是想办法收过来吧。”

伍洲彤疑惑：“杜董您的意思是把他挖到咱公司？”

杜长城点点头。

伍洲彤：“可咱不是意图收购他公司的吗？

杜长城看着伍洲彤：“你怎么还不开窍？收购出版公司说到底就是收购人才，否则那些库存书有什么价值？今天会面后我的直觉告诉我这个唐悠悠的胃口很大，如果真想收购代价肯定不会小。那么与其花重金收购还不如用更少的钱将苏扬挖到华文中国，最后的效果只会更好。”

伍洲彤说：“老板您所言极是，问题是苏扬现在自己也是老板，而且生意做得不错，没有理由去给别人打工的啊？”

杜长城正色说：“你记住了，这个世界没有‘不可能’三个字，我杜长城现在还能做出版，还能做的这么大就是对这三个字最大的否定。”

见伍洲彤一副大惑不解的样子，杜长城只得继续解说：“苏扬和唐悠悠现在做的虽然很不错，但毕竟太年轻，年轻的要义就是犯错误。没有谁的人生会一帆风顺，通过今天短暂的沟通，我已经发现唐悠悠和苏扬身上存在着不可协调的矛盾，目前这个矛盾还是隐形的，可终有一天会爆发，到那一天很多现在看来不可能的事情都将发生，现在华文中国无需做什么，只要耐心等待，最后的结果一定会对得起这个时间成本。”

伍洲彤虽然一点儿都没听懂但还是很真诚地点头说：“杜董真英明，我明白了。”

伍洲彤原来是一个市级政府文教口的科级公职人员，出版专业的东西他不懂太多但人情世故待人接物是强项，特别是服侍领导，更是拥有独家心得。自从跟了杜长城后他就从来没听懂过杜长城的话，但他每次都发现杜长城判断和预言都逐一成真，公司更是蒸蒸日上，因此对他而言只要把老板伺候好了，其他的都不重要。至于杜长城的提议，他并没有真正往心里去，他太知道自己的老板向来天马行空惯了，很多事情说说都忘记了。何况他并不喜欢苏扬，不只是因为他的无礼，而是因为他身上散发出的气质让他很不舒服，混迹官场和职场多年的伍洲彤早已成为人精，空气中的一丝风吹草动他都能提前知道，并且做好周详的对策。他隐隐觉得苏扬会成为自己的对头，他希望这次只是自己太过敏感，而一旦担心成真，他也会在第一时间想尽办法去解决苏扬这个麻烦，对于这方面的手段，他更是擅长精通。

美女访谈　扫一扫逗趣好玩的编辑部故事等着你噢

Those hours that with gentle work did frame
The lovely gaze where every eye doth dwell,
Will play the tyrants to the very same,
And that unfair which fairly doth excel.
For never--resting time leads summer on
To hideous winter and confounds him there,
Sap check´d with frost and lusty leaves quite gone,
Beauty o´ersnow´d and bareness every where.
Then were not summer´s distillation left
A liquid prisoner pent in walls of glass,
Beauty´s effect with beauty were bereft,
Nor it nor no remembrance what it was.
But flowers distill´d though they with winter meet,
Leese but their show,their shubstance still lives sweet.

Chapter 7 冰镜

秋天的屋顶、时间的重量
秋天又苦又香
使石头开花
象一顶王冠

——海子《王冠》

Those hours that with gentle work did frame
The lovely gaze where every eye doth dwell,
Will play the tyrants to the very same,
And that unfair which fairly doth excel.
For never--resting time leads summer on
To hideous winter and confounds him there,
Sap check´d with frost and lusty leaves quite gone,
Beauty o´ersnow´d and bareness every where.
Then were not summer´s distillation left
A liquid prisoner pent in walls of glass,
Beauty´s effect with beauty were bereft,
Nor it nor no remembrance what it was.
But flowers distill´d though they with winter meet,
Leese but their show,their shubstance still lives sweet.

就在唐悠悠精心谋划下一个三年发展战略，以确保公司在资本大潮真正袭来之际能够把握住最佳商机时，发生了一件更让她着急的麻烦事。

那就是，她竟然意外怀孕了。

唐悠悠的月经一直不正常，有的时候两三个月也不来一次，因此起初并没在意，后来发现自己越来越嗜睡，精力也大不如前，胃口还有了变化这才意识到可能身体出了问题，一天夜里她竟然梦见了小孩于是早晨醒来后怯弱地问苏扬："我这该不是怀孕了吧？"苏扬很淡定地说："别紧张，测一下不就知道了么？再说了，怀孕又不是生病，好事一件。"唐悠悠郁闷地说："如果真怀上了那比生病还麻烦，希望只是杞人忧天。"

苏扬记得在哪里听说过女人的晨尿测怀孕最准，于是立即去门口的药房买了好几种验孕棒，回家一测，统统两道杠。唐悠悠瞬间头晕目眩心里只剩下两个字：完了。苏扬却很高兴，拉着唐悠悠要去医院检查。唐悠悠不愿意面对现实说还想上班，今天有一个重要客户来拜访。苏扬说："去他妈的重要客人，再说我就把公司关了。"然后不由分说将唐悠悠拉上了车直奔妇幼保健医院，结果一查，不但确诊怀孕，而且已经三个月了。

苏扬对着医生千谢万谢，唐悠悠始终呆若木鸡。回家的车上苏扬乐不可支地说："肯定就是见杜长城的前一晚中标的，哎呀我们做了几百次，就那一次没避孕结果就怀上了，这证明了两件事，第一，我太厉害了；第二，命中注定，咦，悠悠你怎么那么不高兴啊？还没缓过神啊！"

唐悠悠的眼角慢慢渗出了眼泪，她确实没缓过神，这个太意外了，完全是计划外的产物。此刻她心中除了慌张外还有后悔，强烈后悔那晚自己一时冲动没有坚持避孕，导致现在这个令她抓狂崩溃的局面。

唐悠悠想了想很冷静地说："我想把孩子做掉。"

苏扬正美滋滋幻想着当爸爸的日子呢，他最大的理想就是当全职奶爸，嘴笑得都咧到耳朵根了，听到这话后猛踩刹车，吓得后车差点儿追尾，狂按喇叭。

苏扬表情复杂地看着唐悠悠："老婆，你是在和我开玩笑吧。"

唐悠悠的眼泪已经掉了下来："现在我还不能生小孩，太快了，我完全没有做好准备。"

苏扬立即生气了："唐悠悠，你能不能别这么自私？什么叫还没做好准备？就因为不在你的计划里？就因为太突然了？就因为我们还没结婚？如果是这样我们今天就去领证。咱现在房子也买了，也不缺钱，孩子也不是明天就生，还有七八个月足够你准备的了，怎么就不能生了？"

唐悠悠红着眼看着苏扬："是，我很自私，我害怕如果生孩子我至少要耽误两三年的时间，这两三年对我太重要了，我耽误不起，这和我们有没有结婚没关系。"

苏扬："靠，这两三年对你重要，那什么时候对你不重要？工作对你很重要，那家庭对你就不重要吗？唐悠悠，你是个女人，女人最重要的不是在外面打打杀杀而是相夫教子。再说了，你现在都二十六了，正是生孩子最好的年龄，你现在怀上了都不想要，那等你年老色衰了想要的时候还能有吗？到时候你更痛苦。”

唐悠悠强忍着内心的翻江倒海，咬着牙，声音颤抖着对苏扬说：“靠边停车，我想一个人静会儿。”

苏扬又生气又担心，他死死凝视着唐悠悠，觉得此刻的她是那么遥远，那么陌生。深呼吸了两口后苏扬控制好情绪拉住唐悠悠的手：“对不起，刚才我太着急了，现在最难受的是你，我不该对你那样说话的。”

唐悠悠强忍着最后一丝理性缓缓说：“不怪你，是我自己的问题，你快停车吧，我不会有事的。”

苏扬当然不可能停车了，他依然一边不停道歉一边加速往家开。

唐悠悠突然怒不可遏对苏扬大喊：“我叫你停车你听到没有？你快停车啊！”边说还边抢方向盘，“为什么你总是不听我的？为什么你永远那么自以为是？为什么你总是要将自己的幸福嫁接在别人的痛苦之上？你还好意思说我自私？你他妈才是天底下最自私的那个人。”

骂完之后，唐悠悠号啕大哭。

苏扬吓傻了，他认识她八年了，从来没见她如此愤怒如此失态过，他赶紧将车靠边停了下来，然后手足无措看着痛哭的唐悠悠。

为什么会这样？是因为女人怀孕了脾气会很差？还是这么多年来的积怨爆发？

车还没停稳，唐悠悠就推门而出。

“小心点！”苏扬赶紧下车追了上去，在她身后大喊：“你到底要去哪里？”

唐悠悠回头狠狠对苏扬说：“不要跟着我，让我自己冷静会儿，求你了。”

说完小跑着离开。

此时此刻的唐悠悠是那么陌生。苏扬没有再追上去，他无奈地回到车里，拳头用力砸向方向盘，嘴里愤愤喊了一句："操！"

这个动作苏扬经常在影视剧里看到过，当时总觉得特别傻，可是现在轮到自己身上，他才意识到，原来生活中有很多悲哀和无奈你根本没资格评价，当你嘲笑别人的时候，其实你才是那个最可笑的小丑。

唐悠悠一口气走出去好远好远才停下来，她四顾茫然，取出墨镜戴上，双手交叉在胸前，仿佛这样才能有更多的安全感。此时此刻她不知道要去哪儿，其实她也不知道为什么会如此生气、发这么大的火，她觉得现在的自己特别可怕，以前自己的理性足可以控制情绪，可是现在不但控制不了，也不想控制，或许这也是孕妇的一个典型反应吧，唐悠悠怎么也不能接受自己已经是孕妇这样一个事实，她必须尽快解决这个麻烦，然后告诉自己只是梦一场，什么都没发生。等思绪稍微恢复后她果断打车到了另一家妇产医院，挂了最贵的特需门诊的专家号，然后在见到医生后明确提出希望将孩子打掉的想法。

医生看了她上午的检查记录后劝她三思，因为胎儿已经三个月完全成形了，不要就太可惜了。唐悠悠还是坚持，医生说："就算做手术也不是今天就能做的，得预约。再说了，也不是所有的情况都适合做这种手术，这样，你先做个全面检查，我们要看一下胎儿的具体位置，如果结果出来后没有问题，会提前通知你过来。"说完开了一堆检查单。唐悠悠无奈，只好去交费，然后抽血，她冷漠地看着自己的鲜血从身体里流出，没有一丝感觉，心想或许做流产手术就和抽血差不多吧，离开了，就好了，不会有多痛的。抽完血后是做B超，这个需要憋尿，唐悠悠一口气喝了好几瓶水，完全喝不下去了也硬灌，然后坐在B超室门口等待，那儿有很多的小夫妻来做产检，每个人脸上都洋溢着幸福的表情，有的准爸爸还将脑袋凑在爱人的肚子上去和肚子里的宝宝说话，而准妈妈们除了幸福外还有自豪感。唐悠悠看不下去了，她知道如果自己也是来做产检，那么苏扬一定会是最幸福的那个男人，他也一定会是个特别好的爸爸。唐悠悠艰难地闭上了眼睛，长呼一口气，在心里说：宝宝，对不起，如果你真的是天使，请你过几年再来，到时候妈妈一定做最好的准备迎接你的诞生。

很快轮到唐悠悠，她按照B超医生的吩咐平躺在床上，撩开肚子前的衣服，医生先在她小腹上涂上耦合剂，然后将B超探头抵在皮肤上慢慢移动，边观测边小声说："子宫前位，7.8*7.9*9.5，靠后壁。"唐悠悠本能地闭上了眼睛，静静地听着，突然感到B超探头用力压了自己一下，紧接着就听到"轰隆隆隆隆轰隆隆隆隆"好像小火车的声音，"什么声音？"唐悠悠惊了一下，情不自禁地问。医生说："胎心跳动的声音，很快很有力是不是？你肚子里是个很健康的宝贝儿。"

没有来由的，唐悠悠突然捂住嘴巴，眼泪夺眶而出。医生笑着看了一眼唐悠悠说："小姑娘，看把你激动的，第一胎吧。"唐悠悠点点头，突然问："医生，我能看一眼吗？"医生说："现在还看不太清楚呢。"唐悠悠边哽咽边说："那我也想看，拜托了。"医生示意助理将唐悠悠扶到半坐着，然后将屏幕转到唐悠悠面前，边移动B超探头边指着屏幕说："那，看到没有，这是头，这是身体，还有个小尾巴呢。"

唐悠悠突然觉得这个面目模糊的胎儿好像苏扬啊，真的，她觉得特别特别像，那脑形，还有眼睛，还有嘴，简直一模一样。要是苏扬看到了，他得多高兴啊，可是自己很快就要失去这个孩子了，唐悠悠想到这里，再也控制不住情绪，放声大哭起来。

做完B超后唐悠悠将相关单据送回到门诊医生那里，医生问她要不要改变主意，唐悠悠咬着牙说不改了，医生说：“好，那我们这边安排手术，时间定了通知你。”

离开医院后，唐悠悠不想回家，又不知道能去哪里，她突然发现自己在这个城市其实连一个真正信得过的朋友都没有，那些所谓的朋友大多是生意上的伙伴，苏扬是她唯一的依赖和牵挂，自己到底是成功还是失败？想想也真是悲哀。迟疑了许久唐悠悠决定回公司上班，工作已经成了她的惯性，除了工作她不知道自己还能干什么。

唐悠悠很快便来到公司，进门之前她掩饰住了所有的情绪，面无表情地走了进去。苏扬没来，唐悠悠暗自松了口气，然后就和平时一样开始处理工作，接连开了几个会，还接待了两拨客人，没有人可以从她脸上察觉到半点异常，甚至她自己都快忘了怀孕这件事，只有忙碌的工作可以给她真正的安全感，就这样一直到晚上八点她才处理完所有事情，累得半躺在沙发上。她情不自禁抚摸起自己的肚子，眼眶立即又湿润了起来。

唐悠悠决定回去和苏扬好好谈一谈，理性地告诉他自己的选择。

一路上唐悠悠都在琢磨着等会儿见到苏扬该如何去游说他，这简直比此前任何一场商业谈判都更让她费尽思量。等回到家推开房门，唐悠悠就看到苏扬像一具雕像端坐在沙发上，面无表情，仿佛老了十岁，地上满是烟蒂。唐悠悠赶紧走到他面前说：“我回来了，我……”

苏扬打断了她，声音颤抖着：“你什么都别说，我想了一整天，我已经想明白了，我确实太自私了，你为了我，为了这个家付出了太多，我不能再对你有什么要求。悠悠，我爱我们的孩子，可是我更爱你，你是我唯一不能失去的人。”

唐悠悠不知道苏扬为什么会说这些，她想上前抱抱苏扬，可是她发现自己根本迈不动腿，更举不起来手，她离苏扬不过半尺的距离，但就是无法靠近。

“我答应你，明天我就带你去医院。”苏扬瞪着眼睛，里面布满血丝，他艰难地说着，每一个字仿佛都有千斤重，“这个孩子，我们不要啦！”

说完，他突然往前猛地一扑，双膝重重跪在地上，然后紧紧抱住唐悠悠，对着唐悠悠的肚子大哭起来，全身剧烈颤抖着，边哭边说：“不要了，不要了，宝宝对不起，爸爸爱你，可是现在我们不能要你，你一定要原谅我们，我们真的很爱你……”

唐悠悠眼泪也涌了出来，今天她真的流干了一生的泪水，她紧紧抱住苏扬的头说：“别说了，我答应你，把孩子生下来。”

苏扬还哭，边哭边摇头：“不行，不能要，现在我们的事业正处于最较劲的时刻，要了孩子会耽误很多事的……宝宝，真的真的对不起你了，爸爸真的很爱你啊……”

唐悠悠：“一定要生下来，怀孕了也能工作的，就算生养最多也不过休息一个月，不会耽误多少事的。”

苏扬继续哭：“可是我们还没结婚，你当未婚妈妈以后头怎么抬得起来啊？宝宝啊，爸爸真的很爱你，可是……”

“够啦！”唐悠悠实在忍不住了，大声呵斥：“你还是不是人啊？他都有胎心了，跳的可好了，而且我都看到他长什么样了，和你一模一样，你现在还说不要他，禽兽啊你！”

“是吗？那是男孩还是女孩啊？”苏扬“腾”地站了起来，眼泪鼻涕都还挂在脸上，嘴角又开始咧着笑了。

“那我哪知道，其实按理说现在胎儿还太小根本看不清，可是我不知道为什么总感觉能看到他的脸，还有眼睛，还有嘴，都特别像你。”

“那鼻子呢？鼻子像你还是像我啊！”

“喂，你要不要那么讨厌啊，眼睛和嘴都像你了，鼻子还得也像你啊？”

“噢噢，我鼻子不好看的，最好还是像你。”苏扬吸了一口鼻涕，“那明天也让我看看好不好，我还要听胎心，都说胎儿胎心跳动声特像小马达，我们宝宝的像不像啊！”

“像，特像。”唐悠悠点头：“你说实话，你刚才是不是故意的，演戏给我看呢。”

苏扬摇头：“当然不是了，我真的想了一整天，好纠结也好痛苦，可是最终我想明白了，对我而言，你就是最重要的，无法替代的，不管发生什么事，我都不能让你受伤的。”

唐悠悠蹲下身体，双手捧着苏扬的脸，破泣为笑问：“那你知道为什么我会答应你了呢？”

苏扬：“你不是说都听到胎心看到咱孩子长相了嘛，舍不得了呗，毕竟是你的骨肉。”

唐悠悠很认真说：“不全是，或者说不是，因为我真正改变主意就是刚才一瞬间，我不管你是发自内心的还是故意装成这样，我只知道我看不得你哭，看不得你痛苦。苏扬，我真的特别特别爱你，远远超过了爱我自己，为了你，我可以放弃一切，改变一切，这就是我最真实的理由。”

说起来也奇怪，唐悠悠在没发现自己怀孕前肚子一直不见长，可发现怀孕后没两月肚子就变得鼓起来了，不过她人太瘦了，个儿又算高，所以整体倒没太大的变化，只要别穿紧身衣，基本上看不出来有孕在身，加上工作起来的劲头有增无减，所以没有外人觉得有异常。

苏扬本想大声向世界宣布，可是唐悠悠严厉禁止，没有理由，就是不想让别人知道，苏扬说："你这肚子一天一天变大总有一天瞒不住的啊再说咱也没做什么见不得人的事干什么呢这是？"唐悠悠就负气说："我都答应你要孩子了，为什么你这些还要和我计较？"苏扬赶紧唯唯诺诺说："好好好，只要你别动气，我什么都答应你，现在你就是天，你就是祖宗，你就是我亲妈，妈，您快别生气了。"

就这样，苏扬白天上班的时候尽量配合唐悠悠演戏，等到下班回到家后立即把唐悠悠供了起来，不但所有活计一律不许唐悠悠沾手，还一口气请了两个阿姨照顾唐悠悠生活起居，睡觉前至少要对着唐悠悠肚子说一个小时的甜言蜜语，很多次唐悠悠听着听着就睡着了，结果一觉醒来发现苏扬还瞪大着眼睛看着自己肚子，嘴里叨咕个不停。唐悠悠无奈地说："苏扬同学啊，知道你啰唆，真不知道你啰唆到这个地步，咱孩子可别像你，太烦人了。"

苏扬头也不抬说："这不叫啰唆，这叫表达能力出众，我要不是因为这张嘴，你也不见得能死心塌地跟着我。"

唐悠悠笑："你还真能蹬鼻子上脸——喂，你到底看啥呢，眼珠子都快瞪出来了！"

苏扬说："我在看你肚子啊，我在看我们孩子踢不踢你肚子啊，按理说现在应该有胎动了啊，我刚才一直在游说他踢你一脚，他怎么还没动静呢，急死他爹我了。

唐悠悠白了苏扬一眼说："讨厌！"然后继续睡觉，刚迷迷糊糊睡着就听到苏扬突然尖叫起来："动啦动啦。我看到你肚皮动啦，他肯定听懂我的话了，太棒了，来，大宝贝，再给你爹动一个，啊！又动了，果然听懂了，你天才啊！哈哈，太聪明了！"

又过了段日子，胎动已经成为常态，唐悠悠的肚子也不是普通衣服能遮盖的了，想隐瞒也没办法了，不管是公司员工还是合作伙伴都特别惊讶，仿佛唐悠悠是一夜之间肚子变大的，有人想这是好事啊就热情问她现在状态如何或者想嘘寒问暖关心一下结果根本没门，唐悠悠不愿意在这上面多谈一句她就怕别人认为她是孕妇了所以变脆弱了需要保护了，她就怕你不把她当正常人，甚至生理性呕吐都得把自己关到房间里吐，吐好了出来没事人一样继续谈工作，而且工作强度有增无减，她想用实际行动宣布怀孕对自己没有半点影响她依然一如既往地强大。她的强势换来了别人的敬佩，更换来不理解，很多女孩暗自想自己可不要像唐悠悠这样，虽然能赚很多钱，但一点儿也不像个准妈妈，太没母性了。

苏扬则是完全相反的状态，成天乐呵呵的，恨不得敲锣打鼓告诉全世界他就快当爸爸了，逮着谁都能聊半天孩子，要是遇到有孩子的人那就完了，从孩子出生第一天要干什么一直讨论到孩子上大学，整个儿就是一话痨。他不光爱说，还特爱做，有事没事就往各种婴幼儿商品专卖店跑，从婴儿车到婴儿床到尿不湿到奶粉到衣服，专找最贵的买，卖完一岁内的不过瘾就继续买二岁的，一直买到七八岁。唐悠悠最后实在看不下去了她指着满满一屋子的婴幼儿用品又好笑又好气说：“你至于吗？男孩女孩还不知道呢，太浪费钱了。”苏扬一边整理一边说：“所以你没看我男女各买了一套嘛？反正不管这胎是男还是女，我还会要老二的，而且我已经算过了，我命中会注定有一男一女，因此有备无患，嘿嘿，我真是太英明了——哎，你干嘛扔我？你要打我我过去，你可千万别动了胎气啊我的祖奶奶。”

唐悠悠边往苏扬身上丢东西边骂：“你知不知道女人生一次孩子要傻三年，我才不给你生二胎呢，要生你找别的女人生去。”

苏扬：“那不能够，你是唯一的，不可替代的，我就想和你生孩子，两个还不够，最好有四五个，那就热闹了。”

唐悠悠："你就做梦吧，我看你现在病得不轻。"

苏扬搂住唐悠悠："逗你的啦！老天现在馈赠我的已经够多的了。大老婆，咱不对未来过多计划，顺其自然。"

唐悠悠撅嘴说："有些事可以顺其自然，有些事还是要计划的，再不做，就来不及了，闹笑话了。"

苏扬问："什么事来不及？产检吗？咱一直特按时在做啊！"

唐悠悠嗔怒："你真讨厌，真不知道还是假不知道？"

苏扬："哈哈，我明白了，你说结婚对吧。"

唐悠悠酸溜溜地说："其实我倒不着急嫁给你，只是没有结婚证，就办不了准生证。要不我们干脆就领个证得了，半天就好，不耽误你事。"

苏扬："放心吧，我都想着呢，悠悠，我跟你说啊，这结婚是人生大事，不能随随便便领个证那么简单，咱得办隆重了，尽全力去做，我必须给你最浪漫最难忘的婚礼。"

唐悠悠："拉倒吧，你就是说得好听，你还说要给我最浪漫最惊喜的求婚呢，这还有四五个月就生了，我倒要看你能折腾出什么名堂来。"

苏扬拍胸脯："好，你还别激将我，这事我必须做到位，等着吧你。"

唐悠悠"哼"了一声，转过身去。

苏扬蹦到唐悠悠面前，温柔地说："老婆，你发现没有，自从你怀孕后，你变得有女人味多了。"

唐悠悠："夸我还是损我？"

苏扬："不夸也不损，只是陈述事实，你想想啊，以前你哪会为这些家长里短的事情和我置气，你关心的全是家国命运，金融股市，企业发展，社会道德层面的大问题，大事件。那样虽然也很好，但和我们这种小老百姓关系不大，你说我没出息也好，反正我考虑的就是眼前这一亩三分地的事，一家人快乐最重要。”

“你说的是没错，但我关心的也没错，个体命运的幸福永远都无法脱离时代和政治背景的，特别是在现在这样一个风云际会的年代。”唐悠悠叹了口气，“不过我真的改变了太多太多，有的时候我都觉得陌生，简直成为了曾经最不喜欢的那种人，优柔寡断，犹豫不决，瞻前顾后，儿女情长。”

苏扬：“那你觉得是好事还是坏事呢？”

“我不去这样考虑问题，我只知道发生了就要面对，面对不了的就得接受。”唐悠悠边说边轻轻抚摸自己的肚皮：“不知道他的性格像你多一些还是像我多一些，如果是男孩，我希望像我多一些，否则我担心他将来会受人欺负。”

苏扬：“拉倒吧，你看我像是受欺负的人吗？你看现在谁敢欺负我，除了你。”

唐悠悠：“嗯，除了我，我不能允许第二个人欺负你。”

苏扬美美地躺了下来，长声感叹：“多好啊！人家都是老公保护老婆，我们家倒过来，也没觉得不对劲，这夫妻相处啊，就得一强一弱，一盛一衰，都太强或者都太弱日子都没法过下去，这样说起来，咱俩确实是最佳搭配。他日若有人问起我此生最大的成就，肯定不是赚多少钱事业有多大，而是我深谙夫妻之道，享受了最真实的幸福。”

因为结婚的事，苏扬一连失眠了好几天，最后决定将结婚的大日子定在两月后的国庆节，接着再一起回江苏老家领证。然后静候天使降临。至于求婚和蜜月，只能后补了。

说起来他和唐悠悠在一起好几年了可从来没带唐悠悠回过老家，一个是老家相对传统没订婚就带回去容易遭人议论，再就是他害怕见到韩晓萌，虽然他早就确定自己不再对韩晓萌有半点儿留恋但见到她还是会觉得尴尬，甚至害怕。特别是知道韩晓萌后来至少谈了十个男朋友，可每一段感情都无疾而终整个人的名声在老家已经臭大街了他就更害怕韩晓萌知道他幸福后会有想法。韩晓萌后来几乎每一次失恋后都会找苏扬希望能和他重归于好，而且每失恋一次对苏扬的留恋就更胜一筹，到第十次失恋的时候几乎是哀嚎着恳求苏扬能够再给她一次机会，她一定会当一个贤良淑德的爱人给苏扬一辈子的幸福，只要他愿意她可以立即放弃自己在老家政府当宣传员的职位不顾一切到北京和他厮守终身。苏扬一直以来都没告诉韩晓萌自己早就找到了一辈子的幸福，最后看韩晓萌的架势怕闹出事儿来就狠心说：谢谢了，我已经有爱的人了。韩晓萌沉默了一会儿发短信问：她有我这么爱你吗？苏扬差点儿一口血喷到手机上，颤抖着回：她是我这辈子见过最美丽最完美最让我爱的人。韩晓萌那边沉默了，就在苏扬以为她偃旗息鼓知难而退之际收到韩晓萌的短信：苏扬，你忘恩负义，对不起我，我诅咒你不得好死，永远没有幸福。苏扬看得胆战心惊，仿佛从短信中看到韩晓萌那密布雀斑阴森的脸。从此俩人再没了来往，但苏扬知道韩晓萌一定对自己怀恨在心，如果让她在大街上遇见了说不定能做出什么极端的事，这个疯狂的女人做出什么事来都不足为奇，因此这辈子最好都不要再见。苏扬决定这次带唐悠悠回去后领完证后立即走，绝不给韩晓萌反应的机会。

至于婚礼，那就得投入最大的激情和精力去操办，办得越隆重越好。苏扬表态后唐悠悠问他一个人能不能搞定，苏扬拍着胸脯说：“小意思。”然后自信满满地开始联系场地，结果傻了眼，甭管室内还是户外，全北京城上档次的酒店国庆期间的婚宴早在半年前都被预定了。有酒店客服问能不能晚两个月再举行婚礼，苏扬说：“我倒没问题，关键我儿子不答应啊，再晚两个月他就生出来了。哥们儿，你们帮个忙，加多少钱都没关系。”客服人员说："苏先生，不好意思，这不是钱的问题。这样您先回去，如果有什么情况我第一时间通知您。"就这样忙活了大半个月苏扬跑遍了全城几十家高档酒店都一无所获就在最后都快绝望之际转机突现，一对本来定在国庆结婚的夫妻因为男方和情人开房正好被女方爸爸抓到了现行于是紧急取消了婚礼，酒店立即给苏扬打电话问他要不要接这个档期，苏扬欣喜若狂赶紧答应，并且预付了五万元定金。搞定酒店后苏扬又找到一家知名婚庆策划公司开始张罗婚礼细节，对方问苏扬希望办一场怎样的婚礼，中式还是西式？传统还是新式？苏扬说："我听不懂那么多，我就要最浪漫最感人最奢华最让人难忘的。"对方欣喜若狂说："那我知道了，您就是要最贵的，这好办。"然后"吧啦吧啦"说了一大堆让人眼花缭乱的配置，苏扬听得云里雾里最后问："你就说得多少钱吧？"对方一狠心说差不多五十万吧。苏扬一拍桌子说成交，然后拿着协议回家找唐悠悠邀功。

唐悠悠一看大惊失色说："这不抢钱吗？太贵了，我不同意。"

苏扬没听明白还特自豪地说："贵就对了，你想想，咱一辈子就结这一次婚，必须最贵的，否则就太傻了。老婆你就安心做最美的新娘吧。"

唐悠悠冷笑："你已经够傻的了。贵不怕，就怕水分太大，人这明摆着坑你呢，算了，还是我去和他们沟通吧，这事儿你真做不来。"

苏扬嘀咕："不是说好了全部交给我做的嘛。"

唐悠悠："我都憋了一个月了，看你做这么点儿事着急死了，再憋我能憋出病来。"

第二天一大早，唐悠悠挺着大肚子来到婚庆公司谈判，上来先不由分说声色俱厉地将对方冷嘲热讽了一顿，说就你们这标准最多也就二十万，你能报价到五十万，这得需要多大的勇气啊！婚庆公司的人不服气还想争辩，结果唐悠悠特别笃定地说："你们啥也别说，先听我来给你们把详细费用拉一拉。”然后噼里啪啦一顿讲解，说得对方哑口无言最后弱弱地问：“姐，您是不是也是做婚庆的啊？您都这么懂行了干吗还花钱请别人做啊！”

从婚庆公司出来后苏扬也特纳闷悄悄问：“你怎么知道这么多，没看你准备啊！”

唐悠悠白了一眼苏扬说：“我从十八岁开始就幻想自己的婚礼是什么样，这些年一直很在意这方面的信息，想不专业都不行。”

苏扬弱弱地问：“那我们还请人做吗？”

唐悠悠想了想：“算了，还是我自己来吧，这二十万省下来做什么不好？再说了，就算花再多钱他们也做不到我要的效果。”

苏扬摇头：“不行，这样你太累了。你想想，离我们结婚统共还剩一个多月的时间，这工作量也太大了，咱不省这点钱，要不这样，你就出出创意，具体活儿让别人干好不好？”

唐悠悠：“不好，创意有了执行起来并不麻烦的，各个环节都有专业供货商，网上都能搞定，再说了，执行可是我强项。”

苏扬：“可是现场总要有人布置吧，这线下的活儿网络可解决不了。“

唐悠悠：“公司不还有那么多人嘛，到时候请他们帮忙就行，又不是不给发工资。”

苏扬：“话虽这么说，可我还是觉得不合适。”

“好了，你就别和我争了，我的个性你又不是不知道。只要我认定的事情就没有做不到，做不好的。”唐悠悠坚持，“你也说了，我们就结这一次婚，我一定要所有细节都严丝合缝按照自己的想法去实现，否则我会遗憾的。”

苏扬执拗不过她，只能硬着头皮答应，并且眼睁睁看着她火急火燎开始准备各种细节。唐悠悠确实聪明，能力也超强，可这结婚要准备的事情实在太多太多了，从流程的制定到各种物料准备，大的事项十几条，小的细节几百条，而且每一条都很繁琐，想做好没一件省心的，唐悠悠又追求完美还不愿妥协，因此在每一个环节上花费的精力都特别多。最要命的是她还不想放下工作，白天照常上班，就只能晚上回家张罗这些事，没一天不忙到半夜，甚至还熬了几个通宵，好几次她实在累得不行就趴在电脑前睡着了。

按理说怀孕五六个月是最长体重的时候，因为胎儿在这个时间段会成长很快，对母体的营养需求量很大，可是唐悠悠不但体重没涨，还瘦了几斤。这下苏扬不干了，觉得唐悠悠这简直不务正业，把他孩子给饿着了，特生气地对唐悠悠说："你给我立即停止，否则这婚我就不结了。"

唐悠悠理亏，但已经停不下来，结婚对她而言已经不是目的，而成了工作，她必须做到让自己完全满意才舒服，因此她总是敷衍苏扬："就快好了，再坚持几天啊——对了，我想把这次的用花全部换成从厄瓜多尔进口的高山玫瑰，你觉得如何？"

苏扬没好气地说："我看就没有这个必要了吧，都是花，没啥分别的，而且过了婚礼都要扔的。"

"要不说你不解风情呢？"唐悠悠嗤之以鼻："谁说没分别？分别不要太大好不好？厄瓜多尔高山玫瑰是全球最名贵的玫瑰品种，价格虽然贵好多，但香味更沉，留香也更久，关键代表的品质和身份完全不一样。算了，不和你商量了，就这么定了。你先睡吧，我得好好找家合适的代理公司。"

苏扬叹息："我求你快别折腾了，再这样折腾下去，早晚得折腾出事儿来。"

唐悠悠根本不睬她，全心又扑到网上查找鲜花代理商。

就这样，也不知道经历了多少次的生气，吵架，郁闷，推翻重来，一直忙活到结婚前一个礼拜，唐悠悠才算将整场婚宴大小事项一一落实。当最后看完唐悠悠做的整个流程方案，苏扬终于长松了一口气。谢天谢地，总算过去了，谢天谢地，还好没出事，谢天谢地，接下去就是好好享受美好的婚礼了。

那天苏扬亲自熬了一锅鲫鱼汤，哼着歌儿端到唐悠悠面前，就发现唐悠悠表情凝重地看着自己说："完了，竟然忘记一个重要的事情了。"

苏扬吓得一激灵："忘记什么了？你可别吓我！"

唐悠悠："婚纱照啊，我们还没拍婚纱照呢。"

苏扬拍大腿："对啊，怎么把这个忘了呢，太不应该了。"

唐悠悠："怎么办？"

苏扬："现在想拍也来不及了，要不等结婚之后再拍吧，反正我们求婚仪式也没做，蜜月也得延迟，到时候三项合并如何？"

唐悠悠郁闷："不行，没这么弄的，其他还能拖，但婚纱照必须先拍好，明天我就去找地儿。"

苏扬："找地儿？拜托，你该不会连婚纱照都想自己拍吧。"

唐悠悠："这个我可不行，得找个口碑好，实力强，最重要是收费还合理的影楼，我现在就上网查。"

苏扬："那你先把汤喝了，补补。"

唐悠悠："完全没心情，等查好了再喝。"

结果又查到半夜，汤凉了，苏扬就去热，热了好几回，到临了也没喝完。

第二天一大早唐悠悠拉着苏扬去婚纱摄影机构，昨夜她从上百家里精选了七八家，计划用一天时间全部拜访完，这几乎是不可能完成的任务，但真的没时间了。苏扬就记得那天自己开了一天的车，唐悠悠一路都在催促快点儿再快点儿，然后每到一个地方唐悠悠就挺着大肚子冲进去和客服开门见山将自己想法和要求吧啦吧啦说出来然后问行不行。大多数影楼都无法接这种急活儿，何况唐悠悠的要求还非常高且多，只有两三家表示可以考虑，但需要加钱。唐悠悠和这几家又是一阵深入谈判，最后好说歹说，费尽思量才算搞定了一家，不但完全不加钱，而且还能给一个很大的折扣，只要唐悠悠能将他们的品牌logo放到自己公司出版的书上，这对唐悠悠来说太容易了，而且没有成本，等于资源互换，皆大欢喜。

那天回家时已经九点多了，回去的车上唐悠悠一直说肚子疼。苏扬边开车边抱怨为了省点儿钱费这么大事至于嘛，他们要加钱就加呗，有这时间睡觉多好。唐悠悠捂着肚子得意地说："当然至于了，这些钱我根本不在乎，但我就喜欢征服别人的感觉。"

苏扬心想这下总得太平了吧，结果还没进家门，唐悠悠又改主意了，因为原本考虑时间太紧张，她答应影楼的建议只在京郊取景，可这一路她越想越不对劲觉得还是得到海边拍摄，否则肯定会有遗憾。苏扬都生气了说："算了吧，你就别折腾了，我都快受不了了。"唐悠悠不听还是坚持给影楼经理打电话，结果经理一听就炸毛了，电话里一阵抱怨："唐小姐，我们有自己规范的产品结构，不可能因为你的要求随意更改。再说了，我们明明已经谈好了，我这边都已经通知外景合作方了，你现在一变，我们所有流程都要变，没这么做事的。"

苏扬听到了都在旁边附和："是啊，太麻烦了，还是别变了，京郊也不错，有山有水有人家，不就是拍套婚纱照嘛，只要人没变，哪儿都差不多。"

唐悠悠最不怕的就是和人理论，她等对方宣泄完情绪后开始说自己的想法，磨叽了大半个小时。苏扬就眼睁睁看着唐悠悠再次说服对方——接受自己的所有要求。而且不是去附近北戴河，而是去三亚。

回到家后唐悠悠顾不上肚子越来越疼了又趴在电脑前折腾到半夜，才算将一行十几个人的机票和酒店全部落实。最后几乎是爬到卧室的，结果上床一看苏扬正瞪大着眼睛看着自己。

唐悠悠："你怎么还没睡？我快累死了。"

苏扬说："你不累死才怪。没你这样的。"

唐悠悠知道他生自己气，只是太累了不想理会，刚躺下就听到苏扬严厉地说："唐悠悠，你知不知道孕妇不能坐飞机，对孩子很不好的。"

唐悠悠闭着眼睛说："无稽之谈，我的身体我知道。"

苏扬又说："你知道个屁，现在一阵风都能把你吹倒。你这样折腾对孩子不负责任，对我也不负责任。"

唐悠悠说："那我也得先对自己负责任了。"

苏扬："好吧，我能说其实你有强迫症吗？而且不轻，得治，否则会日趋加重的，等你到了更年期就会病入膏肓，到时候你肯定能把我活活折磨死。"

唐悠悠："怎么着，还没结婚就开始害怕了？这婚还结不？"

苏扬不说话了，他真的很生气，可是他更怕唐悠悠也生气。

唐悠悠加重了口气："到底结不结了？不结我就去把票全退了。"

苏扬："结。"

唐悠悠："结就快睡觉。"

苏扬气鼓鼓地转过身子。

或许是觉得自己太过分了，唐悠悠很快主动拉了拉苏扬的胳膊。

唐悠悠："老公，我也知道我折腾，我也知道我烦人，我也知道我太累了，我比谁都累。可是我真的不全部是为了自己，你答应过给我一个完美的婚礼，可是你做得到吗？我不怪你，你没这个能力，只要你有这个心就好，可我不能眼睁睁看着问题那么多也坐视不理啊，婚姻不是两个人的事嘛，你可以少做一点，但你也别说风凉话啊！“

苏扬心疼，转过身，将胳膊伸平，唐悠悠惬意地枕在上面。

苏扬：“好了，算我错了。我只是舍不得你，害怕你累着了，害怕出事，你可以说我这人太婆婆妈妈不像个男人，可是我心里真的就只想这么多事儿。你要理解我，答应我，别再累着了，行吗？”

唐悠悠点头：“这不都已经忙好了吗，接下去就是拍婚纱照，三亚风景不错的，就当去旅游了。”

要是原来苏扬肯定会因为这句话特别兴奋，可是他知道这是绝对不可能的，所以他只是温柔地抚摸着唐悠悠的肚子，然后关灯说：“快睡吧，再过几天就能好好休息了。”

正如苏扬所料，三亚之行完全没有半点儿旅游的意思，首先时间特别赶，来回加上拍摄统共三天时间，其次唐悠悠现场又有很多想法，并且一定要实现，整支拍摄队伍最后累到崩溃。回到首都机场时影楼经理对唐悠悠说：“唐小姐，你是我进入这行二十年来见过最较真的顾客，不容易。”

苏扬：“你是说她最龟毛吧。”

经理冲苏扬笑笑：“最厉害的还是你，我们几天就受不了了，您得一辈子。”

苏扬点头：“习惯了，习惯了。”

“好啦，你俩别惺惺相惜了。”唐悠悠对影楼经理说：“这几天你们辛苦了，不过还得辛苦两天，我等你们修完片子然后过去选。”

经理：“放心吧，您的活儿我们一分钟都不敢拉下，今夜我们通宵干活，争取后天就能看片选片。”

苏扬掐指头算：“后天也就是我们结婚前一天，赶趟。”

唐悠悠也长叹了口气：“是啊，一件事赶着另外一件事，太不容易了。等过几天都完事后，我就真的能好好休息了。”

回到家后苏扬催唐悠悠赶紧补觉，唐悠悠却怎么也睡不着，大脑里面乱七八糟全是事儿了，很快肚子又开始隐隐作痛，她到厕所一看竟然有轻微的出血，唐悠悠虽然很紧张，但自忖问题不大，也不想告诉苏扬，怕他知道了又是各种折腾耽误事，她就想甭管发生什么也得将这几天捱过去，等结完婚了再好好休整。

第三天一大早唐悠悠和苏扬过去影楼选片，看到婚纱照的时候唐悠悠觉得之前所有的辛劳都值得，确实非常非常漂亮，张张都舍不得放弃。苏扬也很激动，在原来的套餐基础上又多花了两万元，多买了几十张。取回婚纱照后就是最忙碌的现场布置，因为酒店当天晚上也有婚庆，一直接近午夜才散场，因此苏扬他们只能临夜布置，苏扬要求唐悠悠回去休息唐悠悠坚持不从，唐悠悠说都折腾到现在了这最后一个环节不可能不亲自过问，就这样她指挥着公司二十几号人熬了一个通宵，将所有物料按照事先计划一一布置落实。一直忙到第二天清晨，唐悠悠已经累到极致，最后连站立的力量都没有了，赶紧回家眯了会儿。六点半化妆师和造型师准时登门，唐悠悠强打精神起来开始换衣、化妆，准备迎接她人生中最重要的时刻。

苏扬也忙活了整个通宵，他一直紧紧守护在唐悠悠身边，看着她疲劳至极的脸，又心疼又害怕，心中暗自祈祷千万别出什么事儿，从前天晚上开始他眼皮就跳得厉害，心里也没着没落地慌张。最后直到唐悠悠回家后才稍微放下心，他还没时间休息，因为要联络车队、现场摄影以及招待亲朋。上午所有的事儿都得他亲自负责了，还好唐悠悠之前将一切都安排妥当，所有的环节虽然忙碌但没有出乱。上午十点，苏扬坐上了劳斯莱斯的婚车，率领数十辆豪车组成的车队，从酒店出发，回家接亲。

坐在车里，苏扬很疲劳也很兴奋，他强行闭上眼睛休息，脑海里却不停浮现出这些年他和唐悠悠一起走过的日子，从雨中邂逅一直到现在，真的太不容易了，苏扬心想等婚后自己一定要加倍对她好，一定不能让她生气、受伤、后悔，一定要让她知道选择自己是最正确的选择。

苏扬甚至看到了他和唐悠悠一起拉着孩子在阳光下草地上奔跑，他们的孩子很漂亮也很健康，都会说话了，想到这里苏扬嘴角情不自禁流露出笑容。

苏扬睁开眼睛，看着窗外，就快到家了，再过几分钟，他就可以迎娶他最爱的女人了。

电话突然响起，是公司财务王姐，唐悠悠看她心细，一直让她陪在自己身边，负责女方相关事宜。

苏扬心想肯定是等不及了问车队什么时候到，赶紧接起来，还没说话就听到小王颤抖的声音："苏总你现在到哪儿了？唐总说肚子特别疼，还流血了，你赶紧回来看看啊！"

苏扬吓得魂飞魄散，赶紧请司机加速。等到家后发现唐悠悠已经被搀扶到了床上，脸色煞白，双手捂着肚子，眼睛紧闭着，不停呻吟着，豆大的汗珠从浓妆的脸上大颗滚下。

苏扬赶紧上前拉住唐悠悠的手："悠悠，你怎么了？你别吓我啊！"

唐悠悠用力睁开眼："好疼啊，我得先歇会儿，一会儿就好。"

苏扬看了一眼唐悠悠的腹部，发现床单已经被染红了一大块。

小王吓得哆嗦了："唐总……这该不是……快生了吧。"

苏扬来不及思考，赶紧一把抱起唐悠悠向外面冲。边冲边对小王说：“我现在去医院，你先通知相关人婚礼延时，具体情况等我通知。”

小王点头：“放心吧苏总，我知道怎么做，你快去医院吧。”

唐悠悠还挣扎：“我不去，等结完婚再去，我还能忍。”

苏扬根本不听，抱着唐悠悠冲进婚车，然后对司机说：“快，快去最近的妇产医院。”

从家到医院不过十几分钟，唐悠悠已经痛得晕了过去，血已经将婚纱下摆全部染红，车座上也已鲜血淋漓，也不知道流了多少血。唐悠悠很快被推进急诊室，没几分钟医生就确认是早产，而且难产，虽然宫颈已经开了三指，满足了生产条件，可是胎儿的肩被子宫颈卡住了导致大出血，婴儿现在处于窒息状态。

苏扬几乎咆哮着哀求：“求求你们快救救他们啊！”

医生很慎重地对苏扬说：“现在这种情况是，如果要婴儿，必须进行剖腹产，但孕妇很可能会流血过度而死亡，如果要止血救大人，那么婴儿就将因窒息太久而无法存活。”

苏扬听后完全懵了，他曾很多次从影视剧和文学作品里看到过关于保大人还是保小孩的桥段，觉得太狗血，可是怎么也没想到这么狗血的抉择竟然真真切切发生在自己眼前。

现在，他来不及感慨，他必须要快速抉择，耽误一分一秒都不行。

苏扬颤抖着问：“可以两个都保吗？求你了。”

医生加重了口气：“现在不是讨价还价的时候，快决定吧。”

“保——大——人。”苏扬咬着牙齿，一字一字往外蹦。

“好，那你先在协议书上签名，我们立即做手术。”医生让苏扬在协议书上签字，签字前突然问了一句：“你们结婚了吧？”

苏扬点点头，又摇摇头。

医生说：“那你签了也没用。病人父母来了吗？”

苏扬颤抖着说：“还没通知，我马上打电话。”

苏扬手足无措地拿起电话，却不知道拨什么号码。

医生说：“没时间等了，我们让病人自己选择吧。”

苏扬说：“我也想进去，求你们了。”

医生想了想，带苏扬快速走进手术室。

病床上的唐悠悠虽然已经醒过来但气若游丝，医生简单说了下情况，唐悠悠看了一眼苏扬然后说：“保小孩。”

“不！”苏扬尖叫一声，“啪”地跪倒在地，哭着对唐悠悠说：“保大人，求你了，快说保大人。”

医生也劝：“就算要保小孩也可能因为早产无法存活，你想清楚了。”

苏扬已经泣不成声：“唐悠悠，你听我说，我不能失去你的，如果你不在了我也没法活的，求求你了。”

唐悠悠用尽最后的力量点点头，然后闭上了眼睛，嘴角流露淡淡的微笑。

医生赶紧给唐悠悠做手术，全程并没有请苏扬回避，苏扬就傻傻站在一边，眼睁睁看着医生先给唐悠悠止血，然后输血，然后剖宫，最后取出死胎。

是个女婴，苏扬只看了一眼，就晕了过去。

虽然婴儿早产浑身是血，可五官依然可以分辨，长得和他无数次想象中的一模一样。

苏扬醒过来的时候发现自己也躺在了病床上，唐悠悠就躺在自己对面，此刻他们两个人都说不了话，也拉不了手，只能看着彼此，一起流泪。

那一天是苏扬终生难忘的一天，他经历了大喜至大悲，任何言语都无法形容他内心的伤痛。如梦如幻，如电如疾。佛语有云：因者能生。果者所生。有因则必有果。有果则必有因。是谓因果之理。苏扬不知道这个果是何因引发，亦或会引发何果，苏扬只知道从今天此刻开始，他的人生发生了改变，从此他将面临一个陌生的明天。

走进科学　神秘设计师
扫一扫逗趣好玩的编辑部故事等着你噢

Those hours that with gentle work did frame
The lovely gaze where every eye doth dwell,
Will play the tyrants to the very same,
And that unfair which fairly doth excel.
For never--resting time leads summer on
To hideous winter and confounds him there,
Sap check´d with frost and lusty leaves quite gone,
Beauty o´ersnow´d and bareness every where.
Then were not summer´s distillation left
A liquid prisoner pent in walls of glass,
Beauty´s effect with beauty were bereft,
Nor it nor no remembrance what it was.
But flowers distill´d though they with winter meet,
Leese but their show,their shubstance still lives sweet.

Chapter 8 无恙

黑夜像山谷
白昼像峰巅
睡吧！合上双眼
世界就与我无关

——顾城《生命幻想曲》

Those hours that with gentle work did frame
The lovely gaze where every eye doth dwell,
Will play the tyrants to the very same,
And that unfair which fairly doth excel.
For never--resting time leads summer on
To hideous winter and confounds him there,
Sap check´d with frost and lusty leaves quite gone,
Beauty o´ersnow´d and bareness every where.
Then were not summer´s distillation left
A liquid prisoner pent in walls of glass,
Beauty´s effect with beauty were bereft,
Nor it nor no remembrance what it was.
But flowers distill´d though they with winter meet,
Leese but their show,their shubstance still lives sweet.

每年的三月都是北京一年中最有希望的季节，严寒已经悄然离开，暖春即将到来，风儿吹在脸上不再那么寒冷，眼前的色彩也开始变得丰富多彩，就连路上的行人也悄然多了起来。无数鲜活的陌生面孔从北京站的出站口涌了出来，以潮水般的姿态义无反顾扑向这个庞大的城市，最终消散在方圆几百公里的各个罅隙间。每个人的眼神中都写满了恣意盎然的激情和欲望，哪怕很快迎接他们的将是各种匪夷所思的打击和否定，没关系，就算最终他们伤心失意离开，他们留下的小小空间也会很快被填满，空气中剩不下一点点儿悲伤。

出事后，苏扬终于体验到了什么叫度日如年，好不容易捱到三月，他才感觉能稍微缓口气了，紧绷僵硬的神经也放松了些。他已经忘了是如何度过这个寒冬的，只知道很难，时间仿佛凝滞变得悠长，每一分每一秒都成了煎熬。其实关于这段悲伤记忆的具体细节都被他有意屏蔽了，或许是自欺欺人，或许是天生乐观，总之他的表现挺正常——正常上下班，正常寻找图书选题，正常开策划会，正常撰写产品文案……下班后就正常回家，正常吃完饭、看会儿书再进行简单的运动，然后就正常睡觉了——说起来，他不知不觉中已经很少出去应酬了，只要有时间就在家陪唐悠悠。对了，他们搬家了，出事后第二个月他们就将原来那套房卖了，里面回忆太多，想忘都忘不了，只能离开，不过他们不想搬离望京，于是就在另外一条街道又买了一套房，面积没原来大，单价还要贵，一进一出亏了一百多万。苏扬想，用这么多钱来忘掉一些伤心过往，总是值得的吧，只是，真的能忘掉吗？

唐悠悠也很“正常”，甚至看起来比苏扬还“正常”，她原本上班时就没太多表情，因此再冷漠大家也不觉得奇怪。很多人以为她遭受如此重创怎么也得多休息几天，无论身体还是内心都非常需要，可是没有，唐悠悠第二个星期就没事人一样出现在了公司，她甚至重新穿起了职业装，仿佛之前的大肚子只是虚空一场，她走路的步伐很快，仿佛自己身体完全无碍，她说话的语速更快，仿佛她的情绪也毫无影响。有人坚定认为她只是在伪装并试图从她的眼神里寻找一丝悲伤，可他们发现自己完全徒劳无功，唐悠悠没有给他们丝毫机会，无论怜悯还是嘲笑，仿佛真的什么事都没发生一样。

可是，她怎么可能不悲伤？对女人而言没有一件事比失去孩子更痛心，哪怕是早夭的婴儿，她们血肉相连早已融为一体，这种悲痛没有第二个人可以体味。不止一次苏扬被唐悠悠的哭声惊醒，那往往是在午夜时分，那时的唐悠悠没有任何防备，她甚至还在睡梦中，就不停地哭，眼泪已经将枕巾打湿，苏扬摇醒她结果她哭得更厉害了，她边哭边说：“不要叫醒我，我刚在梦里见到我们的孩子了，我要给她喂奶，我还要给她洗澡，给她唱歌，穿衣打扮，求求你，不要叫醒我。”

苏扬也立即流下热泪，可他再难受也不能表现出来，他能做的只是紧紧搂住她，然后轻轻拍打着她的后背，哄她再次入眠，就像照顾一个婴儿。也只有在那个时候，苏扬才会明白，倔强的唐悠悠其实比谁都更脆弱。

对了，唐悠悠还有一个挺大的变化，那就是开始有心向佛了。虽然还不能称之为信仰，但她会高度关心这方面的信息资料，经常阅读一些佛家经典，聆听一些佛教音乐，还会定期去寺庙参拜，并且完全不食荤，以及经常参加放生活动。

所有的这些变化只有苏扬看在眼里，他完全没有半点干涉，只会默默支持。他甚至很少和唐悠悠讨论这些变化，害怕由此又会谈及那个让他俩伤心欲绝的疼痛。苏扬意识到其实这半年自己和唐悠悠的交流并不多，虽然两个人依然很默契，但不会像过去那样腻腻歪歪了，不会说什么甜言蜜语，更不会对未来有什么美好期许。虽然两个人依然很恩爱，但更多变成了精神上的互动和支持，好像是风雨同舟的——伙伴。

苏扬知道他们其实都害怕，怕表现得太幸福，结果就会太荒谬。

生活变得前所未有的平淡，苏扬以为这种平淡会持续很多年，说不定会持续一辈子。

他突然理解自己年少时经常看到大街上迎面而来的中年人一脸苦大仇深的表情，当时会觉得此人活得太压抑太可笑，其实在他呆板的表情背后压抑着不为外人道的伤悲。他突然又理解小时候过年时大家族聚会，很多长辈说着说着就哭了，当时会觉得大过年的哭哭啼啼成何体统，其实每个走过岁月风霜的人们身上都有生活刻画的累累伤痕。

原来这就是人生的负担。

不止一次，苏扬心想，这件事是我二十多年来遭遇的最大打击，我不会允许自己的人生再次发生这样的悲哀。苏扬敬畏神明，却不愿事事往因果上附庸。不止一次他想如果唐悠悠不是太过劳累那么后果一定不会如此，因此对他而言他要改变的不是不吃荤，不是去放生，而是更好去掌控自己的生活。

说起来，唐悠悠的逻辑性一直比他要强，可是面对复杂人生，男人反而会更加理性。

只是，这一次苏扬依然错了，相对他跌宕的人生，这次的伤悲只不过是支开场曲。在生活面前，再强大的逻辑也无能为力。

等过了三月，天气就一天比一天暖，苏扬的心情也一天比一天好。有一天清晨醒来，他拉开厚厚的窗帘，透过落地窗户看着外面湛蓝的天空，突然觉得神清气爽，竟然又有了写诗的冲动。这对他来说简直比吃了兴奋剂还要激动。

只是，欢愉的心中很快又闪过一丝惘然，因为想到写诗就会立即想起大左，而大左已经消失三年多了，且音信全无。

他究竟去哪儿了？会不会已经死了？

苏扬下意识地拿起手机拨打大左的号码，三年来这个号码从来就没有被拨通过，这一次当然也不例外。

“唉……”苏扬深深叹了口气，表情沉痛地对着天空喃喃自语说：“兄弟啊，如果你死了，就提示我下，我好给你烧纸。如果你还没死，就早点儿回来吧，我想和你喝场大酒，换一回深醉。”

唐悠悠也醒了，她睁开眼就看到苏扬正对着天空念念有词，而且表情凝重，嘴里好像还在唠叨什么死不死的话题，吓得赶紧问：“你干什么呢？”

苏扬黯然神伤地说：“没什么，只是突然想大左了。”

唐悠悠“哦”的应了声，没再说话。刚才她还以为苏扬是在想念她们早夭的孩子呢，虽然平时唐悠悠对此事绝口不提，可她心中除了伤心外更多的是愧疚，对苏扬愧疚，因为他那么喜欢小孩，为了迎接孩子的降临他做了太多准备，却因为自己的大意和执拗而导致意外，这是她做过最失败也是最后悔的事。她很想弥补，不管付出什么代价，唐悠悠不止一次地提出再次怀孕的想法，并且在行为上身体力行，可关键时刻都被苏扬拒绝了，苏扬说她现在的身体还没恢复，等以后再说，话里虽然充满了关爱，可唐悠悠还是敏感地察觉到他的细微变化，这个变化或许连他自己都不知道，只有女人的第六感可以察觉。唐悠悠并不认为是自己太过敏感多疑，事实上她还暗示过苏扬可以继续未完的婚礼，这个和是否要孩子以及身体好坏没有关系的，可苏扬依然回答："再等等吧。"唐悠悠知道他们之间的情感缝隙不但存在了，而且比自己以为的更严重，她很难受却不知道如何去排解，她恨不得苏扬可以痛骂自己一顿，可他一句埋怨的话都没有。如果是以前她一定会再三追问苏扬究竟要等到什么时候或者他到底在顾忌什么，可现在的她变得脆弱起来，她唯一能做的就是点到为止，假装不在乎。

起床，洗漱，吃过简单的早饭，两人一起上班。纵然生活中有再多坎坷，工作也都是一个能让人心无旁骛的事情。相比两年前，实体书出版市场已经发生了巨大的变化，原来不愁卖的类型小说几乎成了滞销品，除了一些名家还在苦苦支撑，非名家的类型小说作品想畅销变得无比艰难。还好市场关上了一扇窗，又打开了一扇门，那就是励志类图书变得非常受欢迎，特别是来自欧美的励志图书更是深得国人信任，不管是《没有任何借口》还是《谁动了我的奶酪》，动辄都有数百万册的销量。对于一些大的出版公司而言想改变产品线不是一件容易的事，但对于"听风文化"这种中等规模的出版公司来说问题不大，明确了新的出版方向后苏扬和唐悠悠在短短半年内就集结了二三十个励志类的版权书，只待想好系列名称就可以整体策划包装上市了。而关于这套书系究竟叫什么名字以及整个包装风格如何，苏扬和编辑部的同事们在会议室已经连续开了好几天的策划会，那天也不例外，从中午一直开到下午，与会的每个人都各抒己见，争论得不可开交。苏扬就是有这个本领，明明自己是老板，但总能让别人愿意和他讨论，甚至争论。虽然结局往往还是以他的意见为主，但在这个纠结的过程中，他已经完成了反复思考，推翻重来，拿定主意的几大步骤。

就在会议快结束前，前台突然敲门走了进来："苏总，有人找您。"

苏扬正全神贯注对同事们阐述自己的最终想法，根本无暇理会，随口说："先带到我办公室。"

话音刚落，就听到外面有人大声嚷嚷："我勒个去，这么多年没见了，苏扬你还不出门相迎？成何体统啊！"

四座哗然，却看到苏扬突然从座位上弹了起来，然后冲到了会议室门口，然后和一个流浪汉紧紧拥抱了起来。

苏扬："大左，你他妈没死啊！"

"死？什么情况？"大左一脸愕然："请问基于我还没死这个事实您是高兴呢还是不高兴呢？"

苏扬："操，当然高兴了，我跟你说啊，我今儿个早上还想起你了呢，太神奇了，你啥时候回来的？"

大左摇头晃脑："请问，你是问我什么时候回北京还是什么时候到你这里？这样说吧，到北京应该是三个小时前，到你这里应该三分钟前，不，五分钟前，回答完毕。"

"好啦，你他妈还是老样子，太磨叽了。"苏扬特高兴："快说你这些年去哪儿了？我结婚前各种找你都找不到，就差打110了。"

大左："打什么都没戏，当我决定与这个世界隔绝，那么没有人可以寻觅我的踪迹，我是自由的，不可侵犯的——我操，你结婚啦，你有病啊，那么早结婚干吗？不会已经有娃了吧，在哪儿呢，快叫出来见见他大大。"

苏扬有点儿尴尬："没结成，差一点。"

大左："那就对了，也就是说，你现在也是自由的，对不对？"

苏扬点点头，他发现唐悠悠也过来了，脸色很不好看，知道大左刚才的话刺痛她了，赶紧打圆场："悠悠，大左回来啦！"

大左看到唐悠悠后立即张开双臂要拥抱："唐悠悠啊唐悠悠，时间如梭时光似箭，咱一晃有三年没见了吧，怎么样，是不是特想我？"

四周的员工都看傻了，心想这位大叔何方神圣，和苏总没大没小就算了，怎么和我们的女魔头唐总也可以随便开玩笑。

唐悠悠赶紧伸出手和大左简单握了下，硬挤出一丝笑容："你好，我们去办公室再聊吧。"然后转身冷冰冰对员工说："你们别愣着啊，赶紧继续开会。"

几秒钟不到，围观的员工们就消失殆尽，各归各位。

去苏扬办公室的路上，大左东张西望，不停感叹："不得了，短短几年不见，你们的事业做这么大了，人都这么多了，看来当年我对你们的祝福起作用了。对了苏扬，你们这儿还有没结婚的女编辑吗？给我介绍一个呗，最近我感情处于空窗期了。"

苏扬搂着大左："太多了，别说一个，一打都没问题。"

大左眼睛鼻子笑得挤到了一起："操，太牛了，我看行。"

等到了苏扬办公室，大左先一屁股坐在苏扬的老板椅上，脚用力一蹬然后整个人转了起来，接着蹦到书柜前，看着琳琅满目的书啧啧惊叹："这些书，都是你们出的？"

苏扬："嗯，这只是一部分，还有好多装不下。"

大左："出了这么多书，肯定没少赚钱吧。"

苏扬："还行，养家糊口没问题。"

大左："别谦虚了，我又不跟你借钱。对了，这些年得亏你每个月给我几千块零用钱，你不会问我要吧？"

唐悠悠“咦”了一声瞪着眼看着苏扬。

苏扬立即慌了神，他每个月固定给大左钱的事没告诉过唐悠悠，真没想到这家伙一来就捅娄子。

苏扬想转移话题：“快说说这些年你都去哪儿了，肯定发生不少好玩的事吧。”

没想大左根本不接话，继续哪壶不开提哪壶：“事儿回头我慢慢跟你说，反正这次回来我就不走了。继续说你给我钱的事啊，我估计这事唐悠悠你肯定不知道，按照我对你的理解，现在你肯定将苏扬这家伙凌迟的心都有了，不过你不能这么做，为啥，啊，因为当年苏扬说给我钱的时候我承诺不能白要，对吧，咱虽然贪婪，但还有道义，这人生在世，必须讲道理，哎，我说你们这里能抽烟不，不抽烟话说不完整，憋死我了。”

唐悠悠摇头，苏扬点头。

大左惬意地掏出烟，点燃，美美地吸了两口：“我不管，你俩有一个同意那就行。好，我继续说啊，当年我承诺苏扬，一定要写一部惊天地泣鬼神的作品，关于这个时代的文明，关于人类的自由，更关于我们的民生和民主。你刚才不是问我这几年干吗去了吗？我干了很多事，但也可以说就干了一件事，那就是——写作，真他妈不容易啊，我这三年头悬梁锥刺股一直笔耕不辍，目标是写够十万字，不多吧，可是我想说，就这十万字，已经将我对人类好历史的大思考全部囊括。而且里面太多前所未闻的真知灼见，可谓蔚为大观，辉煌灿烂。我这人不爱吹牛，但我现在就特自信地说一句，等我这书出版了，那必须前无古人后无来者必须是超级畅销书。苏扬，你说现在的书卖多少本才叫超级畅销书？”

苏扬：“至少一百万册吧。”

大左瞪眼睛：“一百万册？那对我的书是侮辱，我非常坦然地预言一次，我这书，至少——一千万册。”

苏扬：“我擦，那是《资本论》。”

大左：“《资本论》怎么了？我这书的精神内涵不亚于任何书。你想想如果我这书给你们出版了，你们得赚多少钱？相比你这些年给我的小二十万块钱，是不是赚大发了，哈哈哈！”

唐悠悠实在听不下去了，冷冰冰地说：“你们继续聊吧，我还有点儿事。”

大左挥挥手：“行，你去吧，晚上多弄几个菜请我吃饭。”

苏扬赶紧说：“不要了，晚上去饭店，我等会儿就叫傻强。”

大左：“傻强？很熟悉的名字嘛？人还是动物？”

苏扬：“操，傻强是我们最好的兄弟。”

大左：“这样啊，我说似曾相识呢，不过那并不重要，我继续说我的书啊。是这样的，鉴于我的作品实在博大精深，如果你第一遍读我的书，你会觉得只是一些诗歌和散文，错，这个理解太肤浅，你必须第二遍读，你会发现其实你读的是小说，又错，依然肤浅，你必须第三遍读，你才能明白我真正的表达，这还是对有智商的人而言，智商不行的人不读个四遍五遍绝对不明白，为了达到这种境界，我十易其稿，太他妈痛苦了。”

苏扬连连点头：“打住，打住，你先少说两句，你刚才说要写十万字，都写好了吧？”

大左：“差不多了，估计有五六万字，不，三四万字了吧。”

苏扬：“到底他妈多少字？“

大左：“两三万字。”

苏扬：“那还不差七八万字吗？你这几年到底都干什么去了。”

大左：“精益求精，我头悬梁锥刺股十易其稿……”

苏扬："好了，我明白了，我们聊点儿别的——我擦，你好像长又胖了些，真搞笑，哈哈哈！"

人左："为什么我就不能变得更胖？难道长胖是你这种资本家的权利吗？那我就要用身体来反抗你们的罪孽——操，差点儿被你成功转移话题了，小样变聪明了嘛，我说哥们你别以为我和你开玩笑，告诉你我是认真的，你别看我才写了一两万字，后面的内容早就在我脑子里了，无非是敲出来那么简单。这些年我除了勤于创作，还在思考我的未来，究竟应该何去何从，我费尽思量终于想明白了，那就是兄弟情比金坚，我知道以前我太桀骜不驯爱自由，让一心想追随我的你费了不少心，ok，我决定改正，不再让你失望了。"

大左话说一半，深情看着苏扬。

苏扬："所以呢？"

大左："所以我决定回来，并且决定再也不离开你了，我决定和你一起创业，一起奋斗。我写书，你出版，我们兄弟齐心，双剑合璧，华山论剑，天下无敌，哇哈哈哈哈，好牛x啊！"

苏扬也跟着大笑："我明白啦！"

大左眼睛都笑没了："明白了吧。"

苏扬突然收起笑容："明白了，你他妈疯了。"

大左："你怎么知道的？老实说，我一直怀疑自己是不是神经病了。"

苏扬："行了，咱啥也别说了。还是先喝酒吧，你丫是众人清醒你独醉，只有喝醉了你才能说几句人话。"

大左："好，精辟。可是我书的事到底怎么办？"

苏扬："那个太简单了，只要你能写出来，我就保证给你出版了，至于到底能卖多少，咱先别画大饼。"

大左："成交，不过我还有个事儿，那就是从现在开始，我吃你的，穿你的，你得养我。"

苏扬："绝对没意见。"

大左："那唐悠悠呢，她有意见怎么办？"

苏扬："她管不着。"

大左："霸气，颇有我风范，走，咱喝酒去。"

苏扬和大左到唐悠悠办公室叫唐悠悠一起吃饭，唐悠悠推脱晚上还要加班，不去了。

大左很高兴地和唐悠悠挥手告别："太好了，有你在我们聊天还不方便呢，告诉你，我和苏扬有老多秘密了。"

苏扬赶紧打断大左："悠悠你别听他胡说八道，我的事你全知道，好了，我们先走了，你晚上记得按时吃饭，工作处理好了就立即回家，我也会早点儿回去的。"

唐悠悠点头："我知道，你晚上好好玩，不要担心我。"

苏扬和大左离开后，唐悠悠久久凝视着门口，长叹了口气，表情一片落寞。

去酒店的路上，苏扬给傻强打电话，说大左回来了，让他晚上一起来吃饭。

傻强："大左回来了？擦，我以为丫死了呢！"

苏扬："可不，我也以为他死了，可现在他又出现了，而且活得倍儿健康。你要是不信就赶紧过来。"

傻强："不行啊，今儿个我是真去不了，我晚上得陪我们总监去见一个大牛客户，明年我们频道的广告费就看他了。"

苏扬："你丫能不能别那么现实？总监天天陪，大左你都几年没见了。"

傻强："话是这么说，可大左没总监重要啊——对了，大左现在干什么呢，该不会也发财了吧？"

苏扬："看样子不太像。"

傻强："那就更不能见了，我现在时间很宝贵的，绝对不能浪费在无意义的事情上。"

苏扬生气了："去你妈的傻强，瞧你那副铜臭样。"

大左也听到了，对着电话骂："傻强，你丫一边儿玩儿去，今晚不来，这辈子都别让老子看见你，否则老子砍死你。"

傻强也觉得自己有点儿过了，赶紧嘴软："开玩笑呢这不。这样，你们先喝起来，我要是赶得及就过去，要是来不及就下次再说，下次我请客。好了，就先这样啊，我得去开个小会了，拜拜。"

苏扬对着手机狠狠地骂了一句："真他妈孙子，丫怎么进化成这副德行了！"

大左："得，丫不来最好，丫现在和咱不是一路人了，苏扬我跟你说，你谁都别叫了，就咱俩喝，咱一醉方休。"

苏扬一脚猛踩油门："一言为定，不醉不归。"

虽然只有两个人，但苏扬还是任性地在一家豪华会所里开了间包房，光服务员就有四个，服务费至少八百块。虽然只有两个人，苏扬还是任性地点了最贵的菜，摆满了一大桌哪怕根本都吃不掉。苏扬深情地对大左说："大左，你是我最好的兄弟，拥有我人生最快乐的一段记忆，所以我要把最好的菜，最好的酒留给你。"

大左拍手："好久听不到如此美妙的人类语言了，果然有钱就是任性啊。”

苏扬挥手：“今晚我们不谈钱，谈理想。”

大左：“好啊，现实骨感，理想丰满，今晚就让理想把贫瘠的你我丰沛。”

俩人举杯相碰，相视而笑，一口饮尽。那天晚上也不知道喝了多久，喝高了就开始回忆往事，回忆兴奋了就开始朗诵诗歌，边朗诵边拍掌大笑，苏扬感觉自己好久没这么高兴过了，大左宛如一滴甘露，适时滋润了他干涸的内心。

只是苏扬笑着笑着突然哭了起来，而且越哭越大声，越哭越伤心。

一边伺候的服务员们都看傻了，以为遇到神经病呢，忙问大左这是怎么了，大左笃定地说：“别理他，让他尽情地哭，这是我们诗人表达复杂情感的一种方法。”

苏扬边哭边说：“大左，你他妈回来就太好了，从此我就不会那么孤独了。”

大左反而不激动了，夹了一口菜放在嘴里慢慢咀嚼，然后喝下一杯酒才问：“你孤独？为什么，你和唐悠悠在一起不是很幸福吗？”

苏扬：“有些事，别人不会明白，有些苦，只能自己承受。”

大左点头：“我知道了——你肯定出轨了。”

苏扬摇头：“那是绝对不可能的事。”

大左：“那你就是不爱唐悠悠了。”

苏扬又哭了：“看来你真的不了解我啊！就是因为太爱唐悠悠，太怕她受伤，所以才会那么压抑。”

大左：“那你打算怎么办？”

苏扬：“什么办法都没有，这就是命，这辈子只能这样了。”

大左：“生命不息，折腾不止，绝对不能认命。”

苏扬：“喝酒喝酒，啥也不说了，反正以后有你在，我不爽了就能吐槽了。”

大左：“那你是把我当你的情绪垃圾桶了——我的荣幸。”

苏扬：“好兄弟。”

大左：“不过作为交换，你得好好伺候我，明天你就给我租套公寓吧，我打算再花半年时间闭关创作，如何？”

苏扬：“绝对没问题，就给你租在我家附近如何？这样我们随时都能见面，就好像大学那样。”

大左：“我没意见，就怕唐悠悠不乐意。”

苏扬：“操，都说了，她管不着。”

大左：“纯爷们，杠杠的，感觉大学时代的你又回来了。”

苏扬：“错，是从未离开，只是蛰伏，冬天走了，我也该苏醒了。”

大左举杯：“说得好，come on，庆祝你的苏醒，也庆祝我的回归，我们干杯！”

酒过三巡，菜过五味。俩人都喝高了，只是兴致更高，端着酒瓶不想放。

大左：“苏扬，老实说，我他妈以为你有钱就变了呢，没想到你他妈一点儿都没变，真他妈好。”

苏扬：“我真的一点儿都没变吗？”

大左：“没变没变，我们都他妈没变，依然纯粹，依然自由，依然将每天当成最后一天去过活和挥霍。”

苏扬用手指着大左，红着脸，眼珠子都快瞪出来了，一边打嗝一边说：“说得好，大左你给我听清楚了，就在今天，在你重新出现之前，我不但变了，而且变得面目全非，我恐惧过，难受过，恍惚过，迟疑过，却从来没有反抗过，因为我反抗不了，直到你突然出现，我所有青春的记忆都呼啸而来，让我明白其实我一直在背叛自我，我并非真正地快乐，这和赚钱多少一根毛都没关系。所以现在你回来了，我一定会拼命想重新过那种贫穷却快乐的生活，张开我身体所有毛孔去感受逝去的年少时光，因为我知道用不了很久，我还得归回那条我不喜欢的生活轨迹，并且再也无法回来。”

大左：“我能说我没听懂吗？”

苏扬：“操，随便！”

大左：“哈哈，骗你的，我如此绝顶聪慧怎么可能听不懂。不过我不赞同你的结论，什么叫回不来？为什么回不来？为什么不能选择自己最喜欢的方式过一生？为什么要忍辱负重委曲求全，到底有什么舍不得放不下？”

苏扬仰脖喝酒：“是啊，到底什么舍不得，放不下呢？为什么就不能忠于自己内心呢？”

大左：“你别用疑问句了，弄得跟真的一样，你心中比谁都清楚到底放不下什么。”

苏扬不说话了，他愣好半天才缓缓说：“虽然我放不下，但我可以不顺从，我可以负隅顽抗，直到缴械投降。”

大左：“要是牺牲了就更好了，我以我血荐轩辕。”

苏扬哑然失笑：“那我做不到，兄弟啊，我是有牵挂的人，我做不到的。来，喝酒吧，今朝有酒今朝醉，快活一天是一天。”

苏扬说到做到，第二天就在自家小区给大左租了一套房作为他的生活和工作室，三室两厅两卫还带一个超大露台，还买好了全套家具和电脑，供大左安心写作。这件事他没瞒着唐悠悠，因为根本瞒不住，而且他也不觉得有什么好忌讳的。正如他说的那样，这事儿唐悠悠管不着，不是他变强势了，而是他开始不那么在乎唐悠悠的情绪了，苏扬心想她除了生气还能怎样呢？虽然我不想她不开心，但我也没有道理让自己不开心的。说来说去，以前的我就是太迁就她了，否则也不会发生那么多遗憾的事。

而唐悠悠知道后虽然意见很大，但还是努力控制住没生气，只是反问苏扬是不是真的相信大左能写出什么畅销书。苏扬说："那不重要，重要的是我最好的朋友在身边，我很舒服。"唐悠悠不再多问了，心想就当一个月花一万块钱买他高兴算了。

唐悠悠本以为苏扬最多是下班后去找大左玩会儿，没想到大左搬来后苏扬白天也不去公司了，恨不得吃喝拉撒都和大左在一起，开始还比较收敛，红着脸吞吞吐吐说想去找大左聊会儿天，没过两天干脆出门直奔大左那儿，唐悠悠问他几点回家还说不知道。唐悠悠很不舒服，觉得苏扬荒废时间，还有点儿嫉妒，这些年来他们的生活虽然也有坎坷矛盾，但都是内部的，隐形的，从来没有闯入者，虽然这次的闯入者不是女人，但唐悠悠依然很不爽，她一直不喜欢大左，大左的生活态度是她完全的对立面，如果不是因为苏扬，唐悠悠一辈子都不愿意大左这样活得很荒诞的人说一句话，几年前大左离开时她暗自庆幸生活中的负能量终于消失了，却怎么也没想到现在这个负能量不但回来了，而且还进一步融进了自己的生活中。

唐悠悠告诫自己一定要忍，苏扬应该只是太久没见大左，一时任性，过段时间他自然会重回正轨，毕竟他现在有事业有家室了，他不是一个玩物丧志没责任的人，想到这里唐悠悠心口突然一疼，两个人应该结婚了才能成为家庭吧，我们虽然一直在一起，可是我们还是没有能够给对方一个家。

这边唐悠悠心中千军万马做着思想斗争，那边苏扬和大左每天都玩得不亦乐乎。喝酒、吹牛、打牌、打游戏、看黄碟，做的全是他们大学时候的那些事儿，后来苏扬觉得不过瘾提议将留在北京的大学同学都叫过来玩，大左一拍桌子说：“好啊，最好多叫点儿女生，特别是当年拒绝过我的女生，好让她们看看我们现在是多么气派，后悔死，哈哈。”苏扬说：“我去，那得多少女孩啊，你大学上了整整六年，六年啊尼玛。”

就这样，聚集在苏扬和大左身边的人越来越多，开始是他们的同班同学，到后来是同学的朋友，再后来都不知道是哪里的人，苏扬来者不拒，大办流水席，而且统统管吃管住，夜夜笙歌，房间里住不下就到附近酒店开房，多少钱都无所谓。大左充分发挥主人公精神，对所有人号召：“大家请尽情吃，尽情喝，吃不掉喝不下就尽情拿，争取将这个土豪吃穷了。”

苏扬哈哈大笑说：“吃吧，喝吧，拿吧，生不带来，死不带去，我的本来不是我的，我的全是你们的。”

苏扬是真高兴啊，这才是他真正想要的生活，好像致幻剂，那么不真实，却那么快活。

苏扬的动态唐悠悠掌握的一清二楚，她忍了一天，两天，三天，四天……一个星期后，她终于忍不住了，决定和苏扬好好谈谈。拿定主意后唐悠悠那天干等到半夜才等到苏扬回来，苏扬显然已经喝高了，这点唐悠悠不奇怪，事实上过去的一个多星期苏扬几乎夜夜醉酒，回到家倒头便睡。只是这次唐悠悠没像往常那样端茶倒水帮他解酒，而是冷眼看着躺在沙发上傻笑的苏扬，冷不丁问：“高兴吧！”

苏扬边傻笑边认真说：“特别高兴。”

“我不高兴。”唐悠悠突然加重声音质疑：“你这是干什么呢？一个大左还不够你折腾，还要拉来一群人。”

“嘘，小声点！”苏扬将手指放在嘴边做了一个禁言的姿势说：“我不干吗，我只是想祭奠逝去的青春，故人越多青春就越完整！”

唐悠悠：“可是你的青春里不应该也有我吗？”

苏扬：“对啊，不但有你，而且你是最重要的那个人呢。可是你根本不可能和我一起疯，一起耍，因为在你眼中，我一定太虚度光阴，太浪费生命了，简直不可理喻。”

唐悠悠负气：“我还以为你不知道。”

苏扬：“不知道？怎么会，我那么聪明，我什么不知道？我知道你肯定不喜欢我这样的生活态度，我知道你现在很生气觉得我浪费钱不务正业，我知道你对我的举动产生了怀疑说不定对我们的未来都产生了怀疑，我什么都知道，可是我不想为难自己，因为这就是我内心真实的呼唤，所以我只能求同存异，我夹缝中求生存，我简直太聪明了，哈哈。”

“错了，我从来没怀疑过我们的未来。”唐悠悠强忍着眼泪，“看来你喝得太多了，早点儿睡吧。”

“我不想睡，我想说话。”苏扬借着酒劲儿对唐悠悠说：“我是喝了很多酒，因为酒精可以让我这样懦弱的人变得勇敢，让我直面内心的欲望。悠悠，你知道吗？大左回来的这几天是我毕业后几年来最快乐最放松的日子，你都不知道我们每天过得有多开心，我们成天喝酒，一直吹牛，还会跳舞唱歌，吟诗作乐，我们不愁吃，不愁穿，不愁没钱花，不愁被老板骂，活得就像乌托邦一样，对了，就是我一直梦寐以求的乌托邦，除了没有你，其他一切都和我想要的一模一样。”

“乌托邦，呵，这个世界上根本不存在乌托邦，顶多是逃避现实的臆想。”唐悠悠冷笑：“苏扬，这么多年我以为你成熟了很多，没想到你其实还和当年一样幼稚，甚至，变得更肤浅了。”

苏扬闭着眼睛：“随便你怎么说，我都不会生气，你有你的价值观，我也有我对人生的理解，我们两不相犯就好。”

“怎么可能两不相犯，我们……毕竟还在一起。”唐悠悠突然鼻子一酸，“我一直以为我很了解你了，我一直以为我已经改变你了，可是我突然发现，我太天真了。”

“你不是天真，你是太认真。悠悠，在我眼中，你完美无瑕，就一点不好，特别希望掌控别人，你为什么一定要去改变别人呢，难道爱就一定意味着掌控吗？难道放手就不是爱吗？”

“放手？你……想说什么？”

“啊！我不想说什么啊，只是探讨探讨嘛！”苏扬投入一个激灵，意识到唐悠悠的情绪开始不对劲了，赶紧起身柔声安慰：“好啦，咱这不是聊天嘛，可不是奔着吵架去的，你看你，太容易当真，怎么眼圈还红了呢。”

唐悠悠深呼吸了一口：“我也不想和你吵架，我只是想问你，这样的生活状态你还要过多久？”

苏扬看着唐悠悠的眼睛：“一定要回答吗？”

唐悠悠：“一定。”

苏扬：“一两个星期？或者一两个月，等过足瘾了，就会回归正常生活。”

唐悠悠：“不行。”

苏扬：“那你说。”

唐悠悠：“明天，我只能再接受一天这样的你。”

苏扬：“如果我不答应你呢？”

唐悠悠：“没有如果，这些天我想了很多，既然很多事情不能委曲求全那么就要正面面对，既然你能不顾忌我的感受让我一直难受，我同样可以，没有谁真的欠谁。”

苏扬：“你威胁我？”

“随便你怎么解读，总之这是最后通牒。过了明天，我希望我们的生活和原来一样，而这几天发生的不愉快我也可以统统忘记。”唐悠悠起身，“好了，我先去睡觉了，从现在开始的24小时，你是真正自由了，爱干吗干吗吧。”唐悠悠说完就径直回房了，不过并没有关门，也没有关灯。

苏扬则长久凝视着房间，始终不愿意走进去，最后他轻叹了口气，和衣在沙发上睡了过去。

一个死囚最痛苦的时候莫过于被执行死刑的前一天，仿佛凌迟，你无法逃避，只能倒计时，生生忍受恐惧和痛苦。

那种痛苦远非绝望可以比拟。

苏扬感觉自己现在就是一名即将被行刑的死囚，连呼吸都充满了疼痛。好不容易熬到天亮，苏扬立即垂头丧气来到大左住所，推开卧室门，将大左从被子里拉了起来。

结果发现被子里还有一姑娘，正是这几天一直过来凑热闹的一位女大学生。

大左搂着女孩对苏扬说：“是真爱，昨夜你走了后，我们突然发现已经爱上了彼此，于是又用身体继续交流。”

女孩也不害羞，问苏扬：“苏老板，今天请我们吃啥啊，我可以再带几个小姐妹过来吗？”

苏扬摇头，指着大左说：“今天不请客了，我要和他单独叙旧。”

女孩发嗲，搂着大左对苏扬说：“不要嘛，我也要参加的，我已经离不开他了，我也不许他离开我。”

大左瞪着女孩问：“你说什么？你再说一遍。”

女孩又幸福地重复："我说我爱你，我要和你在一起，永远不分开，无论你走到哪里，我都要跟着，无论你做什么，我都要参与，就好像，我是你身体里的寄生虫，好不好？"

"不，我是自由的！"大左喃喃自语，突然站起来将女孩拼命往外推，边推边嚷嚷："滚蛋吧，你真把这儿当酒店啦，你真把我当你男朋友啦？可笑之极。"

"你干什么啊？"女孩花容失色，"你怎么可以这样对我？你夜里明明说要对我负责的，你骗人。"

"操，对你负责？别他妈意淫了，我对自己都负不了责，我他妈这辈子不想对任何人负责。"大左将女孩的衣服狠狠扔到地上，"你听不懂人话吗？快滚蛋。"

女孩痛骂："大左，你他妈是神经病，禽兽不如，不得好死，生儿子没屁眼。"说完气鼓鼓穿好衣服拎起包走了，走到苏扬身边的时候也不忘骂一句："你也不是什么好东西，一丘之貉。"

苏扬被骂的猝不及防，看着女孩的身影"哎哎"了半天，然后又看着床上怒不可遏的大左问："没事吧你，干吗发这么大的火？完全没预兆有没有。"

大左看姑娘走了，愤怒的表情一下子消失，然后美美地抽了根烟："你瞧瞧她刚才都说的什么混蛋话？我没揍她算仁慈了。"

苏扬："就因为她说离不开你？要你负责？"

大左："是啊，我他妈最烦女人说这种话了，我他妈是自由的，没有人能羁绊我。"

苏扬："你有病吧，人家女孩这样说只是表示爱你。"

大左："拉倒吧，我最讨厌爱不爱的，爱意味着束缚，意味着愚昧，意味着走向自我毁灭。”

苏扬：“所以你和女孩只做爱，不恋爱？”

大左：“做爱也是一种爱的表达，是我能接受相爱的最高形式。”

苏扬：“都什么歪理邪说，我看人姑娘说的对，你他妈就是禽兽不如。”

“人本来就比不过禽兽的，在我眼中禽兽不如是一种赞许。”大左随便披了件衣服，懒洋洋地走到阳台，一屁股坐在上面的躺椅上，然后翘着脚晒太阳：“对了，为什么今天不想叫人来玩了？你不叫人来，我怎么有机会勾搭小姑娘，我该如何履行我对爱的表达？”

苏扬：“拉倒吧你，我可不愿意再给你拉皮条了。这样，今天咱兄弟俩再痛痛快快喝最后一顿，明儿我好好上班，你好好写作。”

大左从躺椅上蹦了起来：“为什么啊，这些天你不也挺快乐的嘛！”

苏扬：“我是挺爽，但有人不快乐。”

大左：“那必须是唐悠悠咯，她不爽也正常，问题是，你说过她管不着的。”

苏扬：“她是管不着，可是她给我下最后通牒了。我要是再这样下去，估计她非和我离婚不可。”

大左：“离就离呗，再说了，你们不还没结婚吗？”

苏扬：“朋友，我没你那么潇洒，我和你说过我放不下的，所以我只能负隅顽抗，直到缴械投降。而现在，这个时刻到了。好了，你可以无情地嘲笑我了，我统统照单全收。”

大左摇头：“no，no，no，我不会嘲笑你的。因为你根本不值得我嘲笑。不过，我现在倒是想和你探讨一些深层次的话题。听清楚了啊，请问，你爱唐悠悠吗？”

苏扬：“废话，这一点儿都不深奥好不好！”

大左："到底爱不爱？"

苏扬："爱啊！"

大左："有多爱？"

苏扬："超过我生命。"

大左："好，这句话暂且不深究真假，我问你，那你怕唐悠悠吗？"

苏扬："有点儿。"

大左："什么叫有点儿？怕就是怕，不怕就是不怕，到底怕不怕？"

苏扬："怕……吧。"

大左："为什么会怕？她不是你最爱的人吗？难道爱的同义词是怕？"

苏扬："我……真没想过。"

大左："是没想过，还是根本不敢想？"

苏扬："都一样。"

大左："那我来告诉你，你怕她只是因为你觉得自己配不上她。和她在一起你有深深的自卑感。你怕她更因为是发现自己活得并不快乐，因为你们根本不是一个世界的人，你们从开始结合就是个错误，这让你恐惧。"

苏扬急了："滚蛋，别他妈瞎说。"

大左："急了？急了就证明我说到你心里去了，你不是不敢面对吗？我来让你面对。"

苏扬："不说这个话题了。"

大左："好，那我继续问别的，唐悠悠爱你吗？"

苏扬："当然，毫无疑问。"

大左："那你爱唐悠悠多一点还是唐悠悠爱你多一点？"

苏扬："这个问题没意义。"

大左："非常有意义，你先回答。"

苏扬：“我爱她多，不，她更爱我吧。”

大左：“好。表面上这个问题无意义，但当有一天你和她分开时，这个问题就会变得无比重要。”

苏扬真生气了：“大左你到底啥意思？我和唐悠悠永远不会分开的，我们都快结婚了。”

大左：“可结果呢？没结成是不是。”

苏扬：“那不意外嘛？等过段时间我们会重新举办婚礼的。”

大左：“呵呵，呵呵呵，呵呵呵呵呵。”

苏扬：“啥意思你这是？”

大左很笃定地看着苏扬：“你不会再和她结婚的。”

苏扬急了：“不是，大左，你丫有病吧，还想不想喝酒了，还能不能一起愉快地玩耍了？”

大左：“你一定心虚了，全被我说中了，你用愤怒来掩饰你的慌张和恐惧，欲盖弥彰，欲盖弥彰啊！”

“有病，你丫就是嫉妒我！”苏扬气死了，真没想到大左哪壶不开提哪壶，还这么损。

没想到大左也急了：“操！我会嫉妒你？这简直是这个世纪最大的笑话。请问我嫉妒你什么？你比我有才吗？还是你比我更自由？苏扬我告诉你，别看你现在比我有钱，可那钱是你挣的吗？你没唐悠悠帮你赚钱你什么都不是，在我心中，你丫就是个小丑。得亏你还好意思问我你变了没有，上次我说你没变是骗你的，现在我告诉你，你丫不但变了，而且变得面目全非，变得自私，狭隘、贪婪，简直就是我最恶心的那种人。不光你，傻强也变了，变得更恶心，浑身散发着臭不可当的铜臭味。你们都变了，只有我大左没变，我依然是最真实的存在，和我相比，你们都是小丑。”大左情绪越来越激动，指着苏扬鼻子痛骂，“你这个小丑还好意思说我嫉妒你，有钱了不起啊？苏扬我告诉你，等我的作品出版了，我收获的成就将是你们这些小丑、寄生虫一辈子都无法企及的，你们就等着吧，操！”

究竟什么仇，究竟什么怨，苏扬怎么也没想到大左能说出这般恶毒的话，头脑发热开始本能反击：“你丫真有病，你丫除了自我意淫还有什么本事，憋了三年憋出个两万字还好意思提写作？还关于这个时代的文明，关于人类的自由呢，你丫自我催眠地挺成功的啊，这都哪儿学的本事啊！是，我的钱都是唐悠悠挣的，可要是没有我，你丫现在有酒喝有饭吃有妞泡？扯淡，我他妈最看不起你这种贪得无厌还嘴硬的货色，一个字，贱。我看你以后自称贱人算了！”

苏扬这辈子从来没这样和别人恶语相向过，他甚至以为自己根本不会吵架，因此他很奇怪自己怎么能流利说出这些话，好像此刻的思想灵魂已经不属于他。而且每说一句心中都会变得爽，脑海里还有一个声音在回荡：毁灭，全部毁灭。

而大左的抗击打能力显然不行，面对苏扬的反击他除了怒不可遏却不知如何是好，他光脚开始满屋子疯狂收拾东西，边收拾边说：“行，早知道你一直在和我演戏，这才哪儿跟哪儿就暴露了。嫌我累赘是吧，我他妈不占你便宜，我现在走，我饿死，冻死也不接受嗟来之食！”

苏扬冷冷看着大左，脑海里的“毁灭”声音越来越大了。

看着苏扬无动于衷，大左突然停了下来，指着门口对苏扬说：“不行，我不能上你的当，对你这种无信无义之徒毫无情理可讲，我不走，要走也是你走，我要留下来把我伟大的作品写完，这是对你最大的报复。就这么定了，从现在开始，你不许打扰我一分钟，不许再出现在我的视线里，你给我快滚。”

苏扬铁青着脸，一言不发往外走，刚走几步，又被大左叫停。

大左的骂声继续在他身后响起："别以为这样你就不需要再给我钱了，为了对你惩罚，你不但要继续给我生活费，而且还得加倍，直到给我把书出版了，到时候从我天价稿酬里扣除，我连本带息一起还你，我绝不欠你一分钱，我就是这么有气节，操！"

苏扬麻木地离开麻木地走到大街上，麻木地看着眼前的车水马龙，麻木地面对这个熟悉又陌生的世界。他不想回家，也不想去公司。爱人指责，兄弟发难，此刻的他没有方向，也没有目的，但他不惶恐，更不畏惧，反而很享受一个人的状态。

"就这样，我被生活抛弃了，但我依然活着，依然要面对和接受。"他边走边想，双手伸向天空。天气越来越温暖了，空中又飞满了灰白色的柳絮，那是北京春天特有的风景。苏扬心想曾经他和大左傻强还追逐过这飞舞的柳絮呢，那时候可真够傻x的，可是现在连成为傻x的力量都没有了。

在一家水果小卖铺的门口苏扬看到一个面色姣好的中年女子正在和老板争执，双方情绪都越来越激动，口角声也越来越大，苏扬听了会儿，原来中年女子给儿子买了几个苹果离开后发现店主少找了两块钱就回来要，但店主言之凿凿说肯定找钱了并且讽刺她故意讹钱，双方都坚持自己没撒谎，四周围观的人越来越多，虽然不是什么大事，但无聊的闲人太多，就当看戏打发时间。中年女子显然受过良好教育，吵架还总试图讲大道理，店主言语也越来越刻薄，对中年女子全面展开人身攻击，很快气势上就全面占了上风。中年女子说着说着突然号啕大哭起来，有人劝她为了两块钱这样劳神伤心不值得，中年女子边哭边说："我哭不是因为舍不得两块钱，我哭是因为怎么也想不到自己会变成现在这样，为了两块钱会不顾尊严廉耻在大街上和别人吵架骂娘，现在的我是曾经的自己最讨厌的模样，可是我错了吗？”

苏扬听明白了，心中涌上一股巨大的悲伤。如果是以前，他肯定会热血上前帮助这个中年女子，因为在他眼里一个人的尊严大过天，可是现在他竟然控制住了自己，并且很快走开。他终于知道自己也变了，在口口声声的誓言中不知不觉变得面目全非，变成了曾经自己的对立面，可是，他又错了吗？

苏扬突然也好想哭，他赶紧跑到一个无人的地方，蒙着头，不想看这个世界，也不想看到自己。

苏扬等自己足够冷静后回到公司，径直走到唐悠悠办公室，带着点讨好的心态对唐悠悠大声宣布：“从现在开始，我要恢复原来的生活了。“

唐悠悠正对着电脑思考，淡淡“哦”了一声。

“我和大左吵架了。”苏扬补充了一句。

“因为什么？”唐悠悠将视线移到苏扬身上，表情没有任何变化。唐悠悠只要在公司，情绪永远波澜不惊。

“价值观不同吧。其实也不是什么具体的事，挺莫名其妙的。”苏扬叹了口气，边往外走边说：“只是告诉你一声，不要再担心我。”

“好！”唐悠悠又是淡淡回答了声，继续思考自己的问题。

对于唐悠悠的反应，苏扬感到委屈，但又不知道还能说些什么，只得怅然若失地回到自己办公室，关上门和手机，拔掉电话线，不想和这个世界发生联系。站在阳台上，苏扬长久凝视着窗外的城市，脑海里不断闪回过往的画面。他明白其实大左说得没有错，他爱唐悠悠，更怕唐悠悠，因为他们确实是两个世界的人，他也不喜欢现在的生活，因为太规矩太呆板太按部就班，仿佛日历，从1月1日可以看到12月31日，然后又是漫长循环。他甚至开始后悔，如果当年没有选择她，现在可能会贫穷落魄，但一定会更自由更开心。这个可怕的念头其实由来已久，只是他一直不敢面对，所以他一直安慰自己，麻痹自己，告诉自己其实所有的选择都是英明正确的，自己简直是全世界最幸福的那个人。直到今天大左用最粗鄙的语言将之戳破，让他无法再逃避。可是面对现在的生活，他根本无法反抗，更别说放弃。他只能承受，哪怕会越来越不开心，会越来越累，也只能承受，至于何时是头，他根本不知道。

或许这就是大多数人都要接纳的生活吧，你对它再不满意再有意见可是都无能为力去改变，因为改变的结果更加无法承受。

“如果一定要将人生划分为各个阶段，那么我和我的青春彻底告别，就请从此时此刻开始。”苏扬喃喃自语，然后用力打开门，开机、插上电话线，坐到办公桌前，开始认真工作。

一个封面模特的基本素养　扫一扫逗趣好玩的编辑部故事等着你噢

Those hours that with gentle work did frame
The lovely gaze where every eye doth dwell,
Will play the tyrants to the very same,
And that unfair which fairly doth excel.
For never--resting time leads summer on
To hideous winter and confounds him there,
Sap check´d with frost and lusty leaves quite gone,
Beauty o´ersnow´d and bareness every where.
Then were not summer´s distillation left
A liquid prisoner pent in walls of glass,
Beauty´s effect with beauty were bereft,
Nor it nor no remembrance what it was.
But flowers distill´d though they with winter meet,
Leese but their show,their shubstance still lives sweet.

Chapter 9 泅渡

葡萄藤因幻想
而延伸的触丝
海浪因退缩
而耸起的背脊

——顾城《弧线》

Those hours that with gentle work did frame
The lovely gaze where every eye doth dwell,
Will play the tyrants to the very same,
And that unfair which fairly doth excel.
For never--resting time leads summer on
To hideous winter and confounds him there,
Sap check´d with frost and lusty leaves quite gone,
Beauty o´ersnow´d and bareness every where.
Then were not summer´s distillation left
A liquid prisoner pent in walls of glass,
Beauty´s effect with beauty were bereft,
Nor it nor no remembrance what it was.
But flowers distill´d though they with winter meet,
Leese but their show,their shubstance still lives sweet.

生活再次陷入平淡，半年时光很快呼啸而过。

若以半年为一个时间单位，苏扬已经经历了小60个轮回，但从来没有一次像那半年一样过的寡淡又匆匆，仿佛什么都没发生，又什么都没留下，每天都是前一天的重复，每天过的都一样。

这种生活曾经是苏扬根本无法想象和接受的，可这半年他竟然完全适应了，而且觉得理所当然，天经地义。甚至，他和唐悠悠之间的沟通也越来越少了，除了工作上还有一些交集，生活中的共同话题变得少得可怜，而且，他们已经分床休息，并且几乎完全没了夫妻生活。

仿佛都不再需要。

或者，都在逃避。

苏扬终于明白，所谓的“回到自己的原来的生活”根本就回不去了。因为他们的心已经回不去了，生活或许没有变化，但他们已经变了，在不知不觉中变了太多太多。苏扬甚至觉得自己变老了，一天照镜子，他竟然发现自己有了一根白胡子，一叶落而知秋，他吓了一跳，立即想拔掉，可手很快凝滞在空中，最终还是叹了口气，摇摇头离开。

他决定不再轻易照镜子。

他发现自己开始决定不再做的事情还挺多。有的事，他能轻易做到，有的事，他怎么也做不到。

比如他决定不再和大左联系，不再视他为兄弟，不再想他。他做不到。对于大左，虽然他也做好了今生不再相见的准备，可是他还是决定遵守承诺，每个月继续给他交房租，以及支付生活费。苏扬心想，只要他不拒绝，我就交到老，交到死。

他也曾无数次走到他给大左租的工作室门前，想敲门而入，然后所有美好的记忆全都破镜重圆。可是他最后都放弃了，他不是害怕大左会拒绝他，然后对他破口大骂将他逐出门外，他真的不怕，他只是在冲动的一瞬间突然又觉得没有必要再回到从前，现在的生活虽然冷寂无聊，但也没有过不下去，没有人寻死觅活。所以，还是算了吧。

何况，就算推门而入，那些美好的回忆也回不去了。

无论友情，还是爱情；无论大左，还是唐悠悠。生活正朝着你不可预知的方向疯狂奔跑，你除了接受，什么办法都没辙。好了你也别太欢喜，不好了也别太伤悲，得势了别太乐意，落魄了也别太较劲。

苏扬突然发现自己不光是身体老了，心态更老了。

所以他明明知道他和唐悠悠之间已经出了不小的问题，可是他并不想去修补，而是带着一种戏谑的心态想看看这道裂缝的深处到底是什么，这道裂缝又到底能变成多大的深渊，吞噬多少的誓言。

就在苏扬又一次从大左门前叹息离开，并决定从此不再过来之际，大左的门突然开了。苏扬愣了一下，第一反应竟然是赶紧走，不要让大左发觉自己，可是来不及了，大左已经从里面跑出来，并且一把紧紧将他抱住且欢呼："哎呀妈啊，我刚想去找你，你就出现了，究竟是什么力量让我们不期而遇？"

苏扬想挣脱，想辩解自己只是无意路过。可大左的力量很大，他根本无法动弹。苏扬挣扎了两下后同样用力和大左拥抱起来。透过厚厚的衣服，苏扬闻到了一股浓郁的汗臭味，很难闻，却又很熟悉，充满了怀旧的味道。那一瞬间苏扬好想哭。苏扬心想只要兄弟还在，只要这拥抱还在，所有的恩怨都可以既往不咎，所有的不悦他都能承受。无论大左说什么，他都欣然接受，无论大左做什么，他都拍手称快，可是大左突然又推开他，闪烁着纯真无邪的眼睛问苏扬："咱真的好久好久没见了，你看你都变老了。"

苏扬觉得这话怪怪的，但还是客气地说："是啊，得半年了吧。"

大左摇头："咦！什么半年，至少三四年了。操，都说一日不见如隔三秋，怎么时间到你这里还慢了呢。"

苏扬大惊："啊！你说什么？"

大左也一脸惊愕："听不懂？难道我说的不是人话吗？话说自打当年我离开这个庞大的城市后我们就一直没再见啊！"

苏扬一把推开大左："大左，你没事吧。"

"我很好啊！"大左挥舞胳膊，下腰，劈叉，还原地蹦了两下，然后很认真回答："哦，我明白了，你是说我胖了吗？中年发福，在所难免。"

苏扬："大左，你快别闹了，我最近神经有点儿衰弱。"

大左："谁他妈有闲心和你闹啊，我这次回来就是要找你谈件正事，这不刚想去找你，你自己就上门了。"

苏扬："不是大左，你说你刚回来，那半年前我他妈和谁一起成天鬼混？还有我给谁租的这房子？我他妈又和谁吵的架？"

大左翻白眼："那我哪里知道。难不成你遇到鬼了。"

苏扬瞪了大左一眼："我看有可能。好了，不说那些了，你找我干什么？"

大左一脸神秘："我写了一部惊天地，泣鬼神的巨作，有没有兴趣？"

苏扬拉长语调："必须有兴趣，你这部巨作啊，关于这个时代的文明，关于人类的自由，更关于我们的民生和民主。你这三年头悬梁锥刺股一直笔耕不辍，将你对人类和历史的思考精髓全部囊括，里面无数真知灼见，蔚为大观，辉煌灿烂。只要出版了一定会是前无古人后无来者必须是超级畅销书。"

大左："为什么我想说的话全被你说了？"

苏扬："好吧，算你演技高。我还知道你目标是写十万字，可现在统共才写了两三万字，想出版啊，还遥不可及呢。"

"错了，我已经写好十万字啦！"大左手一挥，然后从袋子里掏出一只U盘，"就在这里，十万字，一个字不多，一个字不少，代表着人类迄今最智慧的思考。哎呀妈啊，刚才吓死我了，我还以为时空出现裂痕导致思维错乱了呢，还好有你没说对的地方。"

苏扬突然拍手大笑："哈哈，我终于明白了。"

大左也拍手笑："哈哈，明白了吧。"

苏扬收起笑容："明白了，你他妈写作写成神经病了。"

大左："随便你怎么说，反正当初你承诺过只要我好好写，你就给我好好出版的，现在我写好了，下面就是你的事了。"完将他将u盘塞到苏扬面前，然后一只手伸在空中，手指还在不停动。

苏扬："这是干啥？"

大左："一手交货，一手交钱啊！你拿我的稿子去出版，然后给我预付一笔稿费，我也不多要，先给一百万吧。”

苏扬：“你疯了吧，张口就要这么多，没有。”

大左：“苏扬你有没有搞错，这明明在帮你好不好？我这稿子随便出出就是几百万册的销量，你能赚上千万的好不好？问你要一百万的预付显然是便宜你的了啊。”

苏扬：“算了，我也不跟你争了。这样，稿子我先带回去看，要是能出版，我们再说签约条件。”

大左：“你这啥意思？等于说我这煌煌巨作还不一定能出版？”

苏扬：“必须要先审稿，谁都一样——你要是觉得不爽，可以找别人。”

大左：“咱俩这么多年的兄弟了，你至于对我这么现实吗？”

苏扬：“哦，你也知道咱俩是兄弟啊，是兄弟你给我忽悠成这样？是兄弟你给我装神弄鬼？”

大左：“算了，你要审稿我也没意见，反正我对自己稿子绝对自信，要耽误也是耽误你的时间。”

苏扬收起U盘：“那就好，我先回去看了，看完后再联系你。”

大左一把拉住苏扬胳膊：“别走啊，咱这么久没见了，你怎么说也得请吃顿饭吧，我都饿了好几天了。”

苏扬：“请吃饭没问题，前提是你得先恢复正常了，行不？”

大左憋了半天，委屈地说：“行，不过你得答应我，我们所有感情都照旧，你不许对我有成见。”

苏扬笑：“行，我答应你，咱依然是好兄弟。”

大左点头：“嗯，最好的兄弟。”

苏扬起身，拍拍大左肩膀：“好了，我最好的兄弟，走吧，咱喝酒去。”

能和大左意外重归于好苏扬很是高兴，本想找个地方大喝一场，找回曾经的激情，没想到吃饭时大左还一个劲儿吹嘘自己的作品如何震古烁今，他既往不咎能让苏扬出版是苏扬至高无上的荣幸。苏扬越听越不是滋味，他本以为大左是故意装失忆好回避俩人曾经的不愉快，现在他明白自己想多了，大左之所以装疯卖傻完全是因为他稿子写好了想出版，根本就没有半点儿兄弟情义。这让苏扬非常不爽，最后干脆将酒杯一撂赌气说："要不我不吃了，现在就回去看你的巨作得了。"他以为大左会收敛些，结果大左立即眉飞色舞说："好啊，你快回去吧，剩下的饭菜你放心，我全替你给吃了。"

苏扬只得郁闷离开。回到公司，他本打算先和唐悠悠说下这事，想了想决定还是先别声张了，大左这稿子用脚趾头也能想得出来很傻很天真，随便搂两眼，然后找个借口推了就是，现在就和唐悠悠讲只会添乱，苏扬心想什么时候我变得这么不爱和唐悠悠交流的呢？自己又是什么时候变得如此现实的呢？要搁以前，不管大左写的有多low，他都会毫不犹豫帮兄弟完成这个愿望的，可现在，无论是最亲密的爱人还是最好的兄弟，他都觉得没有必要全心付出，否则只会让自己难堪委屈。

苏扬将U盘插入电脑，打开文档，漫不经心看了起来，结果刚看两行，注意力就被全部吸引了过去。大左的稿子是一篇篇杂文，水准虽然没有他说的那么夸张，观点虽然没有他说的那样振聋发聩，但也绝不乏真知灼见且态度严肃完全没有半点浮夸之气。总之，大左的稿子非常对苏扬胃口，以致他一口气看了下去，并且不停拍案叫好，一些地方的表述甚至让他感动。

苏扬突然觉得自己一直以来都冤枉了大左，没想到他竟然真的很有才华，而且在疯癫甚至邋遢的外表下竟然真的藏有一番热血和责任。

他比他更纯粹，也比他更坚持。

他已经堕落了，他还保持初心。

苏扬用了整整五个小时将大左的稿件全部读完，最后彻底被大左的才情和思想征服。他决定好好出版这本书，而且要投入全部精力，除了是对兄弟和作品本身的交代外，苏扬还知道这样的作品会给自己的公司带来非常好的口碑，其价值是其他市场畅销书所无法比拟的。其实从做出版第一天开始，苏扬就希望自己出版的图书可以有社会担当，可以受人尊敬，可以传世，这才是一个出版人最大的荣光，以前他虽然出版了很多畅销书，但其实他内心深处是鄙夷的、不自信的。而现在这样的机会终于摆在了他面前，他必须好好珍惜。

苏扬实在按捺不住自己的激动，好几次他拿起电话，想给大左打电话，将自己知道的所有赞美词语送给他，可他都控制住了。因为他知道光自己兴奋还没用，想把这本书做好，必须得到唐悠悠的赞同和支持，而唐悠悠一定不会同意出版这种市场不明朗，甚至极可能滞销的书，所以他要先说服她，然后才能再找大左商量出版事宜。

苏扬来到唐悠悠办公室，想通过自己的激情感染唐悠悠。唐悠悠一如既往正在全情工作，几个下属认真拿着笔和本记录着唐悠悠的要求。

苏扬说："不好意思打扰下，你们先出去，我和唐总说点儿事。"

下属立即知趣离开。唐悠悠看着苏扬，等他说话。

苏扬："悠悠，我想出版一本书。"

唐悠悠："你是总编，不需要和我商量的。"

苏扬："是大左的稿子。"

唐悠悠："哦，他终于写好了？"

苏扬点头："嗯，写了十万字，不算少了。"

唐悠悠：“你不是说他和你吵架了吗？怎么又出现了？”

苏扬：“两码事嘛，稿子我已经看了。”

唐悠悠：“你肯定说特别好。”

苏扬：“我……”苏扬突然发现自己这样一句一句地说节奏非常不对，不但没气势反而显得很心虚，于是赶紧将剩下的话连到一起：“是这样的，我本来以为他写的肯定特水特扯淡，可我认真一看，我擦，完全喜出望外，特别好，真的，大左的作品是我这几年看过最好的稿子，才华横溢且有思想有担当，正好符合现在主流阅读人群的需求，所以我想给他出版。”

唐悠悠冷幽幽地说：“既然你都决定了，那还来问我干什么？”

苏扬：“我怕你不开心嘛，你对他一直有成见的。”

唐悠悠：“我怎么这么不爱听你这么说呢，我对他有什么成见？我和他很熟悉吗？”

苏扬：“好了，你别生气，我就是和你打声招呼。我有数的，你先忙吧。”

苏扬心想既然她不反对就行了，多说多错，于是转身要离开，却很快被唐悠悠叫住：“你把他稿子先拿给我看看。”

苏扬迟疑：“一定要看吗？”

唐悠悠点头：“既然你在意我的感受，那么我一定要看，而且一定会认真看。”

苏扬无奈：“好吧，我发给你就是。”

回到办公室，苏扬想了想，把大左的稿子发到唐悠悠的企业信箱，以防万一，还认真附录了一段自己的审稿意见，盛赞了一番。

稿件发过去后苏扬不放心，又过去和唐悠悠叮嘱了一遍，让她快看，看完了立即和自己沟通。结果两天过去了唐悠悠始终没给自己答复，苏扬一直挺紧张，又不敢多问，第三天晚上回到家，唐悠悠和往常一样，吃过饭就敷着面膜看杂志，苏扬往常这个时候会在网上玩会儿小游戏，但那天完全没心思，围着唐悠悠转了起来。

唐悠悠被转烦了，问："你老围着我转干啥？"

苏扬："没事，运动。"

唐悠悠："想跑步可以出去，宽敞。"

苏扬："没事，这儿也挺好。"

唐悠悠："你没事，我有事儿，好烦的。"

苏扬："老婆你……"

唐悠悠："怎么了？"

苏扬："没事，我出去跑步了。"

苏扬气鼓鼓地出去了，沿着马路快步走，走得浑身大汗淋漓，郁闷的心总算平复了一点儿，刚准备停下来休息大左电话就来了，催问他稿子看得如何了？

苏扬立即捧着电话赞美了大左半个钟头。大左听到最后不耐烦了："你太过反常，看来情况不妙啊！"

苏扬："字字肺腑，一片真心。"

大左："形容词我不要听，你就说能不能给出吧。"

苏扬："必须的啊，否则我废那么多话干吗？"

大左："那为啥不主动告诉我？还要我打电话问，妈的，老子憋了好几天，差点儿没紧张出心脏病。"

苏扬："哦，我早就看完了，不过唐悠悠还在看，她审稿有点儿慢。"

大左立即警惕："为什么？你不是主编吗？难道你没有话语权。"

苏扬心也一紧，装作随意地说：“没事，因为想重点做你这本书，公司重点书都要让她看的，她管运营和销售，看了就能调动全部资源。”

大左：“我怎么感觉没那么简单，你说过你怕她的，万一她看不懂我的作品怎么办。”

苏扬被大左说的悲从中来：“我不是怕她，是尊重她，好了，你就等我好消息吧。”

大左：“行，如果你要证明自己是独立自主的男人而不是某人的附属，现在就是最好的机会，千万不要让我看轻你哦，你懂的。”

苏扬连连点头说：“好好好，我懂，等我好消息。”然后慌张将电话挂了——如果搁以前，他对于大左这样的风凉话一定会厉声反驳，可现在拜读了大左泱泱巨作后他连抵抗的勇气都没有了，感觉在精神上已经完全被大左征服了。苏扬深呼吸了一口气，决定这就回家就和唐悠悠好好沟通，如果她不同意无论付出什么代价也一定要说服她，。

家里，唐悠悠做好面膜后开始工作，每天入睡前工作两三个小时是她雷打不动的习惯。苏扬进门后又是端茶又是拿零食，然后坐到她身后，给她捶背，捏脖子。

苏扬：“老婆，舒服不，要不要我加点儿力气？”

唐悠悠无奈叹气：“你想干什么？”

苏扬谄笑：“不干吗啊，就是对老婆好呗。”

唐悠悠：“没事献殷勤，有什么事就直说吧。”

苏扬：“没事也能对老婆好啊，有事才好多傻啊！”

唐悠悠：“也是哦，说起来你真有段时间没这样了，我都不适应了，你也觉得特生分吧。”

苏扬："是是是，这事都怪我，以后我每晚都给你按摩。"

唐悠悠："那还是算了，一冷一热我都吃不消的。好了，你快说吧。"

苏扬："老婆英明，你怎么知道我肯定有事的？"

唐悠悠："你到底说不说，不说我就去睡觉了。"

苏扬："说说说，其实就是想问下大左的稿子你看了没？"

唐悠悠叹了口气，从喉咙里淡淡发声："嗯。"

苏扬屏气凝神："感觉怎么样？"

唐悠悠："不怎么样。"

苏扬："出版应该没问题吧。"

唐悠悠："肯定不能出。"

苏扬顾不上捏脖子了，将唐悠悠的椅子用力转了过来，"为什么呀？"

"为什么？你还好意思问我为什么？"唐悠悠火气一下子上来了，"你看他都写了什么？对历史各种否定，还有各种隐喻和讽刺，各种没节操没底线，有病啊！"

苏扬犹如当头棒喝，也急了："这怎么能叫不满呢？只是个体的意见而已，人活于世，难道还不允许发表意见吗？是，我们只是一介书生，可是我们不应该想着能为这个国家做点儿什么吗？为这个国家的人们做点儿什么吗？"

唐悠悠冷笑："你说的真可笑，这个国家的事有人操心，不需要你自作多情，这个国家的人们自有宿命，你做好自己就可以了，我们每个人都只需要做好自己。"

苏扬拍案而起："完全妇人之见，简直愚不可及。"

唐悠悠转过身去："随便你怎么理解，反正这书我们不能出，太冒险了。"

苏扬真急了："冒险怎么了？我告诉你，人活着就是一场冒险。唐悠悠，我问你，如果我不冒险，我能和你在一起嘛？我和你说实话吧，我从第一次见到你就觉得和你是两个世界的，我像水，你像火。我喜欢自由，你喜欢规划，我生性浪漫，你个性严谨，我热爱文学，你只看财经。我喜欢吃煎饼，你喜欢吃披萨，我喜欢喝酒，你喜欢咖啡，你说我和你有什么共同点？no，什么都没有，我一直在反抗，我一直在挣扎，可是最后我们还是在一起了，就是因为我愿意冒险，现在结果不也很好吗，请问？"

唐悠悠眉毛一挑："看来我还得谢谢你了？原来你有这么多的不满意，还有什么意见你一起说出来。"

苏扬："我只是打个比方，你不要上纲上线。"

唐悠悠急了："到底是我上纲上线还是你上纲上线？好，退一万步讲，就算我们愿意出版，可是根本不会有出版社愿意和我们合作的，这书内容根本过不了。"

苏扬："这我有想过，我们现在合作的出版社当然不会出了，可是我们可以找偏远一点的出版社啊，他们的审查不会很严格，所以这并不是问题。"

唐悠悠："这什么逻辑？难道审查严格不是好事吗？像这种充满常识错误并且没节操没底线的书真做出来，所有人都得遭殃，所以绝对不能出。"

苏扬生气了："唐悠悠，话都说到这份上了你怎么还这么迂腐呢？请问里面到底哪句话不合适了？我知道你不喜欢大左，可是也别拿这个打击报复啊，至于吗？"

唐悠悠不甘示弱："我就打击报复了，你怎么着吧。"

苏扬感到尊严受到了挑衅，恶从胆边生，愤怒地说："那我还偏要出版，你爱咋咋地。我告诉你，让你看稿子，是给你面子，别他妈给脸不要脸。”

唐悠悠脸色煞白：“苏扬，你说什么？你再说一遍。”

苏扬说出那句话就后悔了，这么多年来他从来没说过这么重的话，完全是压抑太久的缘故。可是他又不愿意立即示弱，就想离开，边走边叨咕：“我不说，你没听清楚算了。”

唐悠悠：“苏扬，我一直以为我们之间变了只是一种假象，我一直以为时间可以将一切弥补，没想到在你心中我已经变成了如此没有尊严的存在。”

苏扬很奇怪自己竟然还不愿意和解与妥协，哪怕他心中已经开始后悔，可是他嘴里还是冷冰冰地回应：“随便你怎么解读，反正我左右不了你的思想。你从来就不听我的。”

唐悠悠的眼泪已经出来了：“原来一切都是真的。你走！”

苏扬：“这我家，我去哪儿？”

唐悠悠：“你不走是吧，那我走。”唐悠悠说完起身就往外跑。

苏扬吓得一把抱住她：“这大半夜的，你要去哪儿？”

唐悠悠被苏扬抱得死死的没法动弹，只能原地直蹦，边蹦边喊：“你放手，你别管我，我知道你早就厌恶我了，你终于忍不住暴露了。”

苏扬胳膊加大力气喊：“反正不许你走，就算走，也等到明天好不好？”

唐悠悠突然低头死死咬了苏扬一口，苏扬尖叫一声松开了手，唐悠悠立即冲了出去。

苏扬没追出去，而是呆若木鸡看着大敞四开的门，嘴里喃喃自语：“为什么会这样？为什么会这样？”

是啊，为什么会这样？

太突然了，好像一场蓄谋已久的战争，虽然速度之快超出了意料，却又充满了逻辑的必然。

苏扬无比郁闷，狠狠连抽了两支烟，心中无数个声音响起：不要去找她，你没错，绝对不要去找她。可当他稍微冷静下来后，还是深叹了口气，然后拿了件衣服，出门去找唐悠悠。

当然不可能找到，苏扬本以为唐悠悠只是想给他警告，就在家附近不会走远，可小区里完全没有踪影。苏扬又想或许去公司了，于是赶到公司，公司也没人。而且她也没拿电话，根本联系不上。

苏扬最后只能在大街上东奔西走，四处游荡。心中又气愤，又委屈，又担心，又焦急，到最后根本就是漫无目地跌跌撞撞，孤魂野鬼一样。

为什么会这样？

苏扬好想哭。他最后筋疲力尽，站在街角，四顾茫然。身影在路灯下被拉扯得很长很长，长到支离破碎，长到他看不清方向。

就这样过去了四个多小时，苏扬最后实在不知道还能去哪儿找，又不至于报警，何况报警现在也不会受理，最后只能回家。

然后就在自家单元门口，他看到了唐悠悠，她坐在台阶上，穿着单薄的衣服，长发披肩，正傻傻看着前方，脸上满是泪痕。

苏扬赶紧上前，脱下外套包在唐悠悠身上，然后紧紧抱住她。唐悠悠没有躲闪，也没有理会。

苏扬关切问：“悠悠你去哪儿了？吓死我了，快回家吧。”

唐悠悠一动不动，不肯离开。

苏扬：“都是我不好，我不应该说那么重的话，我向你道歉，有什么话我们回去慢慢说好吗。”

唐悠悠抹了一把眼泪，摇头：“我不想回去，你陪我就在这里聊会儿天吧。”

苏扬看唐悠悠的态度很坚决，怕又刺激她，只好答应，但手却不敢松开。

唐悠悠沉默了一会儿后眼泪突然又涌了出来，哽咽着说：“我想离开你，离开我们的家，可是我不知道去哪里，我没有地方可去，我什么人都不认识，我只认识你。”

唐悠悠说完就呜呜哭了起来，而且声音越来越大。

苏扬认识她十年了，从未见她如此脆弱过。

苏扬也哽咽了：“悠悠你别说了，都是我不对，我以后再也不敢了。”

唐悠悠边哭边摇头：“不，不怪你，我知道你一直都很恨我，你早就应该这样做了。”

苏扬又急了：“悠悠，说什么呢你？我爱你都来不及，我怎么可能恨你？”

唐悠悠：“你应该恨我，因为我太自私了，如果我当时能听你的，我们的孩子就不会没有，我们也不会走到今天这一步。”

提及夭折的血肉，唐悠悠再次伤心欲绝。

苏扬不知道她为什么突然提这一茬，他完全接受不了这个时候讨论这些，他只想立即离开这里，停止这样的对话。

苏扬恳求：“别说了，我们回去吧，求求你了。”

唐悠悠还是不肯离开，她挣扎着说：“不行，你让我说，我怕过了今天我又没有勇气。这些天我太累了，我憋了太久太久，快憋出病了。我一直不敢回忆，我也一直不敢面对，我怕我会恨自己，我怕会控制不住自己做出什么傻事。苏扬，你知道那天我躺在病床上，看到你绝望的那一瞬间有多难受吗？我告诉自己这是我这辈子做过最错误最后悔的事，我那么爱你，可是我一次又一次伤害你，我真的不想这样，可是我控制不住，我不知道我怎么了，我不知道为什么会走到今天这一步，你告诉我，我们真的回不去了吗？”

苏扬激动：“我不知道你为什么说这些，我完全听不懂也不想听，我们之间很好，什么问题都没有。”

唐悠悠看着苏扬：“你为什么要欺骗自己呢？ 你敢扪心自问你真的对我没意见吗？你敢用我们的爱去发誓我们之间真的没有出现问题吗？”

苏扬：“不是，夫妻之间有问题不是很正常吗？就算有矛盾也没什么大不了啊，只要我们能够彼此包容，彼此信任，什么问题和矛盾都不可怕，不是吗？”

唐悠悠又摇头：“这就是我们对爱理解不一样的地方。你知道吗？从我喜欢上你的那一瞬间开始，我就对自己说，不管发生什么样的阻挠，我都要和你在一起，在我和你一起的第一秒开始，我又对自己说，未来不管遇到什么困难，我都不要和你有不开心，一点不开心都不能有，我渴望完美，尤其是我们的爱情，因为我们能走到一起，真的太难太难了。我想等有天我们老去，回忆起曾经，全部都是美好，我以为我能做到，我也很努力地去做，可是，我失败了，我真的做不到，我好难受，我最在乎的事情，我真的做不到。”

苏扬不说话了，他太了解唐悠悠的性格，这些在别人眼中或许很正常也很无所谓的事情，在她那里确是天大的问题。他终于明白，这些日子她一直郁郁寡欢的原因，他也终于知道，相比他的压力和不快，唐悠悠承受了更大的痛苦。

他至少还有大左可以倾诉，他至少还有酒精可以麻痹，可是她呢？她那么要强，她只能硬撑着，直到崩溃。

是的，他是她的唯一，这个城市，她除了他们的家，已经无路可退，她比他以为的要更爱他。如果说他们现在的矛盾是一场战争，他们都是失败的战士，只不过他是受伤，而她却生命垂危。

原来，他们之间的裂痕已经很深很深，不知不觉中，已经足够将所有的憧憬吞噬。

苏扬不再说话，他不知道还能说什么，他也已经筋疲力尽。

唐悠悠突然问：“如果有一天，我不在你身边了，你多久会找一个新的？”

苏扬不知道她为什么问这个，本能地问：“你说什么？”

唐悠悠眼泪又滑下一串，却微笑着问：“你告诉我，我想知道。”

苏扬摇头：“不会了，我说过的，如果你不在了，我不会再爱。”

唐悠悠：“傻瓜，那你该多孤独啊！你孤独的样子真的很让人心疼。”

苏扬：“悠悠，咱不说这个行吗？我们不会分开，我们要在一起一辈子的，少一天都不叫一辈子。”

唐悠悠将头埋在苏扬怀里，幽幽地说：“一辈子，多美好，可是真的好难好难做到的啊！”

苏扬：“相信我，我对我有信心。”

“我对自己没信心。”唐悠悠凝视着苏扬，大颗眼泪从眼眶滑落，“你知道吗？曾经我对此深信不疑过，我仿佛都能看到你慢慢变老，你的腰杆不再挺拔，你的头上开始有白头发，脸上的皮肤也越来越松弛，你变得也越来越啰唆也越来越脆弱，直到有一天你都走不动道了，需要我推着你，然后你安详地睡去，在我的怀里离开。这就是一辈子了。”

苏扬强作欢颜：“你好讨厌啊，为什么是我先死，为什么不是你先呢？”

唐悠悠眼泪又出来了："因为我不想你难受，我宁可自己痛苦，我希望你一辈子都是快乐，都是幸福，都不要因为这份爱而受累，这是我对自己的要求，虽然，我已经做不到了。"

苏扬长长叹气："又来了。这样吧，你告诉我，你是不是有什么想法了？"

唐悠悠颤抖着回答："我不知道，我现在很乱，我对自己没信心，我看不到未来，我怕我们之间会变得越来越糟糕，会每天争吵，冷战，彼此埋怨，嫌弃，甚至积怨，我不敢想，想到这些我就很痛苦，我害怕我们的爱会变成那样。"

苏扬："既然没想法就别胡思乱想了，相信我，一切都会过去，我们会幸福的，我用生命向你承诺，相信我。"

唐悠悠看着苏扬，看了好久好久，然后流着泪，点了点头。

回到家后，俩人几个月来第一次同床共枕。唐悠悠很快入睡，苏扬却始终无心睡眠，回想过去的几个小时，虽然激荡和疼痛，但并非无意义。他们之间太需要爆发这样的一次冲突和对话，就像生病，如果体内的负能量太多了没法释放，会出大问题的。因此，苏扬反而感觉很舒服，他心想再理性的女人也会作，再强势的女人也会柔弱，唐悠悠理性又强势，但还是一个女人，对于这个结果他很满意。至于那些听上去挺沉重和煽情的话，他想当然都是一些情绪的体现，当不得真，也没必要惦记太久。

虽如此，他还是想到了去妥协和改变。第二天一早，苏扬等唐悠悠醒来就对她说："我决定了，大左的书不出了。"

唐悠悠摇头："不行，必须出。"

苏扬："你不要安慰我，我是发自真心的。"

唐悠悠还摇头："我也是认真的。"

苏扬疑惑："为什么啊？你不明明很反对吗？再说你担心的都是成立的，虽然我个人很喜欢他的作品，但确实市场性不强，而且也确实有一定的风险，咱是做生意的，又不适合做慈善的，对吧。"

唐悠悠："只要你喜欢就足够了，你说的对，我们不能太理性和现实，我们需要一点柔软的姿态去面对这个世界。"

苏扬很感动，他知道她也在努力做改变，这对她而言是太难得的事情了，可是他真的不想让她因为自己而违背自己的原则，这对他反而是更大的压力。

唐悠悠没等苏扬开口继续说："这次你就听我的，我想好了，这次我会好好亲自修改全文，把有风险的地方做下处理。"

苏扬心一沉："可是这样大左会很不高兴的，你也知道他性格。"

唐悠悠："一个人要得到一件东西，总是要学会妥协和放弃的，我想这个道理他应该明白，何况就算我们不改，出版社也会改，除非他不想出版。"

苏扬点头："这倒也是，我们修改只会比出版社更好，而且出版社真看了原稿，估计根本不会答应出版的，所以我们是真心实意地帮他，只不过……"

唐悠悠疑惑地看着他，目光中都是温柔。

苏扬都有点儿不适应了，好像找回了点刚恋爱的感觉，他情不自禁吻了下唐悠悠的额头，继续说："只不过要辛苦老婆大人你啦，你那么忙，还要做本该我做的事。"

唐悠悠笑："我不辛苦，我想明白了，没必要和工作那么较劲，有些事情其实可以放下的，而有些事情也没有以为的那么重要，其实就看如何选择了。”

苏扬：“好老婆，怎么一觉醒来感觉你变了那么多呢？”

唐悠悠：“好？还是不好？”

苏扬：“当然好啦，就是你突然对我这么温柔，我有点儿不适应哦。”

唐悠悠：“这话说的好贱哦，好像我一直压迫你似的。”

苏扬：“牛，贱这个词用在我身上简直太精准了，我是很贱，不过只在你面前。”

唐悠悠：“好了，今天我不上班了，安心在家改稿子如何？”

苏扬：“那我干脆也不上班了，给你做饭吧。”

唐悠悠：“那可不行，虽然我可以和工作不那么较劲，但你得更上心，咱俩不能一起放羊，否则会出问题的。”

苏扬：“哈哈，看来你还是很理性的，我还以为你真的变了一个人了呢。”

唐悠悠：“那怎么可能，我只是在学会如何和生活妥协，这对我来说已经太不容易了。”

苏扬：“说的好，其实你不让我改稿子也是怕我下不了手，到时候反而尴尬吧。”

唐悠悠：“有些事情还是不要拆穿的好。好了，你快去上班吧，我争取早点儿改好稿子，早点儿把这书出版了，这样也省得你天天惦记。”

苏扬吧唧又亲了唐悠悠一口，然后敬礼说：“遵命，老婆大人。”

唐悠悠虽然变得温柔更有女人味了，但执行力是一点都没打折，做一件事绝不拖泥带水，她用了整整一个星期将大左的稿子字斟句酌，从头改到尾。

期间苏扬一直想看，但唐悠悠不让，说改好了给他一起看。

等最后苏扬看到时，彻底傻眼了——唐悠悠真的很细心也很认真，全文所有敏感内容都被她挑了出来并且全部修改了，也就是说，这稿子和大左也没太大关系了。

苏扬心想这要是给大左看到了还不得和自己拼命啊，可他又不能责怪唐悠悠，只能强作欢颜说：“老婆，我看你可以当作家了。”

唐悠悠躺在沙发上：“没兴趣，修改别人的稿子都这么累，自己写还不得累死啊。”

苏扬：“老婆，这你就有所不知，修改别人的稿子要比自己写累多了，完全不是一个量级的。”

唐悠悠：“你看行吗？”

苏扬咧着嘴拍掌：“简直太好了，大左一定会感激死你的。”

“我可不要他感激，我只希望所有人都能太平。”唐悠悠如释重负：“好了，剩下的事情就交给你了，我得赶紧去公司了，好几天没去希望没出什么大问题。”

苏扬乐：“瞧瞧这话，一万个对我没信心啊！实话告诉你吧，你不在的这几天，人们安居乐业，社会风生水起，大家伙不要太开心哦。”

唐悠悠没搭理他，哼着歌儿，精心打扮一番后赶紧去上班了。

唐悠悠走后，苏扬立即趴到电脑前，又从头到尾逐字逐句看了起来，越看心越凉。苏扬心想：“这下麻烦了，两个人都付出了这么多，现在是出版也不行，不出版更不行了，操，这可怎么办？”

苏扬琢磨了半天，还是决定不告诉大左唐悠悠改他稿子的事，先抓紧时间出版。等最后生米煮成熟饭，大左就算不高兴也没办法了。有什么问题就说是出版社干的，反正出版社要是真改，只会比这个尺度更大。

想到这里，苏扬总算轻松了点，立即给大左打个电话，想约他见面。

电话里大左声音迷迷糊糊的，显然还在睡觉。

苏扬：“一个好消息，一个坏消息，想听哪个？”

大左：“就讲好消息吧，坏消息就别说了，老子生命中的坏消息太多了。”

苏扬：“唐悠悠已经同意出版你的书啦！”

大左：“哎呦！还真是个好消息，不过这最多只能说明她并不愚蠢。”

苏扬：“真不想听坏消息？”

大左：“算了，你说吧，反正老子生命中的坏消息够多了，不怕再多一个。”

苏扬：“就是你这么好的作品只能在一家不知名的小出版社出版，恐怕配不上你的英名。”

大左：“这样啊！确实挺糟糕的，你能再争取下嘛？最好是人民出版社，就是专门出版国家领导人作品的那个出版社，我看比较适合我的作品定位啊！”

苏扬想揍大左的心都有了，咬牙切齿地说：“行，那我再试试吧。”

大左打了个哈欠说：“还有事吗？没事我继续睡了。妈的，生活太寂寞了，只能靠睡觉来发泄了。”

苏扬调侃：“你丫肯定又骗到哪个小姑娘了，等着办事吧。”

大左又打了个哈欠：“请记得，永远不要用你狭隘且世俗的思维来理解我的世界，我对女人已经没有兴趣了，因为我最爱的人，只有自己。”

苏扬骂：“操，能不能说人话，你丫嗑药了吧。”

大左：“你怎么知道？对了，你能不能再给我点钱，现在货涨价了。”

苏扬：“算了，你还是睡觉吧，我有事再找你，拜拜。”

大左突然叫停："慢点儿，差点忘记一个重要的事情，你一定记得要和出版社说清楚，就是千万不要修改我的稿子，哪怕一个字一个标点都不能修改，否则我完美的作品就会被破坏，这是我绝对不能接受的，如果他们胆敢伤害我的稿子，我会和他们拼命，反正印刷前必须让我检查下最终稿件，听到没？"

苏扬吓得两股战战，赶紧打住："好了，好了，我知道了，你快睡觉吧，就这样，拜拜。"

挂了电话，苏扬心惊肉跳，连呼吸都变得急促起来。虽然之前他出版过几百本书，遇到过各种棘手的问题，可这一次他最为难，只因左手兄弟，右手爱人，自己还特别欣赏这作品，三种情绪混混杂在一起，个中纠结无以言表。

怎么办？怎么办？苏扬急得原地直打转，此情此景要想大左和唐悠悠谁也不得罪只能瞒天过海、偷梁换柱了，可是这样太野蛮也太危险，更是会伤害合作的出版社，算是下下之策，苏扬曾经想过永远都不会出此下策，可现在除了这样做，真的别无他法。苏扬心想或许后果没有自己担心的那样糟糕，比如就印一两千册，而且不全国发行，大不了都堆仓库里就是了，反正大左又管不了那么多。总之最大程度降低这本书的影响力就是。再说了，说不定现在是自己太过杞人忧天呢，说不定根本就不会有读者关心这本书，就算书店有卖，大概也不会有人愿意看这种关乎国计民生且晦涩难懂的文章吧，毕竟大左又不是什么名人。想到这些，苏扬紧绷的心轻松了些，他想等将这件事解决了，以后再也不会给自己找这种麻烦事了，反正就这一次，下不为例。

很多年前，苏扬看过一本书，上面讲成功是道选择题，当时苏扬觉得挺有道理，比如他选择了唐悠悠，然后他俩一起选择了做出版。那个时候的苏扬没想过，其实失败也是选择题，善恶本是一念间，人生的成败也是只是因为选择了同一个问题的不同答案。

很多年后，苏扬念及那个下午的选择，他已经不后悔，他只会说，都是命。

出乎苏扬意料的是，虽然唐悠悠对大左的稿件已经做了最大程度的修改，然而还是接连被五家和“听风文化”经常合作的出版社给拒稿了，理由都一样：内容太敏感。其中两家和“听风文化”关系甚好的出版社老师还好意相劝苏扬千万别铤而走险，万一惹麻烦了后果不堪设想。对此苏扬虽然郁闷但并不气馁，而且他坚定认为是出版社太过紧张，小题大做了。过去几年的出版经验让他产生一种强烈的观点那就是：国家新闻出版政策并没有那么局限和僵化，相关监管部门也没有那么保守和苛刻，反而是出版社太过谨慎，害怕犯错所以抱着“宁可错过一万，不可放过一个”的心态，白白错过了很多优质稿件，着实可惜。

细细琢磨后，苏扬决定去找偏远地区的小出版社寻求合作，最好是少数民族地区的出版社，因为相对内地出版社，这些地方的出版社尺度要大一些，政策上要灵活一些，对合作条件也更为看重。这些出版社的联系方式苏扬不难搞到，然后在做了一定的甄选后苏扬决定主攻N省的一家出版社。苏扬没有直接和对方谈大左这部作品，而是先将公司的简介和历年策划过的书目发给了对方，表示想整体合作。对于这种地方小出版社而言，能够和“听风文化”这样的优质知名民营出版公司合作是非常乐见其成的事，对方果然表现出了高度合作意向，还专门委派主管对外合作的副社长来京洽谈。本来苏扬是想过去公关的，现在对方过来就更方便他做接待了，招呼朋友是他强项，苏扬给这位副社长订了本地最豪华的酒店套间，连续几顿好吃好喝，还安排了北京特色游，最后还赠送了价值不菲的礼品。副社长临走前紧握着苏扬的手说从此咱们就是好兄弟了，兄弟你就坐等我好消息吧。回去后副社长立即向社长积极汇报，盛赞了苏扬和他的公司一番，于是双方很快就明确了合作意向。见时机成熟时苏扬这才表示为了感受双方合作的空间究竟有多大，特将公司年度重点书——也就是大左的稿子——发给了这家出版社。苏扬表示这部稿子有一定的敏感性，如果对方能出版，那以后所有稿件都能无缝对接，如果出版了，可能合作还是有一定的挑战。对方收到稿件后表示有数，如果没难度自然也不会找他们，让苏扬放心便是。话虽如此苏扬还是相当忐忑，如果连这家出版社都过不了，那么再想找其他家就更加困难了。

就这样又过去了半个多月，对方始终杳无音讯，苏扬怕追问太多反而会引起对方重视所以一直忍着，这期间他无数次梦见稿件被毙了，大左扛着炸药包说要和自己同归于尽，吓得一身冷汗惊醒，从此连见大左的勇气都没有了。唐悠悠对此事没有太多关注，只是冷不丁问过几句，苏扬都装作特胸有成竹地说："一切尽在掌握，非常顺利，请老婆大人安心。"唐悠悠听后也没什么反应，就是点点头，淡淡说："那就好！"

苏扬差不多等了整整一个月，等到他焦头烂额，等到他心灰意冷，等到他最后都想放弃之际，终于等到了出版社的审稿消息——不但同意出版，而且通篇无修改。苏扬真怀疑他们到底看了没有，之所以拖这么久才给答复或许只是做做姿态，不想让他觉得很容易就能搞定罢了。这也进一步加强了苏扬对内容进行"偷梁换柱"的决定。苏扬很快精心准备了几份厚礼，分别送给了对方几位主要领导和负责审稿的编辑，以表感谢。

审稿通过后就是办理cip等相关手续，相当于给公民颁发身份证，从此就有了合法身份。这个流程很快，在苏扬缴纳了合作费用后不到一个星期全套手续就办理利索了。有了cip以及出版社开具的印刷许可证后苏扬终于长松一口气，剩下的事都在他一手掌握之中了。首先他将稿件内容悄悄恢复成大左的原始稿件，他当然没有告诉唐悠悠，甚至没有让公司第二个人知道，就自己亲自上阵完成了稿件的编校。其次，他给这本书取了一个相对中庸的名字，设计了一个足够保守的封面，确保光看书名和封面绝对不会引起相关联想。做好这一切后苏扬谨遵承诺，在下厂前将全稿给大左复审，大左逐字逐句看得很认真，最后对内容的完整性非常满意，一个劲儿感慨现在的出版政策竟然这么宽松，看来他要修正对国家未来的预判了。不过封面感觉有问题，苏扬心悬到嗓子眼生怕大左又提出什么非分之请，没想到大左只是抱怨自己的大名太小了，完全不能体现他的重要性。苏扬长松口气立即说这个好办，回头给你放大了摆在最显眼的地方。大左"吧唧"着嘴点头说："不错，不错，认识你这么多年，你终于做了一件人事，功德无量啊！"苏扬说："既然你没意见了，那我们就开始印刷了。"大左伸手说："慢，我还想知道出版后的销售情况，我希望能卖到至少一百万册。"苏扬忙说："我希望卖一千万册，但这个由不得你，也由不得我，得看渠道和市场，不管如何，先出版了再说，行不行？"

大左点头说行，然后一定要和苏扬一起去印刷厂。苏扬说："你就别这么操心了，机器印刷很快的，在家好好的等着拿书吧。"大左瞪着苏扬说："我才不是操心呢，我是对你不放心，万一你印刷前将我的稿子内容改掉了呢，我要亲眼看着印刷，哼哼！"

苏扬冷汗又出来了，叫："大左你不是吧，我都做成这样了，你还对我怀疑？"

大左也不怯，头一昂："嗯哪，我他妈不是怀疑你，我他妈是怀疑所有人，怀疑这个世界，咋的？"

苏扬不语，只得和大左一起去印刷厂，一路上心想如何才能避免让他知道真实的印刷数量——为了防止大规模流通出问题，苏扬决定这次一共才印刷两千本，其中一千八百本作为样书送给大左，剩下的书就放仓库里搁着，至于渠道，一本都不发。苏扬心想大左的样书反正不会在市场流通，出版社基本上也不会主动审核已出版的图书，只要市场上没有流通，加上书名、书封又很传统，应该不会引发问题。至于到时候大左问为啥买不到，就说卖光了或者渠道没进货得了。反正自己兑现诺言，给他出版了。

俩人到了印刷厂后，苏扬将出片文件和印刷许可证交给工厂主管，趁大左东张西望好奇之际悄悄和主管交代了几句。大左问印自己书的纸和机器在哪里？苏扬指着现场十几台印刷机和上百堆的纸说："等会儿它们都是你的了。"大左喜上眉头问主管是不是真的，主管赶紧点点头。大左又问多长时间才能印刷完成，苏扬刚想说话被大左打断说："你别插嘴，让主管说。"主管赶紧回答："这么大量，怎么着也得一个星期吧。"大左心满意足地说："你们好好干活，将来你们会因为给一个伟大的人印刷过一部伟大的作品而终身自豪的。"主管连连点头，让大左最后确认文件无误后上版，很快印刷出样章，大左看着从印刷机里吞吐出来的纸稿，突然泪流满面，上前拿起抱在怀里，接着放声大哭，苏扬吓得赶紧上前问咋的了。大作说："坚持了十年的梦想终于要实现了，情难自禁。"苏扬问："那你还要一直守在机器旁边流着泪等待吗？"大左摇头说："不了。我要回去沐浴梳妆，以最好的姿态，迎接她的到来。"

大左走后主管问苏扬："苏总，要不是您提前交代，我还真以为您这朋友神经了。"

苏扬瞪了主管一眼，叹了口气，摇了摇头，缓缓离开。

一个星期后，大左的书印刷装订完成了，无论用纸还是印刷，都堪称优质。苏扬又亲自开车将一千五百本样书送到大左住所，一本本堆在客厅里。大左要求堆成一个长方体，然后在上面铺好床单说从此就睡上面了，就好像搂着最心爱的女人睡觉。苏扬心里石头落地了，突然觉得大左实在太他妈可爱了，问他要这么多书想怎么办，总不能就天天搂着睡吧。大左让苏扬放心，因为他朋友遍天下，每人都要送一本，而且是签名的。说到这里大左从书堆上蹦了下来，噼里啪啦从犄角旮旯翻出一支笔，然后对苏扬说："为了表示我对你的认可和感谢，第一本签名书就送给你了。你一定要好好珍藏，能升值的。"说完趴在地上认真开始签名，签完之后觉得还不过瘾又认真写了几个字，写完之后还意犹未尽又加了两句话，最后写满了前面好几页。苏扬乐呵呵接过，心里突然暖暖的，并且庆幸自己坚持了下来，做了一件让兄弟开心幸福的事，之前受的那些罪怎么也值得了。

那一晚两个人喝酒到午夜，苏扬记忆中已经好久没有那么痛快喝酒吹牛畅谈人生了。最后苏扬因为惦记唐悠悠，坚持要回去，任凭大左怎么挽留都没答应。如果苏扬知道这是他们两人之间最后一次如此心无芥蒂，酣畅淋漓在一起。如果他知道的话，他一定会痛饮三百杯，不醉不归，如果他知道的话，他一定会夜不归宿，对谈至天明，如果他知道的话，他一定会拥抱他的兄弟，痛哭流涕。可是他不知道，他们都不知道，生命中的每一刻，其实都可能是永别。

Those hours that with gentle work did frame
The lovely gaze where every eye doth dwell,
Will play the tyrants to the very same,
And that unfair which fairly doth excel.
For never--resting time leads summer on
To hideous winter and confounds him there,
Sap check'd with frost and lusty leaves quite gone,
Beauty o'ersnow'd and bareness every where.
Then were not summer's distillation left
A liquid prisoner pent in walls of glass,
Beauty's effect with beauty were bereft,
Nor it nor no remembrance what it was.
But flowers distill'd though they with winter meet,
Leese but their show,their shubstance still lives sweet.

Chapter 10 阡陌

土地是弯曲的
我看不见你
我只能远远看见
你心上的蓝天

——顾城《土地是弯曲的》

Those hours that with gentle work did frame
The lovely gaze where every eye doth dwell,
Will play the tyrants to the very same,
And that unfair which fairly doth excel.
For never--resting time leads summer on
To hideous winter and confounds him there,
Sap check'd with frost and lusty leaves quite gone,
Beauty o'ersnow'd and bareness every where.
Then were not summer's distillation left
A liquid prisoner pent in walls of glass,
Beauty's effect with beauty were bereft,
Nor it nor no remembrance what it was.
But flowers distill'd though they with winter meet,
Leese but their show,their shubstance still lives sweet.

当苏扬不再因为给大左出书的事夜不能寐时，冬天就来了。那年冬天似乎比往年来得都早，而且更加寒冷。很快苏扬就生了一场病，完全没预兆，就整天头昏眼花，心慌意乱，浑身乏力，且总想呕吐。去了几次医院检查又查不出什么问题，只得开了一大堆药，却怎么也吃不好。唐悠悠一再让他去大医院做个全身综合检查，苏扬却始终不答应，他坚定认为自己只是疏于锻炼，加上前阵子精神过度紧张，现在一下子放松了就会出现疲劳症状，过几天就会自愈。唐悠悠虽不放心，却无奈公司在那段时间恰好接连遭遇不小的麻烦让她自顾不暇——先是一个外省的经销商大户突然“跑路”，让公司上百万的应收款面临夭折。唐悠悠吓得连夜带人赶过去，和其他图书供货商一起将对方库房紧锁的大门撬开，拉回来几台电脑、几张桌椅和几百本书算作补偿。紧接着又有一家书城因经营不善宣告倒闭，同样无法偿还拖欠供应商的书款。唐悠悠只得又带人过去讨薪，最后却无功而返——几次折腾下来她身体也到了病倒的边缘，想起那些辛苦赚来的血汗钱就不明不白打水漂了更是心疼得够呛。

苏扬劝唐悠悠别那么在意，钱要不回来就算了，就当做了善事。唐悠悠却不依不饶，说哪怕只能要回来一分钱也绝不放弃，她考虑走法律程序讨薪。苏扬皱眉说那得多折腾啊，有这个精力还不如再去赚钱呢，钱是赚出来的，不是省出来的。唐悠悠知道在金钱观上和苏扬永远没法统一，只得转移话题，她很严肃地分析说如果就这两家经销商出问题还好，千万不能再有第三家了，否则换谁也吃不消。唐悠悠说她强烈感觉到实体书的出版已经来到了一个临界点。经过小十年的发展，绝大多数读者已经完全养成了网上购书的习惯，很多地面批发商和实体书店无法再正常经营下去，缩小规模、经营其他高毛利品类商品，甚至关门是被迫无奈之举。图书销售体系本来就是相对原始的商业模式，正所谓牵一发而动全身，经销商和终端零售商的日子不好过，供应商的生存空间可想而知，更何况就在短短的一年内，以微信为首的大量移动互联社交和阅读app层出不穷，让很多原本有购书需求的读者开始习惯了朋友圈里的各种美文、段子、心灵鸡汤……对他们而言这些内容的质量都差不多，而后者更便捷，关键还免费。所以很多内容出版方也面临极大的挑战，甚至可以说是生与死的考验。

苏扬听完唐悠悠的担心后说："压力确实越来越大，但应该还不至于那么可怕吧，我们的销量不还在增长么？"

唐悠悠摇头："虽然增长，但增速已经连续两个季度下滑，回款更是出现了负增长，这些都是非常严峻的信号。这些年我们做的不错，但究其根本原因还是赶上了好时候。其实我们出版的图书产品并没有核心竞争力，大多是大众低端读物，且产品自身没区隔，重复性太大。这样的产品模式迟早会被淘汰的，因此转型势在必行。"

苏扬似懂非懂问："你是说要改变出版方向吧，这个我也有过考虑。有机会咱好好聊聊。"

唐悠悠面色凝重地点头："不光是产品转型，还有就是公司资本结构也要转型，现在看来这方面得加速了。当然了，生产永远都是第一位的，现在我最希望的就是不要再出现什么麻烦事，好让我们在风暴来临之前，能够再安稳发展几年，顺利上岸。”

彼时唐悠悠和苏扬虽然对图书市场的预判不乐观，但至少对公司的未来还充满了信心，也挺享受应对变化和挑战带来的各种综合感受。他们怎么也想不到突然有一天自己拥有的这一切都会荡然无存，自己那美好的，激情的，充满希望的人生会戛然而止。而且这一天并不遥远，就在短短的两个月后。

经过两个月的折腾，苏扬糟糕的身体依然不见好转，但他似乎适应了这种病怏怏的状态，为此他还挺得意，并且创造了一套“适应幸福理论”——无论身体还是市场，只要你适应它，就会觉得它很美，就会感到幸福，反过来说，当我们对生活抱怨，对社会不满，对未来迷惘，对自我嫌弃，只是因为我们还没有接受和适应。一天下午他正头晕脑胀地和同事高谈阔论自己的理念时，突然接到了傻强的电话。傻强至少有半年时间没有和苏扬联系了，因此苏扬挺高兴，还对身边人调侃：“看，我最好的兄弟又给我打电话了，让我此刻的幸福更胜一筹。”结果刚接通就听到傻强嚷嚷：“苏扬，你胆儿可真大啊，大左那么没节操的作品你都敢出？”

苏扬心一惊，装作若无其事地说：“还好吧，你怎么知道他出书了？”

傻强：“他不送了我好几本嘛。而且他还在网上销售，还让我在电视台上给他宣传呢，丫可真够天真的。”

苏扬大脑“嗡”地一声：“什么，你说他自己在网上卖书？”

“你难道不知道？我看销售记录还正经不错呢，评论特多，而且都是那种激进分子，言论可过分了。”傻强很认真说，“我以一个优秀新闻工作者的专业性和敏感性友情提醒你最好小心点儿，我感觉再这样下去迟早得出事。”

苏扬和傻强又敷衍了几句后赶紧挂了电话，然后立即回到自己办公室打开电脑，先登陆了几个专业的图书销售网站，结果没找到大左的书，刚松了口气他突然想到了某宝网，赶紧登陆搜索，结果一下子就找到了大左卖书的网店，打开页面一看，显示已经销售了八百多本，评论也都是那种很激进的言论。最夸张的是，大左竟然每条都认真回复了，回复同样很激进。

看着这些张牙舞爪的文字，苏扬彻底懵了，他突然意识到自从大左的书出版后他就一直没和自己再见过面。最初他还担心因为没有发行他的书大左肯定会和自己纠缠不休，结果没有，大左仿佛消失了一般。他给大左发过好几次短信他都没回，对此苏扬也没在意，反而庆幸少了很多麻烦，没想到竟然出了这档幺蛾子事。

苏扬赶紧给大左打电话，很快接通了。苏扬慌慌张张地说要见面，现在，立即，马上。结果大左懒洋洋说没空，自己要忙着做生意呢，他也创业了。

苏扬气急败坏地说：“你拉倒吧，不就是卖自己的书嘛，瞎折腾啥啊你？”

大左酸溜溜地说：“哟，你终于知道啦，那你是不是特羞愧啊！”

苏扬问反：“我听不懂你在说什么。”

大左不乐意了：“别装啦苏扬，本来我念兄弟一场打算给你留点儿面子，既然你装糊涂我就也不客气了，你丫根本没有发行我的作品是不是？”

苏扬心虚：“你听我解释，事实不是你以为的那么简单。”

“我不想听你说没用的话，你就回答是，还是不是？”

“是。”

“那不就得了，在这个事实面前，任何解释都徒劳无功且矫情万分。”

“你这家伙怎么这么极端，我说你怎么就不体谅体谅别人呢？”

“拉倒吧，我要不是体谅你，早上门去讨伐你了，还像现在客客气气和你对话？ ”

“操，我不发行不是担心有风险嘛，也是为了你好。”

大左冷笑：“笑话，我作品有啥风险？要真有风险你能出版？你有胆出版没胆卖？”

苏扬语塞：“我……”

大左打断苏扬：“好了，别紧张了，我说了不会追究你的。其实你不发我的书我知道啥原因，无非是你嫉妒我的才华，害怕我火了从此以后不再依附你你会失落对不对？”

苏扬骂：“你丫真操蛋。”

“急了吧，被我说中了吧。苏扬，我一直以为你是个老实人，其实你丫挺坏的。你就是想报复我，老实说，你这招其实挺成功。啊，你出版了我的书，然后又不发行，等于彻底扼杀了我的才华和成就。还好我英明，我不劳烦你，我自己卖，而且更直接，利润更高，还能找到真正志同道合的朋友，哈哈。”

苏扬软了下来：“好了，大左你别闹了，我们见面再说。”

“没空。”大左斩钉截铁：“道不同不相为谋，有空也不见。”

苏扬：“不见也行，那你赶紧停止网上卖书，把所有信息赶紧撤下。”

大左尖叫：“你疯了吧。你还真想赶尽杀绝啊！”

苏扬也叫：“操，我看疯的人是你吧。大左我可警告你，你现在这样做非常危险。出什么问题你可别说我没提醒你。”

大左根本听不下去，怒冲冲骂了句：“有病啊你。”然后不由分说挂了电话。

苏扬拿着手机气得浑身颤抖，对着空气骂了一万句：混蛋、傻X、白痴。思前想后决定还得亲自去找趟大左，务必把这事解决了，否则真的后患无穷。他立即驱车赶到大左工作室，敲了半天门才发现大左早已经搬走了，新房客说大左给了他银行卡号码，让他定期打房租就是，其他什么信息都没留下。

苏扬又给大左打电话，大左却怎么也不接。苏扬哆嗦着手给大左发短信，每一条都写了好几百字一连写了好几条，条条苦口婆心可都石沉大海。就这样大左从他的世界里生生消失了，他心急如焚却无能为力，一种不祥的预感更是侵袭他全身。

回到公司，他思来想去决定还是和唐悠悠同步下这个信息，结果刚见面还没开口唐悠悠就气急败坏地说刚刚又发生一起经销商卷款潜逃的恶劣事件，她这就赶过去追款。苏扬心疼说还是我去吧。唐悠悠不答应，唐悠悠说你现在身体很不好不能再折腾，何况销售的事情你也不清楚，去了也解决不了啥问题。苏扬心乱如麻，只得点头说好，让她多加小心，然后眼睁睁看着唐悠悠火急火燎地从眼前消失。

接下去的几天苏扬茶饭不思，彻夜不眠，每天都想尽各种办法和大左联系，可始终没法直接和他对话。苏扬只能时刻登陆大左卖书的网店，眼睁睁看着书的销量和激烈言论每天都在增加，网站显然也注意到了这里言论的异常，开始批量删除评论，可是大左似乎早做好了准备，他将所有评论保存为图片，然后在网络各个论坛发布，宣传自己的“伟大著作”。苏扬透过冰冷的屏幕仿佛能看到大左那张牙舞爪的表情，做着他认为最神圣的事情。

苏扬痛苦地闭上了眼睛，此时此刻他除了祈祷外再无他法。

两天后唐悠悠精疲力竭地出差回来了，当然没能追讨回钱，而且这次她听同行说出版圈将会面临更大的洗牌，这股力量主要来自窥欲已久的境外资本，相信很快就会淘汰一大批出版机构。唐悠悠嘶哑着嗓音和苏扬开会分析形势和对策，她说自己这几天眼皮一直跳的厉害，感觉会有不好的事情发生。苏扬强作欢颜安慰唐悠悠别瞎想了，赶紧回家休息下一切都会好起来。话音刚落自己电话就响了起来，苏扬第一反应是大左，可一看来电显示竟然是N省那家出版社副社长，苏扬心一紧，赶紧接听，结果对方不等苏扬问候一句便直接破口大骂。苏扬万箭穿心，最后只听清楚了两句。第一句：苏扬你个王八蛋把我们害惨了；第二句：王八蛋我们要告你，让你也家破人亡。

苏扬彻底懵了，半天没回过神来，竟然不知道对方什么时候挂断电话的。

唐悠悠发觉他不对劲赶紧问："你怎么了？"

苏扬麻木摇头："没事，诈骗骚扰电话。好了，我们继续开会吧。"

剩下的会议内容苏扬一个字也没听进去。散会后他赶紧回到自己办公室，关上门，然后拨打那位副社长的电话，对方却始终不接。苏扬想了想给对方一个有过几次联系的审稿编辑打过去电话，那姑娘倒是很快接听了。苏扬还故作镇定问发生啥事了，怎么副社长那么不淡定。那姑娘哭唧唧地说："就因为出版了你们家那破书，害的我们社被吊销出版资质了，我们全都下岗了，你让我们还怎么淡定？"

苏扬吓懵了，结结巴巴地说："怎么会这样……怎么会这样……"

姑娘急了，对苏扬吼："你还好意思问？你给我们审的是一份稿子，印的又是另外一份稿子。这样做太卑劣太可恶了。那稿子里面全是乱七八糟的言论，而且你们还放到网上卖，这不等着被人举报吗？现在有大领导点名要彻查此事，我们都被你害死了，你要对我们负责任。"

苏扬听后彻底绝望了。作为出版从业者，他非常清楚这本书只要在公开市场有售就一定会被查处，只要被查处出版社就会遭受很严重的处罚，只要出版社被处罚就会有很多人因此遭受牵连。可是他怎么也没想到这个处罚竟然会如此严厉，因为一本书而取缔一家出版社，这样的事不是没有过，但几十年来最多也就发生过两三起。之前苏扬做过最坏的打算就是出版社被停业整顿，他愿意补偿在此期间整个出版社所有的开销花费，一般来说停业整顿的时间不会超过三个月，苏扬算过这笔费用，最多不过四五百万，他能承受得起。可现在是直接取缔出版社，这就意味着上上下下百多号人突然就没了工作，他们以后的生活怎么办？他们都还不是一个人，身后都有家庭，有老人孩子要养，他们怎么办？而且每家出版社都至少有几十位靠退休金生活的离退休老人，他们又该怎么办？如果要赔偿这些损失，那得多少钱啊！何况钱还只是最小的事情，这件事对他们的精神伤害无法估量，他们的人生都会因此变故而改变甚至停滞，这些又让他苏扬如何补偿？

那一瞬间苏扬是真的绝望，绝望到窒息，绝望到恶心，绝望到想逃避，立即逃到一个无人知道的地方躲起来，每天把自己灌醉，醉了就昏睡不醒，彻底不去面对这残酷的现实——只是如果真的能这样做就好了，可他知道这是迷幻剂，是自欺欺人，就算能做到他也绝对不能去做，否则良心将会遭受一辈子的谴责，活着也生不如死。这件事他只能面对，只能全力解决，哪怕因此倾家荡产，哪怕因此万劫不复。

苏扬决定立即去N省，当面向出版社所有人员赔礼道歉，并积极协商赔偿方案，不管对方提出什么要求，他都会全部接受。就这样，短短的十几分钟苏扬仿佛煎熬了一两年，他拿定主意后刚准备去和唐悠悠简单说下情况，唐悠悠突然大力推门而入，然后高声质问：“刚才有朋友打电话说有家出版社因为我们的书被取缔了，到底是怎么回事？”

苏扬走到唐悠悠面前，非常认真对她说：“悠悠，你先别上火，认真听我说，我们遇上大事了。”

接着苏扬简单将事情原委说了一下。唐悠悠已经吓傻了，她脸色煞白地跑到书架上拿出大左的书翻看起来，越看越紧张，最后几乎瘫倒在地，有气无力指着苏扬说：“完了……一切都完了。你……你太胆大了…你这样会毁了我们的公司，毁了我们的家……你怎么可以这样做啊！”

“悠悠，对不起，都怪我太自作聪明了，我真的没想到会出这么大的事。”苏扬红着眼睛对唐悠悠说，“好了，我已经想清楚了，我一定要面对这件事，给出版社一个交代，也给我们公司一个交代，最重要的，给你一个交代。两小时后有趟航班，我现在就出发。”

苏扬说完要走，唐悠悠一把抓住他胳膊：“你不能去，你现在过去会被他们活活打死的。”

“没那么夸张。就算是，那也要过去。”苏扬长吸一口气说，“悠悠，你放心，我做的事，我自己承担，不用你管。”

唐悠悠急得叫了起来：“苏扬，怎么到现在你还这么愚昧？你是一个人吗？那我又是谁？我难道和你没关系？你怎么还这么自私？”

苏扬眼泪都出来了：“不是这个意思。悠悠，我已经伤害你了，我不能让你再受伤害啊！”

唐悠悠发泄完后反而冷静了下来：“好了，现在不是掰扯说这些的时候，我们先齐心合力面对问题吧。”

苏扬点头：“行，那你说怎么办？”

唐悠悠：“我去N省，我是公司法人，理应我出面，而且我是女人，他们不会对我怎样的。”

苏扬坚定拒绝：“绝对不行，我不可能让你一个人过去的，死都不同意。”

唐悠悠：“那我们就一起去。”

苏扬想了想：“好，现在就出发！”

唐悠悠摇头：“不，我想先去个地方。”

唐悠悠想先去趟雍和宫。自从他们的孩子夭折后，唐悠悠每个月都会到雍和宫祈福。每次苏扬都不愿进去，把唐悠悠送到后自己就到附近的胡同溜达。不过这次苏扬却提出了一起进去拜拜的意愿。

唐悠悠说：“你不是一直不相信这些的吗？别为难自己了。”

苏扬苦笑：“现在有点儿信了。”

买了门票，领完香火后，唐悠悠从进门起便开始虔诚磕头，在每一尊菩萨面前都双手合十，紧闭双眼，嘴里念念有词，整整磕了三个多小时的头。苏扬虽然没有那么虔诚参拜，却也一直在心中默默祈祷。雍和宫香火很旺，苏扬看着表情各异的人群，心想他们是遭了什么罪希望被赦免？还是作了什么孽需要被宽恕？亦或是许下什么愿望希望能实现？原来有这么多人都过的不如意，都带着包袱在匍匐前行。苏扬感觉短短的几个小时他对人生的理解又丰厚了不少。只是他真的不想变得复杂和沉重，他宁愿自己还是那个单纯却快乐的少年，哪怕过着很清贫的生活，也不要像现在满腹虚妄，伤痕累累。

从雍和宫出来后苏扬问唐悠悠都许什么愿了，那么投入。唐悠悠没正面回答，就说讲出来就不灵了。苏扬也没多追问，两个人都心事重重，回到家简单收拾了下便早早睡下了。

第二天一大早他俩乘头班航班飞到H市，然后又坐了四个多小时的大巴赶往那家出版社所在的地市。不知道是因为N省实在太地广人稀，还是因为心境所致，苏扬总觉得双目所及，皆是荒凉。等到了目的地已是下午四点，西风遍野，落日黄昏，更显萧瑟。那家出版社的面积很大，里外好几幢楼，人却很少，院子里更是乱七八糟堆满了各种文件和垃圾，破败之相油然而生。苏扬问传达室师傅人都去哪儿了，师傅瞅了眼苏扬没好气地说昨儿一大早就突然宣布放长假了，什么时候复工不知道。说完后又痛骂了两句说全是给一个北京的杂种祸害的。苏扬不敢多言，和唐悠悠直奔副社长办公室。

副社长正在房间收拾东西，一副落寞神情，和几个月前和苏扬在北京把酒言欢时判若两人。这几天的变故对他而言更是一步天堂一步地狱，他自二十二岁从部队复员后就来到这家出版社，从一名基层图书发行员一直干到主管运营的副社长，奉献了自己全部的青春和激情，这中间历经过多少无奈之事、难言之隐只有他自己知道。好不容易熬到竞争对手要么离开，要么落败，更加不容易地熬到社长再过两年就退休了，不出意外两年后他将能成为这块工作了二十几年之地的老大，实现自己人生最大的辉煌。可一夜之间所有的这一切美梦全都化为虚无，而且因为此劫难还因他而起，他要为此承受更多的指责和压力。其他同事或许还能通过关系进入其他文化单位，但他的职场之路算是到此为止了，且人生更无其他可能。因此他对苏扬可谓恨之入骨，一边整理行李一边琢磨着该如何惩治这个罪魁祸首。恨不得能食其肉、啖其血，方能解心头之痛。

让他意外的是，这个王八蛋突然出现在了自己面前，他眯着眼瞅着苏扬，然后拼命摇晃脑袋，确认是不是自己的幻觉。苏扬则先是朝副社长深深鞠躬，然后用极富诚意的音调道歉："你好，我来了，给你们带来这么大的麻烦，真的很抱歉。"

副社长愣了会儿，突然猛地冲上前去一把抓住苏扬的脖颈，差点儿把他生生给拎起来。苏扬个儿挺高的，但和这位行伍出身的大汉相比还是显得很瘦弱，加上内心万分愧疚，因此根本无力反抗。

副社长破口大骂：“你他妈还敢过来？你来了就别想走。”

苏扬也不说话，任凭对方将自己推来搡去，一副“你打死我算了”的表情。倒是唐悠悠奋不顾身地冲到两人中间，用尽全力将副社长推开并大声说：“我们是过来解决问题的，你可别把人打坏啊！”

副社长狠狠将苏扬推倒在地，愤愤说：“现在还不是揍你的时候，揍死你就没人赔偿了。走，跟我见社长去。”

唐悠悠赶紧搀扶着苏扬从地上爬起来，问他受伤没。苏扬摇摇头，然后紧跟着副社长前往社长办公室。一路上副社长又叫来了还没有离开的同事，大声嚷嚷说罪魁祸首来了，有怨抱怨，有仇报仇。于是最后几十个人挤在社长办公室内，个个群情激昂，挨个儿对苏扬口诛笔伐，那情景和“文革”批斗并无二样，更有人提议报警，将苏扬抓起来，判他二十年。

从头到尾苏扬都一声不吭，他本来就是抱着偿罪的心态来的，恨不得对方揍他两下自己反而会舒服些。唐悠悠则始终万分紧张地边护着苏扬边耐心和对方沟通，试图将话题引至理性之上，但完全徒劳无功。

苏扬看着唐悠悠拖着瘦弱的身体东拦西挡，不顾一切为自己辩解，到后来声音已经完全哑了还不停在说话，心里更是难受。他突然大吼一声：“你们别吵了，我赔，不管多少钱我都赔。”

副社长也吼：“你拿什么赔？你一个人他妈才一条命，我们在职加退休一百多人，现在全部因为你没收入了，你他妈有多少钱能陪我们？”

苏扬红着眼瞪着大家：“你说要多少钱，不管你们要多少，我都赔！”

大家又七嘴八舌开始吵吵，最后还是老社长示意大家安静。社长缓缓说：“发生这件事我们都很遗憾，现在也只能朝着积极的角度去解决了。既然你有这个表态，我们就综合计算下。这几天你就先待在这里吧。”

苏扬点头：“好，我答应你。”

唐悠悠突然大喊："我不答应。"

众人愕然，现场竟然变得安静起来。

苏扬用不解且责难的口吻问唐悠悠："说什么呢你？"

唐悠悠看着苏扬，缓缓一字字地说："我说，我不答应。"然后又看着众人，"你们要我们赔偿，没问题。但绝对不能要多少就让我们赔多少，这对我们也不公平。"

唐悠悠的"公平"两字刚出口，现场又炸开了锅，每个人对这两个字都有无数话要说。

苏扬急了，冲唐悠悠喊："都什么时候了，你怎么还这么自私？我把他们害成这样，赔多少钱都补偿不了的。"

唐悠悠也喊："我们是有责任，但我们也是受害者。真正的罪魁祸首是大左，大家真的要找公平就找这个人，我们公司很小，本来就没多少钱，更不能你们说多少就赔多少，今天我们过来就是想和你们好好协商出一个合理的方案，如果你们再蛮不讲理我就报警了。"

唐悠悠说完取出手机，却被苏扬一巴掌打掉。苏扬疯了一样对唐悠悠大吼："唐悠悠你他妈疯了吧？你还嫌事儿不够大？你跟过来存心捣乱的吧？你他妈到底想干嘛？你怎么心疼钱到这个地步了？现在我告诉你，不管我们有多少钱，全部拿出来，一分钱都不要剩，你现在就回去给我取钱，听到没有！"

唐悠悠彻底懵了，她傻傻看着已经完全失态，对自己大声咆哮的苏扬，怎么也想不到他竟然会如此混账，她一时说不出话来，只知道自己很难受很难受，眼泪也终于控制不住地涌了出来。

苏扬也痛苦万分地蹲下，用力扯自己的头发，他真的没想到事态会发展到如此地步，更不知道接下去该何去何从。

只是现场气急攻心的人群并不买账，反而指责苏扬和唐悠悠故意上演苦肉计，博同情。副社长更是情绪激昂地嚷嚷表示不赔钱两个人都不能离开，自己就算坐牢也要为大家主持公道。

关键时刻还是社长冷静，他先让两位女同事将唐悠悠搀扶到一边坐下，然后对苏扬缓缓说："你俩现在就可以离开，但钱一定要赔，具体数值我们算出来后告诉你，你放心我们肯定不会讹你，我相信你也不会出尔反尔。"

苏扬头一扬凛然表态："我不走，这事我一定会负责到底。"

社长点头："走不走这个随你，不过你倒是可以告诉一声你那出书的朋友，因为他的不当言论，将要承担法律的责任，现在公安正在通缉他，你可以劝他自首，这样或许还能争取到从轻政策。"

苏扬刚刚有点儿放松的心又立即悬了起来，事态的严重性再次超过他的想象。他大脑一片空白，只得麻木地"哦哦"点头，后面的话他就什么都没记住了。

就这样一直吵到晚上八点才算暂告一段落，从出版社出来后，唐悠悠又生气又伤心，真想立即离开这个鬼地方，奈何已经没有去机场的大巴，只得先住下。一路上苏扬也没有和她说话，只是不停打大左电话，却始终无人接听，苏扬又给傻强等同学打电话，结果无人知道大左去向。苏扬万分着急，不知道大左是已经被抓了还是逃掉了，不知道他是生还是死，他对大左的惦记已经远超对自己的担心。

回到宾馆，苏扬还是不停打电话，一直打到自己手机没电关机才长叹一声瘫倒在床上。唐悠悠明白等他安慰自己那绝对是不可能的事，她虽然委屈难受，但更担心苏扬，于是走到他面前，冷冷问："你今天在那里说的话都是当真的？"

苏扬反问："难道你以为我在演戏？"

唐悠悠情不自禁提高了声音："你觉得你这样乱承诺合适吗？为什么你不提前和我商量一下？"

苏扬懒得看她："没什么不合适的，既然错是我造成的，那么就应该由我来承担。既然我伤害了别人，我就必须对他们负责到底。"

唐悠悠急了："那也不是说一定要让我们倾家荡产啊，你知道要给这么多人养老得花多少钱吗？你就算有再多钱也承受不了啊！"

苏扬也急了："我不管。反正现在我有多少钱就都先给他们，让他们先保持生活的安稳，如果钱不够我就欠着他们，将来我慢慢还，只要我活着一天，就不会赖一天账。"

唐悠悠悲伤欲绝地问："也就是说，只要你心安了，你可以不顾我们自己死活，可以不管我们的未来，可以不在乎我们这些年是怎么走过来的有多么不容易，所有的这些在你那里都无足轻重是不是？"

苏扬狠下心说："当然不是，我很珍惜拥有的一切，可是我现在只能选择一个，也只能选择他们。我知道这样会让你很伤心，可是我没有办法，我真的别无选择。如果你要怪我，你就怪吧，如果你要恨我，你就恨吧，如果……你要离开我，就……离开吧！"

唐悠悠怔怔看着苏扬，过了好久好久，嘴角露出凄凉的笑容："好，我答应你，不管多少钱，我们都赔。不管什么代价，我们都去面对。不管还有没有明天，我们都不后悔。"

苏扬傻傻看着唐悠悠，她能说出这些话让他倍感意外。他本来抱着破罐子破摔的心态，没想到她竟然全部应了下来。

唐悠悠突然哽咽："只要你别再说离开。那样我会受不了的，求你了！"

苏扬什么话也说不出来，他上前紧紧搂住了唐悠悠，试图安慰她受伤的心灵。可他能明显感受到她正离自己越来越遥远，遥远到自己无法再把握。他们明明有那么好的未来，可现在一切都被他的任性和自以为是给毁了。他其实希望她可以拒绝自己，甚至可以大骂自己、痛打自己，这样他也能舒服一些，决绝一些。可这次她依然选择了妥协，而且是违背自己的人生价值观，甚至超出了底限。他感动，可是更加明白，她已经是自己这辈子都无法承受之重。

而既然无法承受，就只能放手。

第二天一大早唐悠悠便赶回北京准备赔偿事宜，苏扬继续留在当地和对方一起算账，同时积极联系大左下落。对于出版社提出的名目繁多的赔偿要求，苏扬统统来者不拒，眼睁睁看着总金额直线上升。最后连社长都看不下去了，对苏扬说如果觉得差不多了就这些吧，毕竟大家都不容易。苏扬却摇头制止："没事，你们继续算，把方方面面各种可能都算进去，我就算卖血也要把这些钱给还了。"

最后双方商定的赔偿金额以千万计，虽然还不至于让苏扬卖血，但基本上等于他公司所有现金储备加上卖房卖车卖公司所得费用的总和。因为着急套现，"听风文化"以很贱的价格卖给了一家国有出版集团，总额基本上和外面的应收款差不多，等于公司白送了。他们的两处房产的卖价也只有市场价的80%。还有苏扬花了八十多万买的宝马x5刚开了大半年也打了对折处理了。当最后苏扬将全部金额一次性支付给对方时，整个出版圈都轰动了，不少人伸出大拇指说他是个纯爷们，敢担当，有良知。也有人嘲笑他是个如假包换的大傻x，这种事情他只要脸皮厚一点儿就算一分钱不赔偿其实也没多大事的，之前并非无先例。而不管别人怎么说苏扬都无所谓，他只求一个心安，现在他做到了，哪怕代价是变得一无所有。

对苏扬而言，在所有的失去里面，金钱、房子、车子这些是他最不在意的，他最割舍不下的其实是公司的员工，他对他们有一种强烈的负罪感。回到北京后苏扬用最后的几百块钱请大家吃了顿散伙饭。结果菜还没上齐他就把自己灌醉了，他怕到后面自己会受不了那离别的伤感。唐悠悠也破天荒喝多了，她拉着每位同事的手红着眼说抱歉。那天几乎每位员工都喝多了，他们想不明白这么有能力的老板还有这么有前途的公司怎么说黄就黄了？他们这帮人正满怀激情准备大干一场怎么说散就散了？没人能给他们答案，于是他们只能喝酒。喝到最后他们共同举杯敬酒说："苏总，唐总，以后你们如果再创业只要招呼一声，我们全部回来。只要你们不嫌弃，我们永远在一起。"唐悠悠听后挣扎着站了起来一定要和大家喝了这杯酒，苏扬却流着泪大手一挥说："不会了，我们不会再创业，我们也不会再在一起看。亲爱的家人们啊，我已经负了你们一次，不可以再自私地耽误你们的大好年华。今日一别，再不相见，从此尘归尘，土归土，我们各走各路。"

那一夜他们喝了太多的酒，流了太多的泪，那一夜失意的人儿无家可归。

没了公司，苏扬和唐悠悠不再需要上班。没了房子，他俩就租住在望京一处面积不超过60平米的老公房内，没了积蓄，俩人连出去吃顿饭都得细琢磨。唐悠悠内心实在无法承受这个巨大的落差，加上之前操劳过度，很快就结结实实大病了一场，如果不是朋友出手相助，他们连住院治疗的钱都没有。唐悠悠住院期间苏扬一直悉心陪护，眼睁睁看着唐悠悠承受着病痛折磨，苏扬更是痛不欲生，他对他们的过去更是添增了几份遗憾，对他们的未来也更多了几分悲观。

唐悠悠是那种凡事向前看的人，出院后休息没两天她就说这样下去也不是个办法，我们可以不创业，但最好还是上班吧，无论如何日子总得继续过下去呀。她住院时华文中国的老板杜长城还亲自打过来电话，希望她和苏扬能联手加盟华文中国，待遇条件任由他们提，绝对业内最优渥。唐悠悠对苏扬说她经过认真思考后决定还是不再从事出版行业，她想借由这个机会重新选择职场方向，尝试下自己最感兴趣的金融工作。不过她认为苏扬过去华文中国上班倒是不错的选择，因为他热爱出版，而彼时华文中国已经稳居国内民营出版机构第一规模的位置，而且杜长城为人口碑颇好，值得信赖。

面对唐悠悠的分析和提议，苏扬却一口拒绝了，苏扬说他根本不想再工作，他只想找到大左。

那段时间他一直都在找大左，通过各种途径，用尽各种手段，却始终杳无音讯。苏扬一度怀疑大左遇害了，跑到公安局报案，警察说我们比你还着急找到这个人呢，麻烦你有信息先告诉我们。苏扬不死心，继续苦苦寻觅，最后终于听到传闻说大左几经辗转，已经流亡海外。苏扬想如果真是这样，倒也符合他的志向，于他人生算是不错的结局。只是想到今生再也无法相见，心情就会很沮丧。好几次苏扬将自己关在小房间里，从头到尾认真回忆十年来和大左交往的点点滴滴，不知不觉就会泪湿衣襟。虽说他今时落魄皆因大左而起，但他毫不记恨。他说这一切都是因果宿命，是逃无可逃的劫难，是劫就得渡，是难就得受，怨恨无意义。他只是会遗憾，遗憾在可以的时候没有和最好的兄弟多喝一杯酒，多唱一首歌，遗憾他们连好好说一次再见都没有。

面对苏扬的拒绝，唐悠悠很难受也很委屈，她说你不想工作可以，你要找大左也没问题，但你对我们的未来总归有打算吧，事已至此光难受也没用啊！苏扬摇头说我不难受，我也没打算，我就想过一天算一天。唐悠悠本还想说他两句，突然看到苏扬开始翻白眼，脸部肌肉更是开始颤抖，吓得赶紧闭嘴。接下去的日子唐悠悠开始偷偷观察苏扬，她突然意识到自打出事后苏扬除非万不得已，否则每天都足不出户。虽然他表情单调，看上去很平静的样子，但内心始终翻江倒海，精神几乎已经处于崩溃边缘，她甚至怀疑他已经患上了抑郁症，只是他自己还没意识到而已。这个发现让唐悠悠担心不已，她这才意识到在这场变故中受伤最深的人不是自己而是看上去并不在意的苏扬。因此她定不再给苏扬任何压力，只要他好好的，哪怕从此以后每天就躲在家发呆、睡觉都行。唐悠悠心想大不了从此我一个人工作养家，反正我会不离不弃守着他，直至终老。

可苏扬不这样想，如果说他对大左是遗憾，那么他对唐悠悠则是愧疚，非常强烈的愧疚，苏扬认为自己毁了唐悠悠的人生。如果不是他，唐悠悠肯定已经在华尔街成就一番事业；如果不是他，唐悠悠肯定不能够像现在这样一无所有；如果不是他，唐悠悠甚至不会承受十月怀胎却夭折的伤痛。总之，现在一切悲剧的根源，都是因为他和她的相爱。如果世间真有时光机，他愿意回到最初的那天，让天不下雨，让他俩不相遇，让之后所有的心动和诺言都化为灰烬。

唐悠悠担心的没错，苏扬确实抑郁了，而且很严重，严重到开始自残，甚至想过自杀。他整宿整宿睡不着，无数次黑暗中喃喃对自己说：你用了整整十年时间证明了一件事，那就是你根本没有办法给她幸福。你现在能做的就是不要再给她伤害。而继续在一起就是最大的伤害。

他再次想到了逃离，逃离自己深爱的女人，逃离生活了十年的城市，逃离眼前让人崩溃的一切，最重要的是，逃离无法原谅的自己。他想逃到一个完全陌生的地方，然后隐姓埋名，做个平平淡淡的小人物，过此余生。

这几乎是那段阴霾岁月里让他唯一感到兴奋的话题了。只是，又该如何逃离？

他想过不辞而别，若干次趁唐悠悠白天上班之时收拾好行李，然后将心中千言万语写了下来，装进信函，放在桌上，床上，枕头上。可临出门时他又会舍不得，他怕唐悠悠会因为下班后回家看不到他而悲伤哭泣，他一想到她哭的模样就会心如刀绞，就会放不下，走不动。他会责怪自己已经伤她那么多负她那么多怎么能够连分手都这么残酷？

他又想故意惹她生气，和她吵架，让她先对自己绝望，最后主动离开，这样对她的伤害就会最小。他觉得这真是个好主意，于是他开始各种挑衅，用最难听的话攻击她。他太知道她的软肋和痛处，所以刀刀见血，句句诛心。

对于苏扬的发难，唐悠悠一忍再忍，最终还是还击，并且也从中释放了自己紧绷的神经，获得了片刻的安宁。于是吵架斗气很快成了他们生活的主旋律，三天一大吵，每天一小吵，吵到互相骂娘摔东西，两人齐心合力将房间里所有能砸的东西统统砸掉，吵到邻居受不了报警，可警察来了也无能为力。对此结果苏扬满意极了，他一边全心投入地和唐悠悠吵架一边坐等唐悠悠崩溃说分手。可唐悠悠偏偏不说，不管她多生气多伤心说多难听的话就是不说分手。她不但不说分手，还会在每次大吵过后将家重新收拾得干干净净，还会给苏扬做一顿精美的饭菜甚至亲手喂他吃下去，还会紧紧拥抱着他和她畅想未来。唐悠悠会一边流泪一边微笑着说："老公你块看，春天终于来了，这天气多美好啊！你要加油哦，我也会努力，我们的生活一定也会好起来！"

苏扬彻底崩溃了，这不是他要的结果。他无法接受发生了这么多事可什么实质改变都没有。不行，绝对不能这样，他开始抓狂，"逃离。我要逃离，就是现在。"他焦躁不安，歇斯底里，用烟头在自己胳膊上，大腿上，胸口上烫出一个又一个的伤口，以此拼命压制自己想从楼顶跳下去的欲望。

他还酗酒，将自己往死里喝，然后拼命撞暖气，撞的头破血流，唯有剧烈的疼痛才能让他拥有片刻的清醒、理性、和勇气。

他决定主动放手，什么也管不得，什么也顾不上，只要能成功放手。

一天唐悠悠加班到半夜，拖着疲劳至极的身体回来，还没进屋就闻到阵阵酸臭，她知道苏扬肯定又呕吐了，赶紧推开门，看到苏扬紧闭着双眼坐在地上，身上以及四周全是呕吐物。唐悠悠皱着眉头赶紧上前搀扶他，苏扬却突然睁开眼睛，抓住她的胳膊说想和她聊聊。

唐悠悠的口吻情不自禁透露出嫌弃和生气，她说："先洗澡吧，你现在臭死了。"

苏扬摇头："不要，你先听我说，我怕等会儿我又没有勇气讲出来。"

唐悠悠心一沉："好，那你说。"

苏扬认真凝视着唐悠悠，缓缓说："唐悠悠，你有没有想过，其实你和我在一起，根本就是一场错误。"

唐悠悠当然知道他要说什么，她拼命控制自己情绪，让声音尽量平缓："想过。"

苏扬高声质问："那为什么还要将就？为什么还不分开？"

唐悠悠转过头："我现在不想和你讨论这个话题，你要是不洗澡，我就睡觉了。"说完她起身要离开。

"不许走！"苏扬在她身后嘶吼，"我问你为什么要为难自己？为什么还不离开我？为什么明知道错误还要一错再错。"

"因为我离不开你，因为我爱你！"唐悠悠也喊了出来，她回头，看着苏扬，眼泪大滴大滴滑落，"你为什么要这样咄咄逼人？我说过，只要你不说分开，什么都可以，我什么都能承受。"

"可是我不可以啊，你知不知道我现在有多痛苦？只要看到你，我都会在心里对自己说：就是你这个王八蛋害惨了这个女人。如果不是你，她现在会非常成功，非常富有，非常幸福，而不是像现在一样蜗居在这里，没有尊严，没有财富，没有未来。大左说的没错，我就是个寄生虫，我吸食着你身上的血肉，依附着你活着，我他妈罪该万死。”

唐悠悠泪崩，扑倒在苏扬面前：“求你了，不要再说了，我现在做的所有事我都愿意。事实根本不是你说的那样，我知道你很难受，没关系，你好好休养，等身体好了，我们从头开始奋斗，我们还会像以前那样快乐幸福的，请你相信我。”

“对不起，我做不到了。”苏扬绝望地摇头：“我太累了，将来的日子，我想一个人过。”

终于说了出来。

唐悠悠已经泣不成声：“你怎么可以这样？你说过要给我最浪漫的求婚的。你说过要和举行最难忘的婚礼的。你说过要和我生好几个孩子，我们一家一起出去旅游的。你一件事都没有做成，怎么可以说放弃就放弃？你怎么可以这样自私？”

苏扬万箭穿心，痛苦至极地闭上眼睛，心中千言万语只能说出一句：“对不起！”

对不起，我那么爱你，可是都没有能够给你幸福。

对不起，我想向你求婚，用世上最动听的话语，在世上最美丽的地方。

对不起，我想和你生一个男孩一个女孩，他们的眼睛要像我，他们的嘴巴要像你。

对不起，我想拉着你的手儿去流浪，走过山河，走过大漠，让地球的每一块风景都遍布我们的踪迹。

对不起，所有的诺言我都无法实现。

我唯一不变的诺言只是，我依然深爱着你。

唐悠悠拼命摇晃苏扬："我不要你说对不起，我要你振作起来，我要和你重新开始，苏扬，我们重新开始好不好？"

苏扬突然用力将唐悠悠推开，破口大骂："你怎么还不明白呢？我们根本就不是一个世界的人，自从和你在一起我一直压抑自己，我根本不开心。我他妈早就不爱你了，你知不知道啊？"

唐悠悠摇头："我不知道，我也不相信，我知道你怕连累我才故意这么说的。苏扬，你不要这样，我那么爱你，怎么可能会嫌弃你……"

"够了，唐悠悠，你别他妈做梦了，我告诉你，我其实很久以前就不爱你了。"苏扬暴怒，对唐悠悠嘶吼，"难道一定要把真话说出来吗？我忍了你好久好久了，最初我以为我只是一时对你没了感觉，后来我才发现，我其实一直都只是怕你，依赖你，可真的已经没有了爱。"

唐悠悠傻掉了，连反问的力量都没有。

"你还记得俩年前的一个夜里，我从梦里哭醒，你不停追问我到底梦见了什么悲伤的事么？我一直没有告诉你我哭泣的真正原因，那就是我突然发现我已经不爱你了，当我发现我对你的爱正一点点消失的时候，我感到了前所未有的悲伤。我想我怎么会突然就不爱你了呢？我怎么可能不再爱你了呢？我拼命问自己，我多么希望这只是梦啊，只要我醒过来，一切感觉都会恢复。可是醒来后我的内心无比坚定回答我，这是真的。这两年来又经历了这么多，让我更加确定，我对你的爱已经消失殆尽。所以我可以轻松抛弃我们拥有的一切去换回我的心安，所以我可以不顾我们的未来日日寻欢。所以现在，唐悠悠，我郑重向你提出分手，和其他所有都无关，只是因为，我早已经不再爱你。"

Those hours that with gentle work did frame
The lovely gaze where every eye doth dwell,
Will play the tyrants to the very same,
And that unfair which fairly doth excel.
For never--resting time leads summer on
To hideous winter and confounds him there,
Sap check'd with frost and lusty leaves quite gone,
Beauty o'ersnow'd and bareness every where.
Then were not summer's distillation left
A liquid prisoner pent in walls of glass,
Beauty's effect with beauty were bereft,
Nor it nor no remembrance what it was.
But flowers distill'd though they with winter meet,
Leese but their show,their shubstance still lives sweet.

Epilogue 离惑

我希望
能在心爱的白纸上画画
画出笨拙的自由
画下一只永远不会
流泪的眼睛

——顾城《我是一个任性的孩子》

Those hours that with gentle work did frame
The lovely gaze where every eye doth dwell,
Will play the tyrants to the very same,
And that unfair which fairly doth excel.
For never--resting time leads summer on
To hideous winter and confounds him there,
Sap check'd with frost and lusty leaves quite gone,
Beauty o'ersnow'd and bareness every where.
Then were not summer's distillation left
A liquid prisoner pent in walls of glass,
Beauty's effect with beauty were bereft,
Nor it nor no remembrance what it was.
But flowers distill'd though they with winter meet,
Leese but their show,their shubstance still lives sweet.

谁料昨日繁华，变作今朝泥土。

和唐悠悠分手后，苏扬将租住的房子提前退了，将所有能变卖的东西全部卖了，最后孑然一身，随身携带了一张精心制作的唐悠悠等高照片背板。然后拿着剩余的两千来块钱，决定去流浪。

他要去的第一个地方就是呼伦贝尔，那个他和唐悠悠唯一一起旅游过的地方。为了省钱，也为了让回忆更加具象，他选择了搭车的方式。一路向北，走走停停，整整花了五天四夜才来到那片熟悉的大草原。晚春的草原并不美丽，寒风阵阵，凄凉无比，倒映合了苏扬彼时的心境。几经辗转，苏扬终于来到那片唐悠悠曾为他跳舞的山谷。他认真打开唐悠悠的照片背板，安放在面前，然后张开双臂，紧闭双眼，瞬间仿佛就回到了那个动人的夜晚，于是眼泪很快挣扎着渗了出来。他喃喃自语，对着天空，对着群山，对着面前幻化出来的唐悠悠说："悠悠，我们又回来了。你知道吗，其实那一晚我就已经爱上了你，可是我不敢面对。现在我好后悔，因为如果当时我知道我们迟早会相爱，知道我们迟早又会分开，还不如早点儿就在一起，那么我们的快乐和回忆就会多一些。"

那一天他一个人在那片山谷待了很久很久，喝了很多的酒，唱了很多的歌，还流了很多的泪，说了很多的对不起和我后悔。

离开呼伦贝尔后，苏扬沿着大左曾经的流浪路线，一路搭车南下，再西行，围绕着国境线，一次次将自己扔在一个个完全陌生的地方。而每到一处，苏扬都会搂着唐悠悠的照片背板合影留念，然后对着唐悠悠的照片深情说："悠悠，看，我们又来到了一个新地方，这里是不是很漂亮？"

就这样，在他们的身后，出现了漫天黄沙，出现了荒芜戈壁，出现了高山峡谷，也出现了大江大河。就这样他们相依相偎，一起走过春，走过夏，走过秋，又走过冬。就这样，他们终于一直在一起，他们永远都不分离。

就这样，苏扬白天行路，晚上露宿。有人烟的地方就找人喝酒，没人的地方就自己一个人喝，反正每晚都要醉，喝醉了才可以吟诗，才可以哭泣，才可以对着唐悠悠的照片肆无忌惮说很多很多的情话。就这样，他才会觉得唐悠悠从未离开，只是短暂告别。此去经年，日后定会相见。苏扬痴痴地想，如果日后真的再相见，我究竟该以怎样的姿态去面对她呢？我是变得更好了，还是像现在这样，一天天地在将自己毁掉？而此刻的她又在哪里？是否也会像自己这样天天以泪洗面，还是已经忘却了疼痛，开始了新的生活？

就这样，苏扬时而清醒时而糊涂地流浪了一整年。那一年他一共去了八十二个有名有姓的地方，拍了几万张和唐悠悠的"合影"，搭了超过四百次的车，总行程超过两万公里。那一年他至少喝掉了五百斤的酒，醉过三百多次，整整胖了二十斤。那一年他至少有过十次死里逃生的经历，最危险的一次被困在无人区超过六天，昏迷四个小时后才幸运被牧民发现，在医院抢救了十二个小时才重新活过来。医生叮嘱他至少休养一个月，可第二周他又开始上路。他说一定要走完自己最好兄弟走过的路，他还说一定要带自己最深爱的女人看更多的风景。

知生死后，苏扬才意识到原来受的折磨并非以为的那么沉重，原来活着才是最重要的事。一年后，苏扬觉得自己没有力气再流浪了，他内心的悲观绝望也都遗留在了路上。他决定回北京，重新进入红尘，重新开始自己的人生。从北京站出来后他至少五次被警察拦住查身份证。在洗手间的镜子前，他看到了一个衣衫破旧，头发和胡须连成一块的中年流浪汉，双目深陷，满脸沧桑，似曾相识，却又面目全非。

他用身上最后几十块钱到附近的理发店剪了个发，理发师最后硬是问苏扬要了双份的钱。理发师说："操，剪你一个人头发抵到其他五个人了，要双份算便宜你了。"苏扬觉得这样的逻辑很美，似曾相识，他微笑着看着理发师傅是否见过一个叫大左的诗人，那是他最好的兄弟。一头黄毛的理发师傅用纹着一条大龙的胳膊指着苏扬说："诗人？老子当年在五道口砍人的时候，清华北大的诗人哪个见到我不赶紧喊一声龙哥？"

苏扬对龙哥说谢谢，然后离开。从理发店出来后，他给傻强打了个电话，说想借点钱。

那天晚上，傻强在电视台附近的一家米其林三星的饭店请他吃大餐，为他洗尘。那晚的傻强显得尤其激动。他不停诉说自己经过多年不懈奋斗，上月成功晋升频道副总监，来年收入将轻松过百万，未来人生更是一片灿烂。傻强春风得意，讲得唾液四溅，苏扬却一直不停吃东西，边吃边点头。傻强讲着讲着突然拍案而起，对苏扬训斥："你看你现在堕落成什么样子了？不就是因为一个女人吗？"

苏扬还是不说话，他太饿了，就想好好吃点儿东西。

"和你说话呢，你看着我。"傻强对苏扬喊，"苏扬，你他妈知道吗？从大学开始，这么多年来我一直嫉妒你，我每天都希望自己能比你更强，可你一直没有给我机会。这也是后来我和你渐行渐远的原因之一，你知不知道？”

苏扬嘴里塞满东西，抬头看着激动至满脸通红的傻强，点点头。

傻强激动宣布：“现在，我他妈终于比你强了，你知不知道？”

苏扬又点点头。

前一秒还无比亢奋的傻强突然痿了下来，带着哭腔说：“可是我发现我并不快乐，我特别难受，没着没落的感觉，你他妈又知不知道？”

苏扬摇头：“为什么？”

“因为我突然觉得自己没有了目标。”傻强张开胳膊，紧紧抱住了苏扬，在他耳边轻轻却坚定地说：“你一定要好好奋斗，一定要东山再起，我希望你变得更强，这样我才会有力量。不管你失去了多少，你要记住，你现在至少还有我，只要我还在，你的青春就还在。”

苏扬闭着眼睛哇哇大哭，嘴里的东西掉了一地，他边哭边说：“你等着我，我一定会满血复活回来的。”

虽然做好了准备，但要想找回在大城市的生活状态并不容易，苏扬没有立即开始找工作，而是重新回到电脑前，悉心研究图书市场。他已经想清楚自己依然从事图书行业，并且总有一天会重新将“听风”文化做起来。如果说他还深爱着唐悠悠，那么这就是他最应该做的事。

只是相比几年前，图书出版的创业门槛要高很多，没有几千万根本没戏，而且市场也发生了天翻地覆的变化。首先是相关政策已经有所开放，且幅度喜人。这和国家提倡文化大发展、大繁荣的战略和全民阅读的理念一脉相承。政策的开放大大刺激了资本的活跃度。图书出版正面临着史上最强烈资本浪潮的侵袭，特别是一些境外资本，包括一些在境外注册上市的国内互联网企业如BAT，他们早就青睐文化行业，只限于政策原因一直观望准备，现在时机一旦成熟立即纷纷通过收购或参股的方式，正式排兵布局，以摧枯拉朽之势给国内文化市场包括图书出版带来了大量热钱和指标。其次是国有出版机构的觉醒和发力，特别是在改制转企后如雨后春笋般重新绽放出了强劲的生命力，它们纷纷以地域或行业为基础，通过并购和重组的形式形成规模庞大的出版传媒集团，其中不少更是顺利在A股上市，成为资本市场的宠儿，他们有政策有品牌更有实力，成为左右市场的强大力量。而民营出版机构在经过十年的高速野蛮生长后进入了衰退期，当下格局早已泾渭分明，市场残酷淘汰了大批平庸的公司，剩下的要么是经过严酷市场竞争后拥有极强生命力的大公司如华文中国，它们甚至已经具备了和外资及国有出版机构抗衡的实力，要么就是小却有特色的公司，他们严格控制成本，在夹缝中求得生存空间，并伺机做大做强。总之这三股力量互相渗透，又互相竞争，共同角逐中国图书市场下一个十年。

除了在资本层面有了天翻地覆的变化外，图书产品层面和读者层面也发生了彻底的改变。那些低端的图书已经彻底被微信等APP颠覆和取代。读者们享受着移动互联网带来的大量且免费的读物。而真正的读书人则练就了一双精金火眼，对图书优劣的判断甚至不在专业图书编辑之下，他们对图书的要求，无论内容还是装帧都是极高的，过往那种靠一个好概念然后通过炒作来谋求市场的方式完全不灵了。这就需要出版方能够沉下心来真正去好好做书，多做好书，唯有如此，才能让读书人买单。因此对优质内容，以及作者和读者的争夺也更加白热化。

最后的变化就是在图书销售层面。传统的地面书城和卖场已经岌岌可危，随着销量的急剧下滑，光靠图书利润完全无法承担高昂的房租以及人力等运营成本。那些复合经营，强调用户体验的书店如 “方所”，“字里行间”“时尚廊”等反而获得了更大的生存空间。O2O的理念在这些图书销售端得到了很好的体现，书店变成了不以销书为主要盈利手段，而是提供一个有品位讲文化的交流场所和体验空间。正所谓“羊毛出在猪身上”，这些特色书店在有了高人气后通过美食咖啡、讲座培训甚至服饰等高毛利产品获得了很好的生存空间，同时也实现了品牌溢价，最后也终将在资本层面体现价值。至于网络书店，也由原来的几家专业图书销售网站为主的格局开始往综合B2C平台型网站靠拢，并且很快又在移动终端的APP上绽放出了新的活力。总之，读者购书的渠道越来越方便，形式越来越丰富，代价也越来越低，这就要求出版从业者得有全新的思维来应对。总之，套用某互联网大佬的一句话就是：天变了。

是的，天变了。经过一年多的闭世，苏扬已经完全无法跟上眼前的图书出版竞争格局。他也没有资本再创业，要想实现自己的目标将无比艰难。不过好在他也变了，变得更理性也更坚定，说起来也奇怪，当他决定重回这个行业后，他总能感觉到唐悠悠一直生活在自己的体内，他俩已经融为一体，不管面对什么样的决策，他都能用唐悠悠的思维先做判断和选择，这让他有一种变得强大的感觉。

他决定先按照当初唐悠悠建议的那样，先工作起来，然后等待时机成熟再二次创业。在想清楚所有这些后，苏扬给华文中国的老板杜长城打了电话，很认真地说：“杜董您好，我是听风文化的苏扬，我想加盟华文中国。”

三天后，苏扬正式加盟华文中国，负责组建公司第二编辑中心。入职前，杜长城和他单独有过一番深谈。杜长城在介绍了公司大体经营情况后话锋一转，语重心长对苏扬说：“你的事我略知一二，对于一个年轻人而言，不容易。然而正如同文王拘而演周易，仲尼厄而作春秋；屈原放逐乃赋离骚；左丘失明厥有国语。生活的苦难可以是包袱，亦可以是动力，就看你如何面对。而人生之路，道理颇多，但每个人的修行还只能靠自己。苏扬，我长你二十几岁，且恰逢大时代的动荡转型，若论经历之坎坷，自非你所能比。故从我现在看来，此刻的你正是建功立业的最好时机，因为你心中有了遗憾，所以就会想竭力弥补，就会能为人之所不能。我期待也坚信华文中国可和你互相成全，未来你若真能愿意成为我们这个即将没落却永远荣光的行业新领袖，那么这里必将是你扬帆破浪的起点。”

苏扬一直点头，心中却颇为平静。那时的他当然不会想到多年后他真的会成为这个行业的传奇人物，甚至以一己之力拯救民营出版于水火之间。那时的他当然也不会想到因为这个逆袭他将又要承担多少的疼痛和苦难，放弃多少的自我和尊严，更是会遭遇一段阴谋引起的牢狱之灾。那时候的他同样不会想到在他人生之路上还会接连出现数个性格迥异的女孩，他们缠扰相爱又互相伤害。那时候的他更加不会想到他日夜思念，始终深爱着的唐悠悠有一天会以那样绝决的方式和他再次相遇，而无论他多有心有钱哪怕愿意散尽千金也再无法换回曾经的烂漫的誓言。

一切都无法回去，一切都在继续；一切都是虚妄，一切早已注定。而一个关于小人物逆袭成王的故事，也正式开始上演！

后记 私 爱

A Nobody

大时代，小人物

1、我

22岁，我第一次写长篇小说，除了对写作拥有极深的爱，动力还来自于很想通过文字来纪念逝去的爱和正在逝去的青春。因为是第一次，所以生猛、鲜活，欲望强烈且无所顾忌，所以最后成稿虽然情节不够精彩，人物刻画也有很大破绽，但就是依靠这股蛮猛之力，生生打动了不少读者的心。而那部长篇处女作也一版再版，至今依然流传。

30岁，我写第8部长篇小说时，爱没减少，却多了几分功利心。只因自己从事出版已经好几年，做的还很不错，掌握了出版一本书的话语权，于是没了出不了的压力，加上对图书作品和市场颇有见解，似乎洞悉了一本畅销书需要具备怎样的范式。于是下笔快了，从主题到情节再到人物都格式化了，虽然成稿挺流畅也挺好看，但这样做其实轻薄了文字。最后作品的销量自然大不如从前，更是遭受了不少认真读者的责备。

一开始当然会不爽，而且不以为然。坦白说，我真的是一个很自信的人，这是优点，也是很大的毛病。好在我还有一个真正的优点是足够理性且爱自省，我终于明白讨好读者是没用的，因为读者是没法讨好的，读者需要的只是尊重，特别是真正的读书人。而文学作品更是没法投机的，速成的文学作品营养价值可想而知。所以这几年的创作给我的感悟便是：对于一个作者而言，才华先放一边，态度是否真诚其实更重要。

35岁，我写下了第12部长篇小说——《小人物》。我对文字依然保持着深深的爱，却早没了最初那种生猛和无忌，更没有了后来的那种小聪明和投机心，有的只是对文字的敬畏，和对创作的享受。现在的我根本不关心销量会如何，更不会去为了追求所谓的畅销费尽思量、患得患失。现在的我只关心我一字一句写下的作品是否是我真心想表达的，是否能够被最合适的读者看见，又是否能够让他们觉得不虚此行。

总之，让文字回归文字，让灵魂回归灵魂。一本书的使命是传递情感，而非畅销。

只是个中道理，说来简单，可从第1本写到第12本，从22岁写到35岁，从第一个字写到第几百万字。一路走来，不容易。我庆幸此刻我对文字的爱还未丧失，我更感恩现在我还能有机会通过作品来表达我的情感，我的观点，我眼中的人生和世界。

2、北师大

《小人物》是我创作的第12部长篇小说，也是我花费很多心思，挺满意的一部文学作品。

最初只是想写一个和职场商战有关的故事，讲述的是我们出版行业。倒非我有啥责任感，而是我最了解这个行业，表达起来相对会丰富和准确。而对于人物的选择我倒没太纠结，出版圈里虽然不缺乏聪明才华之士，但大喜大悲，大起大落，大开大合，大是大非的传奇还是少了些，所以不想从现实中找素材，也就没了包袱。因为之前有了太多的创作经验，所以很快完成了人物小传，主体矛盾线索，并且进一步创作了故事大纲。我记得那是去年的盛夏，就在正文完成约五万字之际，我突然接到了北京作协的通知，去参加北京文联主办的第三届优秀青年编剧研修班。

这个研究班的授课在北师大。授课老师都是一些大牌编剧和导演，如刘和平、林和平、束奂、尹力、陈佩斯等，每个老师讲半天，一共二十天。我挺珍惜这个学习机会，上课听得很认真，而且完全听进去了，非常享受，有点儿醍醐灌顶的意思。记忆中的那二十天很美好，仿佛回到了学生年代，每天清晨我都到公园跑步，一边跑一边听老师们的讲课录音，上午和同学们一起上课，做笔记，中午一起到食堂抢饭吃——虽是自助餐，伙食很好且管够，但还是习惯抢，并美名其曰“头锅”。导致后来有同学干脆旷课提前去吃“头锅”。吃完饭后其他同学都要回去小憩片刻，我却因为公司的事要赶回去工作一个钟头然后再赶回师大上下午的课程。隔三岔五还会一起去观摩授课老师的电影和话剧作品，也会和老师同学一起分组讨论我们的剧本习作。理性告诉我，通过这个培训班，我的创作能力，特别是故事和人物的塑造力得到了明显提高。这当然是件太好的事，然而问题也来了，我突然意识到这部新小说塑造的人物和矛盾都太简单，还无法撑起一部优秀作品的骨架，需要重新来过。

重新构思的过程是痛并快乐着，随着人物和线索的增多我决定将故事分为上下两部分，上部分重点讲述和探索的是主人公苏扬的性格形成背景和动力，时间跨度为大学前后十年。下部则讲述苏扬在初次创业失败变得一无所有后，如何绝地反击，逆袭成王，最终完成了一个小人物的自我救赎。

现在呈现在大家面前的是前半部的故事，当然这也是一个非常完整的故事。苏扬在全文前后判若两人，对于这个成长和变化，我给予了足够多的阻力和困境，于是眼睁睁看着他一步步地变成现在这副模样，因为这个戏份足够且合理，所以他的变化也合理且必然。他的七情六欲和悲喜人生也就全部合理了。从创作的角度，这个合理对我而言特别重要，合理了，我才能心安，才能继续编织他们的命运。

我想其实在苏扬身上很多人都能看到自己：简单，炽热，用情专一，并且相信美好的事物。当然这样的人也会显得幼稚和天真，往往做出的选择和判断会不接地气，自然也会因此受到生活给出的惩罚和教训。

而现实生活中的唐悠悠或许不会有太多吧，对于这样厉害、目的性明确，有着灰色成长经历的女生我个人还蛮拒绝的，因为没自信搞定，所以会躲避。当然了，我相信我也遇不着这样的姑娘，遇到了也不会引起对方的青睐，也只能通过文字来想想了，我擅长干这种事，已经了干了十几年。

3、慧慧

不少朋友和同事对《小人物》这个书名存有疑义，觉得特别不市场。我却特别喜欢，我反驳：你们这帮人也是够了，几年前我凡事都先想着市场，你们觉得我媚俗，现在又说不市场，到底是想哪样？

喜欢一个名字和喜欢一个人大体差不多，都是说不上来的感觉。“小人物”这三个字其实已经在我脑海里酝酿了好几年，当时还给它配了一个文案——大小还是个人物。觉得太有感觉了，正对应着我这种人近中年的小人物的复杂心态。

决定用“小人物”作为这本书的标题是一次和慧慧走路时突然想到的。慧慧是我的助理，一个快一米九的东北大男孩。我们共同的爱好除了工作外，就是爱走路和打台球。他走路也是受我刺激的。有一次我对他说：“你看你，毕业好几年，也算努力，也有梦想，可现在一事无成，每天过得都一样，难道不为这样的生活感到羞愧？就算别人瞧不起你，你也要做件让自己刮目相看的事啊，否则还不如回老家。”慧慧听完后点点头说我明白了，然后丫第二天就报名跑北京马拉松了，结果只准备了一周不到，跑的那天恰巧遇上大雾霾，很多人当场弃赛了，慧慧一口气跑了半程还不过瘾，又连颠带跑了七八公里最后发微信给我说：“老大，我好爽，我感觉自己又活过来了。”从此以后，他到哪儿都说：我可是跑过马拉松的人。于是在对方的啧啧惊叹中获得了快感。好，举这个屌丝快乐的例子只是想说明屌丝要想快乐其实并不难，只要别为难自己就行。

话说回来，那天我们沿着元大都公园一口气走了五公里，我突然想到什么说：我的新书定名《小人物》好么？慧慧“吧唧”站住了，义正言辞对我说：我反对。然后弱弱问：我能反对吗？我说不能，他叹气，那你干吗用疑问句？我只是觉得这名字太悲伤了。

悲伤一点没什么不好的。我热爱悲伤，就像我热爱自由一样。悲伤让我感觉与众不同，悲伤让我恐惧不满足，悲伤让我渴望创作。悲伤的时候，我会忘记我是一个胖子，悲伤的时候，我就能回到18岁。

4、蘑菇小姐

卡卡蘑菇小姐——我公司的一名员工，也是我书的编辑，对“小人物”这个名字却很有感觉。卡卡蘑菇已经连续做过我的两本书，一本比一本卖得不好，于是我经常嘲讽她，她也不在意，因为她总会觉得“这关老子屁事”。卡卡蘑菇是个很特别的湖南妹子，她眼中的世界只分为自己感兴趣和自己无视的。比如她很喜欢张艺兴，每天上班第一件事就是到张艺兴的贴吧里报道，然后才是打公司的上班卡。她皮肤白皙，细眉细眼，长得很有味道，身材也好，还有一双大长腿，却一直没男朋友，似乎从来就没恋爱过。大家都很急，总劝她相亲。我因为她还专门定了一个规定：公司的妹子凡是外出相亲一律不算请假，如果相亲成功还发双倍工资。

对于我们的用心良苦她却毫不领情。她总振振有词地说：“我的男票都在电脑里。”或者“真为你们这帮愚蠢的地球人感到着急。”她是个如假包换的二次元少女，对于所有的日漫和韩剧都如数家珍，然而对于工作却永远流于表面，问题是你还不能说她，一说她保准又是一副“这关老子屁事”的表情。作为她的领导和作者，我对这种表情非常怨恨。

然而，她都这样了，我们还是那么爱她，那么信任她。我给自己的理由是：珍惜吧，像她这样的少女不好找了。对了，已经年近三十的她天天自称十八岁。不知道为什么，只要她存在，大家都会感到会开心。很多人都说她没烦恼，她自己也经常这么说。

可不知道为什么，很多时候我看着她消瘦的背影，总觉得她的身体内一定隐藏着巨大的悲伤，这悲伤是因为她的理想主义引发的。我宁愿相信她迟迟没有生活中的爱情不是不需要，也不是不着急，而是因为不将就。无论对情感还是生活她都太理想化，有着很高的要求，并且知道无法实现，所以干脆避而不见。

不知道她自己是否知道，我宁愿相信：不是。

5、熊琼

这本书的设计师是我中断了合作达两年之久的熊琼。今天中午在她工作室，我突然大叫着对她说：“熊，你看看我，脸上的皮肤松了，发际线后退了好多，也就是说我老了很多，你难道不感动？”熊琼很莫名其妙看着我问：“请问，为什么要感动？”我又提高了声音：“因为我们认识真的很多年，时间的力量让一切的平淡无奇和理所当然都变得柔软起来，我们应该为此而感动，不是吗？”

我认识她真的好多年，而且合作了很多年，也出过很多优秀的图书装帧作品。私下里我们还能成为朋友，经常去爬爬山，吃吃鱼，偶尔也感慨下人生。然而不是外人看上去的那样和谐，我们的合作非常非常纠结，甚至彼此伤害。用她的话讲就是："一草你这样一个没有审美的人我竟然能够和你合作简直不可思议。"这当然还算好话，一旦真生气起来她会直接逐客"你走吧，没法继续了。"我清晰记得她说这话时因为愤怒而满脸红晕，生活中的她是个极其优雅小资的女孩，发火起来首先是难为情，想挽回，可又控制不住情绪。我讪讪离开，却不生气。因为我了解她，欣赏她，甚至尊重她。时间的好处就是能抗压，我还清楚记得当年她还单身时，我请她到先锋剧场看《恋爱的犀牛》，她哭泣的模样，对此我沾沾自喜，因为我一直认定她是"有故事的女孩"。我还清楚记得婚后她意外怀孕时整个人都不好了的摸样。我去看望她，她以一分钟移动一米的速度和我来到一家咖啡馆，娓娓道来自己的一些隐蔽往事。我更清楚记得她还在月子里就被我逼着做桐华《回不去的年少时光》封面时的模样。她身材臃肿，无比虚弱，却依然全心投入，最后的成品让所有人拍手叫绝。我以为所有的这些记忆都是我们关系的粘合剂，可以让我们在一次次吵架后迅速复原，却没想到因为一些至今也无法言说的原因，我们长达两年不再见面。

还好两年之后我们有了新的约会。我请她去吃韩国料理，聊了半天风花雪月后终于小心翼翼提出再合作的请求，她笑得有点儿伤感，说："还以为你过来只是单纯叙旧，没想到还是因为要合作，很没劲。"我又是一番道歉，诚心表达："两年的时间至少证明了一件事，对我而言，你是最优秀的，不可替代的。"

我说的是心里话，其实都是敏感且极在乎尊严的人，走到今天这一步，不容易。后来她的一席话似乎更能说明问题——有一天，电话里我们沟通创意，又产生了分歧，她突然说："我是一个情商不高的人，而你是个看上去情商特高然而情商也不高的人，所以我们在一起充满了假象，我们总会产生矛盾。"

当时我没说话，我其实很想对她说："熊，矛盾不可怕，只要我们还能在一起，制造矛盾，只要我们还能在一起，让彼此记忆的时间变得更延长。"

6、丁丁

《小人物》的装帧除了和熊琼再度合作，丁丁同学作为封面模特也再度披挂上阵。

镜头前细细打量，哥们依然很帅，依然很有范儿，却也明显老了。这太好了，我想以后我们就都是老小孩了。

丁丁是我同事，也是我《毕业了，我们一无所有》和《写给年少回不去的爱》的男模，这两本书的销量很好，丁丁不无得意地说："就这才露半张脸，眼睛还蒙着，这要把脸露全了，眼睛睁开了，还不知道得多卖多少呢。"这话虽然一点也不科学，但我听了很高兴。我特喜欢这种大家一起做事还能把事儿做好的感觉，更喜欢做好时候吹牛的感觉，"有意思"对现在的我而言，比什么都重要。

记得刚认识哥们那会儿，他还是如假包换的小鲜肉，小伙儿相当帅了，还洋气，从上到下一身潮牌，脖上还挂一链子，两只手上至少戴了四只造型各异的戒指——感觉哥们混娱乐圈的。比我更惊讶的是姑娘们，姑娘们在最初害羞后纷纷上前问他是不是90后，结果哥们笑嘻嘻说孩子都快能打酱油了，然后就看到姑娘的眼神"咻"地黯淡下去，这样的对话此后几年我听过N次，我想这家伙一定伤害过很多姑娘的心。我向他求证，他说我也不太清楚，我人生最奇妙的时刻发生在十四年前，当时我和前女友，现女友，还有现在的爱人坐到了一张桌子上聊天，当时我们互不认识，后来走的走，分的分，留在身边的已经不是最初那个人。

我没再多问，颜值高的人故事向来少不了，问多了对我们这种没颜值的人也是包袱。

需要强调的是，长得特花心大萝卜的丁丁是个绝对正经的居家好男人，性格中的特点第一是懒，第二是纠结。关于他的懒，我还想到了一个好书名，叫《懒人总是有借口》，关于他的纠结，那就有更多料可爆。我每天最开心的事就是看他和慧慧斗嘴，然后一起打台球，一起吃饭，一起工作。我曾说过希望自己能够一直以“苏扬”的视角写下去，我也希望他能一直当我的模特，直到真正老去。

7、中关村

一星期前我整理书架。将十年来看过的上千本《中国企业家》《三联生活周刊》《南方人物周刊》《第一财经周刊》《看天下》《人物》《创业邦》等十余种杂志分门别类摆放。我的智商不支持过目不忘，但每本杂志我都留下了印象。这些杂志让我时刻和这个时代保持着最近的距离，也让我时刻在思考自己的未来该何去何从。它们给了我真相，却也让我变得更慌张。

今年我已经35岁了，我深深以为在未来的十年内如果我还不能有效创建真正属于我的品牌和资源，那么我的人生“这辈子也就只能这样”了。我来北京已经将近十年，多年的奋斗让我在望京拥有了一套不大不小的公寓，拿着不高不低的年薪，过着不疼不痒的生活。这样的生活在许多人眼里应该是安逸幸福的吧，特别作为一个小镇青年，在帝都仅靠双手和头脑拥有着一切，可谓不易。然而在我眼里，现在的生活却是危机四伏和万分痛苦的。因为我不再像十年前那样一无所有所以可以毫无压力地去拼搏，每获得一点进步都能欣喜半天。存款刚达到六位数就觉得自己好富有。现在的我似乎又来到了一个瓶颈期，拥有的一切早已拥有，未曾拥有的还不知道何时能拥有，我知道脚下这片土地每天都在发生很多的传奇，我知道移动互联网的世界是多么的精彩刺激，我知道那么多的青年才俊那么多的大人物层出不穷，可是这些都与我无关。我惶恐，焦虑，无助，不知道如何才能进一步提升自己。很多时候只能眼睁睁看着时光流逝，自己一天天老去，然后似乎什么都没改变。这样的恐惧让我寝食难安。我真害怕五年后，十年后，二十年后，我还是现在这副模样，还住在这么小的房子里，过着比上不足比下有余的小日子，还在为没有过上自己想要的生活，成为自己想成为的人而自怨自艾。我绝对不能让自己陷入那样的窘境。

前两天特地去了趟中关村苏州街上的车库咖啡和3w咖啡，这两家被誉为创业咖啡馆。我想去感受下激情，奈何我去的时候正值周日上午，两家咖啡馆都冷冷清清，我在里面分别端详，除了看到一个IT男真拙劣地想泡妞，没有其他更多的发现。我当然知道冷清只是因为时间不对，大多数时候这里都人满为患，里面充斥着各种项目和idea，VC和PE，天使和屌丝……可是我没有见到他们，就像热闹非常的移动互联网和我无关一样。

从苏州街出来后我顺便拐进隔壁的中关村图书大厦，那里是我来北京后第一个来到的地方，也在那儿做过很多场图书发布会。我熟悉地走到四楼，原本门庭若市的记忆已经完全不复存在，稀稀落落的读者将空旷的现场衬托得更显荒凉。作为一个图书内容供应商，看到这样的景象自然不会很爽，加上个体选择的迷惘和乏力，于是又可以成为郁闷几天的理由。

看，这就是我现在的生活。比之前任何一个时刻都更纠结，也比之前任何一个时刻都更真实。更重要的是，我有足够勇气去面对这些真实和纠结，我不再需要为自己找理由，更不需要去掩饰。我用文字记录下我心中的故事，以及我对生活和时间的恐慌。一起凝聚成此时此刻最真实的自己。

曾经我以为我写后记是一种惯性，是写给别人看的，直到现在，我才真正明白，所谓后记，只是自己对自己的交代。是的，我写下了这个故事，写下了生命中的一些人和事，作为漫长人生的一个印记，就像一场自私的爱，等待时光荏苒，物是人非，再回来静静翻阅。

一草

2015/3/29

望京

图书在版编目（CIP）数据

小人物 / 一草著. -- 北京 : 现代出版社, 2015.7
ISBN 978-7-5143-3646-7

Ⅰ. ①小… Ⅱ. ①一… Ⅲ. ①长篇小说－中国－当代
Ⅳ. ① I247.5

中国版本图书馆 CIP 数据核字（2015）第 139957 号

小人物

作　　者	一　草
责任编辑	陈世忠
出版发行	现代出版社
地　　址	北京市安定门外安华里 504 号
邮政编码	100011
电　　话	010-64267325　010-64245264（兼传真）
网　　址	www.1980xd.com
电子信箱	xiandai@vip.sina.com
印　　刷	东莞市信誉印刷有限公司
开　　本	920mm×1260mm　1/32
印　　张	11
版　　次	2015 年 8 月第 1 版　2015 年 8 月第 1 次印刷
书　　号	ISBN 978-7-5143-3646-7
定　　价	32.80 元